Maravilloso DESASTRE

JAMIE McGUIRE

Maravilloso
DESASTRE

Maravilloso desastre

Título original: *Beautiful Disaster*

Primera edición: julio de 2013
Segunda edición: febrero de 2015
Primera reimpresión: marzo de 2015

www.megustaleer.com.mx

Diseño de cubierta: Justin McClure.tv

Comentarios sobre la edición y el contenido de este libro a:
megustaleer@penguinrandomhouse.com

ISBN 978-607-113-709-8

Impreso en México / *Printed in Mexico*

Para los fans, cuyo amor por esta historia convirtió un deseo en el libro que tienen en las manos.

Capítulo 1

BANDERA ROJA

Todo en la sala proclamaba a gritos que yo no pintaba nada allí. Las escaleras se caían a pedazos; los ruidosos asistentes estaban muy juntos, codo con codo, en un ambiente que era una mezcla de sudor, sangre y moho. Sus voces se confundían mientras gritaban números y nombres una y otra vez, y movían los brazos en el aire, intercambiando dinero y gestos para comunicarse en medio del estruendo. Me abrí paso entre la multitud, siguiendo de cerca a mi mejor amiga.

—¡Guarda el dinero en la cartera, Abby! —me dijo America.

Su radiante sonrisa relucía incluso en la tenue luz.

—¡Quédate cerca! ¡Esto se pondrá peor cuando empiece todo! —gritó Shepley a través del ruido.

America le agarró la mano y luego la mía mientras Shepley nos guiaba entre ese mar de gente.

El repentino balido de un megáfono cortó el aire cargado de humo. El ruido me sobresaltó y me hizo dar un respingo, buscar de dónde procedía ese toque. Había un hombre sentado en una silla de madera, con un fajo de dinero en una mano y el megáfono en la otra. Se llevó el plástico a los labios.

—¡Bienvenidos al baño de sangre! Amigos míos, si andaban buscando un curso básico de economía..., ¡se han equivocado de sitio! Pero, si buscaban el Círculo, ¡están en la meca! Me llamo Adam. Yo pongo las reglas y yo doy el alto. Las apuestas se acaban cuando los rivales saltan al ruedo. Nada de tocar a los luchadores, nada de ayudas, no vale cambiar de apuesta, ni invadir el ring. Si la cagan y no siguen las reglas, ¡se van derechito a la puta calle sin dinero! ¡Eso también va por ustedes, jovencitas! Así que, chicos, ¡no usen a sus zorritas para hacer trampas!

Shepley sacudió la cabeza.

—¡Por Dios, Adam! —gritó en medio del estruendo al maestro de ceremonias, en claro desacuerdo con las palabras que había utilizado aquel.

El corazón me palpitaba en el pecho. Con un suéter de cachemira color rosa y unos pendientes de perlas, me sentía como una maestra roña en las playas de Normandía. Le prometí a America que podía enfrentarme a todo lo que se nos viniera encima, pero en plena zona de impacto sentí la necesidad de agarrarme a su flacucho brazo con las dos manos. Ella no me pondría en peligro, pero el hecho de estar en un sótano con unos cincuenta tipos universitarios y borrachos, decididos a derramar sangre y ganar pasta, no me hacía confiar mucho en nuestras posibilidades de salir incólumes.

Desde que America había conocido a Shepley en la sesión de orientación del primer curso, solía acompañarlo a las peleas clandestinas que tenían lugar en los diversos sótanos de la Universidad de Eastern. Cada evento se llevaba a cabo en un lugar diferente y se mantenía en secreto hasta una hora antes de la pelea.

Como me movía en un entorno bastante más tranquilo, me sorprendió saber de un mundo clandestino en Eastern; pero Shepley lo conocía incluso antes de haberse matriculado. Travis, compañero de habitación y primo de Shepley, participó en su primera pelea hacía siete meses. Se decía que él, ya como estudiante de primer año, había sido el rival más letal que Adam había visto en los tres años desde que había creado el Círculo. Al empezar el segundo curso, Travis era invencible, de modo que las ganancias le permitían pagar sin problemas con su primo el alquiler y las facturas.

Adam se llevó nuevamente el megáfono a los labios; el ajetreo y los gritos aumentaron a un ritmo febril.

—¡Esta noche tenemos a un nuevo adversario! El luchador y estrella del equipo universitario de Eastern, ¡Marek Young!

Las ovaciones continuaron y la multitud se separó como el mar Rojo cuando Marek entró en la sala. Se formó un espacio circular; la turba silbó, abucheó y se burló del rival. Él daba brincos, sacudía el cuello de un lado a otro; tenía el rostro serio y concentrado. La multitud se calmó con un sordo rugido, y luego me llevé las manos a los oídos cuando la música retumbó por los grandes altavoces al otro extremo de la sala.

—¡Nuestro siguiente adversario no necesita presentación, pero, como me da un miedo que te cagas, ahí va de todos modos! ¡Tiemblen, chicos, y quítense las bragas, señoritas! Con todos nosotros: ¡Travis Perro Loco Maddox!

El volumen se disparó cuando Travis apareció por una puerta al otro lado de la sala. Hizo su entrada con el pecho desnudo, tranquilo y espontáneo. Caminó sin prisas hacia el centro del perímetro, como si llegara al trabajo un día cualquiera. Sus músculos fibrosos se estiraron bajo la piel tatuada mientras chocaba los puños contra los nudillos de Marek. Travis se inclinó hacia Marek y le susurró algo al oído; el luchador mantuvo con gran dificultad su expresión severa. Ambos contendientes estaban de pie uno frente al otro, mirándose directamente a los ojos. Marek tenía una mirada asesina; Travis parecía ligeramente divertido.

Los dos hombres retrocedieron un poco; Adam hizo sonar la sirena del megáfono. Marek adoptó una postura defensiva y Travis lo atacó. Al perder la línea de visión, me puse de puntillas, balanceándome de un lado a otro para observar mejor. Subía poco a poco, deslizándome entre la turba que gritaba. Recibí codazos en los costados y golpes de hombros que chocaban contra mí, y me hacían rebotar de aquí para allá como una bola de pinball. Empezaba a ver las cabezas de Marek y Travis, así que seguí abriéndome paso hacia delante.

Cuando por fin alcancé la primera fila, Marek cogió a Travis con sus fuertes brazos e intentó tirarlo al suelo. Cuando Marek se inclinó hacia atrás con el movimiento, Travis estrelló la rodilla contra la cara de su rival. Sin darle tiempo a recuperarse del golpe, Travis lo atacó; sus puños alcanzaron la cara ensangrentada de Marek una y otra vez. Cinco dedos se hundieron en mi brazo y me eché hacia atrás.

—¿Qué demonios estás haciendo, Abby? —preguntó Shepley.

—¡No veo nada desde ahí atrás! —grité.

Me volví justo a tiempo para ver a Marek lanzar un puñetazo. Travis se giró y por un momento pensé que solo había evitado el golpe, pero dio una vuelta completa, hasta clavar el codo derecho en el centro de la nariz de Marek. La sangre me roció la cara y salpicó la parte superior de mi chaqueta. Marek cayó al suelo de cemento con un ruido sordo y en un instante la sala se quedó en completo silencio.

Adam lanzó un pañuelo de tela escarlata sobre el cuerpo sin fuerzas de Marek y la multitud estalló. El dinero cambió de manos una vez más y las expresiones se dividieron entre la suficiencia y la frustración. El vaivén de la gente me zarandeaba. America me llamó desde algún punto de la parte de atrás, pero yo estaba hipnotizada por el rastro de color rojo que iba del pecho a la cintura. Unas botas negras y pesadas se pararon frente a mí, desviando mi atención hacia el suelo. Mis ojos volaron hacia arriba: tejanos manchados de sangre, unos abdominales bien cincelados, un torso desnudo, tatuado, empapado de sudor y, finalmente, unos cálidos ojos marrones. Alguien me empujó por detrás y Travis me tomó por el brazo antes de que cayera hacia delante.

—¡Eh! ¡Aléjense de ella! —exclamó Travis, con el ceño fruncido mientras apartaba a cualquiera que se me acercase.

Su expresión seria se fundió en una sonrisa al ver mi ropa y luego me secó la cara con una toalla.

—Lo siento, Paloma.

Adam le dio a Travis unas palmaditas en la cabeza.

—¡Vamos, Perro Loco! ¡Tu dinero te espera!

Sus ojos no se apartaron de los míos.

—Vaya, qué lástima lo de la chaqueta. Te queda bien.

Acto seguido, fue engullido por sus fans y desapareció tal y como había llegado.

—¿En qué pensabas, idiota? —gritó America, tirándome del brazo.

—He venido aquí para ver una pelea, ¿no? —sonreí.

—Abby, ni siquiera deberías estar aquí —me regañó Shepley.

—America tampoco —le contesté.

—¡Ella no intenta meterse en el ring! —dijo frunciendo el ceño—. Vámonos.

America me sonrió y me limpió la cara.

—Eres un grano en el culo, Abby. Dios, ¡cómo te quiero!

Me rodeó el cuello con el brazo y nos abrimos paso en dirección a las escaleras y hacia la noche.

America me acompañó hasta mi cuarto y luego se burló de Kara, mi compañera de habitación. Enseguida me quité el suéter ensangrentado y lo arrojé al cesto de ropa sucia.

—Qué asco. ¿Dónde has estado? —preguntó Kara desde su cama.

Miré a America, quien se encogió de hombros.

—Ha sangrado por la nariz. ¿Nunca has visto uno de los famosos sangrados de nariz de Abby? —Kara se puso las gafas y negó con la cabeza—. Seguro que lo harás.

Me guiñó un ojo y luego cerró la puerta tras ella.

Menos de un minuto después, sonó mi celular. Como de costumbre, America me enviaba un SMS a los pocos segundos de habernos despedido.

m kedo cn shep, t veo mñn reina dl ring

Le eché una ojeada a Kara, quien me miraba como si mi nariz fuera a chorrear de un momento a otro.

—Era broma —le dije.

Kara asintió con indiferencia y luego bajó la mirada hacia los libros desordenados sobre su colcha.

—Creo que voy a darme una ducha —dije mientras cogía una toalla y mi neceser.

—Avisaré a los medios de comunicación —ironizó Kara, sin levantar la cabeza.

Al día siguiente, Shepley y America comieron conmigo. Yo tenía toda la intención de sentarme sola, pero, a medida que los estudiantes empezaron a llenar la cafetería, tanto los compañeros de fraternidad de Shepley como los del equipo de fútbol ocuparon las sillas a mi alrededor. Algunos de ellos habían estado en la pelea, pero ninguno mencionó mi experiencia al borde del cuadrilátero.

—Shep —llamó una voz de paso.

Shepley asintió con la cabeza; America y yo nos dimos la vuelta y vimos a Travis mientras tomaba asiento al final de la mesa. Dos exuberantes rubias de bote con camisetas de Sigma Kappa lo seguían. Una de ellas se sentó en el regazo de Travis, mientras que la otra se sentó junto a él y aprovechó para toquetearle la camisa.

—Me están entrando ganas de vomitar —murmuró America.

La rubia del regazo de Travis se volvió hacia ella.

—Te he oído, puta.

America agarró su bocadillo, lo lanzó al otro lado de la mesa y estuvo a punto de alcanzar la cara de la chica. Antes de que esta pudiera decir una palabra más, Travis relajó las rodillas y la mandó directa al suelo.

—¡Ay! —chilló ella, levantando la mirada hacia Travis.

—America es amiga mía. Tendrás que buscarte otro regazo, Lex.

—¡Travis! —gimió la chica mientras se ponía de pie.

Travis volvió su atención al plato, ignorándola. Ella miró a su hermana y resopló, luego las dos se fueron cogidas de la mano. Como si nada hubiese pasado, Travis le guiñó el ojo a America y engulló otro bocado. Fue entonces cuando me di cuenta de un pequeño corte en su ceja. Intercambió miradas con Shepley y después se puso a hablar con un chico del equipo de fútbol que tenía enfrente.

Cuando la mesa se despejó, America, Shepley y yo nos quedamos a hablar sobre los planes para el fin de semana. Travis se levantó para irse, pero se detuvo en la cabecera de nuestra mesa.

—¿Qué? —preguntó Shepley en voz alta, llevándose una mano al oído.

Traté de ignorarlo todo lo que pude, pero, cuando levanté la mirada, Travis tenía los ojos clavados en mí.

—Ya la conoces, Trav. ¿Te acuerdas de la mejor amiga de America? Estaba con nosotros anoche —dijo Shepley.

Travis me sonrió con la que supuse que debía de ser su sonrisa más encantadora. Rezumaba sexo y rebeldía con su pelo corto y castaño y los brazos tatuados, y yo puse los ojos en blanco frente a su intento de seducción.

—¿Desde cuándo tienes una mejor amiga, Mare? —preguntó Travis.

—Desde tercero de secundaria —contestó ella, apretando los labios mientras sonreía hacia mí.

—¿No te acuerdas, Travis? Le estropeaste la chaqueta.

Travis sonrió.

—Estropeo mucha ropa.

—Asqueroso —murmuré.

Travis giró la silla vacía a mi lado y se sentó, apoyando los brazos delante.

—Así que tú eres Paloma, ¿eh?

—No —dije bruscamente—, tengo un nombre.

El modo en que me dirigía a él parecía divertirlo, y eso solo hizo que me enfadara más.

—¿Ah sí? ¿Y cuál es? —preguntó.

Lo ignoré y di un mordisco al último trozo de manzana que me quedaba.

—Entonces te llamas Paloma —dijo, encogiéndose de hombros.

Miré a America y luego me volví hacia Travis.

—Oye, estoy tratando de comer.

Travis respondió al desafío que le había lanzado poniéndose más cómodo.

—Me llamo Travis. Travis Maddox.

Puse los ojos en blanco.

—Sé quién eres.

—Lo sabes, ¿eh? —dijo Travis, levantando la ceja herida.

—No te hagas ilusiones. Es difícil no enterarse cuando hay cincuenta borrachos gritando tu nombre.

Travis se incorporó un poco.

—Eso me pasa a menudo.

Volví a poner los ojos en blanco y Travis se echó a reír.

—¿Tienes un tic?

—¿Un qué?

—Un tic. Tus ojos no dejan de dar vueltas. —Se rio de nuevo cuando lo fulminé con la mirada—. Aunque lo cierto es que tienes unos ojos alucinantes —dijo, inclinándose a escasos centímetros de mi cara—. A ver... ¿De qué color son? ¿Grises?

Bajé la mirada al plato, dejando que los largos mechones de mi pelo color caramelo formaran una cortina entre nosotros. No me gustaba cómo me hacía sentir al estar tan cerca. No quería ser como todas esas chicas de Eastern que se ponían coloradas en su presencia. No quería que, de ninguna manera, tuviera ese efecto sobre mí.

—Ni lo sueñes, Travis. Es como si fuera mi hermana —le advirtió America.

—Cariño —dijo Shepley—, acabas de decirle que no lo haga. Ahora no va a parar.

—No eres su tipo —continuó ella, ignorando a su novio.

Travis fingió estar ofendido.

—¡Soy el tipo de todas!

Miré hacia él y sonreí.

—¡Ah! Una sonrisa. Al final, no seré un cabrón de cojones —dijo guiñando un ojo—. Ha sido un placer conocerte, Paloma.

Dio una vuelta alrededor de la mesa y se inclinó hacia el oído de America.

Shepley le lanzó una papa frita a su primo.

—¡Aparta tus labios de la oreja de mi chica, Trav!

—¡Solo estoy estableciendo contacto!

Travis retrocedió, con las manos arriba y gesto inocente. Unas chicas lo siguieron, soltando risitas y pasándose los dedos por el pelo para llamar su atención. Él les abrió la puerta y ellas casi chillaron de placer.

America se echó a reír.

—Oh, no. Estás en apuros, Abby.

—¿Qué te ha dicho? —pregunté, desconfiada.

—Quiere que la lleves a casa, ¿verdad? —dijo Shepley.

America asintió y él negó con la cabeza.

—Eres una chica inteligente, Abby. Ahora bien, si caes en su puto juego y acabas enojándote con él, no la pagues conmigo o con America, ¿vale?

Sonreí.

—A mí no me pasará, Shep. ¿Acaso me has tomado por uno de esos clones de Barbie?

—No, a ella no le va a pasar —le aseguró America, tocándole el brazo.

—No sería la primera vez, Mare. ¿Sabes cuántas veces me ha jodido las cosas por acostarse con la mejor amiga de alguien? De pronto salir conmigo es un conflicto de intereses, ¡porque sería confraternizar con el enemigo! Te lo advierto, Abby —dijo mirándome—, no le pidas a Mare que deje de verme porque te creas las idioteces de Trav. Date por avisada.

—No hacía falta, pero te lo agradezco —dije.

Intenté tranquilizarlo con una sonrisa, pero su pesimismo era el resultado de años de decepciones causadas por las jugarretas de Travis.

America me saludó con la mano y se fue con Shepley, mientras yo me encaminaba a la clase de la tarde. Entrecerré los ojos ante el resplandor del sol y agarré las correas de mi mochila. Eastern era exactamente lo que yo esperaba; desde las aulas más pequeñas hasta las caras desconocidas. Para mí era un nuevo comienzo; finalmente podía ir caminando a algún sitio sin tener que aguantar los susurros de quienes lo sabían todo, o creían saberlo, sobre mi pasado. Era igual que los demás estudiantes de primero que se iban a clase con los ojos bien abiertos y ansiosos por aprender; nada de miradas, rumores, lástima o reprobación. Solo la impresión que yo quería causar: Abby Abernathy, seria y vestida de cachemira.

Dejé la mochila en el suelo y me derrumbé en la silla antes de agacharme para sacar mi portátil del bolso. Cuando me incorporé para dejarlo en la mesa, Travis se sentó en la mesa de al lado.

—Bien. Puedes tomar apuntes por mí —dijo.

Mordió el bolígrafo que llevaba en la boca y lució su mejor sonrisa.

Lo miré con desprecio.

—Ni siquiera estás en esta clase.

—Cómo que no. Suelo sentarme allí, al fondo —dijo, y señaló con la cabeza la fila de arriba. Un pequeño grupo de chicas me miraba fijamente y vi una silla vacía en medio.

—No voy a tomar apuntes por ti —aclaré mientras encendía la computadora.

Travis se inclinó de tal manera que podía sentir su aliento sobre mi mejilla.

—Lo siento... ¿He dicho algo que te ofenda? —Suspiré y negué con la cabeza—. Entonces, ¿qué problema tienes?

Mantuve la voz baja.

—No voy a acostarme contigo. Deberías dejarlo ya.

Una sonrisa cruzó lentamente su cara antes de hablar.

—No te he pedido que te acostaras conmigo. —Se quedó pensando, mirando fijamente al techo—. ¿Verdad?

—No soy un clon de Barbie o una de tus *groupies* de allí —le dije mientras echaba un vistazo a las chicas de atrás—. No me impresionas con tus tatuajes, tus encantos o tu indiferencia estudiada. ¿Por qué no dejas ya tus numeritos?

—De acuerdo, Paloma. —Era totalmente inmune a mis cortes—. ¿Por qué no te vienes con America esta noche?

Me reí de su petición, pero él se acercó más.

—No intento ligar contigo, solo quiero pasar el rato.

—¿Ligar? ¿Cómo consigues acostarte con alguien si le hablas de esta manera?

Travis se echó a reír, sacudiendo la cabeza.

—Ven y ya está. Ni siquiera flirtearé contigo, te lo prometo.

—Lo pensaré.

El profesor Chaney entró pausadamente y Travis volvió la mirada al frente del aula. Una sonrisa esbozada, que permanecía en su rostro, le marcaba un hoyuelo en la mejilla. Cuanto más sonreía, más ganas tenía de odiarlo y, aun así, eso era precisamente lo que me hacía imposible odiarlo.

—¿Alguien sabe decirme qué presidente tenía una mujer bizca que padecía de feítis aguda? —preguntó Chaney.

—Asegúrate de tenerlo apuntado —susurró Travis—, me hará falta para las entrevistas de trabajo.

—¡Shhh! —dije mientras tecleaba cada palabra de Chaney.

Travis sonreía, relajado en su silla. Durante el tiempo que duró la clase, bostezaba o se apoyaba en mi brazo para mirar la pantalla. Traté de ignorarlo con todas mis fuerzas, pero su proximidad y los músculos abultados de su brazo lo hacían difícil. Después, se puso a juguetear con la pulsera de cuero negro de su muñeca hasta que Chaney nos dejó marchar. Salí corriendo por la puerta y atravesé el pasillo. Justo cuando ya me sentía a una distancia segura, Travis Maddox apareció a mi lado.

—¿Lo has pensado? —preguntó mientras se colocaba las gafas de sol.

Una chica morena se plantó delante de nosotros, con los ojos como platos y llenos de esperanza.

—Hola, Travis —canturreó, mientras jugaba con su pelo.

Me detuve, intentando esquivar su voz melosa, y se fue andando después de rodearla. Ya la había visto antes, hablando de manera normal en las zonas compartidas de los dormitorios de las chicas: Morgan Hall. Su tono de voz entonces parecía mucho más maduro y me pregunté por qué creería que a Travis le parecería atractiva esa vocecita de niña. Balbuceó en una octava un poco más alta, hasta que él volvió a ponerse a mi lado.

Después de sacar un encendedor del bolsillo, prendió un cigarrillo y soltó una espesa nube de humo.

—¿Por dónde iba? Ah, sí..., estabas pensando.

Hice una mueca.

—¿De qué estás hablando?

—¿Has decidido si vas a venir?

—Si digo que sí, ¿dejarás de seguirme?

Consideró mi condición y después asintió.

—Sí.

—Entonces iré.

—¿Cuándo?

Solté un suspiro.

—Esta noche. Iré esta noche.

Travis sonrió y se detuvo en seco.

—Genial, nos vemos luego, Palomita.

Doblé la esquina y me encontré a America de pie con Finch, fuera de nuestro dormitorio. Los tres habíamos acabado en la misma mesa en la sesión de orientación para los estudiantes de primer año, y sabía que sería la tercera rueda de nuestra bien engrasada máquina. No era excesivamente alto, pero aun así superaba mi metro sesenta y pico. Tenía unos ojos redondos que compensaban sus rasgos finos, y normalmente llevaba el pelo decolorado peinado con una cresta hacia delante.

—¿Travis Maddox? Por Dios, Abby, ¿desde cuándo te aventuras por aguas tan peligrosas? —dijo Finch con mirada de desaprobación.

America se sacó el chicle de la boca formando un largo hilo.

—Si intentas ahuyentarlo solo vas a empeorar las cosas. No está acostumbrado a eso.

—¿Y qué me sugieres que haga? ¿Acostarme con él?

America se encogió de hombros.

—Ahorraría tiempo.

—Le he dicho que iría a su casa esta noche

Finch y America intercambiaron miradas.

—¿Qué?

—Me prometió que dejaría de darme lata si decía que sí. Tú estarás en su casa esta noche, ¿no?

—Pues sí —dijo America—. ¿De verdad vas a venir?

Sonreí, y los dejé para entrar en los dormitorios, preguntándome si Travis haría honor a su promesa de no flirtear conmigo.

No era difícil calarlo; o bien me veía como un reto o como lo suficientemente poco atractiva como para ser una buena amiga. No estaba segura de qué opción me molestaba más.

Cuatro horas después, America llamó a mi puerta para llevarme a casa de Shepley y Travis. Cuando salí al pasillo, no se contuvo.

—¡Puf, Abby! ¡Pareces indigente!

—Bien —dije, sonriendo por mi conjunto.

Llevaba el pelo recogido en la parte superior de la cabeza en un moño descuidado. Me había quitado el maquillaje y me había cambiado las lentillas por gafas de montura negra rectangular. Llevaba una camiseta raída y pantalones deportivos, y andaba con un par de chanclas. Unas horas antes se me había ocurrido que lo mejor, en cualquier caso, era ir lo menos atractiva posible. Si todo iba según lo previsto, las ansias de Travis se calmarían al instante y dejaría a un lado su ridícula persistencia. Si buscaba ser mi colega, seguiría siendo demasiado joven para dejarse ver conmigo.

America bajó la ventanilla y escupió el chicle.

—Está tan claro lo que haces... ¿Por qué no te revuelcas directamente en mierda de perro para completar tu vestimenta?

—No intento impresionar a nadie —dije.

—Obviamente.

Nos detuvimos en el aparcamiento del complejo de apartamentos de Shepley, y seguí a America hasta las escalera. Shepley abrió la puerta y se rio cuando entré.

—¿Qué te ha pasado?

—Intenta estar poco impresionante —dijo America.

America siguió a Shepley a su habitación. La puerta se cerró y me quedé sola; me sentía fuera de lugar. Me acomodé en el sillón reclinable que estaba más cerca de la puerta y me quité las chanclas.

Estéticamente, su apartamento era más agradable que el típico piso de solteros. En las paredes estaban colgados los predecibles pósteres de mujeres medio desnudas y letreros de calles robados, pero estaba limpio, los muebles eran nuevos y no olía ni a cerveza putrefacta ni a ropa sucia.

—Ya iba siendo hora de que aparecieras —dijo Travis, mientras se dejaba caer en el sofá.

Sonreí, me subí las gafas sobre la nariz y esperé a que él se burlara de mi aspecto.

—America tenía que acabar un trabajo.

—Hablando de trabajos, ¿has empezado ya el de Historia? —Mi pelo enmarañado ni siquiera le hizo pestañear, y fruncí el ceño por su reacción.

—¿Tú sí?

—Lo he acabado esta tarde.

—No hay que entregarlo hasta el miércoles que viene —dije, sorprendida.

—Pues yo acabo de rematarlo. ¿Qué dificultad hay en un ensayo de dos páginas sobre Grant?

—Supongo que yo lo dejo todo para el último momento —admití, encogiéndome de hombros. Probablemente no lo empiece hasta el fin de semana.

—Bueno, si necesitas ayuda, no tienes más que decírmelo.

Esperé a que se riera o diera alguna señal de que estaba bromeando, pero lo decía con sinceridad.

Levanté una ceja.

—¿Tú vas a ayudarme con ese artículo?

—Tengo un sobresaliente en esa asignatura —dijo él, un poco ofendido por mi incredulidad.

—Tiene sobresalientes en todas sus asignaturas. Es un jodido genio. Lo odio —dijo Shepley, mientras conducía a America al salón de la mano.

Observé a Travis con una expresión de duda y levantó las cejas.

—¿Qué? ¿Acaso crees que un chico cubierto de tatuajes y que pega puñetazos para ganarse la vida no puede sacar buenas notas? No estoy en la universidad porque no tenga nada mejor que hacer.

—Entonces, ¿por qué tienes que pelear? ¿Por qué no intentaste pedir una beca? —pregunté.

—Lo hice, y me concedieron la mitad de la matrícula, pero hay libros, gastos diarios y tengo que pagar la otra mitad en algún momento. Lo digo en serio, Paloma. Si necesitas ayuda con algo, no tienes más que pedírmelo.

—No necesito que me ayudes. Sé escribir un ensayo.

Quería dejarlo así. Debería haberlo hecho, pero aquella nueva faceta suya que se había revelado me daba curiosidad.

—¿Y no puedes encontrar otro modo de ganarte la vida? Menos, no sé, ¿sádico?

Travis se encogió de hombros.

—Es una forma fácil de ganarse la vida. No puedo ganar tanto dinero en el centro comercial.

—No diría que dar golpes en la cara sea fácil.

—¿Cómo? ¿Te preocupas por mí? —preguntó, parpadeando por la sorpresa.

Torcí el gesto y él se rio.

—No me alcanzan muy a menudo. Si intentan pegarme, me muevo. No es tan difícil.

Solté una carcajada.

—Actúas como si nadie más hubiera llegado a esa conclusión.

—Cuando doy un puñetazo, lo reciben e intentan responder. Así no se ganan las peleas.

Puse los ojos en blanco.

—¿Quién eres? ¿Karate Kid? ¿Dónde aprendiste a pelear?

Shepley y America se miraron y agacharon la cabeza. No tardé mucho en darme cuenta de que había metido la pata.

Travis no parecía afectado.

—Mi padre tenía problemas con la bebida y mal carácter, y además mis cuatro hermanos mayores llevaban el gen cabrón.

—¡Oh! —Me ardían las orejas.

—No te avergüences, Paloma. Papá dejó de beber y mis hermanos crecieron.

—No me avergüenzo —dije, mientras jugueteaba con los mechones sueltos de pelo y decidía arreglármelo y hacerme otro moño, para intentar ignorar el incómodo silencio.

—Me gusta el estilo natural que llevas hoy. Las chicas no suelen aparecer así por aquí.

—Me obligaste a venir. Y además no pretendía impresionarte —dije, molesta porque mi plan hubiera fallado.

Puso su sonrisa de niño pequeño, y aumenté mi enfado en un grado con la esperanza de disimular mi incomodidad. No sabía cómo se sentían la mayoría de las chicas con él, pero había visto cómo se comportaban. Yo estaba experimentando una sensación más cercana a la náusea y a la desorientación que al enamoramiento tonto, y cuanto más intentaba él hacerme sonreír, más incómoda me sentía yo.

—Ya estoy impresionado. Normalmente no tengo que suplicar a las chicas que vengan a mi apartamento.

—Claro —dije, torciendo el gesto por el asco.

Era el peor tipo de petulante. No solo era descaradamente consciente de su atractivo, sino que estaba tan acostumbrado a que las mujeres se le lanzaran al cuello que mi comportamiento distante le resultaba refrescante en lugar de un insulto. Tendría que cambiar de estrategia.

America señaló la televisión y la encendió.

—Dan una buena peli esta noche. ¿Alguien quiere descubrir dónde está Baby Jane?

Travis se levantó.

—Justo ahora pensaba salir a cenar. ¿Tienes hambre, Paloma?

—Ya he comido —respondí indiferente.

—No, qué va —dijo America antes de darse cuenta de su error—. Oh..., eh..., es verdad, olvidaba que te has zampado una... ¿pizza? antes de irnos.

Puse una mueca de exasperación ante su deprimente intento de arreglar su metedura de pata y esperé la reacción de Travis. Cruzó la habitación y abrió la puerta.

—Vamos, tienes que estar hambrienta.

—¿Adónde vas?

—Adonde tú quieras. Podemos ir a una pizzería.

Bajé la mirada a mi ropa.

—La verdad es que no voy vestida apropiadamente.

Se detuvo un momento a evaluarme y después se rio.

—Estás bien. Vámonos. Me muero de hambre.

Me levanté y me despedí de America con la mano, adelantando a Travis para bajar las escaleras. Me detuve en el aparcamiento, observando con horror cómo cogía una moto de color negro mate.

—Uf... —solté, encogiendo los dedos de los pies desnudos.

Me lanzó una mirada.

—Venga, sube. Iré despacio.

—¿Qué es eso? —pregunté, leyendo demasiado tarde lo que ponía en el depósito de combustible.

—Es una Harley Night Rod. Es el amor de mi vida, así que no arañes la pintura cuando te subas.

—¡Pero si llevo chanclas!

Travis se quedó mirando como si hablara en algún idioma extranjero.

—Y yo botas, ¡venga, sube!

Se puso las gafas de sol, y el motor rugió cuando le infundió vida. Me subí y busqué detrás de mí algún sitio al que agarrarme, pero mis dedos se deslizaron desde el cuero a la tapa de plástico de la luz trasera.

Travis me cogió de las muñecas y me hizo abrazarlo por la cintura.

—No hay nada a lo que agarrarse, solo yo, Paloma. No te sueltes —dijo al tiempo que empujaba la moto hacia atrás con los pies.

Con un giro de muñeca, puso rumbo hacia la calle y salió despedido como un cohete. Los mechones de pelo que llevaba sueltos me golpearon la cara, y me agaché detrás de Travis, sabiendo que acabaría con bichos aplastados en las gafas si miraba por encima de su hombro.

Pisó el acelerador al llegar al camino del restaurante y, en cuanto se detuvo, no tardé ni un minuto en bajar a la seguridad del cemento.

—¡Estás chiflado!

Travis se rio mientras apoyaba la moto sobre su soporte antes de desmontar.

—Pero si he respetado el límite de velocidad...

—¡Sí, si hubiéramos ido por una autopista! —dije, mientras me soltaba el moño para deshacerme los enredones con los dedos.

Travis observó cómo me retiraba el pelo de la cara y después se encaminó hacia la puerta y la mantuvo abierta.

—No dejaría que te pasara nada malo, Paloma.

Entré furiosa en el restaurante, aunque mi cabeza todavía no se había sincronizado con los pies. El aire se llenó de olor a grasa y hierbas aromáticas cuando lo seguí por la alfombra roja salpicada de migas de pan. Eligió una mesa con bancos en la esquina, lejos de los grupos de estudiantes y familias, y después pidió dos cervezas. Eché un vistazo al local: observé a los padres obligar a sus bulliciosos hijos a comer y esquivé las inquisitivas miradas de los estudiantes de Eastern.

—Claro, Travis —dijo la camarera, apuntando nuestras bebidas.

Parecía un poco alterada por su presencia cuando regresó a la cocina. Repentinamente avergonzada por mi apariencia, me recogí detrás de las orejas los mechones de pelo que el viento había hecho volar.

—¿Vienes aquí a menudo? —pregunté mordazmente.

Travis apoyó los codos en la mesa y clavó sus ojos marrones en los míos.

—Y bien, ¿cuál es tu historia, Paloma? ¿Odias a los hombres en general, o solo a mí?

—Creo que solo a ti —gruñí.

Soltó una carcajada: mi mal humor le divertía.

—No consigo acabar de entenderte. Eres la primera chica a la que le he dado asco antes de acostarse conmigo. No te atontas cuando hablas conmigo ni intentas atraer mi atención.

—No es ningún tipo de treta. Simplemente no me gustas.

—No estarías aquí si no te gustara.

Mi entrecejo se relajó involuntariamente y suspiré.

—No he dicho que seas mala persona. Simplemente no me gusta que saquen conclusiones de cómo soy por el mero hecho de tener vagina.

Centré mi atención en los granos de sal que había sobre la mesa hasta que oí que Travis se atragantaba.

Abrió los ojos como platos y se agitó con carcajadas que parecían aullidos.

—¡Oh, Dios mío! ¡Me estás matando! Ya está. Tenemos que ser amigos. Y no acepto un no por respuesta.

—No me importa que seamos amigos, pero eso no implica que tengas que intentar meterte en mis bragas cada cinco segundos.

—No vas a acostarte conmigo. Lo entiendo. —Intenté no sonreír, pero fracasé. Se le iluminó la mirada—. Tienes mi palabra. Ni siquiera pensaré en tus bragas..., a menos que quieras que lo haga.

Hinqué los codos en la mesa y apoyé mi peso en ellos.

—Y eso no pasará, así que podemos ser amigos.

Una sonrisa traviesa afiló sus rasgos mientras se acercaba un poco más.

—Nunca digas de esta agua no beberé.

—Bueno, ¿y cuál es tu historia? —pregunté—. ¿Siempre has sido Travis Perro Loco Maddox, o te bautizaron así cuando llegaste aquí?

Hice un gesto con dos dedos de cada mano para marcar unas comillas cuando dije su apodo, y por primera vez su confianza flaqueó. Parecía un poco avergonzado.

—No. Adam empezó con eso después de mi primera pelea.

Sus respuestas cortas comenzaban a fastidiarme.

—¿Ya está? ¿No vas a contarme nada más sobre ti?

—¿Qué quieres saber?

—Lo normal. De dónde eres, qué quieres ser cuando seas mayor..., cosas así.

—He nacido aquí y aquí me he criado. Y estoy especializándome en justicia criminal.

Con un suspiro, desenvolvió los cubiertos y los puso al lado de su plato. Miró por encima del hombro, con la mandíbula tensa. A dos mesas de distancia, el equipo de fútbol de Eastern estalló en carcajadas, y Travis pareció molestarse por el objeto de sus risas.

—Estás bromeando —dije sin poder creer lo que había dicho.

—No, soy de aquí —dijo él, distraído.

—Me refiero a tu licenciatura. No pareces el tipo de chico que se especializa en derecho penal.

Juntó las cejas, repentinamente centrado en nuestra conversación.

—¿Por qué?

Repasé los tatuajes que le cubrían el brazo.

—Diré simplemente que no te va lo de derecho penal.

—No me meto en problemas... la mayor parte del tiempo. Papá era bastante estricto.

—¿Y tu madre?

—Murió cuando yo era niño —comentó, con total naturalidad.

—Lo... lo siento —dije, sacudiendo la cabeza.

Su respuesta me tomó desprevenida. Rechazó mi simpatía.

—No la recuerdo. Mis hermanos sí, pero yo solo tenía tres años cuando murió.

—Cuatro hermanos, ¿eh? ¿Cómo los distinguías?

—Los distinguía según quién golpeaba más fuerte, que resultó coincidir con el orden de sus edades. Thomas, los gemelos... Taylor y Tyler, y después, Trenton. Es mejor que nunca te quedes a solas en una habitación con Taylor y Ty. Aprendí de ellos la mitad de lo que hago en el Círculo. Trenton era el más pequeño, pero también el más rápido. Ahora es el único que podría darme un puñetazo.

Sacudí la cabeza, aturdida por la idea de cinco Travis correteando por una sola casa.

—¿Y todos llevan tatuajes?

—Sí, menos Thomas. Trabaja como ejecutivo en California.

—¿Y tu padre? ¿Dónde está?

—Anda por aquí —dijo él.

Volvía a apretar las mandíbulas, cada vez más irritado con el equipo de fútbol.

—¿De qué se ríen? —le pregunté, señalando la ruidosa mesa. Sacudió la cabeza. Era evidente que no quería compartirlo. Me crucé de brazos, sin saber cómo estar en mi asiento, nerviosa por lo que estarían diciendo que tanto le molestaba—. Dímelo.

—Se están riendo de que te haya traído a comer, primero. No suele ser... mi estilo.

—¿Primero? —Cuando caí en la cuenta de a qué se refería, Travis se rio de mi expresión. Entonces, hablé sin pensar—. Yo, que temía que se estuvieran riendo de que te vieran con alguien vestido así..., y resulta que piensan que me voy a acostar contigo —farfullé.

—¿Por qué no iban a tener que verme contigo?

—¿De qué estábamos hablando? —pregunté, intentando ocultar el calor que sentía en las mejillas.

—De ti. ¿En qué te vas a especializar? —preguntó él.

—Oh, eh..., por ahora estoy con las asignaturas comunes. Todavía no me he decidido, pero me inclino hacia la Contabilidad.

—Pero no eres de aquí.

—No, soy de Wichita. Igual que America.

—¿Y cómo acabaste aquí si vivías en Kansas?

Tiré de la punta de la etiqueta de mi botella de cerveza.

—Simplemente tuvimos que escaparnos.

—¿De qué?

—De mis padres.

—Ah. ¿Y America? ¿También tiene problemas con sus padres?

—No, Mark y Pam son geniales. Prácticamente me criaron. En cierto modo, me siguió; no quería que viniera aquí sola.

Travis asintió.

—Bueno, ¿y por qué Eastern?

—¿A qué viene este tercer grado? —dije.

Las preguntas estaban pasando de lo trivial a lo personal y empezaba a sentirme incómoda.

Varias sillas se entrechocaron cuando el equipo de fútbol dejó sus asientos. Soltaron un último chiste antes de empezar a caminar hacia la puerta. Cuando Travis se levantó, rápidamente apretaron el paso. Los que estaban al final del grupo empujaron a los de delante para escapar antes de que Travis cruzara el local. Volvió a sentarse, obligándose a dejar de lado la frustración y el enfado.

Levanté una ceja.

—Ibas a decirme por qué elegiste Eastern —me apremió.

—Es difícil de explicar —respondí, encogiéndome de hombros—. Supongo que me pareció una buena opción.

Sonrió al abrir el menú.

—Sé a qué te refieres.

Capítulo 2

CERDO

Caras familiares ocupaban los asientos de nuestra mesa favorita para comer. Junto a mí se sentaban America, a un lado, y Finch, al otro, y los restantes sitios fueron ocupados por Shepley y sus hermanos de Sigma Tau. Resultaba difícil oír nada con el estruendo sordo que reinaba en la cafetería; además, el aire acondicionado parecía estropeado de nuevo. El ambiente estaba cargado por el olor a fritos y sudor, pero por alguna razón todo el mundo parecía tener más energía de la normal.

—Hola, Brazil —dijo Shepley, saludando al hombre que estaba sentado delante de mí. Su piel color aceituna y sus ojos chocolate contrastaban con la gorra blanca del equipo de fútbol de Eastern que llevaba calada en la frente—. Te eché de menos después del partido del sábado. Me bebí una o seis cervezas por ti —dijo con una sonrisa amplia y blanca.

—Te agradezco el gesto. Llevé a Mare a cenar fuera —dijo inclinándose para besar a America en el nacimiento de su larga melena rubia.

—Estás sentado en mi silla, Brazil.

Brazil se dio la vuelta y vio a Travis de pie detrás de él, y entonces me miró, sorprendido.

—Oh, ¿es una de tus chicas, Trav?

—Desde luego que no —dije, negando con la cabeza.

Brazil miró a Travis, que lo observaba fijamente con expectación. Brazil se encogió de hombros y se llevó la bandeja al extremo de la mesa.

Travis me sonrió cuando se acomodó en el asiento.

—¿Qué hay, Paloma?

—¿Qué es eso? —pregunté, incapaz de apartar la mirada de su bandeja. La misteriosa comida de su bandeja parecía hecha de cera.

Travis se rio y tomó un sorbo de su vaso de agua.

—Las señoras de la cafetería me dan miedo. No estoy por la labor de criticar sus habilidades culinarias.

No me pasaron desapercibidas las miradas inquisitivas de las demás personas sentadas a la mesa. El comportamiento de Travis les picaba la curiosidad, y yo me contuve para no sonreír por ser la única chica junto a la que insistía en sentarse.

—Uf..., después de comer tenemos el examen de Biología —gruñó America.

—¿Has estudiado? —pregunté.

—Dios, no. Me pasé la noche intentando convencer a mi novio de que no ibas a acostarte con Travis.

Los jugadores de fútbol que estaban sentados al extremo de nuestra mesa detuvieron sus risas detestables para escuchar mejor, de manera que llamaron la atención de los demás estudiantes. Miré a America, pero parecía ajena a toda responsabilidad y dio un toquecito a Shepley con el hombro.

—Dios, Shep. Sí que estás mal, ¿no? —preguntó Travis, lanzando un sobrecito de ketchup a su primo.

Shepley no respondió, pero yo sonreí a Travis, encantada por la diversión. America le frotó la espalda.

—Ya se le pasará. Simplemente necesita un tiempo para creerse que Abby podrá resistirse a tus encantos.

—No he intentado «encandilarla» —dijo Travis, con aire de ofensa—. Es mi amiga.

Miré a Shepley.

—Te lo dije. No tienes nada de que preocuparte.

Shepley finalmente me miró a los ojos y, al ver mi expresión de sinceridad, se le iluminó un poco la mirada.

—¿Y tú? ¿Has estudiado? —me preguntó Travis.

Fruncí el ceño.

—Por mucho tiempo que dedique a estudiar, estoy perdida con la Biología. Simplemente parece que no me entra en la cabeza.

Travis se levantó.

—Vamos.

—¿Qué?

—Vamos por tus apuntes. Te ayudaré a estudiar.

—Travis...

—Levanta el culo, Paloma. Vas a pasar ese examen.

Al pasar tiré a America de una de sus largas trenzas pajizas.

—Nos vemos en clase, Mare.

Sonrió.

—Te guardaré un asiento. Voy a necesitar toda la ayuda que pueda conseguir.

Travis me siguió a mi habitación, y yo saqué mi guía de estudio, mientras él abría mi libro. Me interrogó implacablemente y después me aclaró unas cuantas cosas que no entendía. Tal y como él se explicaba, los conceptos pasaron de confusos a obvios.

—... y las células somáticas se reproducen mediante la mitosis. Y ahí vienen las fases. Suenan de forma parecida a un nombre de mujer: Prometa Anatelo.

Me reí.

—¿Prometa Anatelo?

—Profase, Metafase, Anafase y Telofase.

—Prometa Anatelo —repetí asintiendo.

Me golpeó en la coronilla con los papeles.

—Lo tienes controlado. Te sabes esta guía de estudio de arriba abajo.

Suspiré.

—Bueno..., ya veremos.

—Te acompaño a clase y así te pregunto de camino.

Cerré la puerta detrás de nosotros.

—No te enfadarás si repruebo este examen, ¿no?

—No vas a reprobarlo, Paloma. Aunque la próxima vez deberíamos empezar antes —dijo él, mientras caminaba a mi lado hacia el edificio de ciencias.

—¿Cómo piensas compaginar ser mi tutor con llevar al día tus deberes y entrenarte para tus peleas?

Travis se rio.

—No entreno para las peleas. Adam me llama, me dice dónde es la pelea y yo voy.

Sacudí la cabeza con incredulidad mientras Travis sujetaba el papel y se preparaba para hacerme la primera pregunta. Casi nos dio tiempo a completar una segunda ronda de la guía de estudio cuando llegué a mi clase.

—Patéales el culo —dijo sonriendo, mientras me entregaba los apuntes, apoyado en el quicio de la puerta.

—Hola, Trav. —Me volví y vi a un hombre alto, algo desgarbado, que sonreía a Travis mientras iba a la clase.

—¿Qué hay, Parker? —asintió Travis.

Los ojos de Parker se iluminaron un poco cuando me miró y sonrió.

—Hola, Abby.

—Hola —respondí, sorprendida de que supiera mi nombre.

Lo había visto en clase, pero nunca nos habíamos presentado.

Parker siguió hasta su asiento, bromeando con quienes se sentaron a su lado.

—¿Quién es ese? —pregunté.

Travis se encogió de hombros, pero la piel de alrededor de sus ojos parecía más tensa que antes.

—Es Parker Hayes, uno de mis hermanos de Sig Tau.

—¿Estás en una hermandad? —pregunté, vacilante.

—En Sigma Tau, la misma que Shep. Pensé que lo sabías —dijo, mirando por encima de mí a Parker.

—Bueno..., es que no pareces el tipo de chico que está en una hermandad —dije, observando los tatuajes en sus antebrazos.

Travis volvió a centrar su atención en mí y sonrió.

—Mi padre es un antiguo miembro, y todos mis hermanos son Sig Tau. Es una tradición familiar.

—¿Y esperan que jures fidelidad a la hermandad? —pregunté, escéptica.

—En realidad, no. Son buenos tipos —dijo él, hojeando mis papeles—. Será mejor que te vayas ya a clase.

—Gracias por ayudarme —dije, dándole un golpecito con el codo.

Llegó America y la seguí hasta nuestros asientos.

—¿Cómo ha ido? —preguntó ella.

Me encogí de hombros.

—Es un buen tutor.

—¿Solo un tutor?

—También es un buen amigo.

Pareció decepcionada, y yo me reí por la expresión de frustración de su cara. Siempre había sido uno de los sueños de America que saliéramos con dos chicos que fueran amigos y compañeros de habitación-primos; para ella, era como si nos tocara el gordo. Quería que compartiéramos habitación cuando decidió venir conmigo a Eastern, pero yo veté su idea con la esperanza de ampliar un poco mi horizonte. Cuando dejó de hacer pucheros por mi decisión, focalizó sus esfuerzos en encontrar a un amigo de Shepley a quien presentarme.

El saludable interés de Travis había sobrepasado sus expectativas.

El examen acabó resultándome fácil, y fui a sentarme a los escalones del exterior del edificio para esperar a America. Cuando bajó repentinamente hasta mi lado, con cara de derrota, esperé a que hablara.

—¡Me ha ido fatal! —gritó ella.

—Deberías estudiar con nosotros. Travis lo explica realmente bien.

America soltó un lamento y apoyó la cabeza en mi hombro.

—¡No me has ayudado nada! ¿No podrías haber hecho algún gesto con la cabeza por cortesía o algo?

Le rodeé el cuello con el brazo y la acompañé hasta nuestra residencia.

Durante la semana siguiente, Travis me ayudó con mi ensayo de historia y me hizo de tutor en Biología. Fuimos juntos a ver la lista de notas colgada fuera del despacho del profesor Campbell. Yo era la tercera estudiante con mejor nota.

—¡El tercer puesto de la clase! ¡Bien hecho, Paloma! —dijo él, abrazándome.

Sus ojos brillaban de emoción y orgullo, y di un paso atrás presa de un repentino sentimiento de incomodidad.

—Gracias, Trav. No podría haberlo hecho sin ti —dije, tirando de su camiseta.

Me miró por encima del hombro y empezó a avanzar entre la multitud que había detrás de nosotros.

—¡Abran paso! ¡Muévanse, gente! Hagan sitio para el cerebro horriblemente desfigurado y enorme de esta pobre mujer. ¡Es una supergenio!

Me reí al ver las expresiones de diversión y curiosidad de mis compañeros.

Conforme pasaron los días, tuvimos que sortear los persistentes rumores acerca de que teníamos una relación. La reputación de Travis ayudó a acallar el rumor. Nunca había sabido estar con una sola chica más de una noche, así que cuanto más nos veían juntos, mejor entendía la gente nuestra relación platónica como lo que era. Ahora bien, ni siquiera las constantes preguntas sobre nuestro vínculo hicieron disminuir la atención que Travis recibía de sus compañeras.

Siguió sentándose a mi lado en Historia y almorzando conmigo. No tardé mucho en darme cuenta de que me había equivocado con él, e incluso llegué a defender a Travis de quienes no lo conocían tan bien como yo.

En la cafetería, Travis dejó un cartón de jugo de naranja delante de mí.

—No era necesario que te molestaras. Iba a coger uno —dije, mientras me quitaba la chaqueta.

—Bueno, pues ya no tienes que hacerlo —comentó él, con un hoyuelo ligeramente marcado en su mejilla izquierda.

Brazil resopló.

—¿Te has convertido en su criado, Travis? ¿Qué será lo siguiente? ¿Abanicarla con una hoja de palmera, vestido solo con un bañador Speedo?

Travis lo fulminó con una mirada asesina, y yo salté en su defensa.

—Tú no podrías ni rellenar un Speedo, Brazil. Así que cierra esa boca.

—¡Calma, Abby! Estaba bromeando —dijo Brazil, levantando las manos.

—Bueno..., pero no le hables así —dije, frunciendo el ceño.

La expresión de Travis era una mezcla de sorpresa y gratitud.

—Ahora sí que lo he visto todo. Una chica acaba de defenderme —dijo al tiempo que se levantaba.

Antes de irse con su bandeja, echó una nueva mirada de aviso a Brazil, y entonces salió a reunirse con un pequeño grupo de fumadores que estaban de pie en el exterior del edificio.

Intenté no mirarlo mientras se reía y hablaba. Todas las chicas del grupo competían sutilmente por ponerse a su lado, y America me dio un codazo en las costillas cuando se dio cuenta de que mi atención estaba en otro sitio.

—¿Qué miras, Abby?

—Nada, no estoy mirando nada.

Apoyó la barbilla en la mano y meneó la cabeza.

—Son tan obvias... Mira a la pelirroja. Se ha pasado los dedos por el pelo tantas veces como ha pestañeado. Me pregunto si Travis se cansará alguna vez de eso.

Shepley asintió.

—Sí que lo hace. Todo el mundo piensa que es un imbécil, pero si supieran toda la paciencia que tiene con cada chica que cree que puede domarlo... No puede ir a ninguna parte sin que anden fastidiándolo. Creéme; es mucho más educado de lo que lo sería yo.

—Ya, estoy segura de que a ti no te encantaría estar en su lugar —dijo America, dándole un beso en la mejilla.

Travis se estaba acabando el cigarrillo en el exterior de la cafetería cuando pasé por su lado.

—Espera, Paloma. Te acompaño.

—No tienes que acompañarme a todas las clases, Travis. Sé llegar sola.

Travis se distrajo rápidamente con una chica de pelo largo y negro, con minifalda, que pasó a su lado y le sonrió. La siguió con la mirada y asintió a la chica, a la vez que tiraba al suelo el cigarrillo.

—Luego te veo, Paloma.

—Sí —dije, poniendo los ojos en blanco, mientras él corría junto a la chica.

El asiento de Travis permaneció vacío durante la clase y me descubrí a mí misma algo molesta con él porque me hubiera dejado por una chica a la que ni siquiera conocía. El profesor Chaney pronto dio la clase por terminada, y me apresuré a cruzar el césped, consciente de que tenía que encontrarme con Finch a las tres para darle los apuntes de Sherri Cassidy de Iniciación a la música. Miré el reloj y apreté el paso.

—¿Abby?

Parker corrió por el césped para alcanzarme.

—Me parece que todavía no nos hemos presentado oficialmente —dijo tendiéndome la mano—. Parker Hayes.

Le estreché la mano y sonreí.

—Abby Abernathy.

—Estaba detrás de ti cuando viste la nota del examen de Biología. Felicidades —prosiguió con una sonrisa y metiéndose las manos en los bolsillos.

—Gracias. Travis me ayudó, si no habría estado al final de esa lista, créeme.

—Oh, son...

—Amigos.

Parker asintió y sonrió.

—¿Te ha dicho que hay una fiesta en la fraternidad este fin de semana?

—Básicamente hablamos de Biología y comida.

Parker se rio.

—Eso suena mucho a Travis.

En la puerta del Morgan Hall, Parker me miró a la cara con sus enormes ojos verdes.

—Deberías venir. Será divertido.

—Lo comentaré con America. No creo que tengamos ningún plan.

—¿Son una especie de pack de dos?

—Hicimos un pacto este verano. Nada de ir a fiestas solas.

—Inteligente —asintió en señal de aprobación.

—Conoció a Shep en Orientación, así que, en realidad, tampoco he tenido que ir con ella a todas partes. Esta será la primera vez que necesite pedírselo, así que estoy segura de que vendrá encantada.

Me encogí intimidada. No solo balbuceaba, sino que había dejado claro que no solían invitarme a ir a fiestas.

—Genial, nos vemos allí —dijo él.

Se despidió con su sonrisa perfecta, propia de un modelo de Banana Republic, con su mandíbula cuadrada y el bronceado natural de su piel, y se dio media vuelta para seguir andando por el campus.

Observé cómo se alejaba: alto, bien afeitado, con una camisa ajustada de rayas finas y pantalones vaqueros. Su pelo ondulado, rubio oscuro, se movía mientras caminaba.

Me mordí el labio, halagada por su invitación.

—Bueno, este va más a tu ritmo —me dijo Finch al oído.

—Está lindo, ¿verdad? —pregunté, incapaz de dejar de sonreír.

—Pues sí, oye. Si te gusta la onda ñoña y la posición del misionero, sí.

—¡Finch! —grité, dándole un manotazo en el hombro.

—¿Tienes los apuntes de Sherri?

—Sí —dije, mientras los sacaba del bolso.

Se encendió un cigarrillo, lo sostuvo entre los labios y hojeó los papeles.

—Increíblemente brillante —dijo él, mientras repasaba las páginas. Las dobló, se las guardó en el bolsillo y después dio otra calada—. Te viene muy bien que las calderas de Morgan estén estropeadas. Necesitarás una ducha fría después de la mirada lujuriosa que te ha echado ese grandulón.

—¿La residencia no tiene agua caliente? —lamenté.

—Exactamente —dijo Finch, echándose la mochila al hombro—. Me largo a Álgebra. Dile a Mare que no se olvide de mí este fin de semana.

—Se lo diré —farfullé, levantando la mirada hacia los antiguos muros de ladrillo de nuestra residencia.

Fui corriendo a mi habitación, empujé la puerta para entrar y dejé caer la mochila en el suelo.

—No tenemos agua caliente —murmuró Kara desde su escritorio.

—Eso he oído.

Mi celular vibró y lo desbloqueé. Había recibido un mensaje de America en el que maldecía las calderas. Un momento después, oí una llamada en la puerta.

America entró y se desplomó en mi cama, con los brazos cruzados.

—¿Puedes creer esta mierda? Con todo lo que estamos pagando y ni siquiera podemos darnos una ducha caliente.

Kara suspiró.

—Deja de lloriquear. ¿Por qué no te quedas con tu novio y ya está? ¿No has estado haciéndolo ya de todos modos?

America lanzó una mirada asesina a Kara.

—Buena idea, Kara. El hecho de que seas una zorra total resulta útil a veces.

Kara no apartó la mirada de la pantalla de su computadora, sin inmutarse por la provocación.

America sacó su teléfono celular y tecleó un mensaje con una precisión y una velocidad sorprendentes. Su celular trinó y ella me sonrió.

—Nos quedaremos con Shep y Travis hasta que arreglen las calderas.

—¿Qué? ¡Desde luego que no! —grité.

—¿Cómo? Por supuesto que sí. No tiene sentido que te quedes aquí, congelándote en la ducha cuando Travis y Shep tienen dos baños en su casa.

—A mí no me ha invitado nadie.

—Te he invitado yo. Shep ya me ha dicho que le parecía bien. Puedes dormir en el sofá... si Travis no lo usa.

—¿Y si lo utiliza?

America se encogió de hombros.

—Entonces, puedes dormir en la cama de Travis.

—¡Ni en sueños!

Ella puso los ojos en blanco.

—No seas tonta, Abby. Son amigos, ¿no? Si no ha intentado nada a estas alturas, no creo que lo haga ya.

Sus palabras me cerraron el pico. Travis había estado rondándome de un modo o de otro todas las noches durante algunas semanas. Me había sentido tan ocupada asegurándome de que todo el mundo supiera que éramos amigos que no se me había ocurrido que realmente solo se mostraba interesado en mi amistad. No estaba segura de por qué, pero me sentí insultada.

Kara nos miró con incredulidad.

—¿Travis Maddox no ha intentado acostarse contigo?

—¡Somos amigos! —dije a la defensiva.

—Ya, ya, pero ¿ni siquiera lo ha intentado? Se ha acostado con todo el mundo.

—Excepto con nosotras —dijo America, escrutándola—. Y contigo.

Kara se encogió de hombros.

—Bueno, yo no lo conozco. Solo he oído hablar de él.

—Exactamente —le espeté—. Ni siquiera lo conoces.

Kara volvió a su computadora, ignorando nuestra presencia. Suspiré.

—Vale, Mare. Necesito agarrar unas cuantas cosas.

—Asegúrate de llevar suficiente ropa para unos cuantos días, quién sabe cuánto tardarán en arreglar las calderas —dijo ella, demasiado emocionada.

El miedo se apoderó de mí, como si fuera a colarme en territorio enemigo.

—Hum..., está bien.

America dio un salto y me abrazó.

—¡Qué divertido va a ser esto!

Media hora después, habíamos cargado su Honda y nos dirigíamos al apartamento. America apenas se tomó un respiro entre frases incoherentes, mientras conducía. Tocó el claxon cuando se disponía a detenerse donde solía aparcar. Shepley bajó corriendo los escalones y sacó nuestras dos maletas del maletero, antes de seguirnos escaleras arriba.

—Está abierto —dijo él, resoplando.

America empujó la puerta y la mantuvo abierta. Shepley gruñó cuando dejó caer nuestro equipaje en el suelo.

—¡Nena, tu maleta pesa diez kilos más que la de Abby!

America y yo nos quedamos heladas cuando una mujer emergió del baño, abotonándose la blusa.

—Hola —dijo ella, sorprendida.

Sus ojos con el rímel corrido nos examinaron antes de ir a parar a nuestro equipaje. La reconocí como la chica morena de piernas largas a la que Travis había seguido desde la cafetería.

America clavó la mirada en Shepley, que levantó las manos.

—¡Está con Travis!

Travis apareció en calzoncillos y bostezó. Miró a su invitada y le dio una palmadita en el trasero.

—La gente a la que esperaba está aquí. Será mejor que te vayas.

Ella sonrió y lo envolvió con sus brazos, mientras lo besaba en el cuello.

—Te dejaré mi número sobre la barra.

—Eh..., no te molestes —dijo Travis en tono distendido.

—¿Cómo? —preguntó ella, echándose hacia atrás para mirarlo a los ojos.

—¡Siempre lo mismo! —dijo America. Miró a la mujer—. ¿Cómo puede ser que te sorprendas? ¡Es Travis Maddox, joder! ¡Es famoso precisamente por eso, pero las chicas siempre se sorprenden! —prosiguió ella volviéndose hacia Shepley, que la rodeó con el brazo y le hizo gestos para que se calmara.

La chica frunció el ceño a Travis, cogió su cartera y salió hecha una furia, dando un portazo tras ella. Travis, por su parte, fue hasta la cocina y abrió la nevera como si no hubiera pasado nada.

America meneó la cabeza y reanudó su camino por el pasillo. Shepley la siguió, arqueando el cuerpo para compensar el peso de la maleta que arrastraba.

Me derrumbé sobre el sillón abatible y suspiré, mientras me preguntaba si estaba loca por haber accedido a ir allí. No había tenido en cuenta que el apartamento de Shepley era una puerta giratoria para barbies tontas.

Travis estaba de pie detrás de la barra donde desayunaban, con los brazos cruzados sobre el pecho y sonriendo.

—¿Qué pasa, Paloma? ¿Has tenido un día duro?

—No, estoy profundamente asqueada.

—¿Conmigo? —Sonreía.

Debería haberme imaginado que esa conversación se esperaba, aunque eso solo me hizo sentirme menos dispuesta a contenerme.

—Sí, contigo. ¿Cómo puedes usar a alguien así y tratarla de ese modo?

—¿Cómo la he tratado? Me ha ofrecido su número, y yo lo he rechazado.

Se me abrió la boca de par en par por su falta de remordimientos.

—¿Te acuestas con ella pero no quieres su número?

Travis se apoyó sobre los codos en el mostrador.

—¿Por qué iba a querer su número si no voy a llamarla?

—¿Y por qué te has acostado con ella si no vas a volver a llamarla?

—Yo no prometo nada a nadie, Paloma. Esa no dijo que quisiera una relación antes de abrirse de piernas en mi sofá.

Me quedé mirando el sofá con repulsión.

—«Esa» es la hija de alguien, Travis. ¿Qué pasaría si más adelante alguien trata a tu hija así?

—Será mejor que a mi hija no se le caigan las bragas ante un idiota al que acaba de conocer, por decirlo de algún modo.

Crucé los brazos, enfadada por su intento de justificación.

—Entonces, además de admitir que eres un idiota, ¿estás diciendo que, como se ha acostado contigo, merecía que la echaran como a un gato callejero?

—Lo que digo es que he sido franco con ella. Es adulta. Todo ha sido consentido..., incluso parecía demasiado ansiosa, si quieres que te diga la verdad. Actúas como si hubiera cometido un crimen.

—Ella no parecía tener tan claras tus intenciones, Travis.

—Las mujeres suelen justificar sus actos con cualquier cosa que se inventan. Esa chica no ha dicho de entrada que quisiera establecer una relación seria, igual que yo no le he dicho que quería sexo sin compromiso. ¿Dónde ves la diferencia?

—Eres un cerdo.

Travis se encogió de hombros.

—Me han llamado cosas peores.

Miré fijamente el sofá. Los cojines seguían torcidos y amontonados por su reciente uso. Retrocedí al pensar en cuántas mujeres se habrían entregado sobre esa tapicería. Una tela que parecía picar, por cierto.

—Me parece que dormiré en el sillón —murmuré.

—¿Por qué?

Lo miré, furiosa por la expresión confusa de su cara.

—¡No pienso dormir en esa cosa! ¡A saber encima de qué me estaría tumbando!

Levantó mi maleta del suelo.

—No vas a dormir en el sofá ni en el sillón. Vas a dormir en mi cama.

—Que sin duda será más insalubre que el sofá. Estoy segura.

—Nunca ha habido nadie en mi cama aparte de mí.

Puse los ojos en blanco.

—¡Por favor!

—Lo digo absolutamente en serio. Me las tiro en el sofá. Nunca las dejo entrar en mi habitación.

—¿Y yo sí puedo usar tu cama?

Levantó un lado de la boca con una sonrisa traviesa.

—¿Planeas acostarte conmigo esta noche?

—¡No!

—Ahí lo tienes, esa es la razón. Ahora levanta tu malhumorado culo, date una ducha caliente y después podremos estudiar algo de Biología.

Me quedé mirándolo durante un momento y, a regañadientes, hice lo que me decía. Me quedé bajo la ducha, desde luego, mucho tiempo, dejando que el agua se llevara con ella mi sentimiento de agravio. Mientras me masajeaba el pelo con el champú, suspiré por lo genial que resultaba ducharse en un baño privado de nuevo, sin chancletas ni neceser, solo la relajante mezcla de agua y vapor.

La puerta se abrió y me sobresalté.

—¿Mare?

—No, soy yo —dijo Travis.

Automáticamente me tapé con los brazos las partes que no quería que él viera.

—¿Qué haces aquí? ¡Lárgate!

—Te has olvidado de coger una toalla, y te traigo tu ropa, tu cepillo de dientes y algún tipo de extraña crema facial que he encontrado en tu bolso.

—¿Has estado rebuscando entre mis cosas? —chillé.

No respondió. En lugar de eso, oí girar la llave del grifo y que empezaba a lavarse los dientes. Me asomé por la cortina de plástico, sin dejar de sujetarla contra mi pecho.

—Sal de aquí, Travis. —Levantó la mirada hacia mí, con los labios cubiertos de espuma de la pasta de dientes.

—No puedo irme a la cama sin lavarme los dientes.

—Si te acercas a menos de medio metro de la cortina, te sacaré los ojos mientras duermes.

—No voy a mirar, Paloma —dijo él riéndose.

Esperé bajo el agua con los brazos fuertemente apretados alrededor del pecho. Él escupió, hizo gárgaras y volvió a escupir; después la puerta se cerró. Me aclaré el jabón de la piel, me sequé tan rápido como pude y me vestí con una camiseta y unos pantalones cortos, mientras me ponía las gafas y me pasaba el peine por el pelo. Me fijé en la hidratante de noche que Travis me había traído, y no pude evitar sonreír. Cuando quería, podía ser atento y casi simpático. Entonces, volvió a abrir la puerta.

—¡Vamos Paloma! ¡Me están saliendo canas aquí fuera!

Le lancé el peine y él se agachó. Después cerró la puerta y se fue riendo para sus adentros hasta su habitación. Me lavé los dientes y después recorrí el pasillo, pasando por delante del dormitorio de Shepley.

—Buenas noches, Abby —gritó America desde la oscuridad.

—Buenas noches, Mare.

Dudé antes de llamar suavemente dos veces a la puerta de Travis.

—Entra, Paloma. No hace falta que llames.

Abrió la puerta, entré y vi su cama de barras de hierro, en paralelo a la hilera de ventanas que había en el lado más alejado de la habitación. Las paredes estaban desnudas excepto la parte sobre el cabecero, ocupada por un sombrero mexicano. En cierto modo, esperaba que su habitación estuviera cubierta de pósteres de mujeres medio desnudas, pero ni siquiera vi un anuncio de marca de cerveza. Su cama era negra; la alfombra, gris; y todo lo demás, blanco. Parecía que acabara de mudarse.

—Bonito pijama —dijo Travis, observando mis pantalones cortos amarillos y mi camiseta gris. Se sentó en la cama y dio unas palmaditas sobre la almohada que estaba a su lado—. Vamos, ven. No voy a morderte.

—No me das miedo —dije, antes de acercarme a la cama y de dejar caer mi libro de Biología a su lado—. ¿Tienes un bolígrafo?

Él señaló con la cabeza la mesita de noche.

—En el cajón de arriba.

Alargué el brazo sobre la cama y abrí el cajón, donde encontré tres bolígrafos, un lápiz, un tubo de lubricante y un tarro transparente de cristal rebosante de cajas de diferentes marcas de condones. Con asco, cogí un bolígrafo y cerré el cajón.

—¿Qué? —preguntó él, mientras pasaba una página de mi libro.

—¿Has asaltado una clínica?

—No. ¿Por qué?

Le quité el tapón al bolígrafo, incapaz de ocultar la expresión de asco de mi cara.

—Por tu provisión de condones de por vida.

—Mejor prevenir que curar, ¿no?

Puse los ojos en blanco. Travis pasaba las páginas con una ligera sonrisa en los labios. Me leyó los apuntes, recalcando los puntos principales mientras me hacía preguntas y me explicaba pacientemente lo que no entendía.

Después de una hora, me quité las gafas y me froté los ojos.

—Estoy rendida. No puedo memorizar ni una sola macromolécula más.

Travis sonrió y cerró mi libro.

—De acuerdo.

Me quedé quieta, sin saber cómo íbamos a arreglárnoslas para dormir. Travis salió de la habitación al pasillo y murmuró algo al pasar por delante de la habitación de Shepley, antes de abrir el agua de la ducha. Aparté las sábanas y, después, me cubrí con ellas hasta el cuello, mientras oía el agudo silbido del agua que corría por las tuberías.

Diez minutos después, el agua dejó de caer y el suelo crujió bajo los pasos de Travis. Cruzó la habitación con una toalla alrededor de las caderas. Tenía tatuajes en lados opuestos del pecho, y unos dibujos tribales le cubrían los abultados hombros. En el brazo derecho, las líneas y símbolos negros se extendían desde el hombro hasta la muñeca, mientras que en el izquierdo se detenían en el codo, con una sola línea de texto en la parte inferior del antebrazo. Con toda la intención, me mantuve de espaldas cuando se colocó de pie delante de la cómoda, dejó caer la toalla y se puso un par de calzoncillos.

Tras apagar la luz, se metió en la cama junto a mí.

—¿Vas a dormir aquí? —le pregunté, dándome la vuelta para mirarlo.

La luna llena que entraba por las ventanas arrojaba sombras sobre su cara.

—Pues claro. Esta es mi cama.

—Lo sé, pero... —Hice una pausa: las únicas opciones que me quedaban eran el sofá o el sillón.

Travis sonrió y meneó la cabeza.

—¿A estas alturas todavía no confías en mí? Me portaré bien, lo prometo —dijo, levantando unos dedos que, con toda seguridad, los Boy Scouts de América nunca habrían considerado usar.

No discutí, simplemente me di media vuelta y apoyé la cabeza en la almohada, después de amontonar las sábanas detrás de mí para crear una clara barrera entre su cuerpo y el mío.

—Buenas noches, Paloma —me susurró al oído.

Sentí su aliento mentolado en mi mejilla, lo que me puso toda la piel de gallina. Gracias a Dios, estábamos lo suficientemente a oscuras como para que no pudiera ver mi embarazo o el rubor en las mejillas que siguió.

Parecía que acababa de cerrar los ojos cuando oí el despertador. Alargué el brazo para apagarlo, pero aparté la mano con horror cuando noté una piel cálida bajo los dedos. Intenté recordar dónde estaba. Cuando obtuve la respuesta, me mortificó que Travis hubiera podido pensar que lo había hecho a propósito.

—¿Travis? Tu despertador —susurré. Seguía sin moverse—. ¡Travis! —dije, dándole un codazo suave.

Como seguía sin moverse, pasé el brazo por encima de él, buscando a tientas en la penumbra, hasta que noté la parte superior del reloj. No sabía cómo apagarlo, así que empecé a darle golpecitos hasta que di con el botón para retrasar la alarma, y volví a dejarme caer resoplando sobre mi almohada.

Travis soltó una risita burlona.

—¿Estabas despierto?

—Te prometí que me portaría bien. No dije nada de dejar que te tumbaras encima de mí.

—No me he tumbado encima de ti —protesté—. No podía llegar al reloj. Probablemente sea la alarma más molesta que haya oído jamás. Sucna como un animal moribundo.

Entonces, Travis extendió el brazo y tocó un botón.

—¿Quieres desayunar?

Lo fulminé con la mirada y dije que no con la cabeza.

—No tengo hambre.

—Pues yo sí. ¿Por qué no te vienes conmigo en coche al café que hay calle abajo?

—No creo que pueda aguantar tu falta de habilidad para conducir tan temprano por la mañana —dije.

Me senté en un costado de la cama, me puse las chancletas y me dirigí a la puerta arrastrando los pies.

—¿Adónde vas? —preguntó.

—A vestirme para ir a clase. ¿Necesitas que te haga un itinerario durante los días que esté aquí?

Travis se estiró y caminó hacia mí, todavía en calzoncillos.

—¿Siempre tienes tan mal genio o eso cambiará una vez que creas que todo esto no es parte de un elaborado plan para meterme en tus bragas?

Me puso las manos sobre los hombros y noté cómo sus pulgares me acariciaban la piel al unísono.

—No tengo mal genio.

Se acercó mucho a mí y me susurró al oído:

—No quiero acostarme contigo, Paloma. Me gustas demasiado.

Después, siguió andando hacia el baño y me quedé allí de pie, estupefacta. Las palabras de Kara resonaban en mi cabeza. Travis Maddox se acostaba con todo el mundo; no podía evitar sentir que tenía algún tipo de carencia al saber que no mostraba el menor deseo ni siquiera de dormir conmigo.

La puerta volvió a abrirse y America entró.

—Vamos, arriba, ¡el desayuno está listo! —dijo con una sonrisa y sin poder reprimir un bostezo.

—Te estás convirtiendo en tu madre, Mare —refunfuñé, mientras rebuscaba en mi maleta.

—Oooh... Me parece que alguien no ha dormido mucho esta noche.

—Travis apenas ha respirado en mi dirección —dije mordazmente.

Una sonrisa de complicidad iluminó el rostro de America.

—Ah.

—Ah, ¿qué?

—Nada —dijo ella, antes de volver a la habitación de Shepley.

Travis estaba en la cocina, tarareando una melodía cualquiera mientras preparaba unos huevos revueltos.

—¿Seguro que no quieres? —preguntó.

—Sí, seguro. Gracias, de todos modos.

Shepley y America entraron en la cocina, y Shepley sacó dos platos del armario, en los que Travis amontonó los huevos humeantes. Shepley dejó los platos en la encimera, y él y America se sentaron juntos para satisfacer el apetito, que, con toda probabilidad, se debía a lo que habían hecho la noche anterior.

—No me mires así, Shep. Lo siento, simplemente no quiero ir —dijo America.

—Pero, nena, en la fraternidad se celebran fiestas de citas dos veces al año —argumentó Shepley mientras masticaba—. Todavía queda un mes. Tendrás tiempo suficiente para encontrar un vestido y cumplir con todo el rollo ese de chicas.

—Iría, Shep..., es muy amable por tu parte..., pero no conoceré a nadie allí.

—Muchas de las chicas que asisten no conocen a mucha gente —dijo él, sorprendido por el rechazo.

Ella se desplomó sobre la silla.

—Las zorras de las fraternidades siempre van a esas cosas. Y todas se conocen..., será raro.

—Vamos, Mare. No me hagas ir solo.

—Bueno..., quizá... ¿podrías encontrar a alguien que acompañara a Abby? —dijo ella mirándome a mí y después a Travis.

Travis alzó una ceja, y Shepley negó con la cabeza.

—Trav no va a fiestas de citas. Son cosas a las que llevas a tu novia... Y Travis no..., bueno, ya sabes.

—Podríamos emparejarla con alguien.

La miré con los ojos entrecerrados.

—Sabes que puedo oírte, ¿no?

America puso una cara a la que sabía que no podía negarme.

—Abby, por favor... Te encontraremos a un chico guapo e ingenioso y, por supuesto, me aseguraré de que esté bueno. ¡Te prometo que lo pasarás bien! Y ¿quién sabe? Tal vez consigas ligar.

Travis dejó caer la sartén en el fregadero.

—No he dicho que no fuera a llevarte.

Puse los ojos en blanco.

—No hace falta que me hagas favores, Travis.

—Eso no es lo que quería decir, Paloma. Las fiestas de citas son para los chicos con novia, y todo el mundo sabe que a mí el rollo de ennoviarme no me va. Sin embargo, contigo no tendré que preocuparme de que mi pareja espere un anillo de compromiso después.

America hizo pucheros.

—Porfi, porfi, Abby...

—No me mires así —dije en tono quejoso—. Travis no quiere ir; y yo tampoco. No seríamos una compañía agradable.

Travis cruzó los brazos y se apoyó en el fregadero.

—No he dicho que no quisiera ir. De hecho, creo que sería divertido si fuéramos los cuatro —dijo encogiéndose de hombros.

Todas las miradas se centraron en mí, y yo retrocedí.

—¿Por qué no podemos quedarnos aquí?

America hizo un mohín y Shepley se inclinó hacia delante.

—Porque tengo que ir, Abby. Soy un novato. Tengo que asegurarme de que todo vaya bien, de que todo el mundo tenga una cerveza en la mano, cosas así.

Travis cruzó la cocina y me rodeó los hombros con el brazo para acercarme a su lado.

—Vamos, Paloma. ¿Vienes conmigo?

Miré a America, después a Shepley y finalmente a Travis.

—Está bien —dije resignada.

America gritó y me abrazó, después noté la mano de Shepley en la espalda.

—Gracias, Abby —dijo.

Capítulo 3

GOLPE BAJO

Finch dio otra calada. El humo le salió por la nariz en dos espesas columnas de humo. Levanté la cara hacia el sol mientras él me entretenía con su último fin de semana de baile, bebida y un nuevo amigo muy persistente.

—Si te está acosando, ¿por qué dejas que te invite a copas? —me reí.

—Simple, Abby. No tengo dinero.

Volví a reírme, y Finch me dio un codazo en un costado cuando vio que Travis venía hacia nosotros.

—Hola, Travis —dijo Finch en tono cantarín, antes de guiñarme un ojo.

—Finch —le respondió él, asintiendo con la cabeza. Movió las llaves en el aire—. Me voy a casa, Paloma. ¿Necesitas que te lleve?

—Justo iba a entrar —dije, sonriéndole desde detrás de mis gafas de sol.

—¿No te quedas conmigo esta noche? —me preguntó. Su cara era una combinación de sorpresa y decepción.

—Sí, sí que me quedo, pero necesito recoger unas cuantas cosas que dejé.

—¿Como qué?

—Bueno, pues mi rastrillo, por ejemplo. ¿Qué más te da?

—Sí, ya va siendo hora de que te depiles las piernas. Han estado arrancándome la piel a tiras —dijo él, con una mueca traviesa.

A Finch casi se le salieron los ojos de las órbitas, mientras me echaba una mirada para confirmar lo que había oído. Yo le puse mala cara a Travis.

—¡Así empiezan los rumores!

Miré a Finch y sacudí la cabeza.

—Estoy durmiendo en su cama..., solo durmiendo.

—Ya —dijo Finch con una sonrisa petulante.

Le di un manotazo a Finch en el brazo antes de abrir la puerta y subir las escaleras. Cuando llegué al segundo piso, Travis estaba a mi lado.

—Vamos, no te enfades. Solo era una broma.

—Todo el mundo da ya por supuesto que nos estamos acostando. Lo estás empeorando.

—¿Y a quién le importa lo que piensen los demás?

—¡A mí, Travis! ¡A mí!

Empujé la puerta de mi habitación, metí unas cuantas cosas al azar en una bolsita y después salí furiosa con Travis pisándome los talones. Se rio mientras me cogía la bolsa que llevaba en la mano, y me quedé mirándolo.

—No tiene ninguna gracia. ¿Quieres que toda la universidad piense que soy una de tus zorras?

Travis frunció el ceño.

—Nadie piensa eso. Y, si alguien lo hace, será mejor que no llegue a mis oídos.

Me sujetó la puerta y, después de pasar, me detuve abruptamente delante de él.

—¡Eh! —dijo él, topándose conmigo.

Me di media vuelta con grandes aspavientos.

—¡Oh, Dios mío! La gente debe de pensar que estamos juntos y que tú sigues sin ninguna vergüenza con tu... estilo de vida. ¡Debo de parecer patética! —dije, dándome cuenta de la situación mientras hablaba—. No creo que deba seguir quedándome contigo; de hecho, creo que, en general, deberíamos mantenernos alejados el uno del otro durante un tiempo.

Le cogí la bolsa y él volvió a quitármela de las manos.

—Nadie piensa que estemos juntos, Paloma. No tienes que dejar de hablar conmigo para demostrar nada.

Iniciamos una especie de pelea por la bolsa, y, cuando se negó a soltarla, proferí un fuerte gruñido de frustración.

—¿Alguna vez se había quedado una chica, y me refiero a una que fuera solo tu amiga, a vivir contigo en tu casa? ¿Alguna vez habías llevado y traído a chicas a la universidad? ¿O habías comido con alguna todos los días? Nadie sabe qué pensar de nosotros, ¡aunque se lo expliquemos!

Fue caminando hasta el estacionamiento con mis cosas como prenda.

—Lo arreglaré, ¿vale? No quiero que nadie piense mal de ti por mi culpa —dijo con gesto turbado. —Sus ojos brillaron y sonrió—. Déjame compensarte. ¿Por qué no vamos a The Dutch esta noche?

—Pero si es un bar de motociclistas —dije, mientras observaba como ataba mi bolsa a su moto.

—Vale, pues entonces vayamos al club. Te llevaré a cenar y después podemos ir a The Red Door. Pago yo.

—¿Cómo arreglará el problema que salgamos a cenar y después vayamos a un club? Que la gente nos vea juntos solo empeorará la situación.

Se sentó a horcajadas sobre la moto.

—Piénsalo. ¿Yo, borracho, en una habitación llena de mujeres ligeras de ropa? La gente no tardará mucho en darse cuenta de que no somos pareja.

—¿Y qué se supone que tengo que hacer yo? ¿Llevar a un chico del bar a casa para dejarlo del todo claro?

—No he dicho eso. No hay necesidad de perder la cabeza —dijo con mala cara.

Puse los ojos en blanco, me subí al asiento y rodeé su cintura con mis brazos.

—¿Una chica cualquiera nos seguirá a casa desde el bar? ¿Así piensas compensarme?

—¿Acaso estás celosa, Paloma?

—¿Celosa de qué? ¿De la imbécil con alguna infección de transmisión sexual a la que echarás por la mañana?

Travis se rio y arrancó la Harley. Voló hacia su apartamento al doble de la velocidad permitida, y cerré los ojos para no ver los árboles y los coches que dejábamos atrás.

Después de bajarme de su moto, le di un golpe en el hombro.

—¿Es que se te ha olvidado que iba contigo? ¿Intentas matarme?

—Es difícil olvidar que estás detrás de mí cuando tus muslos me están exprimiendo la vida. —Su siguiente pensamiento le hizo sonreír—. De hecho, no se me ocurre una manera mejor de morir.

—Realmente te falta un tornillo.

Apenas habíamos entrado cuando America salió del dormitorio de Shepley.

—Estábamos pensando en salir esta noche. ¿Se apuntan, chicos?

Miré a Travis y sonreí.

—Pasaremos al bar de sushi antes de ir al Red.

America sonrió de oreja a oreja.

—¡Shep! —gritó, entrando a toda prisa en el baño—. ¡Salimos esta noche!

Fui la última en entrar en el baño, así que Shepley, America y Travis me esperaban impacientes, de pie junto a la puerta, cuando salí del cuarto de aseo con un vestido negro y unos zapatos de tacón rosa fuerte.

America silbó.

—¡Estás cañón, nena!

Sonreí agradecida y Travis me tendió la mano.

—Bonitas piernas.

—¿Te dije que es un rastrillo mágico?

—Me parece que no ha sido el rastrillo —dijo sonriendo, mientras tiraba de mí para que cruzara la puerta.

En el bar de sushi, resultamos ruidosos y molestos, y ya habíamos bebido suficiente para toda la noche antes de poner un pie en The Red Door. Shepley recorrió lentamente el estacionamiento, tomándose su tiempo para encontrar un espacio libre.

—Estaría bien estacionarse en algún momento de esta noche, Shep —musitó America.

—Oye, tengo que encontrar un sitio ancho. No quiero que algún idiota borracho me estropee la pintura.

Cuando nos estacionamos, Travis inclinó el asiento hacia delante y me ayudó a salir.

—Quería preguntarles por sus identificaciones. Son impecables. Por aquí no los consigues así.

—Sí, los tenemos desde hace tiempo. Era necesario... en Wichita —dije.

—¿Necesario? —preguntó Travis.

—Es bueno tener contactos —dijo America.

Se le escapó un hipido y se tapó la boca, mientras se reía tontamente.

—Por Dios, mujer —dijo Shepley, cogiendo a America del brazo, mientras ella caminaba torpemente sobre la grava—. Creo que ya has tenido bastante por esta noche.

Travis puso mala cara.

—¿De qué estás hablando, Mare? ¿Qué contactos?

—Abby tiene algunos viejos amigos que...

—Son identificaciones falsas, Trav —le interrumpí—. Tienes que conocer a la gente adecuada si quieres que te los hagan bien, ¿no te parece?

America apartó a propósito la mirada de Travis y esperó.

—Sí —dijo él, extendiendo la mano para que le diera la mía.

Lo cogí por tres dedos y sonreí, sabiendo por su expresión que mi respuesta no le había satisfecho.

—¡Necesito otra copa! —dije, en un segundo intento de cambiar de tema.

—¡Tragos! —gritó America.

Shepley puso los ojos en blanco.

—Ah, sí. Eso es lo que necesitas, otro trago.

Una vez dentro, America me condujo inmediatamente a la pista de baile. Su cabellera rubia se movía por todas partes, y la cara de pato que ponía cuando se movía al ritmo de la música me hizo reír. Cuando la canción acabó, nos reunimos con los chicos en el bar. Al lado de Travis, se había plantado ya una rubia platino excesivamente voluptuosa, y la cara de America se retorció en una mueca de asco.

—Será así toda la noche, Mare. Simplemente, ignóralas —dijo Shepley, señalando con la cabeza a un pequeño grupo de chicas que estaban a unos metros. Miraban a la rubia y esperaban su turno.

—Parece que Las Vegas ha vomitado a una bandada de buitres —ironizó America.

Travis se encendió un cigarrillo mientras pedía dos cervezas más; la rubia se mordió el labio operado y brillante, y sonrió. El camarero abrió las botellas y se las acercó a Travis. La rubia cogió una de las cervezas, pero Travis se la quitó de la mano.

—Eh..., no es para ti —le dijo, mientras me la daba a mí.

Lo primero que se me ocurrió fue tirar la botella a la basura, pero la mujer parecía tan ofendida que sonreí y di un trago. Se largó enfadada y yo me reí entre dientes, pero Travis no pareció ni fijarse.

—Como si fuera a pagarle una cerveza a una chica cualquiera de un bar —dijo, sacudiendo la cabeza. Yo alcé mi cerveza, y él esbozó una media sonrisa.

—Tú eres diferente.

Choqué mi botella contra la suya.

—Por ser la única chica con la que un chico sin criterio no quiere acostarse —dije, antes de dar un trago.

—¿Bromeas? —me preguntó, apartando la botella de mi boca. Como no me retracté, se inclinó hacia mí—. En primer lugar..., tengo criterio. Nunca he estado con una mujer fea. Jamás. Y, en segundo, sí quería acostarme contigo. Me he imaginado tirándote sobre mi sofá de cincuenta maneras diferentes, pero no lo he hecho porque ya no te veo de ese modo. Y no porque no me atraigas, sino porque creo que eres mejor que eso.

No pude contener la sonrisa de suficiencia que se extendió en mi cara.

—Crees que soy demasiado buena para ti.

Puso cara de desdén ante mi segundo insulto.

—No conozco a un solo tipo que sea suficientemente bueno para ti.

La sonrisa petulante desapareció para dejar paso a una que demostraba agradecimiento, e incluso emoción.

—Gracias, Trav —dije, mientras dejaba la botella vacía sobre la barra.

Travis me cogió de la mano.

—Vamos —dijo él y me condujo entre la multitud hasta la pista de baile.

—¡He bebido mucho! ¡Me voy a caer!

Travis sonrió y tiró de mí hacia él, mientras me agarraba por las caderas.

—Cállate y baila.

America y Shepley aparecieron a nuestro lado. Shepley se movía como si hubiera visto demasiados vídeos de Usher. Estuve a punto de dejarme llevar por el pánico cuando Travis me apretó contra él. Si usaba alguno de esos movimientos en el sofá, entendía por qué tantas chicas se arriesgaban a sufrir una humillación por la mañana.

Ciñó sus manos alrededor de mis caderas, y me di cuenta de que su expresión era diferente, casi seria. Le pasé las manos por el pecho y por los impecables abdominales, mientras se estiraban y tensaban bajo la ajustada camiseta, al ritmo de la música. Me puse de espaldas a él y sonreí cuando me agarró por la cintura. Por todo ello y por el alcohol que me corría por las venas, cuando apretó mi cuerpo contra el suyo, me vinieron ideas a la cabeza que eran cualquier cosa menos las de una simple amiga.

La siguiente canción se unió a la que estábamos bailando, y Travis no dio señal alguna de querer volver a la barra. Tenía la nuca cubierta de gotas de sudor, y las luces multicolores me hacían sentir algo mareada. Cerré los ojos y apoyé la cabeza contra su hombro. Me agarró las manos y me las subió hasta el cuello. Sus manos bajaron por mis brazos, por mis costillas y finalmente regresaron a mis caderas. Cuando noté sus labios y su lengua sobre mi cuello, me aparté de él.

Él se rio, algo sorprendido.

—¿Qué pasa, Paloma?

Mi ánimo se enardeció, pero las duras palabras que quería decir se me quedaron atascadas en la garganta. Me retiré a la barra y pedí otra Coronita. Travis se sentó en el taburete que había a mi lado y levantó el dedo para pedir otra copa. En cuanto el camarero me sirvió la botella, me bebí la mitad del contenido antes de volver a dejarla sobre la barra.

—¿Crees que esto cambiará la opinión de alguien sobre nosotros? —dije, echándome el pelo a un lado para cubrir el lugar en el que me había besado.

Soltó una carcajada.

—Me importa un pimiento lo que piensen de nosotros.

Lo fulminé con la mirada y después me volví hacia delante.

—Paloma —dijo, tocándome el brazo.

Me aparté de él.

—No, nunca podría emborracharme lo suficiente para dejar que me llevaras a ese sofá.

Su cara se retorció en una mueca de ira, pero, antes de que pudiera decir nada, una morena impresionante, de labios gruesos, unos ojos azules enormes y un escote todavía mayor, se acercó a él.

—Vaya, vaya, si es Travis Maddox —dijo, contoneándose en todos los sitios correctos.

Dio un trago y clavó los ojos en mí.

—Hola, Megan.

—¿No me presentas a tu novia? —dijo ella sonriendo.

Puse los ojos en blanco por lo transparente y lamentable que resultaba.

Travis echó la cabeza hacia atrás para apurar la cerveza y después lanzó la botella vacía por la barra. Todos los que estaban esperando para pedir la siguieron con la mirada hasta que cayó en el cubo de la basura que había al final.

—No es mi novia.

Cogió a Megan de la mano, y ella lo siguió feliz a la pista de baile. La manoseó por todas partes durante una canción, otra y otra. Estaban montando una escena por cómo ella le dejaba meterle mano y, cuando la inclinó, me volví de espaldas a ellos.

—Pareces enojada —dijo un hombre que estaba sentado a mi lado—. ¿Ese de ahí es tu novio?

—No, es solo un amigo —murmuré.

—Pues menos mal. Podría haber sido bastante incómodo para ti si lo hubiera sido.

Se volvió hacia la pista de baile y sacudió la cabeza ante el espectáculo.

—Y que lo digas —asentí, apurando lo que me quedaba de la botella.

Apenas había notado el sabor de las últimas dos, y tenía los dientes adormecidos.

—¿Te apetece otra? —preguntó. Lo examiné y él sonrió—. Soy Ethan.

—Abby —dije, estrechando la mano que me tendía. Levantó dos dedos al camarero y sonreí—. Gracias.

—Entonces, ¿vives aquí? —me preguntó.

—En Morgan Hall, en Eastern.

—Yo tengo un apartamento en Hinley.

—¿Vas a State? —pregunté—. ¿No está como a... una hora de distancia? ¿Qué haces por aquí?

—Me gradué el pasado mayo. Mi hermana pequeña va a Eastern. Me quedo con ella esta semana mientras busco trabajo.

—Vaya..., la vida en el mundo real, ¿eh?

Ethan se rio.

—Y es tal y como nos cuentan que es.

Saqué el brillo de labios del bolsillo y me lo extendí con esmero, usando el espejo que forraba la pared que había detrás de la barra.

—Un bonito color —dijo él, mientras me observaba apretar los labios.

Sonreí, mientras sentía la ira hacia Travis y la embriaguez del alcohol.

—Tal vez puedas probarlo después.

A Ethan se le iluminó la mirada mientras se acercaba más, y yo sonreí cuando me tocó la rodilla. Apartó la mano cuando Travis se interpuso entre nosotros.

—¿Estás lista, Paloma?

—Estoy en medio de una conversación, Travis —dije, apartándolo.

Tenía la camiseta empapada por el circo que había montado en la pista de baile, y me limpié la mano en la falda ostentosamente.

Travis puso mala cara.

—¿Acaso conoces a este tío?

—Es Ethan —dije, dedicándole la mejor sonrisa de flirteo a mi nuevo amigo.

Me guiñó un ojo, después miró a Travis y le tendió la mano.

—Me alegro de verte.

Travis me observó expectante hasta que cedí y lo señalé con la mano.

—Ethan, este es Travis —murmuré.

—Travis Maddox —apuntilló él, mirando la mano de Ethan como si quisiera arrancársela. Los ojos de Ethan se abrieron como platos y, con poca elegancia, apartó la mano.

—¿Travis Maddox? ¿El Travis Maddox de Eastern? —Apoyé la mejilla en el puño, temiendo la inevitable escena exacerbada por la testosterona que podría desarrollarse a continuación. Travis alargó el brazo por detrás de mí para agarrarse a la barra.

—¿Sí? ¿Qué pasa?

—Te vi luchar con Shawn Smith el año pasado, tío. ¡Pensaba que estaba a punto de presenciar la muerte de alguien! —Travis lo fulminó con la mirada.

—¿Quieres verlo de nuevo?

Ethan soltó una carcajada, y nos miró por turnos. Cuando se dio cuenta de que Travis iba en serio, me sonrió como señal de disculpa y finalmente se fue.

—¿Estás lista ahora? —espetó él.

—Eres un auténtico idiota, ¿lo sabías?

—Me han llamado cosas peores —me dijo, ayudándome a levantarme del taburete. Seguimos a America y a Shepley hasta el coche, y cuando Travis intentó cogerme de la mano y llevarme a través del estacionamiento, la aparté. Se dio media vuelta y yo me detuve bruscamente, retrocediendo cuando él se quedó a tan solo unos centímetros de mi cara.

—¡Debería besarte ya y acabar con esto! —gritó él—. ¡Esto es ridículo! Te besé en el cuello, ¿y qué?

Su aliento olía a cervezas y cigarrillos, así que lo aparté.

—No soy tu amiga con derecho a roce, Travis.

Él sacudió la cabeza, sin poder creérselo.

—¡Nunca he dicho que lo fueras! ¡Estás conmigo veinticuatro horas, siete días a la semana, duermes en mi cama, pero la mitad del tiempo actúas como si no quisieras que te vieran conmigo!

—¡Pero si he venido aquí contigo!

—Siempre te he tratado con respeto, Paloma.

Mantuve mi postura.

—No, me tratas como si te perteneciera. ¡No tenías derecho a espantar a Ethan así!

—¿Sabes quién es Ethan? —me preguntó.

Cuando negué con la cabeza, se acercó más.

—Pues yo sí. El año pasado lo arrestaron por agresión sexual, pero retiraron los cargos.

Crucé los brazos.

—Oh, ¿entonces tienen algo en común?

Travis frunció el ceño, y los músculos de sus mandíbulas se movieron bajo la piel.

—¿Me estás llamando violador? —dijo en un tono frío y bajo.

Apreté los labios, todavía más enfadada por que tuviera razón. Lo había llevado demasiado lejos.

—No, simplemente estoy enojada contigo.

—He estado bebiendo, ¿vale? Tu piel estaba a dos centímetros de la mía, eres guapa y hueles jodidamente bien cuando sudas. ¡Te besé, lo siento! ¡Supéralo!

Su disculpa me hizo esbozar una sonrisa.

—¿Crees que soy guapa?

Frunció el ceño con disgusto.

—Eres una preciosidad y lo sabes. ¿Por qué sonríes?

Intenté reprimir mi regocijo para no darle ese placer.

—Nada. Vámonos.

Travis se rio y sacudió la cabeza.

—¿Qué? ¿Cómo? ¡Eres un auténtico dolor de cabeza! —me gritó, mirándome fijamente. No podía dejar de sonreír y, tras unos segundos, Travis sonrió. Sacudió la cabeza de nuevo, y después me pasó el brazo por el cuello.

—Me vuelves loco. Lo sabes, ¿no?

En el apartamento, todos cruzamos torpemente la puerta. Fui directamente al baño para quitarme el humo del pelo. Cuando salí de la ducha, vi que Travis me había llevado una de sus camisetas y un par de sus pantalones cortos para que me cambiara.

La camiseta me engulló y los pantalones desaparecieron bajo la camiseta. Me derrumbé en la cama y suspiré, todavía sonriendo por lo que había dicho en el estacionamiento.

Travis se quedó mirándome durante un momento, y sentí una punzada en el pecho. Tenía unas ansias casi voraces por cogerle la cara y plantar mi boca en la suya, pero luché contra el alcohol y las hormonas que corrían por mis venas.

—Buenas noches, Paloma —susurró, mientras se daba media vuelta.

Me moví nerviosa; todavía no estaba preparada para dormirme.

—¿Trav? —dije, acercándome para apoyar la barbilla en su hombro.

—¿Sí?

—Sé que estoy borracha, y acabamos de tener una enorme pelea por esto, pero...

—No voy a acostarme contigo, así que deja de pedírmelo —dijo, todavía de espaldas a mí.

—¿Qué? ¡No! —grité.

Travis se rio y se volvió para mirarme, con una expresión de ternura.

—¿Qué pasa, Paloma?

Suspiré.

—Esto —dije, apoyando la cabeza sobre su pecho y estirando el brazo por encima de él, acurrucándome tan cerca como pude.

Se puso tenso y levantó las manos, como si no supiera cómo reaccionar.

—Estás borracha.

—Lo sé —dije, demasiado ebria como para avergonzarme.

Se relajó y me puso una mano sobre la espalda y otra sobre el pelo mojado, después apretó los labios contra mi frente.

—Eres la mujer más confusa que he conocido nunca.

—Es lo menos que puedes hacer después de espantar al único chico que se me ha acercado hoy.

—¿Te refieres a Ethan, el violador? Sí, te debo una.

—No importa —dije, sintiendo el inicio de un rechazo.

Me cogió el brazo y lo sujetó contra su estómago para evitar que lo apartara.

—No, lo digo en serio. Tienes que tener más cuidado. Si no hubiera estado allí... Ni siquiera quiero pensar en ello. ¿Y ahora esperas que me disculpe por hacer que te dejara en paz?

—No quiero que te disculpes. Ni siquiera se trata de eso.

—Entonces, ¿qué pasa? —me preguntó, buscándome los ojos.

Su cara estaba a escasos centímetros de la mía y podía notar su aliento en mis labios.

Fruncí el ceño.

—Estoy borracha, Travis. Es la única excusa que tengo.

—¿Quieres que te abrace hasta que te quedes dormida? —No respondí y él se movió para mirarme directamente a los ojos—. Debería decir que no para corroborar mi postura —dijo, arqueando las cejas—. Pero después me odiaría si me negara y no volvieras a pedírmelo.

Apoyé la mejilla en su pecho, y él me abrazó más fuerte, suspirando.

—No necesitas ninguna excusa, Paloma. Solo tienes que pedirlo.

Entrecerré los ojos por la luz del sol que entraba por la ventana y entonces la alarma resonó en mis oídos. Travis seguía dormido, rodeándome todavía con brazos y piernas. Conseguí liberar un brazo para parar el despertador.

Después de frotarme la cara, lo miré: estaba durmiendo sonoramente a dos centímetros de mi cara.

—Oh, Dios mío —susurré, preguntándome cómo habíamos llegado a estar tan entrelazados. Respiré hondo y contuve la respiración mientras intentaba liberarme.

—Déjalo, Paloma, estoy durmiendo —murmuró él, apretándome contra él.

Después de varios intentos, finalmente conseguí soltarme, y me senté al borde de la cama, mirando hacia atrás para ver su cuerpo medio desnudo, liado en las sábanas. Lo observé durante un momento y suspiré. Los límites empezaban a difuminarse, y era culpa mía.

Su mano se deslizó sobre las sábanas hasta tocarme los dedos.

—¿Qué pasa, Paloma? —dijo él, con los ojos apenas abiertos.

—Voy a por un vaso de agua. ¿Quieres algo?

Travis dijo que no con la cabeza, cerró los ojos y pegó la mejilla al colchón.

—Buenos días, Abby —dijo Shepley desde el sillón cuando doblé la esquina.

—¿Dónde está Mare?

—Sigue dormida. ¿Qué haces levantada tan temprano? —preguntó él, mirando el reloj.

—Ha sonado el despertador, pero siempre me despierto pronto después de beber. Es una maldición.

—Yo también —asintió él.

—Más vale que despiertes a Mare. Tenemos clase dentro de una hora —dije, mientras abría el grifo y me inclinaba para beber.

Shepley asintió.

—Pensaba dejarla dormir.

—No lo hagas. Se enfadará si se pierde la clase.

—Ah —dijo él, levantándose—, entonces es mejor que la despierte.

Se dio media vuelta.

—Oye, Abby.

—¿Sí?

—No sé qué hay entre Travis y tú, pero sé que hará algo estúpido para enfurecerte. Es un tic que tiene. No se acerca a nadie muy a menudo, y, por la razón que sea, contigo lo ha hecho. Pero tienes que perdonarle sus demonios. Es la única forma que tiene de saberlo.

—¿Saber qué? —pregunté, levantando una ceja por su discurso melodramático.

—Si podrás trepar el muro —respondió simplemente.

Sacudí la cabeza y me reí.

—Lo que tú digas, Shep.

Shepley se encogió de hombros y desapareció en su dormitorio. Oí unos suaves murmullos, un gruñido de protesta y después la risa dulce de America.

Removí la avena en mi tazón y añadí el jarabe de chocolate, estrujando directamente el bote.

—Eso es asqueroso, Paloma —dijo Travis, vestido solo con un par de calzoncillos de cuadros verdes.

Se frotó los ojos y sacó una caja de cereales del armario.

—Buenos días para ti también —dije, cerrando de una palmadita la tapa de la botella.

—He oído que se acerca tu cumpleaños. El último de tus años de adolescencia —bromeó, con los ojos hinchados y rojos.

—Sí..., bueno, no me gustan los cumpleaños. Creo que Mare piensa llevarme a cenar o algo así —sonreí—. Puedes apuntarte si te apetece.

—Vale —dijo encogiéndose de hombros—, ¿es dentro de una semana desde el domingo?

—Sí. ¿Y cuándo es el tuyo?

Vertió la leche y hundió el cereal con la cuchara.

—En abril. El 1 de abril.

—Anda ya.

—No, lo digo en serio —dijo él, mientras masticaba.

—¿Tu cumpleaños es el Día de los Inocentes*? —pregunté de nuevo, arqueando una ceja.

Se rio.

—¡Sí! Vas a llegar tarde. Será mejor que te vistas.

—Mare me va a llevar en coche.

Estaba segura de que estaba siendo intencionadamente frío cuando se limitó a encogerse de hombros.

—Tú misma —dijo él, volviéndose de espaldas para acabarse el cereal.

---

* En el mundo anglosajón, el Día de los Inocentes (April's Fool) se celebra el 1 de abril. *(N. de la T.)*.

Capítulo 4

LA APUESTA

—Decididamente te está mirando —susurró America, inclinándose hacia atrás para mirar al otro extremo de la habitación.

—Déjalo ya, tonta, te va a ver.

America sonrió y agitó la mano.

—Ya me ha visto. Sigue mirando hacia aquí.

Dudé durante un momento y entonces, finalmente, hice acopio del suficiente valor como para mirar hacia donde él estaba. Parker me estaba mirando directamente a mí, sonriendo.

Le devolví la sonrisa y después fingí escribir algo en la computadora.

—¿Sigue mirando? —susurré.

—Sí —respondió America entre risas.

Después de clase, Parker me paró en el vestíbulo.

—No te olvides de la fiesta de este fin de semana.

—No lo haré —dije, intentando no parpadear ni hacer cualquier otra cosa ridícula. America y yo seguimos nuestro camino hacia la cafetería, donde habíamos quedado con Travis y Shepley para comer, acortando por el césped. Ella seguía riéndose por el comportamiento de Parker cuando Shepley y Travis se acercaron.

—Hola, encanto —dijo America, justo antes de besar a su novio en la boca.

—¿De qué se reían? —preguntó Shepley.

—Ah, es que un chico se ha pasado toda la hora de clase mirando a Abby. Ha sido adorable.

—Mientras fuera a Abby a quien mirara —dijo Shepley con un guiño.

—¿Quién era? —dijo Travis con una mueca.

Me reajusté la mochila e indiqué a Travis que me la quitara de los brazos y la cogiera. Sacudí la cabeza.

—Mare se imagina cosas.

—¡Abby! ¡Menudo pedazo de mentirosa que estás hecha! Era Parker Hayes, y resultaba evidente. El chico estaba prácticamente babeando.

La cara de Travis se torció en una mueca de disgusto.

—¿Parker Hayes?

Shepley tiró a America de la mano.

—Vamos a comer. ¿Vendrán hoy con nosotros para disfrutar de la alta cocina de la cafetería?

America lo besó de nuevo como respuesta; Travis y yo los seguimos algo más atrás. Dejé mi bandeja entre America y Finch, pero Travis no ocupó su lugar habitual delante de mí. En lugar de eso, se sentó algo más lejos. En ese momento me di cuenta de que no había dicho mucho durante nuestro paseo hacia la cafetería.

—¿Estás bien, Trav? —le pregunté.

—¿Yo? Sí, ¿por qué? —dijo, relajando el gesto de la cara.

—Es que has estado muy callado.

Varios miembros del equipo de fútbol americano se acercaron a la mesa y se sentaron, riéndose estruendosamente. Travis parecía algo molesto mientras jugaba con la comida de su plato. Chris Jenks lanzó una papa frita al plato de Travis.

—¿Qué hay, Trav? He oído que te has tirado a Tina Martin. Hoy ha estado arrastrando tu nombre por los suelos.

—Cierra el pico, Jenks —dijo Travis, sin levantar la mirada de la comida.

Me incliné hacia delante para que el musculoso gigante que estaba sentado enfrente de Travis pudiera experimentar la fuerza de mi mirada.

—Cállate, Chris.

Travis me fulminó con la mirada.

—Sé cuidarme solo, Abby.

—Lo siento, solo...

—No quiero que sientas nada, no quiero que hagas nada —me espetó él, levantándose de la mesa y cruzando furioso la puerta.

Finch me miró con las cejas levantadas.

—Eh, ¿qué mosca le ha picado?

Yo pinché una papa con el tenedor y resoplé.

—Ni idea.

Shepley me dio una palmadita en la espalda.

—Tú no has hecho nada, Abby.

—Simplemente hay varias cosas que le rondan por la cabeza —añadió America.

—¿Qué cosas? —pregunté.

Shepley se encogió de hombros y centró la atención en su bandeja.

—A estas alturas, deberías saber que ser amigo de Travis requiere tener paciencia y una actitud indulgente. Vive en un universo propio.

Sacudí la cabeza.

—Ese es el Travis que ve todo el mundo..., no el que yo conozco.

Shepley se inclinó hacia delante.

—No hay ninguna diferencia. Simplemente tienes que aceptar las cosas como vengan.

Después de clase, fui en coche con America al apartamento y vimos que la moto de Travis no estaba. Fui a su habitación y me acurruqué en su cama, apoyando la cabeza en el brazo. Travis se encontraba bien por la mañana. Con todo el tiempo que habíamos estado juntos, no podía creer que me hubiera pasado desapercibido que algo lo hubiera molestado. No solo eso, me incomodaba que America pareciera saber qué ocurría y yo no.

Sentí que mi respiración se relajaba y que me pesaban los párpados; no tardé mucho en dormirme. Cuando volví a abrir los ojos, el cielo nocturno había oscurecido la ventana. Unas voces amortiguadas se colaban por el vestíbulo desde la sala de estar, incluida la más profunda de Travis. Fui sigilosamente hasta el vestíbulo y entonces me quedé helada al oír mi nombre.

—Abby lo entiende, Trav. No te tortures —dijo Shepley.

—Irán juntos a la fiesta de citas. ¿Qué hay de malo en pedirle que salga contigo? —preguntó America.

Me puse tensa, a la espera de su respuesta.

—No quiero salir con ella. Solo quiero estar con ella. Es una chica... diferente.

—¿Diferente en qué sentido? —preguntó America, con un tono ligeramente irritado.

—No aguanta mis estupideces, es refrescante. Tú misma lo dijiste, Mare. No soy su tipo. Lo que hay entre nosotros... simplemente es diferente.

—Estás más cerca de ser su tipo de lo que tú te crees —dijo America.

Me eché hacia atrás tan silenciosamente como pude, y cuando los tablones de madera crujieron bajo mis pies desnudos me estiré para cerrar la puerta del dormitorio de Travis y bajé por el vestíbulo.

—Hola, Abby —dijo America con una sonrisa—. ¿Qué tal tu siesta?

—Me he quedado inconsciente durante cinco horas. Ha sido más un coma que una siesta.

Travis se quedó mirándome fijamente durante un momento y, cuando le sonreí, vino directamente hacia mí, me cogió la mano y me arrastró por el vestíbulo hasta su dormitorio. Cerró la puerta, y sentí que el corazón me daba un vuelco en el pecho, preparándome para que dijera algo que aplastara mi ego.

Levantó las cejas.

—Lo siento mucho, Paloma. Antes me comporté contigo como un idiota.

Me relajé un poquito al ver remordimiento en su mirada.

—No sabía que estuvieras enfadado conmigo.

—Y no lo estaba. Simplemente tengo la mala costumbre de arremeter contra la gente que me importa. Sé que es una excusa penosa, pero lo siento —dijo él, mientras me envolvía en sus brazos.

Apoyé la mejilla en su pecho, acomodándome.

—¿Y por qué estabas enfadado?

—No importa. Lo único que me preocupa eres tú.

Me incliné hacia atrás para levantar la mirada hacia él.

—Puedo soportar tus rabietas.

Escrutó mi cara durante unos momentos, antes de que una ligera sonrisa se extendiera en sus labios.

—No sé por qué me aguantas, y no sé qué haría yo si no lo hicieras.

Podía oler la mezcla de cigarrillos y menta de su aliento, y le miré los labios; mi cuerpo reaccionó ante lo cerca que estábamos. La expresión de Travis cambió y su respiración se entrecortó: él también lo había notado.

Se inclinó hacia delante una distancia infinitesimal, pero ambos dimos un respingo cuando su celular sonó. Soltó un suspiro y lo sacó de su bolsillo.

—Sí, ¿Hoffman? Jesús..., está bien. Serán mil dólares fáciles. ¿Jefferson? —Me miró y pestañeó—. Allí estaré. —Colgó y me cogió de la mano—. Ven conmigo. —Me llevó de vuelta al vestíbulo—. Era Adam —dijo a Shepley—. Brady Hoffman estará en Jefferson dentro de noventa minutos.

Shepley asintió, se levantó y sacó el celular del bolsillo. Rápidamente tecleó la información y envió invitaciones mediante SMS exclusivos a quienes conocían el Círculo. Esos miembros, que rondaban los diez, escribirían a los diez nombres de su lista, y así seguiría la cadena hasta que todos los miembros supieran dónde iba a celebrarse la pelea.

—Muy bien —dijo America, sonriendo—. ¡Será mejor que nos preparemos!

El ambiente del apartamento era tenso y optimista al mismo tiempo. Travis parecía el menos afectado, mientras se calzaba las botas y una camiseta sin mangas blanca, como si se dispusiera a dar un paseo.

America me guio por el vestíbulo hasta el dormitorio de Travis y frunció el ceño.

—Tienes que cambiarte, Abby. No puedes ir así vestida a la pelea.

—¡Llevé un pinche suéter de punto la última vez y no dijiste nada! —protesté.

—La última vez no pensaba en serio que fueras a ir. Toma —dijo, mientras me lanzaba unas cuantas prendas de ropa—. Ponte esto.

—¡No pienso ponerme eso!

—¡Vamos! —gritó Shepley desde la sala de estar.

—¡Date prisa! —me apresuró America, corriendo hacia la habitación de Shepley. Me puse el top amarillo atado al cuello, sin espalda, y los tejanos de talle bajo que America me había lanzado, después me calcé un par de zapatos de tacón, y me pasé un cepillo por el pelo mientras bajaba al vestíbulo. America salió de su habitación con un vestido corto verde y unos zapatos de tacón a juego, y, cuando doblamos la esquina, Travis y Shepley estaban de pie junto a la puerta.

Travis se quedó boquiabierto.

—¡Oh, demonios, no! ¿Intentas que me maten? Tienes que cambiarte, Paloma.

—¿Cómo? —pregunté bajando la mirada.

America se puso las manos en las caderas.

—Está monísima, Trav, ¡déjala en paz!

Travis me cogió de la mano y me condujo por el vestíbulo.

—Ponte una camiseta... y unas zapatillas. Algo cómodo.

—¿Cómo? ¿Por qué?

—Porque si llevas esa camiseta estaré más preocupado de quién te está mirando las tetas que de Hoffman —dijo él, deteniéndose en su puerta.

—Creía que habías dicho que no te importaba ni un comino lo que pensaran los demás.

—Esto es diferente, Paloma. —Travis bajó la mirada a mi pecho y después volvió a levantarla—. No puedes ir así a la pelea, así que, por favor..., simplemente..., por favor, solo cámbiate —balbuceó, mientras me empujaba dentro de la habitación y cerraba la puerta.

—¡Travis! —grité.

Me quité los tacones y me puse las Converse. Después, me zafé el top atado al cuello y sin espalda, y lo lancé al otro lado de la habitación. Me puse la primera camiseta de algodón que tocaron mis manos y atravesé corriendo el vestíbulo para detenerme en el umbral de la puerta.

—¿Mejor? —dije resoplando, al tiempo que me recogía el pelo en una cola de caballo.

—¡Sí! —dijo Travis, aliviado—. ¡Vámonos!

Corrimos hasta el aparcamiento y salté al asiento trasero de la moto de Travis, mientras él encendía el motor y salía despedido, recorriendo a toda velocidad la calle que llevaba a la universidad.

Me aferré a su cintura por la expectación; las prisas por salir me habían llenado las venas de adrenalina.

Travis se subió al bordillo y dejó su moto a la sombra detrás del edificio Jefferson de Artes Liberales. Se puso las gafas de sol sobre la cabeza y me cogió de la mano, sonriendo mientras nos dirigíamos a hurtadillas a la parte trasera del edificio. Se detuvo junto a una ventana abierta cerca del suelo.

Abrí los ojos como platos al darme cuenta de lo que se disponía a hacer.

—Estás bromeando.

Travis sonrió.

—Esta es la entrada VIP. Deberías ver cómo entran los demás.

Sacudí la cabeza mientras él se esforzaba por meter las piernas, y después desapareció. Me agaché y grité a la oscuridad.

—¡Travis!

—Aquí abajo, Paloma. Mete primero los pies, y yo te cacho.

—¡Estás completamente loco si crees que voy a saltar a la oscuridad!

—¡Yo te cacho! ¡Te lo prometo!

Suspiré, mientras me tocaba la frente con la mano

—¡Esto es una locura!

Me senté y después me lancé hacia delante hasta que la mitad de mi cuerpo colgaba en la oscuridad. Me puse boca abajo y estiré los pies en busca del suelo. Intenté tocar con los pies la mano de Travis, pero me resbalé y grité cuando caí hacia atrás. Un par de manos me agarraron y oí la voz de Travis en la oscuridad.

—Te caes como una chica —dijo riéndose entre dientes.

Me bajó al suelo y, entonces, me adentró más en la oscuridad. Después de una docena de pasos, pude oír el familiar griterío de números y nombres, y entonces la habitación se iluminó. Había un farol en la esquina, que arrojaba la luz suficiente para poder adivinar la cara de Travis.

—¿Qué hacemos?

—Esperar. Adam tiene que acabar de soltar su rollo antes de que yo entre.

Estaba inquieta.

—¿Debería esperar aquí? ¿O mejor entro? ¿Adónde voy cuando empiece la pelea? ¿Dónde están Shep y Mare?

—Han ido por el otro camino. Simplemente sígueme. No voy a mandarte a ese foso de tiburones sin mí. Quédate junto a Adam; él evitará que te aplasten. Yo no puedo cuidar de ti y pegar puñetazos a la vez.

—¿Que me aplasten?

—Esta noche habrá más gente. Brady Hoffman es de State. Allí tienen su propio Círculo. Así que nuestra gente se juntará con la suya. Va a ser una auténtica locura.

—¿Estás nervioso? —pregunté.

Él sonrió, bajando la mirada hacia mí.

—No, pero tú sí que pareces algo nerviosa, en cambio.

—Tal vez —admití.

—Si te hace sentir mejor, no dejaré que me toque. Ni siquiera dejaré que me dé un golpe por sus fans.

—¿Y cómo vas a arreglártelas?

Él se encogió de hombros.

—Normalmente, dejo que me toquen una vez, solo para que parezca justo.

—¿Dejas...? ¿Dejas que tu rival te alcance?

—¿Dónde estaría la diversión si me limitara a destrozar a alguien y no dejara que me dieran nunca? No es bueno para el negocio, nadie apostaría en mi contra.

—Qué montón de idioteces —dije, cruzándome de brazos.

Travis arqueó una ceja.

—¿Crees que te estoy engañando?

—Me resulta difícil creer que solo te peguen cuando tú los dejas.

—¿Te gustaría hacer una apuesta sobre ese asunto, Abby Abernathy? —sonrió él, con una mirada de emoción.

—Acepto la apuesta. Creo que te alcanzará una vez.

—¿Y si no lo hace? ¿Qué gano? —preguntó él.

Me encogí de hombros mientras el griterío al otro lado de la pared creció hasta convertirse en un rugido. Adam dio la bienvenida a la multitud, y entonces repasó las reglas.

La boca de Travis se abrió en una amplia sonrisa.

—Si ganas, no me acostaré con nadie durante un mes. —Arqueé una ceja y él volvió a sonreír—. Pero, si gano yo, tendrás que quedarte conmigo un mes.

—¿Qué? ¡Pero si ya me alojo contigo de todos modos! ¿Qué tipo de apuesta es esa? —grité por encima del ruido.

—Hoy han arreglado las calderas de Morgan —dijo con una sonrisa y guiñándome el ojo.

Una sonrisa de satisfacción relajó mi expresión cuando Adam gritó el nombre de Travis.

—Cualquier cosa vale la pena con tal de verte probar la abstinencia, para variar.

Travis me dio un beso en la mejilla y salió, sacando pecho. Fui tras él y, cuando entramos en la siguiente habitación, me quedé sorprendida por el gran número de personas que estaban amontonadas en un espacio tan pequeño. La habitación se hallaba a tope, y los empujones y el griterío aumentaban al entrar en la habitación. Travis me señaló con la cabeza, y Adam me pasó la mano por los hombros, tirando de mí hacia él.

Me incliné para hablarle a Adam al oído.

—Apuesto dos por Travis —dije.

Adam levantó las cejas mientras me miraba sacar del bolsillo dos billetes de cien dólares con la cara del presidente Benjamin. Extendió la palma y le puse los billetes en la mano.

—No eres la Pollyanna que pensaba —dijo él, a regañadientes.

Brady le sacaba al menos una cabeza a Travis, así que no pude evitar tragar saliva cuando los vi de pie uno junto al otro. Brady era enorme, duplicaba el tamaño y la masa muscular de Travis. No podía ver la expresión de este, pero era evidente que Brady estaba sediento de sangre.

Adam apretó los labios contra mi oreja.

—Tal vez quieras taparte los oídos, nena.

Me llevé las manos a ambos lados de la cabeza, y Adam tocó la bocina. En lugar de atacar, Travis retrocedió unos pasos. Brady lanzó un golpe, y Travis lo esquivó, desviándose hacia la derecha. Brady volvió a golpear, pero Travis se agachó y dio un paso al otro lado.

—¿Qué demonios? ¡Esto no es un combate de boxeo! —gritó Adam.

Travis alcanzó a Brady en la nariz. El ruido del sótano era ensordecedor. Travis encajó un gancho de izquierda en la mandíbula de Brady, y no pude evitar llevarme las manos a la boca cuando Brady intentó lanzar unos cuantos puñetazos más, que acabaron todos en el aire. Brady cayó contra su séquito después de que Travis le diera un codazo en la cara. Justo cuando creía que todo había casi acabado, Brady volvió a atacar. Golpe tras golpe, Brady no parecía aguantar el ritmo. Ambos hombres estaban cubiertos de sudor, y ahogué un grito cuando Brady falló otro puñetazo y acabó golpeando un pilar de cemento con el puño. Cuando su oponente se dobló, cubriéndose el puño, Travis se dispuso a dar el golpe de gracia.

Era incansable: primero le dio un rodillazo a Brady en la cara, y después lo aporreó una y otra vez hasta que Brady se derrumbó y se dio un golpe contra el suelo. El nivel de ruido estalló cuando Adam se apartó de mí para lanzar el cuadrado rojo sobre la cara ensangrentada de Brady.

Travis desapareció detrás de sus fans, y yo apreté la espalda contra la pared, buscando a tientas el camino hasta la puerta por la que habíamos entrado. Llegar hasta el farol fue un enorme alivio. Me preocupaba que me derribaran y morir pisoteada.

Clavé la mirada en el umbral de la puerta, esperando a que la multitud irrumpiera en la pequeña habitación. Después de que pasaran varios minutos sin que Travis diera ninguna señal de vida, me preparé para rehacer mis pasos hasta la ventana. Con la cantidad de gente que intentaba salir a la vez, no era seguro empezar a dar vueltas por allí.

Justo cuando me adentraba en la oscuridad, unas pisadas crujieron sobre el suelo de cemento. Travis me estaba buscando alarmado.

—¡Paloma!

—¡Estoy aquí! —grité, lanzándome en sus brazos.

Travis bajó la mirada y frunció el ceño.

—¡Me has dado un susto de mierda! Casi he tenido que empezar otra pelea solo para llegar hasta ti... Y, cuando por fin llego, ¡te habías ido!

—Me alegro de que hayas vuelto. No me entusiasmaba tener que averiguar el camino de vuelta en la oscuridad.

La preocupación desapareció de su rostro y sonrió ampliamente.

—Me parece que has perdido la apuesta.

Adam irrumpió, me miró y, después, lanzó a Travis una mirada fulminante.

—Tenemos que hablar.

Travis me guiñó un ojo.

—No te muevas. Vuelvo ahora mismo.

Desaparecieron en la oscuridad. Adam alzó su voz unas cuantas veces, pero no pude averiguar lo que decía. Travis se dio media vuelta mientras se metía un fajo de dinero en el bolsillo y después me dedicó una media sonrisa.

—Vas a necesitar más ropa.

—¿De verdad me vas a obligar a quedarme contigo un mes?

—¿Me habrías obligado a pasar un mes sin sexo? —Me reí, admitiendo que lo habría hecho.

—Será mejor que hagamos una parada en Morgan.

Travis sonrió.

—Me parece que esto será interesante.

Cuando Adam pasó, me dejó con un golpe mis ganancias en la palma de la mano y se fundió en la muchedumbre, que empezaba a disiparse.

Travis arqueó una ceja.

—¿Has apostado?

Sonreí y me encogí de hombros.

—Me pareció buena idea disfrutar de la experiencia completa.

Me llevó a la ventana, después se arrastró hasta el exterior y me ayudó a salir al fresco aire de la noche. Los grillos cantaban alegremente en las sombras, deteniéndose solo el tiempo necesario para dejarnos pasar. Las matas de hierba que bordeaban la acera se mecían con la suave brisa, recordándome el sonido del océano cuando no está lo suficientemente cerca como para oír romper las olas. No hacía ni demasiado calor ni demasiado frío: era la noche perfecta.

—¿Por qué demonios ibas a querer que me quedara contigo, en cualquier caso? —pregunté.

Travis se encogió de hombros y se metió las manos en los bolsillos.

—No sé. Todo es mejor cuando estás tú.

Las mariposas que sus palabras me hicieron sentir en el estómago desaparecieron en cuanto vi las manchas rojas y sanguinolentas de su camisa.

—¡Puaj! Estás cubierto de sangre.

Travis se miró con indiferencia y entonces abrió la puerta, invitándome a entrar. Me encontré con Kara, que estaba estudiando en la cama, cautiva de los libros de texto que la rodeaban.

—Las calderas funcionan desde esta mañana —comentó ella.

—Eso he oído —dije, mientras rebuscaba en mi armario.

—Hola —dijo Travis a Kara.

La expresión del rostro de Kara se torció cuando escudriñó la figura sudorosa y manchada de Travis.

—Travis, esta es mi compañera de habitación, Kara Lin. Kara, Travis Maddox.

—Encantada de conocerte —saludó Kara, empujándose las gafas sobre el puente de la nariz. Echó una mirada a mis abultadas bolsas—. ¿Te mudas?

—No. He perdido una apuesta.

Travis estalló en una carcajada mientras cogía mis bolsas.

—¿Lista?

—Sí. ¿Cómo voy a llevar todo esto a tu apartamento? Vamos en tu moto.

Travis sonrió y sacó su celular. Llevó mi equipaje hasta la calle y, minutos después, el Charget negro antiguo de Shepley hizo su aparición.

Bajaron la ventanilla del lado del copiloto, y America asomó la cabeza.

—¡Hola, guapura!

—¡Hola! Las calderas vuelven a funcionar en Morgan. ¿Vas a seguir quedándote con Shep?

—Sí, había pensado quedarme esta noche. He oído que has perdido una apuesta —dijo, guiñándome un ojo.

Antes de que pudiera hablar, Travis cerró el maletero y Shep aceleró, mientras America gritaba al volver a caer sentada en el coche.

Caminamos hasta su Harley, y esperó a que me acomodara en mi asiento. Cuando lo envolví con mis brazos, apoyó su mano sobre la mía.

—Me alegro de que estuvieras allí esta noche, Paloma. Nunca en mi vida me he divertido tanto en una pelea.

Apoyé el mentón en su hombro y sonreí.

—Claro, porque intentabas ganar nuestra apuesta.

Inclinó el cuello para mirarme.

—Ya lo creo.

No había ningún signo de burla en su mirada; lo decía en serio y quería que lo viera.

Arqueé las cejas.

—¿Por eso estabas de tan mal humor hoy? ¿Porque sabías que habían arreglado las calderas y que me iría esta noche?

Travis no respondió; se limitó a sonreír cuando arrancó la moto. Recorrimos el trayecto hasta el apartamento de forma extrañamente lenta. En cada semáforo, Travis cubría mis manos con las suyas, o bien posaba la mano sobre mi rodilla. Los límites volvían a difuminarse, y me pregunté cómo podríamos pasar un mes juntos sin arruinarlo todo. Los cabos sueltos de nuestra amistad se estaban atando de una forma que nunca podía haber imaginado.

Cuando llegamos al apartamento, el Charger de Shepley estaba en su hueco habitual.

Me quedé de pie delante de la escalera.

—Siempre odio cuando llevan un rato en casa. Me siento como si fuéramos a interrumpirlos.

—Pues acostúmbrate. Esta es tu casa durante las próximas cuatro semanas. —Travis sonrió y se volvió, dándome la espalda—. Vamos.

—¿Qué?

Sonreí.

—Vamos, te llevaré a caballito.

Solté una risita y salté sobre su espalda, entrelazando los dedos sobre su pecho, mientras subía corriendo las escaleras. America abrió la puerta antes de que pudiéramos llegar arriba y sonrió.

—Menuda parejita... Si no supiera...

—Cállate, Mare —dijo Shepley desde el sofá.

America sonrió como si hubiera hablado más de la cuenta, entonces abrió la puerta de par en par para que cupiéramos. Travis se dejó caer sobre el sillón. Grité cuando se inclinó sobre mí.

—Te veo tremendamente alegre esta noche, Trav. ¿A qué se debe? —le espetó America.

Me agaché para verle la cara. Nunca lo había visto tan contento.

—He ganado un montón de dinero, Mare. El doble de lo que pensaba. ¿Por qué no iba a estar contento?

America se rio.

—No, es otra cosa —dijo ella, observando a Travis darme palmaditas en el muslo.

Tenía razón, Travis estaba diferente. Lo rodeaba un cierto halo de paz, casi como si un nuevo sentimiento de alegría se hubiera adueñado de su alma.

—Mare —la detuvo Shepley.

—De acuerdo, hablaré de otra cosa. ¿No te había invitado Parker a la fiesta de Sig Tau este fin de semana, Abby?

La sonrisa de Travis se desvaneció y se volvió hacia mí, aguardando una respuesta.

—Bueno, sí. ¿No vamos a ir todos?

—Yo sí —dijo Shepley, absorto por la televisión.

—Lo que significa que yo también voy —dijo America, mirando con expectación a Travis.

Travis se quedó mirándome un momento y me dio un ligero codazo en la pierna.

—¿Va a pasar a recogerte o algo así?

—No, simplemente me dijo que iría a la fiesta.

America puso una sonrisa traviesa y asintió con anticipación.

—En todo caso, dijo que te vería allí. Es muy mono.

Travis lanzó una mirada de irritación a America y después se volvió hacia mí:

—¿Vas a ir?

—Le dije que lo haría —respondí, encogiéndome de hombros—. ¿Tú vas a ir?

—Claro —dijo sin vacilación.

La atención de Shepley se volvió entonces hacia Travis.

—La semana pasada dijiste que no querías ir.

—He cambiado de opinión, Shep. ¿Qué problema hay?

—Ninguno —gruñó él, retirándose a su dormitorio.

America miró a Travis con el ceño fruncido.

—Sabes muy bien cuál es —dijo ella—. ¿Por qué no dejas de volver loco al chico y lo superas?

Se reunió con Shepley en su habitación y, tras la puerta cerrada, sus voces se redujeron a un murmullo.

—Bueno, me alegro de que todo el mundo lo sepa —dije.

Travis se levantó.

—Me voy a dar una ducha rápida.

—¿Le preocupa algo? —pregunté.

—No, solo está un poco paranoico.

—Es por nosotros —me atreví a adivinar.

Los ojos de Travis se iluminaron y asintió.

—¿Qué pasa? —pregunté, mirándolo suspicaz.

—Vas bien encaminada. Tiene que ver con nosotros. No te quedes dormida, ¿vale? Quiero hablar contigo de algo.

Retrocedió unos pasos y desapareció detrás de la puerta del baño. Enrosqué el pelo alrededor del dedo, reflexionando sobre el énfasis con el que pronunció la palabra «nosotros» y la mirada con la que la acompañó. Me pregunté si alguna vez había existido algún tipo de límite en absoluto, y si yo era la única que pensaba que Travis y yo seguíamos siendo solo amigos.

Shepley salió hecho una furia de su cuarto, y America corrió tras él.

—Shep, ¡detente! —le rogó ella.

Él se volvió a mirar la puerta del baño y luego a mí. Hablaba en voz baja pero enfadada.

—Me lo prometiste, Abby. Cuando te dije que no te dejaras llevar por las apariencias, ¡no me refería a que salieran! ¡Pensaba que eran solo amigos!

—Y así es —dije, conmocionada por su ataque sorpresa.

—¡No, no lo son! —respondió él furibundo.

America le tocó el hombro.

—Cariño, te dije que todo iría bien.

Él se alejó de ella.

—¿Por qué apoyas esto, Mare? ¡Ya te he dicho cómo acabará todo!

America le cogió la cara con ambas manos.

—¡Y yo te he dicho que te equivocabas! ¿Es que no confías en mí?

Shepley suspiró, la miró y después se largó furioso a su habitación.

America se dejó caer en el sillón que había a mi lado y resopló.

—No consigo meterle en la cabeza que, tanto si lo tuyo con Travis funciona como si no, no tiene por qué afectarnos. Supongo que está muy quemado por otras veces. Simplemente, no me cree.

—¿De qué estás hablando, Mare? Travis y yo no estamos juntos. Solo somos amigos. Ya lo has oído antes..., a él no le intereso en ese sentido.

—¿Eso has oído?

—Pues sí.

—¿Y te lo crees?

Me encogí de hombros.

—No importa. Nunca pasará nada. Me ha dicho que no me ve de ese modo. Además, tiene una fobia total al compromiso. Me costaría encontrar a una amiga, aparte de ti, con la que no se hubiera acostado, y no puedo aguantar sus cambios de humor. No me puedo creer que Shep piense de otro modo.

—Porque no solo conoce a Travis... Ha hablado con él, Abby.

—¿Qué quieres decir?

—¿Mare? —Shepley la llamó desde el dormitorio.

America suspiró.

—Eres mi mejor amiga. Me parece que a veces te conozco mejor de lo que te conoces tú a ti misma. Los veo juntos, y la única diferencia que hay respecto a Shep y a mí es que nosotros nos acostamos. Nada más.

—Hay una diferencia enorme, enorme. ¿Acaso Shep trae cada noche a casa a una chica diferente? ¿Vas a ir a la fiesta de mañana con un chico que definitivamente puede ser un novio potencial? Sabes que no puedo salir con Travis, Mare. Ni siquiera sé por qué estamos discutiéndolo.

La expresión se America se transformó en decepción.

—No estoy inventándome nada, Abby. Has pasado casi cada minuto del último mes con él. Admítelo: sientes algo por ese chico.

—Déjalo, Mare —dijo Travis, ciñéndose la toalla alrededor de la cintura.

America y yo dimos un salto al oír la voz de Travis y, cuando mi mirada se cruzó con la suya, vi claramente que la felicidad había desaparecido de ella. Se fue al vestíbulo sin decir nada más, y America me miró con una expresión triste.

—Creo que estás cometiendo un error —susurró ella—. No necesitas ir a esa fiesta a conocer a un chico, ya tienes a uno loco por ti aquí mismo —prosiguió, dejándome a solas.

Me balanceé en el sillón y repasé mentalmente todo lo que había ocurrido esa última semana. Shepley estaba enfadado conmigo, America, decepcionada, y Travis... había pasado de estar más feliz de lo que lo había visto jamás a sentirse tan ofendido que se había quedado sin habla. Demasiado nerviosa como para meterme en la cama con él, me quedé observando cómo pasaban los minutos en el reloj.

Había transcurrido una hora cuando Travis salió de su habitación y apareció en el vestíbulo. Cuando dobló la esquina, esperé que me pidiera que fuera a la cama con él, pero estaba vestido y llevaba las llaves de la moto en la mano. Unas gafas de sol ocultaban sus ojos, y se metió un cigarrillo en la boca antes de agarrar el pomo de la puerta.

—¿Te vas? —pregunté, incorporándome—. ¿Adónde?

—Fuera —respondió, abriendo la puerta de un tirón y cerrándola de un portazo tras él.

Volví a dejarme caer en el sillón y resoplé. De alguna manera me había convertido en la mala de la historia, y no tenía ni idea de cómo había llegado hasta ese punto.

Cuando el reloj que había sobre la televisión marcaba las dos de la mañana, acabé resignándome a irme a la cama. Aquel colchón resultaba solitario sin él, y la idea de llamarlo al celular empezó a rondarme por la cabeza. Casi me había quedado dormida cuando la moto de Travis se detuvo en el estacionamiento. Dos puertas de un coche se cerraron poco después, y oí las pisadas de varias personas que subían las escaleras. Travis buscó a tientas la cerradura y, entonces, la puerta se abrió. Se rio y farfulló algo, después oí no una, sino dos voces femeninas. Su risoteo se interrumpió con el distintivo sonido de los besos y los gemidos. Se me cayó el alma a los pies e inmediatamente me enfadé por sentirme así. Apreté los ojos con rabia cuando una de las chicas gritó y después tuve la seguridad de que el siguiente sonido se correspondía a los tres derrumbándose sobre el sofá.

Consideré pedir las llaves a America, pero la puerta de Shepley se veía directamente desde el sofá, y mi estómago no podía aguantar ser testigo de la imagen que acompañaba a los ruidos de la sala de estar. Enterré la cabeza bajo la almohada y cerré los ojos cuando la puerta se abrió de golpe. Travis cruzó la habitación, abrió el cajón superior de la mesita de noche, cogió el tarro de condones, y después cerró el cajón y volvió al pasillo. Las chicas se rieron durante lo que pareció una media hora, y después todo se instaló en el silencio.

Al cabo de unos segundos, gemidos, jadeos y gritos llenaron el apartamento. Sonaba como si estuvieran rodando una película pornográfica en el salón. Me tapé la cara con las manos y sacudí la cabeza. Una roca impenetrable había ocupado los límites que hubieran podido difuminarse o desaparecer la semana anterior. Intentaba librarme de mis ridículas emociones y forzarme a relajarme. Travis era Travis, y nosotros, sin lugar a dudas, éramos amigos y solo eso.

Los gritos y otros ruidos nauseabundos cesaron después de una hora, seguidos por el gimoteo y las quejas de las mujeres a las que estaban despidiendo. Travis se duchó y se tiró en su lado de la cama, de espaldas a mí. Incluso después de la ducha, olía como si hubiera bebido whisky suficiente para sedar a un caballo, y me quedé de piedra al pensar que había conducido la moto hasta casa en semejante estado.

Después de que la incomodidad desapareciera, se despertó la ira, y seguí sin poder conciliar el sueño. Cuando la respiración de Travis se volvió profunda y regular, me senté para mirar el reloj. El sol empezaría a salir en menos de una hora. Me desembaracé de las sábanas, salí de la habitación y saqué una manta del armario del pasillo. Las únicas pruebas que quedaban del trío de Travis eran dos paquetes de condones en el suelo. Los pisé y me dejé caer en el sillón.

Cerré los ojos. Cuando volví a abrirlos de nuevo, America y Shepley estaban sentados en silencio en el sofá viendo la televisión sin sonido. El sol iluminaba el apartamento, y me encogí cuando mi espalda se quejó al menor intento de moverme.

America centró su atención en mí.

—¿Abby? —dijo ella, corriendo junto a mí.

Me dedicó una mirada cautelosa. Esperaba que reaccionara con ira, lágrimas o cualquier otro estallido emocional.

Shepley parecía hecho polvo.

—Siento lo de anoche, Abby. Todo esto es culpa mía.

Sonreí.

—Tranquilo, Shep. No tienes de qué disculparte.

America y Shepley intercambiaron unas miradas, y después ella me cogió la mano.

—Travis se ha ido a la tienda. Está..., bueno, da igual dónde está. He recogido tus cosas y te llevaré a la residencia antes de que vuelva a casa para que no tengas que verlo.

Hasta ese momento, no sentí ganas de llorar. Me habían echado. Me esforcé para hablar con voz calmada:

—¿Tengo tiempo para darme una ducha?

America negó con la cabeza.

— Vámonos ya, Abby. No quiero que tengas que verlo. No merece que...

La puerta se abrió de par en par, y Travis entró, con los brazos cargados de bolsas de comida. Fue directamente a la cocina y empezó a guardar las latas y cajas en los armarios a toda prisa.

—Cuando Paloma se despierte, avísame, ¿vale? —dijo con voz suave—. He traído espaguetis, tortitas, fresas y esa cosa de avena con los trozos de chocolate; y le gustan los cereales Fruity Pebbles, ¿verdad, Mare? —preguntó él, mientras se daba la vuelta.

Cuando me vio, se quedó helado. Después de una pausa incómoda, su expresión se relajó y su voz sonó tranquila y dulce.

—Hola, Paloma.

Si me hubiera despertado en un país extranjero, no me habría sentido más confusa. Nada de aquello tenía sentido. Primero había pensado que me habían echado, y después Travis aparece con bolsas llenas de mi comida favorita.

Dio unos pasos hacia el comedor, metiéndose nervioso las manos en los bolsillos.

—¿Tienes hambre, Paloma? Te prepararé unas tortitas. Ah, y también hay avena. Y te he comprado esa espuma rosa con la que se depilan las chicas, y un secador y..., y... espera un segundo, está aquí —dijo, corriendo al dormitorio.

Se abrió la puerta, se cerró y entonces apareció por la esquina, pálido. Respiró hondo y levantó las cejas.

—Todas tus cosas están recogidas.

—Lo sé —dije.

—Te vas —admitió, derrotado.

Miré a America, que estaba fulminando a Travis, como si pudiera matarlo con la mirada.

—¿De verdad esperabas que se quedara?

—Nena... —susurró Shepley.

—Joder, Shepley, no empieces. Y ni se te ocurra defenderlo —sentenció America, furiosa.

Travis parecía desesperado.

—Lo siento muchísimo, Paloma. Ni siquiera sé qué decir.

—Abby, vámonos —dijo America.

Se levantó y me tiró del brazo.

Travis dio un paso hacia delante, pero America lo apuntó con un dedo amenazante.

—¡Por Dios santo, Travis! ¡Como intentes detenerla, te rociaré con gasolina y te prenderé fuego mientras duermes!

—America —la interrumpió Shepley, que parecía también un poco desesperado.

Vi con claridad que se debatía entre apoyar a su primo o a la mujer a la que amaba, y me sentí fatal por él. Se encontraba en la situación exacta que había intentado evitar desde el principio.

—Estoy bien —dije, exasperada por la tensión del cuarto.

—¿Qué quieres decir con que estás bien? —preguntó Shepley, casi esperanzado.

Puse los ojos en blanco.

—Travis trajo a unas chicas del bar a casa anoche. ¿Y qué?

America parecía preocupada.

—Pero, Abby, ¿intentas decir que no te importa lo que pasó ayer?

Los miré a todos.

—Travis puede traer a su casa a quien quiera. Es su apartamento.

America se quedó mirándome fijamente como si creyera que había perdido el juicio, Shepley estaba a punto de sonreír y Travis parecía peor que antes.

—¿No has empacado tus cosas? —preguntó Travis.

Negué con la cabeza y miré el reloj; pasaban de las dos de la tarde.

—No, y ahora voy a tener que deshacer todas las maletas. Aún tengo que comer, ducharme, vestirme... —dije, mientras entraba en el baño.

Una vez que la puerta se cerró detrás de mí, me apoyé contra ella y me dejé caer sobre el suelo. Estaba segura de haber enfadado a America más allá de cualquier desagravio posible, pero había hecho una promesa a Shepley, y estaba decidida a mantener mi palabra.

Un suave golpeteo resonó en la puerta por encima de mí.

—¿Paloma? —dijo Travis.

—¿Sí? —dije, intentando que sonara normal.

—¿Te vas a quedar?

—Puedo irme si quieres, pero una apuesta es una apuesta.

La puerta vibró con el suave golpe de la frente de Travis contra la puerta.

—No quiero que te vayas, pero no te culparía si lo hicieras.

—¿Me estás diciendo que me liberas de la apuesta?

Hubo una larga pausa.

—Si digo que sí, ¿te irás?

—Pues claro, no vivo aquí, tonto —dije, obligándome a reír.

—Entonces, no, la apuesta sigue en pie.

Levanté la mirada y sacudí la cabeza, sintiendo que las lágrimas me ardían en los ojos. No tenía ni idea de por qué lloraba, pero no podía parar.

—¿Y ahora? ¿Puedo ducharme?

—Sí... —dijo él, con un suspiro.

Oí los zapatos de America en el pasillo, que atropellaban a Travis.

—Eres un cabrón egoísta —gruñó ella, cerrando tras ella la puerta de Shepley con un portazo.

Me levanté del suelo apoyándome en la puerta, abrí el agua de la ducha y, entonces, me desvestí y corrí.

Después oí que volvían a llamar a la puerta, y que Travis se aclaraba la garganta.

—¿Paloma? Te he traído unas cuantas cosas.

—Déjalas en el lavabo. Después las cogeré.

Travis entró y cerró la puerta.

—Estaba enfadado. Te oí escupiendo todos mis defectos delante de America, y eso me enojó. Solo pretendía ir a tomar unas copas e intentar aclararme las ideas, pero, antes de darme cuenta, estaba totalmente borracho y esas chicas... —Hizo una pausa—. Me desperté esta mañana y no estabas en la cama y, cuando te encontré en el sillón y vi los envoltorios en el suelo, sentí náuseas.

—Podrías habérmelo pedido antes de gastarte todo ese dinero en comida solo para obligarme a quedarme.

—No me importa el dinero, Paloma. Tenía miedo de que te fueras y no volvieras a dirigirme la palabra jamás.

Su explicación me hizo sentir avergonzada. No me había parado a pensar en cómo le habría sentado oírme hablar de lo malo que era él para mí, y ahora la situación se había complicado de forma salvaje.

—No pretendía herir tus sentimientos —dije, de pie bajo el agua.

—Sé que no. Y sé que no importa lo que diga ahora, porque he jodido las cosas..., como hago siempre.

—¿Trav?

—¿Sí?

—No vuelvas a conducir la moto borracho, ¿vale?

Esperé un minuto entero hasta que él respiró hondo y habló por fin.

—Sí, vale —dijo, antes de cerrar la puerta tras él.

Capítulo 5

PARKER HAYES

Pase —grité al oír los golpes en la puerta.

Travis se quedó helado en el vano de la puerta.

—¡Guau!

Sonreí y me miré el vestido. Un corpiño que se alargaba para formar una corta falda: era lo más osado que me había atrevido a llevar puesto en toda mi vida. El tejido era fino, negro y se transparentaba como un fino envoltorio. Parker estaría en esa fiesta y tenía ganas de hacerme notar.

—Tienes un aspecto impresionante —dijo mientras yo me calzaba los tacones.

Le puse buena cara a su camisa blanca y tejanos.

—Tú también estás muy bien.

Llevaba las mangas recogidas por encima de los codos, enseñando en sus antebrazos el entramado de tatuajes. Me di cuenta de que llevaba su pulsera de cuero favorita en la muñeca cuando se metió las manos en los bolsillos.

America y Shepley nos esperaban en la sala de estar.

—Parker se va a mear encima cuando te vea —se rio tontamente America mientras íbamos hacia el coche.

Travis abrió la puerta, y yo me deslicé en el asiento trasero de la camioneta de Shepley. Aunque nos habíamos sentado allí innumerables veces antes, de repente era muy incómodo estar así junto a él.

Los coches se alineaban en la calle; algunos se encontraban aparcados incluso en el césped de delante. La Casa reventaba por las costuras, y todavía bajaba más gente desde los pabellones de dormitorios. Shepley aparcó sobre el césped de la parte de atrás, y America y yo seguimos a los chicos hacia el interior.

Travis me trajo una copa de plástico rojo llena de cerveza, y entonces se inclinó y me dijo al oído.

—No cojas esto de nadie más excepto de mí o de Shep. No quiero que nadie te eche nada en la bebida.

Puse los ojos en blanco.

—Nadie me va a poner nada en la bebida, Travis.

—Simplemente no bebas nada que no te dé yo, ¿de acuerdo? Ya no estás en Kansas, Paloma.

—Nunca había oído nada igual —dije sarcásticamente, mientras cogía mi bebida.

Había pasado una hora y Parker seguía todavía desaparecido. America y Shepley estaban bailando una canción lenta en la sala cuando Travis tiró de mi mano.

—¿Quieres bailar?

—No, gracias —dije.

Se puso lívido.

Toqué su espalda.

—Es simplemente que estoy cansada, Trav.

Puso su mano en la mía y comenzó a hablar, pero cuando lo miraba vi un poco más allá a Parker. Travis se dio cuenta de mi expresión y se volvió.

—¡Eh, Abby! ¡Has podido venir! —me saludó Parker, riéndose.

—Sí, llevamos aquí una hora o más —dije, sacando la mano de entre las de Travis.

—¡Estás guapísima! —gritó por encima de la música.

—¡Gracias! —añadí con una sonrisa, mirando a Travis de soslayo. Tenía los labios apretados, y sus cejas se habían unido en una línea.

Parker señaló la sala y sonrió.

—¿Quieres bailar?

Arrugué la nariz y dije que no con la cabeza.

—No, estoy algo cansada.

Parker volvió entonces la mirada hacia Travis.

—Pensaba que no ibas a venir.

—Cambié de opinión —dijo Travis, molesto por tener que explicarse.

—Ya veo —dijo Parker, mirándome—. ¿Te apetece salir a tomar el aire?

Asentí con la cabeza y después seguí a Parker escaleras arriba. Se detuvo y me cogió la mano mientras subíamos al segundo piso. Cuando llegamos arriba, abrió de par en par las puertas del balcón.

—¿Tienes frío? —preguntó.

—Sí, está un poquito fresco —dije, sonriendo cuando se quitó la americana y me cubrió con ella los hombros—. Gracias.

—¿Estás aquí con Travis?

—Vinimos en coche juntos.

La boca de Parker se ensanchó en una amplia sonrisa, y luego miró hacia el césped. Había un grupo de chicas apiñadas; se abrazaban para combatir el frío. El suelo se hallaba cubierto de papel crepé y latas de cerveza, además de botellas de licor vacías. Entre la confusión, los hermanos Sig Tau estaban alrededor de su obra maestra: una pirámide de barriles decorados con luces blancas.

Parker sacudió la cabeza.

—Este lugar quedará destrozado por la mañana. El equipo de limpieza va a estar muy atareado.

—¿Tienen un equipo de limpieza?

—Sí —sonrió—, los llamamos los novatos.

—Pobre Shep.

—Él no está en el grupo. Tiene un trato especial porque es primo de Travis y no vive en la Casa.

—¿Y tú sí vives en la Casa?

Parker asintió.

—Los dos últimos años. Sin embargo, necesito conseguir un apartamento. Necesito un lugar más tranquilo para estudiar.

—Déjame que adivine..., ¿te especializas en Economía?

—Biología, con Anatomía de optativa. Me queda un año más, hacer los exámenes de ingreso a la facultad de Medicina, y luego, si sale bien, ir a hacer Medicina en Harvard.

—¿Ya sabes dónde te metes?

—Mi padre fue a Harvard. Quiero decir, no lo sé seguro, pero él es un antiguo alumno feliz, ya sabes qué quiero decir. Por ahora llego a cuatro punto cero, saqué un dos mil doscientos en selectividad, y treinta y seis de media en el bachillerato. Tengo muchas posibilidades de conseguir una plaza.

—¿Y tu padre? ¿Es médico?

Parker asintió con una sonrisa benévola.

—Cirujano ortopédico.

—Impresionante.

—¿Y tú? —preguntó.

—No me he decidido.

—Típica respuesta de estudiante de primer año.

Suspiré teatralmente.

—Imagino que he desperdiciado mi oportunidad de ser excepcional.

—Oh, no tienes que preocuparte por eso. Reparé en ti el primer día de clase. ¿Qué haces en Cálculo Tres si estás en primer curso?

Sonreí mientras enroscaba un mechón de cabello con el dedo.

—Las matemáticas me resultan fáciles. No me perdía las clases en el instituto, y luego hice dos cursos de verano en la estatal de Wichita.

—Eso es impresionante —dijo.

Estuvimos en el balcón más de una hora, hablando de todo, desde los garitos de comida locales a cómo me hice tan amiga de Travis.

—No pensaba mencionarlo, pero ustedes dos parecen ser el tema de todas las conversaciones.

—Genial.

—Es que esto no es normal en Travis. Él no suele congeniar con las mujeres. De hecho, tiene más tendencia a crearse enemigos entre ellas.

—Oh, no sé. He visto a unas pocas que o tienen pérdida de memoria a corto plazo o bien son proclives a perdonar cuando se trata de él.

Parker se rio. Sus blancos dientes brillaron contrastando con su dorado bronceado.

—La gente simplemente no entiende su relación. Tienes que admitir que es un poco ambigua.

—¿Me estás preguntando si me acuesto con él?

Sonrió.

—No estarías aquí con él si lo hicieras. Lo conozco desde que tenía catorce años y soy muy consciente de cómo se comporta. Sin embargo, siento curiosidad por su amistad.

—Es lo que es —me encogí de hombros—. Salimos juntos, comemos, vemos la tele, estudiamos y hablamos. Eso es todo.

Parker se rio sonoramente, sacudiendo la cabeza y asombrado por mi sinceridad.

—He oído que eres la única persona a la que se le permite poner a Travis en su sitio. Eso es un honor.

—No sé muy bien qué significa eso, pero Travis no es tan malo como todo el mundo dice.

El cielo se puso rojo y luego rosa cuando el sol se hundió en el horizonte. Parker miró su reloj y después observó por encima de la reja al grupo de gente que iba disminuyendo en el césped.

—Parece que la fiesta se acaba.

—Será mejor que busque a Shep y Mare.

—¿Te importa si te llevo a casa en mi coche? —preguntó. Intenté contener mi emoción.

—En absoluto. Se lo diré a America. —Caminé hacia la puerta y luego me encogí de vergüenza antes de volverme a decir—: ¿Sabes dónde vive Travis?

Las espesas y oscuras cejas de Parker se arquearon.

—Sí, ¿por qué?

—Porque vivo allí —dije, esperando su reacción.

—¿Que estás con Travis?

—Perdí una apuesta y por eso estoy pasando allí un mes.

—¿Un mes?

—Es una larga historia —dije, encogiéndome de hombros tímidamente.

—Pero ¿son simplemente amigos?

—Sí.

—Entonces te llevaré a casa de Travis —concluyó sonriendo.

Bajé las escaleras al galope para buscar a America y pasé de largo junto a un sombrío Travis que parecía enojado con la chica borracha con la que hablaba. Me siguió al recibidor mientras llamé a America dándole una sacudida a su vestido.

—Chicos, pueden irse. Parker se ha ofrecido a llevarme a casa.

—¿Qué? —dijo America con ojos asombrados.

—¿Cómo? —preguntó Travis enfadado.

—¿Hay algún problema? —le pregunté.

Miró airadamente a America y luego me llevó a un rincón, con la mandíbula temblándole bajo la piel.

—Ni siquiera conoces a ese tipo.

Tiré para liberar mi brazo de su sujeción.

—Esto no es asunto tuyo, Travis.

—Al diablo si no lo es. No te voy a permitir ir a casa en el coche de un perfecto extraño. ¿Y si intenta hacerte algo?

—¡Genial! ¡Es un bombón!

La expresión de Travis pasó de la sorpresa a la rabia, y me preparé para lo que pudiera decir a continuación.

—¿Parker Hayes, Paloma? ¿De verdad? Parker Hayes —repitió con desdén—. ¿Pero qué clase de nombre es ese?

Crucé los brazos.

—Para un momento, Trav. Estás siendo un imbécil.

Se inclinó; parecía aturdido.

—Lo mataré si te toca.

—Me gusta —dije, enfatizando cada palabra.

Parecía pasmado por mi confesión y luego sus rasgos se volvieron duros.

—Bien. Si acaba tumbándote en el asiento trasero de su coche, no me vengas llorando.

Me quedé boquiabierta, ofendida y enfadada al instante.

—No te preocupes, no lo haré —dije alejándome y dándole la espalda.

Travis me agarró por el brazo y suspiró, me miró por encima de los hombros.

—No quise decir eso, Paloma. Si te hace daño, si tan siquiera te hace sentir incómoda, dímelo.

La rabia amainó y mis hombros se relajaron.

—Sé que no lo decías en serio. Pero tienes que dominar ese sentimiento sobreprotector de hermano mayor que te hace perder el control.

Travis se rio.

—No estoy jugando al hermano mayor, Paloma. Ni por asomo.

Parker apareció en la esquina y se metió las manos en los bolsillos ofreciéndome el brazo.

—¿Todo arreglado?

Travis apretó la mandíbula, y yo me puse al otro lado de Parker para evitar que viese la expresión de Travis.

—Sí, vamos.

Cogí el brazo de Parker y caminé con él unos pasos antes de volverme a decir adiós a Travis, pero él seguía con su mirada en dirección a la espalda de Parker. Sus ojos me lanzaron dardos y luego sus rasgos se suavizaron.

—Para ya —dije entre dientes, siguiendo a Parker por en medio de la gente que quedaba hasta su coche.

—El mío es el plateado.

Las luces delanteras del coche parpadearon dos veces cuando accionó el mando del coche. Abrió la puerta del acompañante y reí.

—¿Llevas un Porsche?

—No es simplemente un Porsche. Es el nueve cero uno GT-tres. Hay una gran diferencia.

—Déjame adivinar, ¿es el amor de tu vida? —dije, repitiendo la frase que Travis había dicho sobre su moto.

—No, es un coche. El amor de mi vida será una mujer con mi apellido.

Me permití una sonrisita, intentando que su sensibilidad no me afectara demasiado. Me cogió de la mano para ayudarme a entrar en el coche y, cuando se puso detrás del volante, apoyó la cabeza contra su asiento y me sonrió.

—¿Qué vas a hacer esta noche?

—¿Esta noche? —pregunté.

—Ya es mañana. Quiero invitarte a cenar antes de que otro me quite la oportunidad.

Sonreí de oreja a oreja.

—No tengo ningún plan.

—¿Te recojo a las seis?

—De acuerdo —dije, mirando como deslizaba sus dedos entre los míos.

Parker me llevó directamente a casa de Travis, manteniendo la velocidad permitida y mi mano en la suya. Se detuvo detrás de la Harley y, como antes, me abrió la puerta. Cuando llegamos a la entrada se inclinó para besarme en la mejilla.

—Descansa un poco. Te veré esta noche —me susurró al oído.

—Adiós —dije, girando la perilla.

Cuando empujé la puerta, cedió y me caí hacia delante. Travis me agarró por el brazo antes de tocar el suelo.

—Alto ahí, Excelencia.

Me volví para ver a Parker mirándonos con una expresión incómoda. Se asomó para husmear dentro del apartamento.

—¿Hay alguna chica humillada, abandonada ahí dentro, que necesite que la lleve?

Travis fulminó a Parker con la mirada.

—No te metas conmigo.

Parker sonrió y me guiñó el ojo.

—Siempre lo molesto. No lo consigo a menudo ya que se ha dado cuenta de que es más fácil si las chicas vienen en sus propios coches.

—Imagino que eso simplifica las cosas —dije, tomándole el pelo a Travis.

—No tiene gracia, Paloma.

—¿Paloma? —preguntó Parker.

—Es... un mote, simplemente un apodo, ni siquiera sé de dónde salió —dije. Fue la primera vez que me sentí rara con el nombre que Travis me había puesto la noche que nos conocimos.

—Ya me lo explicarás cuando lo averigües. Parece una buena historia —sonrió Parker—. Buenas noches, Abby.

—¿No quieres decir buenos días? —dije, mirándolo bajar las escaleras al trote.

—Eso también —me contestó con una dulce sonrisa.

Travis cerró la puerta de un portazo, y tuve que apartar la cabeza bruscamente hacia atrás para evitar que me pegara en la cara.

—¿Qué pasa? —le grité enfadada.

Travis agitó la cabeza y se fue a su habitación. Lo seguí y luego fui saltando sobre un pie tras lanzar uno de mis zapatos de tacón.

—Es muy lindo, Trav.

Suspiró y caminó hacia mí.

—Te vas a hacer daño —dijo, cogiéndome la cintura con uno de sus brazos y quitándome el otro tacón con la otra. Lo lanzó al armario y luego se quitó la camisa en dirección hacia la cama.

Me bajé la cremallera del vestido, me lo quité contoneándome por encima de las caderas y lo lancé con un pie a un rincón. Rápidamente me puse una camiseta y luego me solté el sujetador sacándolo a través de la manga. Mientras me recogía el pelo haciéndome un moño en el cogote, me di cuenta de que me estaba mirando.

—Estoy segura de que no tengo nada que no hayas visto antes —dije poniendo los ojos en blanco. Me deslicé bajo la ropa de cama y me instalé en mi almohada acurrucándome. Se soltó el cinturón, se bajó los vaqueros y se los quitó con un saltito.

Esperé mientras él estaba de pie sin moverse por un instante. Le daba la espalda, así que me preguntaba qué estaba haciendo, de pie junto a la cama y en silencio. La cama se movió cuando finalmente se arrastró en el colchón junto a mí, y yo me puse rígida cuando su mano se posó en mi cadera.

—He faltado a una pelea esta noche —dijo—. Adam llamó. No fui.

—¿Por qué? —dije volviéndome hacia él.

—Quería estar seguro de que volvías a casa.

Arrugué la nariz.

—No tienes que cuidar de mí.

Deslizó uno de sus dedos a lo largo de mi brazo produciéndome escalofríos.

—Lo sé. Supongo que todavía me siento mal por lo de la otra noche.

—Te dije que no me importaba.

Se apoyó en el codo con una expresión dudosa en la cara.

—¿Por eso estuviste durmiendo en el sillón? ¿Porque no te importaba?

—No podía dormirme después de que tus... amigas se fueran.

—Estabas durmiendo tranquilamente en el sillón. ¿Por qué no podías dormir conmigo?

—¿Quieres decir junto a un tipo que todavía tenía el olor de un par de busconas de bar que acababa de mandar a casa? ¡No sé! ¡Qué egoísta fui!

Travis hizo un gesto de vergüenza.

—Ya te dije que lo sentía.

—Y yo dije que no me importaba. Buenas noches —respondí, antes de darme media vuelta.

Pasaron unos momentos de silencio. Entonces, deslizó su mano por encima de mi almohada y colocó su mano sobre la mía. Acarició la delicada piel de entre mis dedos y luego apretó sus labios contra mi pelo.

—Y yo preocupado por que nunca volvieras a hablarme... Creo que es peor tu indiferencia.

Mis ojos se cerraron.

—¿Qué quieres de mí, Travis? No quieres que me preocupe por lo que hiciste, pero quieres que me preocupe. Le dices a America que no quieres salir conmigo, pero te enojas tanto cuando yo digo lo mismo que te marchas de casa enfurecido y te emborrachas. Nada de lo que haces tiene sentido.

—¿Por eso le dijiste esas cosas a America? ¿Porque yo había dicho que no quería salir contigo?

Me rechinaron los dientes. Acababa de insinuar que estaba jugando con él. Le respondí de la forma más directa que pude.

—No, quise decir lo que dije. Simplemente no tenía intención de que fuera un insulto.

—Pues yo lo dije porque... —se rascó nerviosamente su corto pelo— no quiero estropear nada. Ni siquiera sé cómo hacer para ser lo que te mereces. Solo intentaba averiguarlo.

—Vale, muy bien, pero tengo que dormir. Tengo una cita esta noche.

—¿Con Parker? —preguntó; su tono volvía a traicionar su mal humor.

—Sí. ¿Puedo dormir, por favor?

—Claro —dijo, saliendo bruscamente de la cama y dando un portazo tras de sí al salir. El sillón crujió bajo su peso y luego el murmullo de voces de la televisión llegó desde la sala. Cerré los ojos con fuerza e intenté calmarme lo suficiente para adormilarme aunque solo fuera unas horas.

El despertador dio las tres de la tarde cuando abrí trabajosamente los ojos. Agarré una toalla y mi bata, y me dirigí torpemente al baño. En cuanto cerré la cortina de la ducha, la puerta se abrió y se cerró. Esperé a que alguien hablara pero solo oí la tapa del inodoro golpeando la porcelana.

—¿Travis?

—No, soy yo —dijo America.

—¿Tienes que hacer pis aquí? Tienes tu propio baño.

—Shep ha estado allí más de media hora con la mierda de las cervezas. No pienso entrar allí.

—Encantador.

—He oído que tienes una cita esta noche. ¡Travis está enojado! —canturreó.

—¡A las seis! Es tan dulce, America. Es simplemente... —Mi voz se apagó en un suspiro. Estaba muy efusiva y no es lo mío ser efusiva. Seguí pensando en lo perfecto que había sido desde el momento en que nos habíamos conocido. Era exactamente lo que necesitaba: el polo opuesto a Travis.

—¿Te ha dejado sin habla? —dijo con una risita tonta.

Asomé la cabeza por la cortina.

—¡No quería volver a casa! ¡Podría haber estado hablando con él para siempre!

—Suena prometedor. ¿Pero no le parece raro que estés aquí?

Metí la cabeza bajo el agua para enjuagarme la espuma.

—Ya se lo expliqué.

Sonó el ruido de la cadena del inodoro y del grifo que se abría haciendo que el agua saliera fría por un momento. Grité y la puerta se abrió del todo.

—¿Paloma? —dijo Travis.

America se rio.

—Solo he tirado de la cadena, Trav, cálmate.

—Oh. ¿Estás bien, Paloma?

—Estoy estupendamente. Sal. —La puerta se cerró de nuevo y suspiré—. ¿Es mucho pedir que haya seguros en las puertas? —America no contestó—. ¿Mare?

—Me sabe fatal que lo vuestro no cuajara. Eres la única chica que podría haber... —suspiró—. En fin, no te preocupes. Ahora ya no importa.

Cerré el grifo y me envolví en una toalla.

—Están tan mal como él. Debe de ser una enfermedad..., aquí nadie tiene sentido común. ¿Te acuerdas de lo mucho que te enojaba su comportamiento?

—Lo sé —asintió.

Encendí el secador de pelo y comencé a acicalarme para mi cita con Parker. Me ricé el pelo, me pinté las uñas y los labios con una sombra rojo oscuro. Era un poco demasiado para una primera cita. Me fruncí el ceño a mí misma en el espejo. No era a Parker a quien estaba intentando impresionar. No estaba en situación de aceptar insultos cuando Travis me había acusado de andarme con juegos.

Al mirarme por última vez en el espejo, la culpa me embargó. Travis estaba haciendo todo lo que podía y yo estaba siendo una mocosa cabezota. Salí a la sala de estar y Travis sonrió, no era la reacción que yo esperaba.

—Estás... preciosa.

—Gracias —dije, agitada por la falta de irritación o celos en su voz.

Shepley silbó.

—Buena opción, Abby. A los chicos les encanta el rojo.

—Y los rizos son atractivos —añadió America.

Sonó el timbre de la puerta y America sonrió, saludando con la mano con exagerado nerviosismo.

—¡Que te la pases bien!

Abrí la puerta. Parker sostenía un ramito de flores y llevaba pantalones de vestir y una corbata. Sus ojos hicieron un rápido recorrido de mi vestido a los zapatos y de nuevo al vestido.

—Eres la criatura más hermosa que he visto jamás —dijo embelesado.

Me volví para decirle adiós con la mano a America, cuya sonrisa era tan amplia que podía ver cada uno de sus dientes. Shepley tenía la expresión de un padre orgulloso y Travis mantenía los ojos fijos en la televisión.

Parker me condujo al reluciente Porsche. Una vez dentro, dio un suspiro.

—¿Qué? —pregunté.

—Tengo que decir que estaba un poco nervioso por lo de recoger a la mujer de la que está enamorado Travis Maddox... en su apartamento. No sabes cuánta gente me ha dicho hoy que estaba loco.

—Travis no está enamorado de mí. A veces casi no puede aguantar tenerme cerca.

—¿Entonces es una relación de amor-odio? Porque, cuando les solté a los de la hermandad que te iba a sacar por ahí esta noche, todos me dijeron lo mismo. Se comporta tan erráticamente (incluso más que habitualmente) que todos han llegado a la misma conclusión.

—Pues se equivocan —insistí.

Parker sacudió la cabeza como si yo fuera totalmente estúpida. Puso su mano sobre la mía.

—Mejor nos vamos. Tengo reservada una mesa.

—¿Dónde?

—En Biasetti. Me atreví... Espero que te guste la comida italiana.

Levanté una ceja.

—¿Una reserva con tan poca antelación? Ese sitio está siempre de bote en bote.

—Bueno..., es nuestro restaurante. La mitad, por lo menos.

—Me gustan los italianos.

Parker condujo al restaurante a la velocidad límite, usando los intermitentes de forma correcta y deteniéndose lo justo en cada semáforo ámbar. Mientras hablaba, apenas apartaba los ojos de la carretera. Cuando llegamos al restaurante, me reí encantada.

—¿Qué? —preguntó.

—Eres un conductor muy cauto. Me gusta.

—¿Diferente de la parte trasera de la motocicleta de Travis? —Sonrió.

Debería haberme reído pero la diferencia no me pareció tan buena.

—No hablemos de Travis esta noche. ¿De acuerdo?

—Me parece bien —asintió, mientras se levantaba de su asiento para abrirme la puerta.

Estábamos sentados en un lateral, en una mesa junto a una gran ventana. Aunque yo llevaba un vestido, tenía un aspecto pobre en comparación con las otras mujeres del restaurante. Estaban cubiertas de diamantes y llevaban vestidos de cóctel. Nunca había comido en un sitio tan ostentoso.

Pedimos y Parker cerró su menú, sonriendo al camarero.

—Y tráiganos una botella de Allegrini Amarone, por favor.

—Sí, señor —dijo el camarero mientras recogía los menús.

—Este lugar es increíble —susurré apoyándome en la mesa.

Sus ojos verdes se suavizaron.

—Gracias, le diré a mi padre lo que piensas.

Una mujer se acercó a nuestra mesa. Llevaba el pelo rubio recogido en un moño francés apretado, una veta gris interrumpía las ondas suaves de sus rizos.

Intenté no pararme a mirar las joyas que brillaban llamativamente en su cuello, o las que se balanceaban de aquí para allá en sus orejas, pero saltaban a la vista. Sus bizqueantes ojos azules me miraron detenidamente.

Rápidamente se volvió a mi pareja.

—¿Quién es tu amiga, Parker?

—Mamá, esta es Abby Abernathy. Abby, esta es mi madre, Vivienne Hayes.

Extendí la mano que ella estrechó de un golpe. Con un bien aprendido movimiento, el interés le iluminó los afilados rasgos de la cara, y miró a Parker.

—¿Abernathy?

Tragué saliva; me preocupaba que hubiera reconocido el nombre.

La expresión de Parker se volvió impaciente.

—Es de Wichita, mamá. No conoces a su familia. Va a Eastern.

—¡Ah! —Vivienne me miró de nuevo—. Parker se marcha el curso que viene a Harvard.

—Eso me ha dicho. Creo que es fantástico. Debe de estar muy orgullosa.

La tensión alrededor de sus ojos se suavizó un poco y las comisuras de su boca se tornaron en petulante sonrisa.

—Sí que lo estamos. Gracias.

Estaba sorprendida de las palabras tan educadas que usaba incluso dejando entrever un insulto. No era un talento que hubiera desarrollado de la noche a la mañana. La señora Hayes debía de haber pasado años imponiendo su superioridad a los demás.

—Ha sido estupendo verte, mamá. Buenas noches. —Ella lo besó en la mejilla, le borró la huella de pintalabios con el dedo pulgar y luego se volvió a su mesa—. Te pido disculpas por todo esto, no sabía que ella iba a estar aquí.

—No pasa nada. Parece... encantadora.

Parker se rio.

—Sí, para ser una piraña.

Reprimí una risa y él me sonrió en tono de disculpa.

—Se acostumbrará. Solo que le llevará algún tiempo.

—A lo mejor para cuando acabes en Harvard.

Hablamos sin parar sobre la comida, Eastern, Cálculo, e incluso sobre el Círculo. Parker era encantador, divertido y todo lo que dijo me parecía bien. Varias personas se acercaron para saludarlo y siempre me presentaba con una sonrisa orgullosa. Lo miraban como a un famoso en aquel restaurante, y cuando nos fuimos sentí los ojos enjuiciadores de todo el mundo presente en aquella sala.

—¿Y ahora qué? —pregunté.

—Me temo que tengo un examen trimestral de Anatomía Comparada de los Vertebrados a primera hora del lunes por la mañana. Tengo que ir a estudiar —me dijo, cubriendo mi mano con la suya.

—Mejor tú que yo —dije, intentando no parecer desilusionada.

Me llevó al apartamento y luego me acompañó escaleras arriba cogidos de la mano.

—Gracias, Parker —Era consciente de mi sonrisa ridícula—. Me la he pasado muy bien.

—¿Es muy pronto para pedir una segunda cita?

—De ninguna manera —dije con una sonrisa resplandeciente.

—¿Te llamo mañana?

—Perfecto.

Entonces llegó el momento del silencio incómodo. Lo que más miedo me da de las citas. Besar o no besar, odiaba esa pregunta.

Antes de que tuviera oportunidad de preguntarme si me besaría o no, me cogió la cara entre las manos y me llevó hacia sí apretando sus labios contra los míos. Eran suaves, cálidos y maravillosos. Volvió a acercarme y me besó de nuevo.

—Hablamos mañana, Abs.

Le dije adiós con la mano mientras lo miraba ir de regreso a su coche.

—Adiós.

Una vez más, cuando giré el pomo de la puerta, la puerta se abrió con un tirón brusco y caí hacia delante. Travis me cogió y recuperé el equilibrio.

—¿Dejarás de hacer eso? —dije cerrando la puerta tras de mí.

—¿Abs? ¿Qué eres? ¿Un vídeo de gimnasia? —Se rio.

—¿Una paloma? —dije con la misma cantidad de desdén—. ¿Un molesto pájaro que se caga por toda la acera?

—A ti te gusta lo de Paloma —dijo a la defensiva—. Es una chica guapa, una carta ganadora en el póquer, escoge la que quieras. Eres mi Paloma.

Me agarré a su brazo para quitarme los tacones, y fui hacia su habitación. Mientras me ponía la pijama intenté con todas mis fuerzas estar enfadada con él.

Travis se sentó en la cama y cruzó los brazos.

—¿Te la has pasado bien?

—Sí —suspiré—, me la he pasado estupendamente. Ha sido perfecto. Él es...

No pude encontrar una palabra adecuada para describirlo, por eso simplemente moví la cabeza.

—¿Te ha besado?

Apreté los labios y asentí.

—Sí, tiene unos labios muy, muy suaves.

Travis se apartó.

—No me importa cómo son sus labios.

—Créeme, es importante. Me pongo tan nerviosa con los primeros besos..., pero este no ha estado nada mal.

—¿Te pones nerviosa por un beso? —preguntó divertido.

—Solo con los primeros besos. Los odio.

—Yo también los odiaría si tuviera que besar a Parker Hayes.

Me reí tontamente y me fui hacia el baño a quitarme el maquillaje de la cara. Travis me siguió, apoyándose en el marco de la puerta.

—¿Así que saldrán otra vez?

—Sí. Me llamará mañana.

Me sequé la cara y corrí por el pasillo para saltar a la cama.

Travis se quitó los calzoncillos y se sentó con la espalda vuelta hacia mí. Estaba un poco encorvado y parecía cansado. Los músculos de su espalda se estiraron cuando se volvió para mirarme un instante.

—Si te la has pasado tan bien, ¿por qué has vuelto tan temprano a casa?

—Tiene un examen importante el lunes.

Travis arrugó la nariz.

—¿A quién le importa?

—Está intentando entrar en Harvard. Tiene que estudiar.

Resopló arrastrándose sobre su estómago. Lo vi meter las manos bajo la almohada, parecía enfadado.

—Sí, claro, eso es lo que dice a todo el mundo.

—No seas idiota. Tiene prioridades..., creo que es un chico responsable.

—¿No debería estar su chica por encima de sus prioridades?

—No soy su chica. Solo hemos salido una vez, Trav —me quejé.

—¿Pues qué habéis hecho juntos? —Le dirigí una mirada airada y él se echó a reír—. ¿Qué? ¡Tengo curiosidad!

Viendo que era sincero, le conté todo, desde el restaurante, la comida, incluso las cosas bonitas y dulces que Parker me había dicho. Sabía que mi boca se había quedado congelada en una ridícula sonrisa, pero no podía dejar de sonreír mientras describía mi velada perfecta.

Travis me observaba con sonrisa divertida mientras yo parloteaba, incluso haciendo preguntas. Aunque parecía frustrado con todo lo de Parker, yo sentía claramente que disfrutaba viéndome tan feliz.

Travis se colocó en su lado de la cama y yo bostecé. Nos miramos por un instante antes de que él dijera en un suspiro:

—Estoy encantado de que te la hayas pasado bien, Paloma. Te lo mereces.

—Gracias —dije con una sonrisa de oreja a oreja. La melodía hacía vibrar mi celular en la mesilla de noche y lo cogí bruscamente para mirar la pantalla.

—¿Diga?

—Ya es mañana —dijo Parker.

Miré el reloj y me reí. Eran las doce y un minuto.

—Sí, es verdad.

—¿Qué te parece el lunes por la noche? —me preguntó.

Me cubrí la boca por un momento y luego, inspirando profundamente, dije:

—Muy bien. El lunes por la noche es perfecto.

—Bien. Te veo el lunes —dijo.

Podía imaginarme su sonrisa por su voz. Colgué y me volví hacia Travis, que me miraba con un poco de fastidio. Le di la espalda y me acurruqué encorvada, tensa por la emoción.

—Eres una chica estupenda —dijo Travis girándose de espaldas a mí.

Puse los ojos en blanco. Se dio la vuelta y me agarró la cara para que lo mirase.

—¿De verdad te gusta Parker?

—¡No me estropees esto, Travis!

Me miró por un momento y luego agitó la cabeza volviéndose de nuevo.

—Parker Hayes.

Capítulo 6

MOMENTO DECISIVO

La cita del lunes por la noche cubrió todas mis expectativas. Comimos comida china y me reí al ver la habilidad de Parker manejando los palillos. Cuando me llevó a casa, Travis abrió la puerta antes de que Parker pudiera besarme. Cuando salimos el miércoles siguiente por la noche, Parker se aseguró de poder besarme y lo hizo en el coche.

El jueves a la hora de comer, Parker se encontró conmigo en la cafetería y sorprendió a todo el mundo sentándose en el sitio de Travis. Cuando Travis acabó su cigarrillo y volvió a entrar, pasó por delante de Parker con indiferencia y se sentó al final de la mesa. Megan se aproximó a él, pero se quedó desencantada en el acto cuando él le dijo con la mano que se apartase de él. Todo el mundo se quedó callado después de eso, y a mí me resultó difícil atender a cualquiera de las cosas de las que Parker hablaba.

—Ya me doy cuenta de que no estaba invitado —dijo Parker, intentando llamar la atención.

—¿Qué?

—Me he enterado de que tu fiesta de cumpleaños es el domingo. ¿No estoy invitado?

America miró a Travis, que, a su vez, miró a Parker con ira, a punto de tirarlo al suelo como si fuera césped recién cortado.

—Era una fiesta sorpresa, Parker —puntualizó America con suavidad.

—¡Oh! —dijo Parker, avergonzado.

—¿Me vais a hacer una fiesta sorpresa? —pregunté a America.

Ella se encogió de hombros.

—Fue idea de Trav. Es en casa de Brazil el domingo. A las seis.

A Parker se le enrojecieron las mejillas.

—Supongo que ahora sí que no estoy invitado.

—¡Claro! ¡Por supuesto que lo estás! —dije, agarrándole la mano que tenía encima de la mesa. Doce pares de ojos se centraron en nuestras manos. Podía ver que Parker se sentía tan incómodo con tanta atención como lo estaba yo, así que lo dejé y me llevé las manos al regazo.

Parker se levantó.

—Tengo algunas cosas que hacer antes de ir a clase. Te llamo luego.

—Muy bien —dije, ofreciéndole una sonrisa de disculpa.

Parker se inclinó sobre la mesa y me besó en los labios. Se hizo un silencio absoluto en la cafetería y America me dio un codazo después de que Parker saliera caminando.

—¿No es rara la manera en que todo el mundo te mira? —me susurró. Echó una mirada a toda la habitación con mala cara.

—¿Qué pasa? —gritó America—. ¡Métanse en sus asuntos, marranos!

Me cubrí los ojos con las manos.

—¿Sabes?, antes daba pena porque se pensaban que era la pobre amiguita tonta de Travis. Ahora soy mala porque todo el mundo piensa que voy de flor en flor, de Travis a Parker y vuelta a empezar, como una pelota de pimpón. —Como America no decía nada, levanté la vista—. ¿Qué? ¡No me digas que tú también te crees esas chorradas!

—¡No he dicho nada! —protestó.

La miré fijamente con incredulidad.

—Pero ¿eso es lo que crees?

America movió la cabeza, sin decir nada. De repente, no pude soportar las frías miradas de los demás estudiantes, así que me levanté y caminé hacia el extremo de la mesa.

—Tenemos que hablar —dije, dando unos golpecitos a Travis en la espalda. Intenté parecer amable pero la rabia me hervía por dentro y me ponía las palabras en la boca. Todos los estudiantes, incluida mi mejor amiga, pensaban que estaba haciendo malabares con dos hombres. Solo había una solución.

—Pues habla —dijo Travis, metiéndose algo empanado y frito en la boca.

Jugueteé con los dedos, notando los ojos curiosos de todo el mundo sobre mí. Como Travis seguía sin moverse, lo agarré por el brazo y le di un buen tirón. Se puso de pie y me siguió fuera con una sonrisita en la cara.

—¿Qué pasa, Paloma? —dijo, mirando mi mano en su brazo y luego a mí.

—Tienes que liberarme de la apuesta —le rogué.

Su cara se quedó helada.

—¿Quieres dejarlo? ¿Por qué? ¿Qué he hecho?

—No has hecho nada, Trav. ¿No te has percatado de cómo miraba todo el mundo? Me estoy convirtiendo rápidamente en la paria del este de los Estados Unidos.

Travis sacudió la cabeza y se encendió un cigarrillo.

—No es problema mío.

—Sí que lo es. Parker dice que todo el mundo piensa que se está buscando una buena porque tú estás enamorado de mí.

Las cejas de Travis se elevaron repentinamente y se atragantó con el humo que acababa de inhalar.

—¿Eso dice la gente? —preguntó entre toses.

Asentí. Miró a lo lejos con los ojos muy abiertos y dando otra calada.

—¡Travis! Me tienes que liberar de la apuesta! No puedo quedar con Parker y vivir contigo al mismo tiempo. ¡Resulta horrible!

—Pues deja de quedar con Parker.

Lo miré airadamente.

—Ese no es el problema y tú lo sabes.

—¿Es la única razón por la que quieres que te libere de la apuesta? ¿Por el qué dirán?

—Por lo menos antes era tonta y tú, un malvado —refunfuñé.

—Contesta la pregunta, Paloma.

—¡Sí!

Travis miró por encima de mí a los estudiantes que entraban y salían de la cafetería. Estaba deliberando y yo hervía de impaciencia mientras a él le costaba bastante tomar una decisión.

Finalmente, se estiró y decidió.

—No.

Agité la cabeza, segura de haberlo oído mal.

—Perdona, ¿qué has dicho?

—No. Tú misma lo dijiste: una apuesta es una apuesta. En cuanto pase el mes se acabó, podrás ser libre de ir con Parker, él se hará médico, os casaréis y tendréis los dos niños y medio que tocan y nunca volveré a verte. —Gesticulaba con sus palabras—. Todavía tengo tres semanas. No voy a renunciar por cotilleos de comedor.

Miré a través del cristal y vi a toda la cafetería mirándonos. La inoportuna atención hacía que me quemasen los ojos. Levanté los hombros al pasar junto a él para ir a mi siguiente clase.

—Paloma —me llamó Travis cuando me iba.

No me volví.

Esa noche, America se sentó sobre el suelo embaldosado del baño parloteando sobre los chicos mientras yo estaba frente al espejo y me recogía el pelo en una coleta. Solo la escuchaba a medias, pues no dejaba de pensar en lo paciente que había sido Travis, teniendo en cuenta lo mucho que le disgustaba la idea de que Parker me recogiera de su apartamento casi cada noche.

La expresión de la cara de Travis cuando le pedí que me liberara de la apuesta volvía a mi cabeza, y también su reacción cuando le dije que la gente chismorreaba que estaba enamorado de mí. No podía dejar de preguntarme por qué no lo negaba.

—Bueno, Shep cree que estás siendo muy dura con él. Nunca ha tenido a nadie que le hubiera preocupado lo suficiente para ello.

Travis asomó la cabeza y sonrió cuando me vio enredar con mi pelo.

—¿Quieres ir por cena?

America se levantó y se miró en el espejo, se peinó con los dedos su pelo dorado.

—Shep quiere probar el nuevo mexicano del centro, si quieren venir.

Travis sacudió la cabeza.

—Había pensado que esta noche Paloma y yo podíamos ir a algún sitio solos.

—Salgo con Parker.

—¿Otra vez? —dijo irritado.

—Otra vez —repliqué con voz cantarina.

El timbre de la puerta sonó y me apresuré a adelantarme a Travis para abrir la puerta. Parker estaba frente a mí: su pelo rubio y ondulado natural resaltaba en su cara recién afeitada.

—¿Alguna vez estás un poco menos que preciosa? —preguntó Parker.

—Basándome en la primera vez que vino aquí, diré que sí —dijo Travis detrás de mí.

Puse los ojos en blanco y sonreí, indicándole a Parker con un dedo que esperase. Me volví y abracé a Travis. Se puso rígido por la sorpresa y luego se relajó, estrechándome fuerte contra él.

Le miré a los ojos y sonreí.

—Gracias por organizar mi fiesta de cumpleaños. ¿Puedo aceptar la invitación para cenar otro día?

Un montón de emociones se mostraron en la cara de Travis, y luego las comisuras de su boca se curvaron hacia arriba.

—¿Mañana?

Lo abracé y dije con una gran sonrisa:

—Pues claro. —Me despedí con una mano mientras Parker me agarraba la otra.

—¿Qué pasaba? —preguntó Parker.

—No nos hemos llevado muy bien últimamente. Esa ha sido mi versión de hacer las paces con una rama de olivo.

—¿Debería preocuparme? —preguntó abriendo la puerta de mi casa.

—No. —Le besé la mejilla.

Durante la cena, Parker habló sobre Harvard, la Casa y sus planes de buscar un apartamento. Sus cejas se enarcaron.

—¿Te acompañará Travis a la fiesta de cumpleaños?

—No estoy muy segura. No ha dicho nada sobre eso.

—Si a él no le importa, me gustaría ser yo quien te llevara. —Me cogió la mano en las suyas y me besó los dedos.

—Le preguntaré. La idea de la fiesta fue suya, así que...

—Entiendo. Si no, simplemente te veré allí. —Sonrió.

Parker me llevó al apartamento y se detuvo en el estacionamiento. Cuando se despidió besándome, sus labios permanecieron en los míos. Subió la palanca del freno de mano mientras sus labios iban a lo largo de mi mandíbula hasta alcanzar mi oreja, y luego bajaron a lo largo de mi cuello. Me tomó desprevenida y suspiré suavemente como respuesta.

—Eres tan bonita... —susurró—. He estado trastornado toda la noche con ese pelo recogido que deja a la vista tu cuello.

Me acribilló el cuello con besos y yo exhalé un murmullo con mi aliento.

—¿Por qué has tardado tanto? —Sonreí, mientras levantaba mi mentón para darle mejor acceso.

Parker se centró en mis labios. Me agarró la cara y me besó con más firmeza de lo habitual. No había mucho sitio en el coche, pero aprovechamos estupendamente el espacio libre para el tema que nos ocupaba. Se inclinó sobre mí y doblé las rodillas mientras me caía contra la ventana. Metió la lengua en mi boca y me agarró la rodilla empujando mi pierna a la altura de su cadera. Los cristales fríos de las ventanillas se empañaron en pocos minutos debido a todo el aliento que exhalábamos con nuestras maniobras. Sus labios rozaban mi clavícula, y entonces levantó la cabeza de un tirón cuando el vidrio vibró con unos golpes fuertes.

Parker se sentó y yo me erguí acomodándome la ropa. Salté cuando la puerta se abrió repentinamente. Travis y America estaban junto al coche. America ponía cara de comprensión, mientras Travis parecía a punto de estallar en un ataque de rabia ciega.

—¿Qué coño haces, Travis? —gritó Parker.

La situación de repente se volvió peligrosa. Nunca había oído a Parker subir la voz. Los nudillos de Travis estaban blancos de lo mucho que los apretaba, y yo estaba en medio. La mano de America pareció muy pequeñita cuando la colocó en el abultado brazo de Travis, moviendo la cabeza en dirección a Parker con un aviso silencioso.

—Venga, Abby. Tengo que hablar contigo —dijo ella.

—¿Sobre qué?

—¡Que vengas! —replicó.

Miré a Parker y vi irritación en sus ojos.

—Lo siento, tengo que irme.

—No, está bien. Vete.

Travis me ayudó a salir del Porsche y luego cerró la puerta con una patada. Me di la vuelta rápido y me quedé de pie entre él y el coche, dándole la espalda.

—¿Qué te pasa? ¡Suéltalo ya!

America parecía nerviosa. No me costó mucho imaginarme por qué. Travis apestaba a whisky; ella había insistido en acompañarlo o él le había pedido que fuese con él. De cualquier modo, America actuaba como elemento disuasorio de la violencia.

Las ruedas del Porsche de Parker chirriaron al salir del estacionamiento, y Travis encendió un cigarrillo.

—Ya puedes entrar, Mare.

Ella me agarraba la falda.

—Venga, Abby.

—¿Porqué no te quedas, Abs? —decía él a punto de estallar.

Le indiqué a America con la cabeza que siguiera y ella de mala gana obedeció. Me crucé de brazos, lista para una pelea, preparándome para atacarlo después del inevitable discurso. Travis dio varias caladas a su cigarrillo y, cuando quedó claro que no se iba a explicar, la paciencia se me agotó.

—¿Por qué has hecho eso? —pregunté.

—¿Por qué? ¡Porque estaba sobándote enfrente de mi apartamento! —gritó.

Parecía que se le iban a salir los ojos de las órbitas y podía percibir que era incapaz de mantener una conversación racional.

Mantuve la voz en calma.

—Puedo quedarme contigo, pero lo que haga y con quién lo haga es asunto mío.

Arrojó el cigarrillo al suelo empujándolo con la punta de dos dedos.

—Eres mucho mejor que eso, Paloma. No dejes que te folle en un coche como si fueras un ligue barato de fiesta de fin de curso.

—¡No iba a tener relaciones sexuales con él!

Gesticuló en dirección al espacio vacío donde había estado el coche de Parker.

—¿Qué estaban haciendo entonces?

—¿No has salido nunca con alguien, Travis? ¿No has jugueteado sin ir más lejos?

Frunció el ceño y sacudió la cabeza como si yo estuviera diciendo tonterías.

—¿Qué tiene que ver eso?

—Mucha gente lo hace..., especialmente quienes tienen citas.

—Las ventanas estaban empañadas, el coche se movía..., ¿qué iba a saber yo? —dijo, moviendo los brazos en dirección al espacio vacío del aparcamiento.

—¡Tal vez no deberías espiarme!

Se frotó la cara y sacudió la cabeza.

—No puedo soportar esto, Paloma. Creo que me estoy volviendo loco.

Dejé caer las manos golpeándome las caderas.

—¿Qué es lo que no puedes soportar?

—Si duermes con él, no quiero saberlo. Iré a la cárcel mucho tiempo si me entero de que él..., simplemente no me lo digas.

—Travis —suspiré—. ¡No puedo creer que estés diciendo lo que dices! —dije poniéndome la mano en el pecho—. ¡Yo no he...! ¡Ah! No importa.

Empecé a andar alejándome de él, pero me agarró el brazo e hizo que me diera la vuelta hasta que lo tuve de frente.

—¿Qué es lo que no has hecho? —preguntó, serpenteando un poco. No respondí, no tenía por qué. Podía ver la luz de reconocimiento iluminar su cara y me reí.

—¿Eres virgen?

—¿Y qué? —dije, mientras notaba cómo me ardían las mejillas.

Sus ojos se apartaron de los míos, intentando enfocar la mirada mientras pensaba con dificultad por culpa del whisky.

—Por eso estaba America tan segura de que no llegaría muy lejos.

—Tuve el mismo novio durante los cuatro años de la escuela secundaria. ¡Aspiraba a ser joven ministro baptista! ¡Nunca lo consiguió!

La rabia de Travis se desvaneció, y el alivio se le transparentó en los ojos.

—¿Un joven ministro? ¿Qué sucedió después de toda su duramente conseguida abstinencia?

—Quería casarse y quedarse en... Kansas. Yo no.

Quería cambiar de tema desesperadamente. La risa en los ojos de Travis era muy humillante. No quería que siguiera hurgando en mi pasado.

Dio un paso hacia mí y me agarró la cara con las dos manos.

—Virgen —dijo, meneando la cabeza hacia los lados—. Nunca lo hubiera imaginado después de verte bailar en el Red.

—Muy gracioso —dije subiendo las escaleras de prisa.

Travis intentó seguirme pero resbaló, se cayó rodando de espaldas y gritando histéricamente.

—¿Qué haces? ¡Levántate! —dije, ayudándolo a ponerse en pie.

Me agarró con un brazo alrededor del cuello, y lo ayudé a ponerse en pie en las escaleras. Shepley y America estaban ya en la cama, así que, sin nadie a la vista que pudiera echar una mano, me quité los zapatos de un puntapié para evitar romperme los tobillos mientras llevaba a Travis andando a duras penas hasta el dormitorio. Se cayó en la cama de espaldas arrastrándome con él.

Cuando aterrizamos, mi cara estaba a unos centímetros de la suya. Su expresión era repentinamente seria. Se incorporó un poco, casi besándome, pero lo empujé para apartarlo. Sus cejas se enarcaron.

—Déjalo ya, Trav —dije.

Me mantuvo apretada contra él hasta que dejé de pelear y luego me arrancó el tirante del vestido haciendo que se me cayera del hombro.

—Desde el instante en que la palabra virgen ha salido de esos bonitos labios tuyos..., he tenido la urgencia de ayudarte a quitarte el vestido.

—Qué mal. Estabas dispuesto a matar a Parker por lo mismo hace veinte minutos, así que no seas hipócrita.

—¡Que se joda Parker! No te conoce como yo.

—Venga, Trav. Quítate la ropa y métete en la cama.

—Eso te digo yo —dijo ahogando unas risas.

—¿Cuánto has bebido? —pregunté, consiguiendo finalmente meter el pie entre sus piernas.

—Bastante —sonrió mientras tiraba del dobladillo de mi vestido.

—Probablemente, más de cuatro litros —dije, mientras le apartaba la mano.

Me puse de rodillas en el colchón junto a él y le quité la camisa por la cabeza. Intentó cogerme otra vez y le agarré la muñeca, notando el hedor acre en el ambiente.

—Jo, Trav, apestas a Jack Daniels.

—Jim Beam —me corrigió, sin poder sostener la cabeza a causa del alcohol.

—Huele a madera quemada y a productos químicos.

—Sabe a eso también. —Se rio. De un tirón le desabroché la hebilla del cinturón y lo saqué de las trabillas. Se rio con el movimiento propiciado por el tirón, y luego levantó la cabeza y me miró—. Mejor guarda tu virginidad, Paloma. Sabes que me gusta lo difícil.

—Cállate —dije, mientras le desabotonaba los vaqueros y los deslizaba caderas abajo, antes de sacárselos por las piernas. Tiré el vaquero al suelo y me quedé en pie con las manos en las caderas respirando con fuerza. Le colgaban las piernas fuera de la cama, tenía los ojos cerrados y su respiración era profunda y pesada. Estaba dormido como un tronco.

Fui hacia el armario, meneando la cabeza mientras rebuscaba entre la ropa. Bajé la cremallera de mi vestido y lo deslicé sobre mis caderas dejándolo caer sobre los tobillos. Lo aparté con el pie a un rincón y me quité la coleta agitando el pelo.

El armario rebosaba con su ropa y la mía; resoplé apartándome el pelo de la cara mientras rebuscaba entre el montón una camiseta. Cuando estaba descolgando una, Travis cayó sobre mi espalda envolviéndome con los brazos alrededor de la cintura.

—¡Me has dado un susto de muerte! —se quejó.

Me recorrió la piel con las manos. Tenían un tacto diferente; lento y deliberado. Cuando me llevó con firmeza hacia él, cerré los ojos, y él escondió su cara en mi pelo rozándome el cuello suavemente con la nariz. Al sentir su piel desnuda junto a la mía me costó un poco protestar.

—Travis...

Apartó mi pelo a un lado y me besó lentamente toda la espalda de un hombro al otro, soltando el enganche de mi sujetador. Besó la piel desnuda de la base de mi cuello y cerré los ojos, la cálida suavidad de su boca sabía muy bien para decirle que parase. Un tenue gemido escapó de su garganta cuando me apretó con su pelvis, y pude sentir a través de sus calzoncillos lo mucho que me deseaba. Contuve el aliento al saber que lo único que nos impedía dar el gran paso al que minutos antes yo era tan reacia eran dos finos pedazos de tela.

Travis me giró hacia él y luego se apretó contra mí apoyando mi espalda contra la pared. Nuestros ojos se encontraron y pude ver el dolor de su expresión cuando examinó mi piel desnuda. Le había visto mirar a mujeres antes, pero esta vez era diferente. No quería conquistarme; me quería decir que sí.

Se inclinó para besarme y se paró a un centímetro de distancia. Podía sentir con mis labios el calor que irradiaba su piel, tuve que contenerme para no empujarlo a hacer el resto del camino. Sus dedos investigaban mi piel mientras decidía qué hacer y luego sus manos se deslizaron por mi espalda hasta la cinturilla de mis bragas. Con los dedos índices se escurrió por mis caderas hacia abajo entre mi piel y el tejido de encaje, y, en el mismo momento en que estaba a punto de bajar el delicado tejido por mis piernas, dudó. Entonces, cuando abrí la boca para decir sí, cerró con fuerza los ojos.

—Así no —susurró, acariciándome los labios con los suyos—. Te deseo, pero no de esta manera.

Se tambaleó hacia atrás, cayó de espaldas en la cama y yo me quedé un momento de pie con los brazos cruzados sobre el estómago. Cuando su respiración se tranquilizó, saqué los brazos de la camiseta que todavía llevaba puesta y me la quité bruscamente por la cabeza. Travis no se movió, y yo exhalé con suavidad y lentamente, sabiendo que no podríamos refrenarnos si me deslizaba en la cama y él despertaba con una perspectiva menos honorable.

Me fui deprisa al sillón y me dejé caer sobre él, tapándome la cara con las manos. Sentí las capas de frustración bailoteando y chocando entre sí dentro de mí. Parker se había ido sintiéndose desairado, Travis había esperado hasta que había visto a alguien (alguien que a mí me gustaba de verdad) mostrar interés en mí, y yo parecía ser la única chica a la que no podía llevarse a la cama, ni siquiera estando borracho.

A la mañana siguiente me serví zumo de naranja en un vaso alto y me lo fui bebiendo a sorbitos mientras movía la cabeza al ritmo de la música de mi iPod. Me desperté antes de que saliera el sol, y luego estuve retorciéndome en el sillón hasta las ocho. Después decidí limpiar la cocina para pasar el rato hasta que mis menos ambiciosos compañeros de piso se despertaran. Cargué el lavavajillas, barrí y pasé el mope, y luego limpié las barras. Cuando la cocina estuvo reluciente, cogí la cesta de la ropa limpia, me senté en el sofá y doblé y doblé hasta que hubo una docena o más de montones a mi alrededor.

Llegaron murmullos de la habitación de Shepley. Se oyó la risa tonta de America y luego hubo silencio durante unos minutos más, seguidos de ruidos que me hicieron sentir un poco incómoda sentada sola en la sala de estar.

Apilé los montones de ropa plegada en la cesta y los llevé a la habitación de Travis. Sonreí al ver que ni se había movido de la postura en la que se había quedado la noche anterior. Dejé la cesta en el suelo y lo tapé con la colcha, reprimiendo la risa al ver que se daba la vuelta.

—Mira, Paloma —dijo, musitando algo inaudible antes de que su respiración volviera a ser lenta y profunda.

No pude evitar mirarlo dormir; saber que estaba soñando conmigo me produjo un escalofrío en las venas que no pude explicar.

Travis parecía volver a estar profunda y plácidamente dormido, así que decidí irme a la ducha, deseando que el ruido de alguien moviéndose por la casa acallara los gemidos de Shepley y America, y los crujidos y golpes de la cama contra la pared. Cuando cerré el grifo me di cuenta de que a ellos no les preocupaba quién pudiera escuchar.

Me peiné y puse los ojos en blanco al escuchar los agudos gritos de America, que se parecían más a los de un perro que a los de una actriz porno. Sonó el timbre de la puerta, cogí mi bata azul y me ajusté el cinturón mientras atravesaba corriendo la sala de estar. Los ruidos de la habitación de Shepley se acallaron inmediatamente y, al abrir, me encontré la cara de Parker sonriendo.

—Buenos días —dijo.

Con los dedos me llevé el pelo mojado hacia atrás.

—¿Qué estás haciendo aquí?

—No me gustó la manera en que nos despedimos anoche. Por la mañana he salido por tu regalo de cumpleaños y no podía esperar a dártelo. Así que... —dijo, sacando una cajita brillante del bolsillo—, feliz cumpleaños, Abs.

Me puso el paquete plateado en la mano, y me incliné para besarle la mejilla.

—Gracias.

—Venga. Quiero ver tu cara cuando lo abras.

Metí el dedo por debajo del moño por la parte inferior de la caja y luego arranqué el papel, pasándoselo a él. Era una pulsera de oro blanco con una fila de diamantes engarzados.

—Parker —susurré.

—¿Te gusta? —dijo con su deslumbrante sonrisa.

—Sí —dije, mientras lo sostenía delante de mí, asombrada—, pero es demasiado. No podría aceptar esto aunque hubiera estado saliendo un año contigo, y mucho menos después de una semana.

Parker gesticuló.

—Pensé que dirías eso. He buscado arriba y abajo toda la mañana para encontrar un regalo de cumpleaños perfecto y, cuando vi esto, supe que solo hay un sitio donde pueda estar —dijo, cogiéndolo de mis manos y abrochándomela alrededor de la muñeca—. Y tenía razón. Te queda increíble.

Levanté la muñeca y moví la cabeza, hipnotizada por el brillo y el color de las piedras a la luz del sol.

—Es la cosa más bonita que he visto en mi vida. Nadie jamás me ha dado algo tan... —caro me vino a la cabeza, pero no quería decir eso— ... elaborado. No sé qué decir.

Parker se rio y luego me besó en la mejilla.

—Di que te lo pondrás mañana.

Sonreí de oreja a oreja.

—Me lo pondré mañana —dije, mirándome la muñeca.

—Estoy encantado de que te guste. La mirada en tu cara merece el esfuerzo de las siete tiendas que he recorrido.

Suspiré.

—¿Has ido a siete tiendas? —Asintió con la cabeza, y yo cogí su cara con mis manos—. Gracias. Es perfecto —dije, dándole un beso rápido.

Me abrazó.

—Tengo que irme. Voy a comer con mis padres, pero te llamaré más tarde, ¿de acuerdo?

—Vale. ¡Gracias! —Le grité mientras lo veía salir corriendo escaleras abajo.

Me metí deprisa en el apartamento, incapaz de apartar los ojos de mi muñeca.

—¡Joder, Abby! —dijo America cogiéndome la mano—. ¿De dónde has sacado esto?

—Me lo ha traído Parker. Es mi regalo de cumpleaños —dije.

La mirada de America, que seguía boquiabierta, pasaba de mí a la pulsera.

—¿Te ha comprado una pulsera de diamantes del tamaño de una muñequera de tenis? ¿Después de una semana? ¡Si no te conociera bien, diría que tienes una entrepierna mágica!

Me reí en alto y empecé una fiesta ridícula de risitas en la sala de estar.

Shepley salió de su dormitorio con aspecto cansado y satisfecho.

—A ver, chifladas, ¿de qué se ríen tanto?

America me levantó la muñeca.

—¡Mira lo que le ha regalado Parker por su cumpleaños!

Shepley miró con ojos entreabiertos y luego se le salieron de las órbitas.

—¡Guau!

—Sí, ¿verdad? —dijo America asintiendo.

Travis apareció tambaleándose en un extremo de la habitación, parecía bastante hecho polvo.

—Oigan, hacen un ruido insoportable —se quejó mientras se abotonaba los vaqueros.

—Disculpa —dije, liberando la mano de la sujeción de America. Nuestro casi encuentro de la noche anterior me vino a la cabeza y me parecía que no podía mirarlo a los ojos.

De un trago se bebió lo que quedaba de mi jugo de naranja y luego se secó la boca con la mano.

—¿Quién coño me dejó beber tanto ayer por la noche?

America lo miraba con desprecio

—Tú solito. Te fuiste y compraste una botella de licor después de que Abby saliera con Parker, y te la tomaste entera antes de que ella volviera.

—Maldita sea —dijo, meneando la cabeza

— ¿Te la pasaste bien? —preguntó mirándome.

—¿Lo dices en serio? —solté, mostrando rabia sin pensármelo dos veces.

—¿Qué?

America se rio.

—La sacaste a la fuerza del coche de Parker, rojo de ira cuando los pescaste fajando como dos pubertos. ¡Habían empañado los cristales de las ventanas y todo!

Los ojos de Travis se desenfocaron, intentando recordar algo de la noche anterior. Yo hice esfuerzos para contener mi mal humor. Si no se acordaba de que me había sacado del coche, tampoco se acordaría de lo cerca que estuve de entregarle mi virginidad en bandeja de plata.

—¿Qué tan enojada estás? —preguntó haciendo un gesto de disgusto.

—Bastante.

La verdad es que estaba más enfadada por el hecho de que mis sentimientos no tuvieran que ver en absoluto con lo que había ocurrido con Parker. Me ajusté la bata y salí furiosa del salón. Travis me siguió inmediatamente.

—Paloma —dijo, mientras sujetaba la puerta que yo le había cerrado en la cara. Lentamente, la empujó hasta abrirla y se quedó de pie delante de mí esperando que lo increpase movida por mi ira.

—¿Recuerdas algo de lo que me dijiste anoche? —pregunté.

—No. ¿Por qué? ¿Me comporté como una rata? —En sus ojos inyectados en sangre se leía la preocupación, lo que solo servía para multiplicar mi mal humor.

—¡No, no fuiste un rata conmigo! Tú..., nosotros... —me tapé los ojos con las manos y luego me quedé helada cuando sentí la mano de Travis en la muñeca.

—¿De dónde ha salido esto? —dijo, mirando airado la pulsera.

—Es mía —dije separándome de él.

No apartaba los ojos de mi muñeca.

—Nunca antes la había visto. Parece nueva.

—Lo es.

—¿De dónde la has sacado?

—Parker me la dio hace unos quince minutos —dije, viendo cómo su cara pasaba de la confusión a la rabia.

—¿Qué coño hacen aquí las cosas de ducha? ¿Ha pasado la noche aquí? —preguntó, elevando la voz con cada pregunta.

Me crucé de brazos.

—Fue a comprar algo por mi cumpleaños esta mañana y lo trajo.

—Todavía no es tu cumpleaños. —Se le puso la cara de color rojo oscuro mientras intentaba mantener los nervios bajo control.

—No podía esperar —dije, levantando el mentón con orgullo tenaz.

—No me extraña que tuviera que sacarte a rastras de su coche, parece como si estuvieras... —Fue bajando la voz y apretando los labios.

Entrecerré los ojos.

—¿Qué? ¿Como si estuviera qué?

Se le tensaron las mandíbulas y respiró profundamente, exhalando por la nariz.

—Nada. Todavía estoy enojado e iba a decir algo repugnante que en realidad no pienso.

—Eso no te pasaba antes.

—Lo sé. Eso mismo estaba pensando —dijo, mientras caminaba hacia la puerta—. Te dejo para que te vistas.

Cuando agarró el pomo de la puerta se paró, frotándose el brazo. En cuanto los dedos tocaron la parte que debía de estar amoratada, se subió la manga y vio el moretón. Se quedó mirándolo un momento y se volvió hacia mí.

—Me caí escaleras abajo anoche. Y me ayudaste a ir a la cama... —dijo, conforme recordaba las imágenes borrosas que debía de tener en su cabeza.

El corazón me latía con fuerza y me costó tragar saliva cuando comprobé que de golpe caía en la cuenta de lo ocurrido. Entrecerró los ojos.

—Nosotros... —comenzó, dando un paso hacia mí, mirando el armario y luego la cama.

—No, no lo hicimos. No ocurrió nada —dije, al tiempo que negaba con la cabeza.

Se encogió avergonzado, ya que debía de estar recordándolo.

—Empañaste los cristales de Parker, te saqué de su coche y luego intenté... —dijo, agitando la cabeza. Se volvió hacia la puerta y agarró la manija con los nudillos blancos—. Estás haciendo que me convierta en un psicópata, Paloma —gruñó por encima de mi espalda—. No pienso con claridad cuando te tengo alrededor.

—¿Así que ahora es culpa mía?

Se volvió. Sus ojos pasaron de mi cara a mi ropa, a mis piernas, luego a mis pies para volver a mis ojos.

—No sé. Mi memoria está un poco brumosa..., pero no recuerdo que tú dijeras no.

Me adelanté, preparada para argumentar ese pequeño hecho irrelevante, pero no pude. Tenía razón.

—¿Qué quieres que te diga, Travis?

Miró la pulsera y luego a mí con ojos acusadores.

—¿Esperabas que no me acordase?

—¡No! ¡Me fastidiaba que te hubieras olvidado!

Sostuvo mi mirada con sus ojos marrones.

—¿Por qué?

—¡Porque si yo hubiera..., si hubiéramos..., y tú no...! ¡No sé por qué! ¡Simplemente estaba enojada!

Se movió furioso por la habitación y se detuvo a unos milímetros de mí. Sus manos tocaron cada lado de mi cara, su aliento era rápido mientras examinaba mi cara.

—¿Qué estamos haciendo, Paloma?

Clavé primero la mirada a la altura del cinturón, luego empecé a subirla por los músculos y los tatuajes de su estómago y su pecho, y finalmente la posé en la calidez marrón de sus ojos.

—Dímelo tú.

Capítulo 7

DIECINUEVE

—¿Abby? —dijo Shepley, llamando a la puerta—. Mare va a salir a hacer unas compras; me ha pedido que te lo dijera por si necesitabas acompañarla.

Travis no me quitaba los ojos de encima.

—¿Paloma?

—Sí —grité a Shepley—, necesitaría ocuparme de unas cuantas cosas.

—Muy bien. Está lista para salir cuando tú lo estés —dijo Shepley, mientras sus pisadas se alejaban por el pasillo.

—¿Paloma?

Saqué unas cuantas cosas del armario y pasé junto a él.

—¿Podemos acabar la conversación después? Tengo mucho que hacer hoy.

—Claro —dijo él, con una sonrisa forzada.

Escapar al baño fue un alivio. Cerré rápidamente la puerta detrás de mí. Me quedaban dos semanas en el apartamento, y no había manera de aplazar la conversación, al menos no durante tanto tiempo. La parte lógica de mi cerebro insistía en que Parker era mi tipo: atractivo, listo y estaba interesado en mí. El porqué de mi interés por Travis era algo que nunca entendería.

Fuera cual fuera la razón, nos estaba volviendo locos a los dos. Me había dividido en dos personas diferentes: la chica dócil y educada que era con Parker y la persona irascible y frustrada en la que me convertía cuando Travis estaba cerca. Toda la universidad había visto a Travis pasar de ser impredecible a prácticamente volátil.

Me vestí rápidamente y dejé a Travis y a Shepley para ir al centro con America. Estuvo bromeando sobre su sexcapada matutina con Shepley, y yo escuché, intercalando asentimientos en todos los lugares indicados. Resultaba difícil centrarse en el tema que nos ocupaba mientras los diamantes de mi pulsera creaban pequeños puntos de luz en el techo del coche y me recordaban la elección que, de repente, se me planteaba. Travis quería una respuesta y yo no la tenía.

—Vale, Abby. ¿Qué te pasa? Has estado muy callada.

—Es todo este rollo con Travis... Es un lío.

—¿Por qué? —dijo ella, subiéndose las gafas de sol arrugando la nariz.

—Me ha preguntado qué estábamos haciendo.

—¿Y qué estás haciendo? ¿Estás con Parker o qué?

—Me gusta, pero solo ha pasado una semana. No vamos en serio, ni nada parecido.

—Sientes algo por Travis, ¿no?

Negué con la cabeza.

—No sé qué siento por él. Es que, simplemente, no creo que sea posible, Mare. Es una mala pieza.

El problema es que ninguno de los dos está por la labor de hablar abiertamente. Les asusta tanto lo que pueda pasar que se resisten con uñas y dientes. Sé a ciencia cierta que, si miraras a Travis a los ojos y le dijeras que lo quieres, no volvería a mirar a otra mujer.

—¿Y dices que lo sabes a ciencia cierta?

—Sí. Tengo acceso privilegiado a la fuente, ¿recuerdas?

Me detuve a pensarlo un momento. Travis debía de haber estado hablando sobre mí con Shepley, pero Shepley nunca favorecería una relación entre los dos diciéndoselo a America, porque sabía que ella me lo diría; eso me llevaba a la única conclusión posible: America los había oído por casualidad. Quería preguntarle qué habían dicho, pero lo pensé mejor.

—Esa situación solo puede llevarme a acabar con el corazón roto —dije sacudiendo la cabeza—. No creo que Travis sea capaz de ser fiel.

—Tampoco era capaz de ser amigo de una mujer, y habéis conseguido dejar a toda la universidad con la boca abierta.

Toqué la pulsera y suspiré.

—No sé. No me importa cómo están las cosas. Podemos ser solo amigos.

America dijo que no con la cabeza.

—Excepto por el problema de que no son solo amigos. —Soltó un suspiro—. ¿Sabes qué? Me he cansado de esta conversación. Vamos a que nos peinen y nos maquillen. Te compraré un vestido nuevo por tu cumpleaños.

—Creo que eso es exactamente lo que necesito —dije.

Después de horas de manicuras, pedicuras, de que nos peinaran, de que nos hicieran la cera y nos empolvaran, me calcé unos brillantes zapatos de tacón amarillo y me metí en mi nuevo vestido gris.

—¡Ah, esa es la Abby que conozco y quiero! —Se rio mientras aprobaba con la cabeza mi conjunto—. Tienes que ir así vestida a tu fiesta de mañana.

—¿No era ese el plan desde el principio? —dije, con una sonrisa burlona.

El celular vibró en mi bolso y me lo sujeté junto al oído.

—¿Diga?

—¡Es hora de cenar! ¿Dónde demonios están? —dijo Travis.

—Nos estamos mimando un poco. Shep y tú sabían comer antes de que llegáramos nosotras. Estoy segura de que podréis arreglároslas.

—Vale, vale, no te aceleres. Nos preocupamos por ustedes, ya lo sabes. —Miré a America y sonreí.

—Estamos bien.

—Dile que enseguida te llevo de vuelta a casa. Tengo que parar en casa de Brazil para recoger unos apuntes que Shep necesita, y después nos iremos directamente a casa.

—¿Lo has oído? —pregunté.

—Sí. Nos vemos ahora, Paloma.

Condujimos en silencio hasta la casa de Brazil. America apagó el motor y se quedó mirando el edificio de apartamentos que tenía delante. Me sorprendió que Shepley le hubiera pedido a America que se pasara por allí. Estábamos solo a una manzana del apartamento de Shepley y Travis.

—¿Qué pasa, Mare?

—Brazil me da escalofríos. La última vez que estuve aquí con Shep, se puso a coquetear conmigo.

—Bueno, pues entonces voy contigo. Si se atreve a guiñarte el ojo, se lo machacaré con mis zapatos de tacón nuevos, ¿te parece?

America sonrió y me abrazó.

—¡Gracias, Abby!

Caminamos hasta la parte trasera del edificio, y America respiró hondo antes de llamar a la puerta. Esperamos, pero nadie vino a abrir.

—¿Es posible que no esté en casa? —pregunté.

—Claro que está en casa —respondió ella, irritada.

Golpeó la madera con el puño y la puerta se abrió sola.

—¡FELIZ CUMPLEAÑOS! —gritó la multitud que esperaba dentro.

El techo era de burbujas rosadas y negras, puesto que cada pulgada estaba cubierta de globos de helio, con largas cuerdas plateadas que colgaban sobre las caras de los invitados. Estos se separaron y Travis se acercó a mí con una amplia sonrisa, me cogió por ambos lados de la cara y me besó la frente.

—Feliz cumpleaños, Paloma.

—No, es hasta mañana —dije.

Todavía conmocionada, intenté sonreír a todos los que me rodeaban.

Travis se encogió de hombros.

—Bueno, como te habían avisado, tuvimos que hacer algunos cambios de última hora para sorprenderte. ¿Lo hemos conseguido?

—¡Desde luego! —dije, mientras Finch me abrazaba.

—¡Feliz cumpleaños, nena! —dijo Finch, mientras me daba un beso en los labios.

America me dio un codazo suave.

—Menos mal que te he llevado conmigo o ¡te habrías presentado aquí con un aspecto horrible!

—Tienes un aspecto genial —dijo Travis, dando un repaso a mi vestido.

Brazil me abrazó y juntó su mejilla contra la mía.

—Y espero que sepas que la historia de America de que «Brazil da escalofríos» era solo un cuento para traerte aquí.

Miré a America y me sonrió.

—Funcionó, ¿no?

Después de que todo el mundo me abrazara y me felicitara por turnos, le dije a America al oído:

—¿Dónde está Parker?

—Vendrá más tarde —me susurró ella—. Shepley no ha conseguido avisarlo hasta esta misma tarde.

Brazil subió el volumen de la música y todo el mundo gritó.

—¡Ven aquí, Abby! —dijo él, dirigiéndose hacia la cocina. Puso en fila unos vasos de tragos sobre la barra y sacó una botella de tequila del bar—. Feliz cumpleaños de parte del equipo de fútbol, nena. —Sonrió mientras llenaba cada vasito hasta arriba de Patron—. Así celebramos los cumpleaños nosotros: si cumples diecinueve, te sirven diecinueve tragos. Puedes bebértelos o dárselos a alguien, pero cuantos más bebas, más de estos conseguirás —dijo, mientras agitaba un puñado de billetes de veinte.

—¡Oh, Dios mío! —grité.

—¡Bébetelos todos, Paloma! —dijo Travis.

Miré a Brazil, suspicaz.

—¿Me darás un billete de veinte por cada trago que me beba?

—Exactamente, peso pluma. A juzgar por tu tamaño, me atreveré a decir que acabaremos perdiendo solo sesenta billetes al final de la noche.

—¡Repasa esos cálculos, Brazil! —dije, mientras cogía el primer vaso, me lo llevaba a los labios, echaba la cabeza hacia atrás para vaciarlo y, después, me lo pasaba a la otra mano.

—¡Joder! —exclamó Travis.

—Qué asco, Brazil —dije, lamiéndome las comisuras de la boca—. Has echado Cuervo, y no Patron.

La sonrisa petulante de la cara de Brazil desapareció, movió la cabeza de un lado a otro y se encogió de hombros.

—Ve por él, pues. Tengo las carteras de doce jugadores de fútbol que dicen que no podrás ni con diez.

Fruncí los ojos.

—Doble o nada a que puedo beberme quince.

—¡Eh! —gritó Shepley—. ¡Sería mejor que no acabaras hospitalizada el día de tu cumpleaños, Abby!

—Puede hacerlo —dijo America, mientras miraba fijamente a Brazil.

—¿Cuarenta billetes el trago? —dijo Brazil, con mirada insegura.

—¿Tienes miedo?

—¡Demonios! ¡No! Te pagaré veinte dólares por trago, y cuando llegues a quince duplicaré el total.

—Así celebramos los de Kansas los cumpleaños —dije, antes de engullir otro trago.

Una hora y tres tragos después, estaba en el salón bailando con Travis. La canción era una balada rock, y Travis iba diciéndome la letra mientras bailábamos. Al final del primer estribillo me tumbó hacia atrás, y dejé caer los brazos detrás de mí. Volvió a incorporarme y suspiré.

—Ni se te ocurra hacer eso cuando pase de los diez tragos —bromeé.

—¿Te he dicho lo increíble que estás esta noche?

Dije que no con un gesto y lo abracé, mientras apoyaba la cabeza en su hombro. Me abrazó muy fuerte y ocultó su cara en mi cuello, haciéndome olvidar cualquier cosa sobre decisiones o pulseras o mis diferentes personalidades; estaba exactamente donde quería estar.

Cuando la música cambió a un ritmo más rápido, la puerta se abrió.

—¡Parker! —grité, mientras corría a abrazarlo—. ¡Has conseguido venir!

—Siento el retraso, Abs —se disculpó él, apretando sus labios contra los míos.

—Felicidades.

—Gracias —dije, notando que Travis nos miraba fijamente por el rabillo del ojo. Parker levantó mi muñeca.

—Te la has puesto.

—Te dije que lo haría. ¿Quieres bailar?

Dijo que no con la cabeza.

—Hum..., yo no bailo.

—Ah, vale, ¿quieres ver cómo me tomo mi sexto trago de Patron? —Sonreí, mientras levantaba mis cinco billetes de veinte dólares—. Duplicaré el dinero si llego a quince.

—Eso es un poco peligroso, ¿no?

Me acerqué a su oído.

—Lo tengo controlado. He jugado a esto con mi padre desde que tenía dieciséis años.

—Ah —dijo él, con el ceño fruncido en señal de desaprobación—. ¿Bebías tequila con tu padre?

Me encogí de hombros.

—Era su manera de establecer lazos.

Parker no parecía muy convencido cuando apartó la mirada de mí y repasó a los asistentes a la fiesta.

—No puedo quedarme mucho tiempo. Me voy mañana temprano a un viaje de caza con mi padre.

—Pues me alegro de que mi fiesta fuera esta noche, o no habrías podido venir mañana —dije, sorprendida al oír sus planes.

Me sonrió y me cogió de la mano.

—Habría procurado volver a tiempo.

Lo arrastré hasta la barra, cogí otro vaso de tequila y acabé con él, dejándolo boca abajo sobre la barra como había hecho con los cinco anteriores. Brazil me dio otros veinte dólares, y me fui bailando al salón. Travis me cogió, y bailamos con America y Shepley.

Shepley me dio una palmada en el culo.

—¡Uno!

America me dio otro azote en el trasero, y entonces toda la fiesta se unió, excepto Parker.

Cuando llegamos al decimonoveno, Travis se frotó las manos. ¡Mi turno!

Me froté el trasero.

—¡Ve con cuidado! ¡Tengo el culo dolorido!

Con una sonrisa traviesa, levantó la mano hacia atrás por encima del hombro. Cerré con fuerza los ojos. Al cabo de unos segundos, miré hacia atrás de reojo. Justo antes de llegar a tocarme con la mano, se detuvo y me dio una suave palmadita.

—¡Diecinueve! —exclamó.

Los invitados lo vitorearon, y America inició una versión de borrachos del *Cumpleaños feliz*. Me reí a carcajadas cuando llegó la parte en que decían mi nombre y la habitación entera cantó «Paloma».

Otra canción lenta sonó en el equipo de música, y Parker me condujo a la improvisada pista de baile. No tardé mucho en darme cuenta de por qué no bailaba.

—Lo siento —dijo él, después de pisarme los dedos de los pies por tercera vez.

Apoyé la cabeza en su hombro.

—Lo estás haciendo bien —mentí.

Apretó los labios contra mi sien.

—¿Qué haces el lunes por la noche?

—¿Cenar contigo?

—Sí. En mi apartamento nuevo.

—¡Has encontrado uno!

Se rio y asintió.

—Pero habrá que pedir algo, lo que cocino no es exactamente comestible.

—Me lo comería de todas formas —dije, sonriéndole.

Parker echó una mirada a la habitación y me condujo al vestíbulo.

Con delicadeza, me apoyó contra la pared y me besó con sus suaves labios. Sus manos estaban por todas partes. Al principio, me dejé llevar, pero, después de que su lengua se adentrara entre mis labios, me invadió el nítido sentimiento de que estaba haciendo algo mal.

—Détente, Parker —dije, desembarazándome de él.

—¿Pasa algo?

—Simplemente me parece que es de mala educación enrollarme contigo en una esquina oscura mientras mis invitados están ahí fuera.

Sonrió y me besó de nuevo.

—Tienes razón. Lo siento. Solo quería darte un beso de cumpleaños memorable antes de irme.

—¿Ya te vas? —Me tocó la mejilla.

—Tengo que levantarme dentro de cuatro horas, Abs.

Apreté los labios.

—Está bien. ¿Nos vemos el lunes?

—Nos vemos el lunes. Pasaré a verte cuando vuelva.

Me llevó a la puerta y me dio un beso en la mejilla antes de irse. Me di cuenta de que Shepley, America y Travis no me quitaban el ojo de encima.

—¡Papi se ha largado! —gritó Travis cuando la puerta se cerró—. ¡Hora de empezar la fiesta!

Todo el mundo coreó sus palabras, y Travis me llevó al centro del departamento.

—Un momento... Tengo un horario que cumplir —dije, llevándolo de la mano hasta la barra. Engullí otro trago y me reí cuando Travis cogió uno del final y lo chupó. Cogí otro, me lo tragué y él hizo lo mismo.

—Siete más, Abby —dijo Brazil, mientras me entregaba otros dos billetes de veinte dólares.

Me sequé la boca mientras Travis tiraba de mí de nuevo hacia el salón. Bailé con America, después con Shepley, pero cuando Chris Jenks, del equipo de fútbol, intentó bailar conmigo, Travis lo apartó tirándole de la camiseta y le dijo que no con la cabeza. Chris se encogió de hombros, se dio la vuelta y se puso a bailar con la primera chica que vio.

El décimo trago me pegó duro, y me sentí algo mareada cuando me puse de pie sobre el sofá de Brazil con America, mientras bailábamos como torpes estudiantes de primaria. Nos reíamos por nada y agitábamos los brazos al ritmo de la música.

Me tambaleé y estuve a punto de caerme del sofá hacia atrás, pero las manos de Travis aparecieron instantáneamente en mis caderas para sostenerme.

—Ya has dejado claro lo que querías demostrar —dijo él—. Has bebido más que cualquier otra chica que hayamos visto. No voy a dejar que sigas con esto.

—Por supuesto que sí —dije arrastrando las palabras—. Me esperan seiscientos dólares en el fondo de ese vaso de chupito, y tú eres el último autorizado para decirme que no puedo hacer nada por dinero.

—Si no tienes dinero, Paloma...

—No voy a aceptar ningún préstamo tuyo —dije con desdén.

—Iba a sugerir que empeñaras esa pulsera —dijo sonriendo.

Le di un golpe en el brazo justo cuando America empezó la cuenta atrás para la medianoche.

Cuando las manecillas del reloj se superpusieron en las doce, todos lo celebramos.

Tenía diecinueve años.

America y Shepley me besaron en ambas mejillas, y entonces Travis me levantó del suelo y empezó a darme vueltas.

—Feliz cumpleaños, Paloma —dijo con una expresión amable.

Me quedé mirando fijamente sus cálidos ojos marrones durante un momento, sintiendo que me perdía en ellos. La habitación se quedó congelada en el tiempo, mientras nos mirábamos el uno al otro, tan cerca que podía sentir su aliento en mi piel.

—¡Tragos! —dije, tambaleándome hasta el mostrador.

—Estás hecha polvo, Abby. Me parece que ha llegado el momento de dar por acabada la noche —dijo Brazil.

—No soy una rajona —dije—. Y quiero ver mi dinero.

Brazil puso un billete de veinte bajo los últimos dos vasos, y después gritó a sus compañeros de equipo.

—¡Se los va a beber! ¡Necesito quince!

Todos gruñeron y pusieron los ojos en blanco mientras sacaban sus carteras para formar un montón de billetes de veinte detrás del último vaso de tragos. Travis había vaciado los otros cuatro que había junto al decimoquinto.

—Nunca habría pensado que podría perder cincuenta dólares en la apuesta de los quince tragos con una chica —se quejó Chris.

—Pues empieza a creértelo, Jenks —dije, con un vasito en cada mano.

Apuré ambos vasos y esperé a que el vómito que me subía por la garganta se asentara.

—¿Paloma? —preguntó Travis, dando un paso hacia mí.

Levanté un dedo y Brazil sonrió.

—Va a perder —dijo él.

—No, de eso nada. —America negó con la cabeza—. Respira hondo, Abby.

Cerré los ojos y respiré hondo, mientras tomaba el último tequila.

—¡Por Dios santo, Abby! ¡Vas a morir de intoxicación etílica! —gritó Shepley.

—Lo tiene bajo control —le aseguró America.

Eché la cabeza hacia atrás y dejé que el tequila corriera garganta abajo. Tenía los dientes y los labios adormecidos desde el octavo chupito, y había dejado de notar la fuerza de los ochenta grados desde entonces. Toda la fiesta irrumpió en silbidos y gritos, mientras Brazil me entregaba el fajo de billetes.

—Gracias —dije con orgullo, metiéndome el dinero en el sostén.

—Estás increíblemente sexy ahora —me dijo Travis al oído mientras caminábamos hacia el salón.

Bailamos hasta el amanecer, y el tequila que me corría por las venas hizo que me olvidara de todo.

Capítulo 8

RUMORES

Cuando conseguí abrir los ojos, vi que mi almohada estaba hecha de mezclilla y piernas. Travis estaba sentado con la espalda contra la bañera, como si hubiera perdido el conocimiento. Parecía tan hecho polvo como me sentía yo. Aparté la sábana y me levanté; cuando vi el horrible reflejo que me devolvía el espejo sobre el lavabo, ahogué un grito.

Tenía un aspecto aterrador.

Se me había corrido el rímel, tenía manchas de lágrimas negras en las mejillas, la boca embadurnada de restos de pintalabios y dos marañas de pelo a cada lado de la cabeza.

Travis estaba rodeado de sábanas, toallas y mantas. Había improvisado un jergón mullido donde dormir mientras yo vomitaba los quince tragos de tequila que había consumido la noche anterior. Travis había estado sujetándome el pelo y se había quedado conmigo toda la noche.

Abrí el grifo y puse la mano debajo hasta que el agua alcanzó la temperatura que quería. Mientras me frotaba la cara, oí un quejido que provenía del suelo. Travis se movió, se frotó los ojos y se estiró; entonces, miró a su lado y se incorporó asustado.

—Estoy aquí —dije—. ¿Por qué no te vas a la cama y duermes un poco?

—¿Estás bien? —preguntó, frotándose los ojos una vez más.

—Sí, bien. Bueno, todo lo bien que puedo estar. Me sentiré mejor después de darme una ducha.

Se levantó.

—Solo para que lo sepas, ayer por la noche me arrebataste mi título de locura. No sé cómo te las apañaste, pero no quiero que lo hagas otra vez.

—Bueno, digamos que crecí en ese ambiente, Trav. No tiene gran importancia.

Me agarró la barbilla entre las manos y me limpió los restos de rímel de debajo de los ojos con sus pulgares.

—Para mí sí que la tuvo.

—Está bien. No volveré a hacerlo, ¿contento?

—Sí, pero tengo que decirte una cosa, siempre y cuando prometas no alucinar.

—Ay, Dios, ¿qué hice?

—Nada, pero tienes que llamar a America.

—¿Dónde está?

—En Morgan. Discutió con Shep ayer por la noche.

Me duché a toda prisa y me puse la ropa que Travis me había dejado en el lavabo. Cuando salí del baño, Shepley y Travis estaban sentados en el salón.

—¿Qué le has hecho? —pregunté.

A Shepley se le cayó el alma a los pies.

—Está muy enojada conmigo.

—¿Qué pasó?

—Me enfadé con ella por animarte a beber tanto. Pensaba que acabaríamos teniendo que llevarte al hospital. Una cosa llevó a la otra, y lo siguiente que sé es que estábamos gritándonos. Íbamos borrachos los dos, Abby. Dije algunas cosas que no puedo retirar. —Sacudió la cabeza, sin levantar la mirada del suelo.

—¿Como qué? —pregunté, enfadada.

—Le llamé unas cuantas cosas de las que no me enorgullezco y después le dije que se fuera.

—¿Dejaste que se marchara borracha? ¿Qué clase de idiota eres? —dije, mientras cogía mi bolso.

—Cálmate, Paloma. Ya se siente lo suficientemente mal —rogó Travis.

Encontré por fin el teléfono en mi bolso y marqué el número de America.

—¿Diga? —Su voz sonaba fatal.

—Acabo de enterarme. —Suspiré—. ¿Estás bien?

Caminé pasillo abajo para tener un poco más de privacidad, y solo me volví una vez para lanzar una mirada asesina a Shepley.

—Estoy bien, pero es un imbécil. —Sus palabras eran duras, pero notaba el dolor en su voz. America dominaba el arte de esconder sus emociones, y podría habérselas escondido a cualquiera menos a mí.

—Siento no haberme ido contigo.

—Estabas fuera de combate, Abby —observó displicente.

—¿Por qué no vienes a recogerme? Así hablamos.

Oí su respiración al otro lado del teléfono.

—No sé. No me apetece nada verlo.

—Entonces le diré que se quede dentro.

Después de una larga pausa, oí el tintineo de unas llaves de fondo.

—Muy bien. Estaré allí dentro de un minuto.

Entré en el comedor y me eché el bolso al hombro. Los dos chicos me miraron abrir la puerta y esperar a America, y Shepley me miraba de soslayo desde el sofá.

—¿Va a venir?

—No quiere verte, Shep. Le dije que te quedarías dentro.

Él soltó un suspiro y se dejó caer en el cojín.

—Me odia.

—Hablaré con ella. Será mejor que empieces a pensar en una disculpa genial.

Diez minutos después, tocaron dos veces el claxon de un coche y cerré la puerta detrás de mí. Cuando llegué al final de las escaleras, Shepley salió corriendo tras de mí hacia el Honda rojo de America y se encorvó para verla a través de la ventanilla. Me detuve en seco y me quedé viendo cómo America lo despreciaba, manteniendo en todo momento la mirada fija en el centro. Bajó la ventanilla; Shepley parecía estar dándole explicaciones y después empezaron a discutir. Volví al interior para darles algo de privacidad.

—¿Paloma? —dijo Travis, corriendo escaleras abajo.

—No tiene buena pinta.

—Deja que aclaren las cosas. Entra —pidió entrelazando sus dedos con los míos y llevándome escaleras arriba.

—¿Tan grave fue la discusión? —pregunté.

Él asintió.

—Sí, bastante. Aunque justo ahora están saliendo de su fase de luna de miel, así que lo solucionarán.

—Teniendo en cuenta que nunca has tenido una novia, pareces saber bastante sobre relaciones.

—Tengo cuatro hermanos y un montón de amigos —dijo riéndose para sí.

Shepley irrumpió en tromba en el apartamento y cerró la puerta detrás de él.

—¡Esa chica es imposible, carajo!

Besé a Travis en la mejilla.

—Aquí entro yo.

—Buena suerte —dijo Travis.

Me senté junto a America, que resopló.

—Ese chico es imposible, carajo.

Se me escapó una risita, pero ella me fulminó con la mirada.

—Lo siento —dije, forzándome a dejar de sonreír.

Salimos a dar un paseo en coche y America gritó, lloró y volvió a gritar un poco más.

A veces, empezaba a despotricar como si hablara directamente con Shepley, como si estuviera sentado en mi sitio. Yo permanecía en silencio, dejando que America se desahogara como solo America sabía hacer.

—¡Me llamó irresponsable! ¡A mí! ¡Como si no te conociera! Como si no te hubiera visto sacarle a tu padre cientos de dólares bebiendo el doble de lo que bebiste ayer. ¡Habla sin tener ni puta idea! ¡No sabe cómo era tu vida! ¡No sabe lo que yo sé, y actúa como si fuera su hija en lugar de su novia! —Puse mi mano sobre la suya, pero la apartó—. Pensó que tú eras el motivo por el que lo nuestro no funcionaría, y entonces acabó fastidiándolo todo él solito. Y hablando de ti, ¿qué demonios pasó ayer con Parker?

El repentino cambio de tema me cogió por sorpresa.

—¿A qué te refieres?

—Travis te organizó esa fiesta, Abby, y tú vas y te enrollas con Parker. ¡Y te extrañas de ser la comidilla de todo el mundo!

—¡Cálmate! Le dije a Parker que no debíamos hacer eso. ¿Y qué importa si Travis me organizó o no la fiesta? ¡No estoy con él!

America no apartaba la mirada del frente y resopló por la nariz.

—Está bien, Mare. Dime qué pasa. ¿Ahora estás enfadada conmigo?

—No, no estoy enfadada contigo. Simplemente, no me gusta andar con idiotas mañosos.

Sacudí la cabeza, y después miré por la ventanilla antes de decir algo de lo que me arrepentiría. America siempre había sabido cómo hacerme sentir como una auténtica mierda.

—Pero ¿te das cuenta de lo que está pasando? —me preguntó—. Travis ha dejado de pelear. No sale sin ti. No ha llevado a casa a ninguna chica desde aquellas barbies gemelas, todavía no se ha cargado a Parker, y a ti te preocupa que la gente diga que estás jugando a dos bandas. ¿Sabes por qué lo dice la gente, Abby? ¡Porque es la verdad!

Me volví lentamente hacia ella, intentando lanzarle la mirada más asesina que pude.

—¿Qué demonios te pasa?

—Si ahora sales con Parker, y estás tan feliz —dijo en un tono de burla—, ¿por qué no estás en Morgan?

—Porque perdí la apuesta, ¡ya lo sabes!

—¡Por favor, Abby! No dejas de hablar de lo perfecto que es Parker, y tienes esas citas alucinantes con él y te pasas el tiempo charlando por teléfono, pero después te vas a dormir con Travis cada noche. ¿No ves el problema de esta situación? Si realmente te gustara Parker, tus cosas estarían en Morgan ahora mismo.

Apreté los dientes.

—Sabes que siempre cumplo una apuesta, Mare.

—Lo que yo decía —insistió ella, retorciendo las manos alrededor del volante—. Travis es lo que quieres, y Parker, lo que crees que te conviene.

—Sé que eso es lo que parece, pero...

—Eso es lo que todo el mundo piensa. Así que, si no te gusta cómo habla la gente de ti, cambia de forma de actuar. No es culpa de Travis. Ha dado un giro de ciento ochenta grados por ti, y tú recoges la recompensa, mientras Parker disfruta de los beneficios.

—¡Hace una semana querías que recogiera todas mis cosas y que no dejara que Travis volviera a acercárseme nunca más! ¿Y ahora lo defiendes?

—¡Abigail! ¡No lo estoy defendiendo, estúpida! Solo me preocupo por tu bien. ¡Los dos están locos el uno por el otro! Y tienes que tomar alguna decisión al respecto.

—¿Cómo puede siquiera ocurrírsete que debería estar con él? —me lamenté—. ¡Se supone que es mejor mantenerse alejada de gente como él!

Apretó los labios, perdiendo claramente la paciencia.

—Tienes que haberte esforzado mucho para distinguirte de tu padre. ¡Esa es la única razón por la que te estás planteando estar con Parker! Es completamente opuesto a Mick y, sin embargo, crees que Travis te va a devolver exactamente al punto del que partías. No es como tu padre, Abby.

—No he dicho que lo fuera, pero me está poniendo en la posición precisa para que siga sus pasos.

—Travis no te haría eso. Creo que no valoras lo mucho que significas para él. Si tan solo le dijeras...

—No. No lo dejamos todo atrás para que todo el mundo me mire aquí como lo hacían en Wichita. Centrémonos en el problema que nos apremia. Shep te está esperando.

—No quiero hablar de Shep —dijo ella, reduciendo la velocidad para detenerse en un semáforo.

—Está hecho polvo, Mare. Te quiere.

Se le llenaron los ojos de lágrimas y le tembló el labio inferior.

—Me da igual.

—Eso no es cierto.

—Lo sé —gimoteó ella, apoyándose en mi hombro. Lloró hasta que cambió la luz del semáforo y, entonces, le di un beso en la frente.

—Está verde.

Ella se enderezó y se secó la nariz.

—He sido bastante odiosa con él. No creo que ahora quiera hablar conmigo.

—Claro que sí. Sabía que estabas enfadada.

America se limpió la cara y dio media vuelta. Me preocupaba que me costara mucho esfuerzo conseguir que entrara conmigo, pero Shepley se lanzó escaleras abajo antes de que ella apagara el motor.

Abrió de un golpe la puerta del coche y tiró de ella para sacarla de él.

—Lo siento mucho, nena. Debería haberme metido en mis propios asuntos. Por favor..., por favor, no te vayas. No sé qué haría sin ti.

America le puso la cara entre sus manos y sonrió.

—Eres un tonto arrogante, pero aun así te quiero.

Shepley la cubrió de besos, como si no la hubiera visto en meses, y yo sonreí admirando un buen trabajo. Travis estaba de pie en el umbral de la puerta; sonreía mientras yo me abría paso dentro del apartamento.

—Y vivieron felices para siempre —dijo Travis, cerrando la puerta detrás de mí.

Me derrumbé en el sofá, y él se sentó a mi lado y puso mis piernas sobre su regazo.

—¿Qué quieres hacer hoy, Paloma?

—Dormir. O descansar... o dormir.

—¿Puedo darte tu regalo primero?

Le di un empujón en el hombro.

—¿Qué dices? ¿Me has comprado un regalo?

Su boca dibujó una sonrisa nerviosa.

—No es una pulsera de diamantes, pero pensé que te gustaría.

—Me encantará, ya lo sé.

Me levantó las piernas y desapareció en el dormitorio de Shepley. Levanté una ceja, le oí murmurar y después apareció con una caja. Se sentó en el suelo a mis pies, en cuclillas detrás de la caja.

—Date prisa. Quiero que te sorprendas —dijo sonriendo.

—¿Que me dé prisa? —pregunté, al tiempo que levantaba la tapa.

Me quedé boquiabierta cuando un par de grandes ojos negros se quedaron mirándome.

—¿Un cachorro? —grité, metiendo las manos en la caja.

Levanté al cachorrito oscuro de pelo rizado a la altura de la cara y me cubrió la boca de besos cálidos y húmedos.

La cara de Travis se iluminó, triunfal.

—¿Te gusta?

—¿Que si me gusta? ¡Me encanta! ¡Me has comprado un cachorro!

—Es un Cairn Terrier. Tuve que conducir tres horas para recogerlo el jueves después de clase.

—Así que cuando dijiste que te ibas con Shepley a llevar su coche al taller...

—Fuimos por tu regalo —asintió él.

—No para de moverse —dije riéndome.

—Toda chica de Kansas necesita un *Toto* —dijo Travis, ayudándome a sujetar la bolita de pelos en mi regazo.

—¡Sí que se parece a *Toto!* Así lo llamaré —dije, frunciendo la nariz delante del cachorrito inquieto.

—Puedes dejarlo aquí. Yo cuidaré de él por ti cuando tú vuelvas a Morgan —su boca se abrió en una media sonrisa—, y así estaré seguro de que vendrás de visita cuando se acabe el mes.

Apreté los labios.

—Habría vuelto de todos modos, Trav.

—Haría cualquier cosa por esa sonrisa que estás poniendo ahora mismo.

—Creo que necesitas una siestecita, *Toto*. Sí, sí, ya lo creo —dije arrullando al cachorro.

Travis asintió, me cogió en su regazo y entonces se levantó.

—Pues vamos allá.

Me llevó a su dormitorio, retiró las sábanas y me dejó sobre el colchón. Pasando por encima de mí, alargó el brazo para correr las cortinas, y después se dejó caer en su almohada.

—Gracias por quedarte conmigo ayer por la noche —dije, mientras acariciaba el suave pelo de *Toto*—. No tendrías que haber dormido en el suelo del cuarto de baño.

—La de ayer fue una de las mejores noches de mi vida.

Me volví para ver la expresión de su cara. Cuando vi su gesto serio, le lancé una mirada de duda.

—¿Dormir entre el lavabo y la bañera en un suelo frío de baldosas con una idiota que no dejaba de vomitar ha sido una de tus mejores noches? Eso es triste, Trav.

—No, fue una de las mejores noches porque me senté a tu lado cuando te encontrabas mal y porque te quedaste dormida en mi regazo. No fue cómodo. No dormí una mierda, pero empecé tu decimonoveno cumpleaños contigo, y la verdad es que eres bastante dulce cuando te emborrachas.

—Claro, seguro que entre náusea y náusea estaba encantadora.

Me acercó hacia él y le dio unas palmaditas a *Toto*, que estaba acurrucado junto a mi cuello.

—Eres la única mujer que sigue increíble con la cabeza metida en el lavabo. Eso es decir mucho.

—Gracias, Trav. Procuraré que no tengas que volver a hacer de niñera.

Se apoyó sobre su almohada.

—Lo que tú digas. Nadie puede sujetarte el pelo como yo.

Me reí y cerré los ojos, hundiéndome en la oscuridad.

—¡Despierta, Abby! —gritó America, mientras me sacudía. *Toto* me lamió la cara.

—¡Estoy despierta! ¡Estoy despierta!

—¡Tenemos clase dentro de media hora!

Salí de la cama de un salto.

—He estado durmiendo durante... ¿catorce horas? ¿Qué demonios ha pasado?

—¡Métete ya en la ducha! Si no estás lista en diez minutos, me largaré dejándote aquí.

—¡No tengo tiempo de darme una ducha! —dije, mientras me cambiaba la ropa con la que me había quedado dormida.

Travis apoyó la cabeza en la mano y se rio.

—Chicas, son ridículas. Llegar tarde a una clase no es el fin del mundo.

—Lo es para America. No falta a clase y odia llegar tarde —dije, mientras metía la cabeza por la camiseta y me ponía los tejanos.

—Deja que Mare se adelante. Yo te llevo.

Salté sobre un pie y luego sobre el otro.

—Mi bolso está en su coche, Trav.

—Como quieras —dijo encogiéndose de hombros—, pero no te hagas daño de camino a clase.

Levantó a *Toto,* sosteniéndolo con un brazo como una pelota pequeña de fútbol americano, y se lo llevó por el pasillo.

America me metió a toda prisa en el coche.

—No puedo creer que te comprara un cachorro —dijo ella, mirando hacia atrás, mientras sacaba el coche de donde lo tenía aparcado.

Travis estaba de pie bajo el sol de la mañana, en calzoncillos y descalzo, rodeándose con los brazos por el frío. Observaba cómo *Toto* olisqueaba un pedacito de hierba y lo guiaba como un padre orgulloso.

—Nunca he tenido perro —dije—. Será una experiencia interesante.

America miró a Travis antes de cambiar la marcha del Honda.

—Míralo —dijo ella, meneando la cabeza—: Travis Maddox, el señor Mamá.

—*Toto* es adorable. Incluso tú acabarás rendida a sus patitas.

—Sabes que no te lo puedes llevar a la residencia, ¿no? Me temo que Travis no pensó en ese detalle.

—Travis dijo que se lo quedaría en su apartamento.

Ella arqueó una ceja.

—Por supuesto, Travis lo tiene todo pensado. Eso se lo concedo —dijo ella, sacudiendo la cabeza, mientras aceleraba.

Resoplé, deslizándome en mi asiento con un minuto de tiempo. Una vez que mi sistema hubo absorbido la adrenalina, la pesadez de mi coma poscumpleaños se adueñó de todo mi cuerpo. America me dio un codazo cuando la clase acabó, y la seguí a la cafetería.

Shepley se reunió con nosotras en la puerta; inmediatamente me di cuenta de que algo no iba bien.

—Mare —dijo Shepley, cogiéndola del brazo.

Travis corrió hasta donde estábamos nosotros y se llevó las manos a las caderas, resoplando hasta que recuperó el aliento.

—¿Acaso te persigue una turba de mujeres enfadadas? —dije para picarle.

Él negó con la cabeza.

—Intentaba pillaros... antes de que... entraran —dijo él, jadeando.

—¿Qué pasa? —preguntó America a Shepley.

—Hay un rumor —empezó a decir Shepley—. Todo el mundo dice que Travis se llevó a Abby a casa y..., bueno, los detalles varían, pero en general la situación es bastante mala.

—¿Qué? ¿Lo dices en serio? —exclamé.

America puso los ojos en blanco.

—¿A quién le importa, Abby? La gente lleva especulando sobre Travis y tú desde hace semanas. No es la primera vez que alguien los acusa de acostarse.

Travis y Shepley se miraron.

—¿Qué? —dije—. Hay algo más, ¿no?

Shepley torció el gesto.

—Dicen que te acostaste con Parker en casa de Brazil, y que luego dejaste que Travis... te llevara a casa..., ya me entiendes.

Me quedé boquiabierta.

—¡Genial! Entonces, ¿ahora soy la puta de la universidad?

La mirada de Travis se oscureció y sus mandíbulas se tensaron.

—Todo esto es culpa mía. Si se tratara de otra persona, no dirían esas cosas de ti.

Entró en la cafetería, con los puños cerrados a ambos lados del cuerpo.

America y Shepley entraron tras él.

—Esperemos que nadie sea tan estúpido como para mencionarle el asunto a Travis.

—O a Abby —añadió Shepley.

Travis se acomodó a unos cuantos asientos de mí y se quedó meditando sobre su sándwich. Esperaba que me mirara para ofrecerle una sonrisa reconfortante. Travis tenía una reputación, pero yo había dejado que Parker me llevara al pasillo.

Shepley me dio un codazo, mientras yo seguía con la mirada fija en su primo.

—Simplemente se siente mal. Quizá intenta no alimentar el rumor.

—No tienes por qué sentarte ahí, Trav. Vamos, ven aquí —dije, dando unas palmaditas sobre la superficie vacía que tenía delante de mí.

—He oído que te lo pasaste genial en tu cumpleaños, Abby —dijo Chris Jenks, lanzando un trozo de lechuga al plato de Travis.

—No empieces, Jenks —le avisó Travis, con el ceño fruncido.

Chris sonrió, levantando sus cachetes redondos y rosáceos.

—He oído que Parker está furioso. Dijo que pasó por tu apartamento ayer, y que Travis y tú seguían en la cama.

—Estaban durmiendo una siesta, Chris —replicó con desdén America.

Mis ojos se clavaron en Travis.

—¿Parker fue al apartamento?

Se movió incómodo en su silla.

—Iba a decírtelo.

—¿Cuándo? —le solté yo.

America se acercó a mi oído.

—Parker se enteró del rumor y fue a pedirte explicaciones. Intenté detenerlo, pero cruzó el pasillo y... se llevó una idea totalmente equivocada.

Planté los codos en la mesa y me tapé la cara con las manos.

—Esto se pone cada vez mejor.

—Entonces, ¿no llegaron a mayores? —preguntó Chris—. Joder, qué asco. La verdad es que pensaba que Abby era buena para ti, Trav.

—Será mejor que lo dejes ya, Chris —le avisó Shepley.

—Si no piensas acostarte con ella, ¿te importa si lo hago yo? —dijo Chris, riéndose junto con sus compañeros de equipo.

Me ardía la cara por la vergüenza, pero entonces America me gritó al oído; Travis había dado un salto desde su asiento. Se lanzó por encima de la mesa, cogió a Chris por la garganta con una mano, y le agarró con el puño por la camiseta. Deslizó al chico por encima de la mesa, mientras se oía el ruido de docenas de sillas arrastrándose por el suelo de la gente que se levantaba para mirar. Travis le golpeaba una y otra vez en la cara, y su codo se elevaba en el aire antes de asestar cada golpe. Lo único que Chris podía hacer era taparse la cara con las manos.

Nadie tocó a Travis. Estaba fuera de control, y su reputación disuadía a cualquiera de entrometerse. Los jugadores de fútbol americano se agachaban y ponían muecas de dolor mientras observaban cómo atacaban a su compañero sin piedad en el suelo de baldosas.

—¡Travis! —grité, mientras rodeaba la mesa.

Cuando estaba a punto de asestarle otro golpe, Travis detuvo su puño y, después, soltó la camiseta de Chris y lo dejó caer al suelo. Jadeaba cuando se volvió a mirarme; nunca lo había visto con un aspecto tan aterrador. Tragué saliva y retrocedí un paso, cuando él me golpeó en el hombro al pasar junto a mí.

Di un paso para seguirlo, pero America me cogió del brazo. Shepley le dio un beso rápido, y después siguió a su primo al exterior.

—Joder —susurró America.

Nos volvimos y vimos a los compañeros de Chris recogerlo del suelo; no pude evitar estremecerme al ver su cara roja e hinchada. Le sangraba la nariz, y Brazil le dio una servilleta de la mesa.

—¡Ese loco hijo de puta! —gruñó Chris, sentándose en la silla y tapándose la cara con la mano. Entonces me miró—. Lo siento, Abby, solo estaba bromeando.

No sabía qué responder. Nadie podía explicar qué había pasado más que él.

—Para que lo sepas, no se acostó con ninguno de los dos —dijo America.

—Nunca sabes cuándo cerrar el pico, Jenks —dijo Brazil, asqueado.

America me cogió del brazo.

—Vente, vámonos.

No perdió ni un minuto en meterme en su coche. Cuando lo puso en marcha, la cogí de la muñeca.

—¡Espera! ¿Adónde vamos?

—A casa de Shep. No quiero que esté a solas con Travis. ¿No lo has visto? Ha perdido totalmente el control.

—Bueno, ¡pues yo tampoco quiero estar cerca de él!

America me miró con incredulidad.

—Obviamente, le pasa algo. ¿No quieres saber qué es?

—Mi instinto de supervivencia prevalece sobre mi curiosidad en este punto, Mare.

—Lo único que lo detuvo fue tu voz, Abby. Te escuchará. Tienes que hablar con él.

Suspiré y le solté la muñeca, dejándome caer sobre el respaldo de mi asiento.

—Está bien, vamos.

Fuimos hasta el estacionamiento, y America redujo la velocidad para detenerse entre el Charger de Shepley y la Harley de Travis. Se encaminó hacia las escaleras, llevándose las manos a las caderas con un toque de su propio estilo dramático.

—¡Vamos, Abby! —gritó America, haciéndome gestos para que la siguiera.

Aunque dubitativa, finalmente la seguí, pero me detuve cuando vi a Shepley correr escaleras abajo y decirle algo en voz baja a America al oído. Me miró, sacudió la cabeza y volvió a susurrarle algo.

—¿Qué pasa? —pregunté.

—Shep... —empezó a decir inquieta—, Shep cree que no es muy buena idea que entremos. Travis continúa bastante enfadado.

—Quieres decir que cree que yo no debería entrar —dije.

America se encogió de hombros tímidamente y después miró a Shepley, que me tocó el hombro.

—No has hecho nada malo, Abby, pero... no quiere verte ahora mismo.

—Si no he hecho nada malo, ¿por qué no quiere verme?

—No estoy seguro; no quiere decírmelo. Me parece que le avergüenza haber perdido los estribos delante de ti.

—¡Perdió los estribos delante de toda la cafetería! ¿Qué tengo que ver yo con eso?

—Más de lo que crees —dijo Shepley, esquivando mi mirada.

Los miré durante un momento y después los empujé para abrirme paso escaleras arriba. Abrí las puertas de golpe, pero solo encontré un salón vacío. La puerta de la habitación de Travis estaba cerrada, así que llamé.

—¿Travis? Soy yo, abre.

—Lárgate, Paloma —gritó desde el otro lado de la puerta.

Me asomé y lo vi sentado en el filo de la cama, delante de la ventana. *Toto* le daba pataditas en la espalda, triste porque lo ignoraran.

—¿Qué te pasa, Trav? —pregunté.

No respondió, así que me quedé de pie a su lado, con los brazos cruzados. Su mandíbula se tensó, pero no con la expresión aterradora de la cafetería, sino que más bien parecía deberse a la tristeza. A una tristeza profunda y desesperada.

—¿No quieres hablar conmigo de lo que ha pasado?

Esperé, pero siguió en silencio; me di media vuelta hacia la puerta y finalmente soltó un suspiro.

—¿Te acuerdas de cuando el otro día Brazil empezó a picarme y tú saliste en mi defensa? Bueno..., pues eso es lo que ha pasado. Solo que se me ha ido un poco de las manos.

—Estabas enfadado antes de que Chris dijera nada —dije, después de volver a sentarme junto a él en la cama.

Él seguía mirando por la ventana.

—Decía en serio lo de antes. Tienes que irte, Paloma. Dios sabe que yo no puedo alejarme de ti.

Le toqué el brazo.

—Tú no quieres que me vaya.

Las mandíbulas de Travis volvieron a tensarse, y después me pasó el brazo por encima. Hizo una pausa y me dio un beso en la frente, presionando su mejilla contra mi sien.

—No importa lo mucho que lo intente. Me odiarás cuando todo esté dicho y hecho.

Lo rodeé con mis brazos.

—Tenemos que ser amigos, no aceptaré un no por respuesta —dije, citándolo.

Levantó las cejas y después me acercó a él con ambos brazos, todavía mirando por la ventana.

—Paso mucho tiempo mirándote dormir. ¡Siempre pareces tan en paz! Yo no tengo ese tipo de paz. Tengo ira y rabia hirviendo dentro de mí, excepto cuando te observo dormir. Eso es lo que estaba haciendo cuando Parker entró —prosiguió él—. Yo estaba despierto y él entró, y simplemente se quedó ahí con esa mirada horrorizada en su cara. Sabía lo que pensaba, pero no lo saqué de su error. No se lo expliqué porque quería que pensara que había pasado algo. Ahora todo el mundo piensa que estuviste con los dos la misma noche.

Toto se abrió camino con el hocico en mi regazo, y le rasqué detrás de las orejas. Travis alargó la mano para acariciarlo una vez, y después dejó su mano sobre la mía.

—Lo siento.

Me encogí de hombros.

—Si se cree todo ese chisme, es cosa suya.

—Es difícil que piense otra cosa después de vernos juntos en la cama.

—Sabe que estoy instalada en tu casa. Y estaba totalmente vestida, por Dios santo.

Travis suspiró.

—Probablemente estaba demasiado enojado para darse cuenta. Sé que le gustas, Paloma. Debería habérselo explicado. Te lo debía.

—No importa.

—¿No estás enfadada? —preguntó él, sorprendido.

—¿Por eso estás tan disgustado? ¿Pensabas que me enfadaría contigo cuando me dijeras la verdad?

—Deberías estarlo. Si alguien por su cuenta y riesgo hundiera mi reputación, estaría un poco enfadado.

—Pero si a ti te dan igual las reputaciones. ¿Qué ha pasado con el Travis al que le importa una mierda lo que piense todo el mundo? —dije para hacerlo rabiar, mientras le daba un suave codazo.

—Eso fue antes de que viera la mirada que pusiste cuando oíste lo que todo el mundo decía. No quiero que te hieran por mi culpa.

—Nunca harías nada que me hiriera.

—Antes me cortaría el brazo —suspiró él.

Apoyó la mejilla contra mi pelo. No sabía qué responder. Travis parecía haber dicho todo lo que necesitaba, así que nos quedamos allí sentados en silencio. De vez en cuando, Travis me apretaba con más fuerza contra él. Yo le agarré de la camiseta, sin saber de qué otro modo podía hacer que se sintiera mejor, además de dejándole que me abrazara.

Cuando el sol empezó a ponerse, oí un débil golpe en la puerta.

—¿Abby? —La voz de America sonaba tenue al otro lado de la madera.

—Entra, Mare —respondió Travis.

America entró con Shepley, y sonrió al vernos el uno en brazos del otro.

—Íbamos a salir a comer algo. ¿Quieren ir al Pei Wei?

—Uf... ¿Asiático otra vez, Mare? ¿De verdad? —preguntó Travis.

Sonreí. Volvía a ser el de siempre otra vez. America también se había dado cuenta.

—Sí, de verdad. ¿Vienen o no, chicos?

—Me muero de hambre —dije.

—Claro, no llegaste a comer nada al mediodía —dijo él, frunciendo el entrecejo.

Se levantó, arrastrándome con él.

—Ven, vamos a que comas algo.

Travis siguió rodeándome con el brazo y no me soltó hasta que estuvimos en la barra del Pei Wei.

En cuanto Travis se fue al lavabo, America se acercó a mí.

—¿Y bien? ¿Qué te ha dicho?

—Nada —respondí.

Arqueó una ceja.

—Han estado en su habitación durante dos horas ¿y no te ha dicho nada?

—Normalmente no lo hace cuando está tan enfadado —dijo Shepley.

—Tiene que haber dicho algo —insistió America.

—Dijo que perdió un poco los estribos por defenderme y que no le dijo la verdad a Parker cuando estuvo en el apartamento. Eso es todo —dije, mientras corregí el punto de sal y pimienta.

Shepley sacudió la cabeza, con los ojos cerrados.

—¿Qué pasa, cariño? —preguntó America, que estaba sentada más allá.

—Travis... —dijo con un suspiro, antes de poner los ojos en blanco—. Olvídalo.

La expresión de America demostraba terquedad.

—Demonios, no, no puedes simplemente...

Dejó la frase en el aire cuando Travis se sentó y pasó el brazo por detrás de mí.

—¡Puta! ¿Todavía no han traído la comida?

Nos reímos y bromeamos hasta que el restaurante cerró; después nos metimos en el coche para volver a casa. Shepley subió las escaleras llevando a America a caballito, pero Travis se quedó detrás y me tiró del brazo para que no los siguiera de inmediato. Se quedó observando a nuestros amigos hasta que desaparecieron tras la puerta y entonces me ofreció una sonrisa de pesar.

—Te debo una disculpa por lo de hoy, así que lo siento.

—Ya te has disculpado. Está bien.

—No, me he disculpado por lo de Parker. No quiero que pienses que soy una especie de psicópata que va por ahí atacando a la gente por cualquier nimiedad —dijo él—, pero te debo una disculpa porque no te defendí por la razón correcta.

—¿A qué te refieres? —le apremié.

—Salté porque dijo que quería ser el siguiente de la cola, no porque se estuviera metiendo contigo.

—La simple insinuación de que hay una cola es razón suficiente para que me defiendas, Trav.

—A eso voy. Estaba enojado porque interpreté que quería acostarse contigo.

Después de asimilar lo que Travis quería decir, lo cogí por ambos lados de la camiseta y apoyé la frente contra su pecho.

—¿Sabes qué? No me importa —dije, levantando la mirada hacia él—. No me importa lo que diga la gente, o que perdieras los estribos, o que le hicieras una cara nueva a Chris. Lo último que quiero es tener mala fama, pero estoy cansada de darle explicaciones a todo el mundo sobre nuestra amistad. Se pueden ir todos al diablo.

La mirada de Travis se endulzó, y las comisuras de su boca se curvaron hacia arriba.

—¿Nuestra amistad? A veces me pregunto si alguna vez me escuchas.

—¿Qué quieres decir?

—Entremos. Estoy cansado.

Asentí, y me sujetó contra él hasta que entramos en el apartamento. America y Shepley ya se habían encerrado en su dormitorio, y yo entré y salí de la ducha. Travis se quedó sentado con *Toto* fuera mientras me ponía la pijama y, al cabo de media hora, ambos estábamos en la cama.

Apoyé la cabeza en el brazo, y solté una larga y relajante bocanada de aire.

—Solo quedan dos semanas. ¿Qué te inventarás para cuando tenga que volver a Morgan?

—No lo sé —respondió.

Podía ver su ceño fruncido, incluso en la oscuridad.

—Oye. —Le acaricié el brazo—. Era una broma.

Me quedé observándolo durante un buen rato, respirando, parpadeando e intentando relajarme. Dio unas cuantas vueltas y después me miró.

—¿Confías en mí, Paloma?

—Sí, ¿por qué?

—Ven aquí —dijo, acercándome a él.

Estuve tensa durante unos segundos antes de relajar la cabeza sobre su pecho. Al margen de lo que le pasara, me necesitaba cerca, y no habría podido negarme aunque hubiera querido. Allí, tumbada a su lado, me sentía bien.

Capítulo 9

PROMESA

Finch sacudió la cabeza.

—Vale, entonces, ¿estás con Parker o con Travis? Estoy confundido.

—Parker no me habla, así que eso está bastante en el aire ahora mismo —dije, balanceándome para reajustarme la mochila.

Soltó una bocanada de humo, y después se quitó un poco de tabaco de la lengua.

—Entonces, ¿estás con Travis?

—Somos amigos, Finch.

—Te das cuenta de que todo el mundo piensa que tienen uno de esos pactos de amigos con derecho a roce y que se niegan a admitirlo, ¿verdad?

—Me da igual. Que la gente piense lo que quiera.

—¿Y eso desde cuándo es así? ¿Qué pasó con la nerviosa, misteriosa y reservada Abby que conozco y quiero?

—Murió por el estrés de tantos rumores y suposiciones.

—Qué mal. Voy a echar de menos señalarla y reírme de ella.

Le pegué un manotazo a Finch en el brazo, y se rio.

—Bueno, ya va siendo hora de que dejes de fingir —dijo él.

—¿A qué te refieres?

—Cariño, estás hablando con alguien que se ha pasado la mayor parte de su vida fingiendo. Te morderás la legua.

—¿Qué intentas decir? ¿Que soy lesbiana y me niego a salir del armario?

—No, que ocultas algo. La chica recatada y sofisticada, con chaquetas de punto y que va a restaurantes elegantes con Parker Hayes..., esa no eres tú. O bien eras una estríper de pueblo o bien has estado en rehabilitación. Apuesto por la segunda opción.

Solté una gran carcajada.

—¡Eres un adivino terrible!

—Entonces, ¿qué secreto guardas?

—Si te lo dijera, ya no sería un secreto, ¿no?

El gesto de su rostro se afiló con una sonrisa maliciosa.

—Tú sabes el mío, ahora me toca a mí saber el tuyo.

—Siento traer malas noticias, pero tu orientación sexual no es exactamente un secreto, Finch.

—¡Caray! Y yo que pensaba que tenía un rollo ambiguo —dijo, dando otro golpe al cigarrillo.

Antes de hablar, me encogí de la vergüenza.

—¿Tuviste una buena vida familiar en casa, Finch?

—Mi madre es genial..., mi padre y yo tuvimos que solucionar un montón de asuntos, pero ahora estamos bien.

—Pues yo tuve a Mick Abernathy de padre.

—¿Quién es ese?

Me reí.

—¿Ves? No tiene importancia si no sabes quién es.

—Bueno, ¿y quién es?

—Un desastre. El juego, la bebida, el mal carácter..., todo eso es hereditario en mi familia. America y yo vinimos aquí para que yo pudiera empezar de cero, sin el estigma de ser la hija de una vieja gloria famosa por sus borracheras.

—¿Una vieja gloria del juego de Wichita?

—Nací en Nevada. En aquella época, Mick convertía en oro todo lo que tocaba. Cuando cumplí trece años, su suerte cambió.

—Y te echó la culpa a ti.

—America renunció a mucho para venir aquí conmigo y que así yo pudiera escapar; pero llego aquí y me doy de bruces con Travis.

—Y cuando miras a Travis...

—Todo me resulta demasiado familiar.

Finch asintió mientras tiraba el cigarrillo al suelo.

—Joder, Abby, qué mierda.

Fruncí el ceño.

—Si le dices a alguien lo que acabo de contarte, llamaré a la mafia. Tengo algunos contactos, ¿sabes?

—Mentiras.

Me encogí de hombros.

—Puedes creer lo que quieras.

Finch me miró con recelo y sonrió.

—Eres oficialmente la persona más genial que conozco.

—Eso es triste, Finch. Deberías salir más —dije, deteniéndome en la entrada de la cafetería.

Él me levantó la barbilla.

—Todo saldrá bien. Creo firmemente en ese rollo de que todo pasa por una razón. Viniste aquí, America conoció a Shep, descubriste el Círculo y algo que tienes puso el mundo de Travis Maddox patas arriba. Piénsalo —dijo, antes de plantarme un fugaz beso en los labios.

—¡Eh! —dijo Travis. Me cogió por la cintura, me levantó del suelo y volvió a dejarme en el suelo detrás de él—. ¡Pensaba que contigo no tendría que preocuparme de esa mierda, Finch! ¡Échame una mano! —dijo bromeando.

Finch se apoyó en Travis y me guiñó un ojo.

—Hasta luego, Cookie.

Cuando Travis se volvió a mirarme, su sonrisa se desvaneció.

—¿A qué viene ese ceño fruncido?

Sacudí la cabeza e intenté dejar que la adrenalina siguiera su curso.

—Es que no me gusta ese mote. Me trae muy malos recuerdos.

—¿Algún apodo cariñoso del joven ministro?

—No —gruñí.

Travis se dio un puñetazo en la palma de la mano.

—¿Quieres que vaya a patearle el culo a Finch? ¿Que le dé una lección? Puedo dejarlo hecho trizas.

No pude evitar sonreír.

—Si quisiera hacer trizas a Finch, simplemente le diría que Prada se ha declarado en quiebra, y él mismo acabaría el trabajito por mí.

Travis se rio y señaló la puerta.

—¡Vamos! Aquí me estoy asando.

Nos sentamos juntos en la mesa y jugueteamos dándonos pellizcos y codazos suaves. Travis estaba de tan buen humor como la noche que perdí la apuesta. Todos los que se hallaban en la mesa se fijaron y, cuando inició una minipelea de comida conmigo, atrajo la atención de los que estaban sentados en las mesas de alrededor.

Puse los ojos en blanco.

—Me siento como un animal en el zoo.

Travis me observó durante un momento, se fijó en quienes nos miraban y entonces se levantó.

—*I CAN'T!* —gritó.

Lo miré llena de asombro, mientras toda la estancia se volvía hacia él. Travis sacudió la cabeza de arriba abajo un par de veces, siguiendo el ritmo de su cabeza.

Shepley cerró los ojos.

—Oh, no.

Travis sonrió.

—*... get no... sa... tis... faction* —siguió cantando—. *I can't get no... sa-tis-fac-tion. 'Cuz I've tried... and I've tried... and I've tried... and I've tried...* —Se subió encima de la mesa mientras todo el mundo lo miraba—. *I CAN'T GET NO!*

Señaló a los jugadores de fútbol que estaban al final de la mesa y sonrieron.

—*I CAN'T GET NO!* —gritaron al unísono, mientras el resto de la estancia aplaudía siguiendo el ritmo.

Travis cantaba usando su puño como micrófono.

—*When I'm drivin' in my car, and a man comes on the... ra-di-o... he's tellin' me more and more... about some useless in-for-ma-tion! ¡Supposed to fire my i-ma-gi-na-tion! I CAN'T GET NO! Uh no, no, no!*

Pasó bailando junto a mí, cantando a su micrófono imaginario.

Toda la habitación cantaba en armonía: *HEY, HEY, HEY!*

—*That's what I'll say!* —remató Travis.

Cuando empezó a mover las caderas, desató unos cuantos silbidos y gritos de las chicas allí presentes. Volvió a pasar junto a mí para cantar el estribillo en el otro extremo de la habitación, con los jugadores de fútbol americano como sus coristas de apoyo.

—¡Yo puedo echarte una mano! —gritó una chica del fondo.

—*... cuz I tried, and I tried, and I tried...* —cantó él.

—*I CAN'T GET NO! I CAN'T GET NO!* —cantaban sus coristas.

Travis se detuvo delante de mí y se inclinó.

—*When I'm watchin' my TV... and a... man comes on and tells me... how white my shirts can be! Well, he can't be a man, 'cause he doesn't smoke... the same cigarettes as me! I can't... get no! Uh no, no, no!*

Todo el mundo aplaudía siguiendo el ritmo, mientras los del equipo de fútbol entonaban:

—*HEY, HEY, HEY!*

—*That's what I say!* —cantó Travis, señalando al público que lo coreaba con las palmas.

Algunas personas se levantaron para bailar con él, pero la mayoría solo miraba con una expresión de divertido asombro.

Saltó a la mesa de al lado y America gritó y aplaudió, al tiempo que me daba un codazo. Sacudí la cabeza: me había muerto y había despertado en *High School Musical*.

Los miembros del equipo de fútbol americano tarareaban la música de fondo.

—*Na, na, nanana! Na, na, na! Na na, nanana!*

Travis levantó el puño que le servía de micrófono:

—*When I'm... ridin' 'round the world... and I'm doin' this... and I'm signin' that!*

Bajó de un saltó y se inclinó sobre la mesa para acercarse mucho a mi cara.

—*And I'm tryin' to make some girl... tell me, uh baby better come back, maybe next week, 'cuz you see I'm ¡on a losin' streak! I CAN'T GET NO! Uh no, no, no!*

La estancia siguió aplaudiendo al ritmo de la canción, mientras el equipo de fútbol gritaba su parte: «*HEY, HEY, HEY!*».

—*I can't get no! I can't get no! Satis-faction!* —me cantó, sonriendo y sin aliento.

Todo el local estalló en aplausos e incluso se oyeron unos cuantos silbidos. Moví la cabeza de un lado a otro, después de que me besara en la frente. Finalmente, se levantó e hizo una reverencia. Cuando volvió a sentarse delante de mí, dijo entre risas:

—Bueno, ya no te están mirando, ¿verdad?

—Gracias. De verdad que no deberías haberte molestado —respondí.

—¿Abs? —Levanté la mirada y vi a Parker de pie al final de la mesa. De nuevo recaían en mí todas las miradas.

—Tenemos que hablar —dijo Parker, que parecía nervioso.

Miré a America, a Travis y después a Parker.

—¿Por favor? —me rogó, hundiendo las manos en los bolsillos.

Asentí y lo seguí fuera. Pasó de largo las ventanas hasta llegar a la intimidad que ofrecía el lateral del edificio.

—No pretendía que la atención volviera a recaer sobre ti. Sé que odias eso.

—Pues podrías haberte limitado a llamarme si querías hablar —dije.

Él asintió sin levantar la mirada del suelo.

—No pensaba ir a buscarte a la cafetería. He visto todo el show y después a ti, y simplemente he entrado. Lo siento. —Esperé a que siguiera hablando—. No sé qué ha pasado entre tú y Travis. No es asunto mío..., al fin y al cabo, tú y yo solo hemos salido unas cuantas veces. Al principio estaba disgustado, pero después me di cuenta de que no me molestaría si no albergara sentimientos hacia ti.

—No me acosté con él, Parker. Solo me sujetó el pelo en su lavabo mientras yo vomitaba todo el tequila que había bebido. En eso consistió todo el romanticismo.

Soltó una carcajada.

—No creo que podamos tener una oportunidad de verdad..., no mientras sigas viviendo con Travis. La verdad, Abby, es que me gustas. No sé por qué, pero no puedo dejar de pensar en ti. —Sonreí y me cogió de la mano, recorriendo mi pulsera con el dedo—. Probablemente te asusté con este regalo ridículo, pero nunca antes había estado en una situación así. Siento que tengo que competir constantemente con Travis por tu atención.

—No me asustaste con la pulsera.

Apretó los labios.

—Me gustaría volver a invitarte a salir dentro de un par de semanas, cuando se haya acabado tu mes con Travis. Entonces, podremos concentrarnos en conocernos mutuamente sin distracciones.

—Me parece bien.

Se inclinó hacia delante y, con los ojos cerrados, juntó sus labios con los míos.

—Te llamaré pronto.

Yo le dije adiós con la mano; después volví a la cafetería y, cuando pasé junto a Travis, me cogió y me sentó en su regazo.

—¿Y bien? ¿Es difícil romper?

—Quiere intentarlo de nuevo cuando vuelva a Morgan.

—Mierda, ahora tengo que pensar en otra apuesta —dijo, tirando del plato que tenía delante de mí.

Las dos semanas siguientes pasaron volando. Aparte de asistir a las clases, pasé todo el tiempo de vigilia con Travis, y la mayor parte de ese tiempo estuvimos solos. Me llevó a cenar, de copas y a bailar al Red, a jugar a bolos, y lo llamaron para dos peleas. Cuando no nos reíamos por cualquier cosa, jugábamos a pelearnos o nos acurrucábamos en el sofá con *Toto* para ver una película. Se esforzó por ignorar a todas las chicas que le ponían ojitos, y todo el mundo hablaba del nuevo Travis.

Cuando llegó la última noche que tenía que pasar en el apartamento, America y Shepley se ausentaron sin motivo alguno, y Travis se esforzó en hacer una cena especial de Última Noche. Compró vino, dispuso las servilletas e incluso llevó a casa cubertería nueva para la ocasión. Colocó nuestros platos en la encimera del desayuno y llevó su taburete al otro lado para sentarse delante de mí. Por primera vez, tuve la clara sensación de que estábamos en una cita.

—Esto está realmente bueno, Trav. Me has tenido engañada todo este tiempo —dije, mientras masticaba la pasta con pollo cajún que me había preparado.

Él puso una sonrisa forzada y vi que estaba procurando mantener una conversación ligera.

—Si te lo hubiera dicho antes, habrías esperado una cena así cada noche.

Su sonrisa se desvaneció y bajó la mirada a la mesa.

Empujé la comida por el plato.

—Te voy a echar de menos, Trav.

—Pero vas a seguir viniendo, ¿no?

—Sabes que sí. Y tú vendrás a Morgan a ayudarme a estudiar como antes.

—Pero no será igual —dijo con un suspiro—. Tú seguirás saliendo con Parker, estaremos ocupados..., nuestros caminos se separarán.

—Las cosas no serán tan diferentes.

Soltó una sola carcajada.

—¿Quién iba a pensar que acabaríamos aquí sentados teniendo en cuenta como nos conocimos? Si me hubieran dicho que estaría tan hecho polvo por tener que despedirme de una chica hace tres meses no lo habría creído.

Aquello me sentó como una patada en el estómago.

—No quiero que estés hecho polvo.

—Entonces no te vayas —dijo él.

Transmitía tanta desesperación que la culpa se convirtió en un nudo en mi garganta.

—No puedo mudarme aquí, Travis. Es una locura.

—¿Y eso quién lo dice? He pasado las dos mejores semanas de mi vida.

—Yo también.

—Entonces, ¿por qué siento que no voy a volver a verte?

No supe qué responder. Había tensión en su mandíbula, pero no estaba enfadado. El ansia por estar cerca de él se hacía cada vez mayor, así que me levanté y rodeé la encimera para sentarme en su regazo. No me miró, así que me abracé a su cuello y apreté mi mejilla contra la suya.

—Te darás cuenta de lo molesta que era y entonces dejarás de echarme de menos —le dije al oído.

Resopló mientras me rascaba la espalda.

—¿Lo prometes?

Me incliné hacia atrás y lo miré a los ojos, mientras le cogía la cara con ambas manos. Le acaricié la mandíbula con el pulgar; su expresión me rompía el corazón. Cerré los ojos y me incliné para besarlo en la comisura de la boca, pero se volvió, así que cogí más parte de sus labios de la que pretendía. Aunque el beso me sorprendió, no me aparté de inmediato.

Travis mantuvo sus labios sobre los míos, pero no fue más allá.

Finalmente me aparté con una sonrisa.

—Mañana será un día duro. Voy a limpiar la cocina y después me iré directamente a la cama.

—Te ayudo —dijo él.

Lavamos los platos juntos en silencio, mientras *Toto* dormía a nuestros pies. Secó el último plato y lo dejó en el escurridor. Después me condujo por el pasillo, apretándome bastante la mano. La distancia desde el umbral del pasillo hasta la puerta de su dormitorio parecía el doble de larga. Ambos sabíamos que solo nos separaban unas horas de la despedida.

En esa ocasión, ni siquiera fingió no mirar mientras me ponía una de sus camisetas para dormir. Él se quitó la ropa, se quedó en calzoncillos y se metió bajo el cobertor, donde esperó a que me reuniera con él.

Una vez que estuve dentro, Travis me atrajo junto a él sin pedir permiso ni disculpas. Tensó los brazos y suspiró, mientras yo enterraba la cara en su cuello. Cerré con fuerza los ojos e intenté saborear el momento. Sabía que desearía volver a ese momento todos los días de mi vida, así que lo viví con toda la intensidad de la que fui capaz.

Él miró por la ventana. Los árboles arrojaban una sombra en su rostro. Travis cerró los ojos y sentí que me hundía. Era terrible verle padecer ese sufrimiento y saber que yo era no solo la causa..., sino la única que podía librarlo de él.

—¿Trav? ¿Estás bien? —pregunté.

Hubo una pausa antes de que, por fin, hablara.

—Nunca he estado peor en mi vida.

Apreté la frente contra su cuello y él me abrazó con más fuerza.

—Esto es una tontería —dije—. Vamos a vernos todos los días.

—Sabes que eso no es verdad.

El peso de la pena que ambos sentíamos era demoledor y me inundó una necesidad irreprimible de salvarnos a ambos. Levanté la barbilla pero dudé; lo que estaba a punto de hacer lo cambiaría todo. Me dije a mí misma que Travis solo consideraba las relaciones íntimas un pasatiempo, pero cerré los ojos de nuevo y me tragué todos mis miedos. Tenía que hacer algo, sabiendo que ambos permanecíamos despiertos y temiendo cada minuto que pasaba y que nos acercaba a la mañana.

Cuando le rocé el cuello con los labios, se me desbocó el corazón, y después probé su carne con un lento y tierno beso. Él miró hacia abajo sorprendido, y entonces su mirada se suavizó al darse cuenta de lo que yo quería.

Inclinó la cabeza hacia abajo y apretó sus labios contra los míos con una delicada dulzura. La calidez de sus labios me recorrió todo el cuerpo hasta los dedos de los pies y lo acerqué más a mí. Ahora que habíamos dado el primer paso, no tenía intención de detenerme ahí.

Separé los labios para dejar que la lengua de Travis se abriera paso hacia la mía.

—Te deseo —dije.

De repente, empezó a besarme más lentamente e intentó separarse. Decidida a acabar lo que había empezado, seguí moviendo la boca contra la suya con más ansiedad. Travis reaccionó echándose hacia atrás hasta quedarse de rodillas. Me incorporé con él y mantuve nuestras bocas unidas.

Me agarró por los hombros para detenerme.

—Espera un momento —me susurró con una sonrisa y jadeando—. No tienes por qué hacer esto, Paloma. No es lo que había pensado para esta noche.

Estaba conteniéndose, pero veía en sus ojos que su autocontrol no duraría mucho.

Me incliné hacia delante otra vez, y en esta ocasión sus brazos solo cedieron lo justo para permitirme rozar sus labios con los míos. Lo miré con las cejas arqueadas, decidida. Me llevó un momento pronunciar las palabras adecuadas, pero lo hice.

—No me hagas suplicar —susurré de nuevo contra su boca.

Con esas cuatro palabras, sus reservas se desvanecieron. Me besó con fuerza y ansias. Recorrí con los dedos toda su espalda y me detuve en la goma de sus calzoncillos, recorriendo nerviosa la tela fruncida. Entonces, sus labios se volvieron más impacientes y caí sobre el colchón cuando él se abalanzó sobre mí. Su lengua se abrió camino hasta la mía de nuevo, y cuando hice acopio del valor necesario para deslizar la mano entre su piel y los calzoncillos, lanzó un gemido.

Travis me quitó la camiseta por encima de la cabeza, y después su mano bajó impaciente por mi costado, agarró mis bragas y me las bajó con una sola mano. Su boca volvió a la mía una vez más, mientras subía la mano por la parte interior de mi muslo. Cuando sus dedos se pasearon por donde ningún hombre me había tocado antes, solté un largo y entrecortado suspiro. Se me arquearon las rodillas y me movía con cada movimiento de su mano, y cuando clavé mis dedos en su carne, se colocó sobre mí.

—Paloma —me dijo jadeando—, no tiene por qué ser esta noche. Esperaré hasta que estés lista.

Alargué la mano hasta el cajón superior de su mesilla de noche y lo abrí. Cuando noté el plástico entre los dedos, me llevé la esquina a la boca y desgarré el envoltorio con los dientes. Su mano libre dejó mi espalda y se bajó los calzoncillos, apartándolos de una patada, como si no pudiera soportar que se interpusieran entre nosotros.

El envoltorio crujió entre sus dedos y, tras un momento, los sentí entre mis muslos. Cerré los ojos.

—Mírame, Paloma.

Alcé los ojos hacia él: su mirada era decidida y tierna al mismo tiempo. Inclinó la cabeza, agachándose para besarme tiernamente, y entonces su cuerpo se tensó y empujó hasta estar dentro de mí con un pequeño y lento movimiento. Cuando retrocedió, me mordí el labio incómoda; cuando volvió a penetrarme, cerré los ojos por el dolor y mis muslos apretaron con más fuerzas sus caderas, y me besó de nuevo.

—Mírame —susurró él.

Cuando abrí los ojos, volvió a penetrarme y yo solté un grito por la maravillosa sensación ardiente que me causaba. Una vez que me relajé, el movimiento de su cuerpo contra el mío se volvió más rítmico. El nerviosismo que había sentido al principio había desaparecido, y Travis agarraba mi cuerpo como si no pudiera saciarse. Lo atraje hacia mí, y gimió cuando la sensación se volvió demasiado intensa.

—Te he deseado durante tanto tiempo, Abby. Eres todo lo que quiero —me susurró contra la boca.

Me cogió el muslo con una mano y se levantó sobre el codo unos centímetros por encima de mí. Una fina capa de sudor empezó a gotear sobre nuestra piel, y arqueé la espalda mientras él recorría mi mandíbula con los labios y seguía en línea recta cuello abajo.

—Travis —suspiré.

Cuando pronuncié su nombre, apretó su mejilla contra la mía y sus movimientos se volvieron más rígidos. Los ruidos que emitía su garganta se volvieron más fuertes hasta que, al final, me penetró una última vez, gimiendo y estremeciéndose sobre mí.

Al cabo de unos pocos segundos, se relajó y su respiración se volvió más lenta.

—Menudo primer beso —dije con una expresión cansada y satisfecha.

Escrutó mi cara y sonrió.

—Tu último primer beso.

Estaba demasiado impresionada para replicar. Se dejó caer a mi lado boca abajo, con un brazo sobre mi cintura y apoyando la frente en mi mejilla. Acaricié la piel desnuda de su espalda con los dedos hasta que oí que su respiración se volvía regular.

Me quedé allí tumbada durante horas, escuchando la respiración profunda de Travis y el silbido del viento que hacía tambalear los árboles en el exterior. America y Shepley abrieron la puerta principal en silencio y los oí recorrer de puntillas el pasillo, hablando entre murmullos.

Habíamos empaquetado ya todas mis cosas horas antes, y me estremecí al pensar en lo incómodo que resultaría todo por la mañana. Había pensado que una vez que me acostara con Travis su curiosidad se saciaría, pero en cambio estaba hablando de estar conmigo para siempre. Tuve que cerrar los ojos al pensar en la expresión de su rostro cuando se enterara de que lo que había pasado entre nosotros no era un principio, sino un final. No podía seguir ese camino, y me odiaría cuando se lo dijera.

Conseguí zafarme de su brazo y me vestí. Con los zapatos en la mano, recorrí el pasillo hasta el dormitorio de Shepley. America estaba sentada en la cama, mientras Shepley se quitaba la camiseta delante del armario.

—¿Va todo bien, Abby? —preguntó Shepley.

—¿Mare? —dije al mismo tiempo que le hacía un gesto para que se reuniera conmigo en el pasillo. Ella asintió, mirándome con recelo.

—¿Qué pasa?

—Necesito que me lleves a Morgan ahora mismo. No puedo esperar hasta mañana.

Un lado de su boca se curvó en una sonrisa cómplice.

—Nunca has podido soportar las despedidas.

Shepley y America me ayudaron con las bolsas. Durante todo el viaje de regreso a Morgan Hall, no aparté la mirada de la ventanilla. Cuando dejamos la última de las maletas en mi habitación, America me sujetó.

—Van a cambiar tanto las cosas ahora en el apartamento...

—Gracias por traerme a casa. Amanecerá dentro de unas pocas horas. Será mejor que te vayas —dije, abrazándola antes de dejar que se fuera.

America no se volvió a mirar atrás cuando salió de mi habitación, y yo me mordí el labio nerviosamente, sabiendo lo enfadada que estaría cuando se diera cuenta de lo que había hecho.

Mi camiseta crujió mientras me la ponía por la cabeza; la electricidad estática del aire había aumentado al aproximarse el invierno. Como me sentía algo perdida, me hice bolita bajo mi grueso edredón y respiré por la nariz. Mi piel seguía oliendo a Travis.

La cama parecía fría y extraña, un brusco contraste con la calidez del colchón de Travis. Había pasado treinta días en un estrecho apartamento con el golfo de peor fama de Eastern, y, después de todas las riñas y de las visitas a altas horas de la mañana, era el único sitio en el que quería estar.

Las llamadas de teléfono empezaron a las ocho de la mañana y se repitieron cada cinco minutos durante una hora.

—¡Abby! —gruñó Kara—. ¡Responde al maldito teléfono!

Extendí el brazo y lo apagué. Cuando oí que golpeaban la puerta, me di cuenta de que no podría pasarme el día encerrada en mi habitación como había planeado.

Kara tiró de la manija.

—¿Qué?

America la empujó para abrirse paso y se quedó de pie junto a mi cama.

—¿Qué demonios está pasando? —gritó.

Tenía los ojos rojos e hinchados, y todavía llevaba la pijama. Me senté.

—¿Qué pasa, Mare?

—¡Travis está hecho un puto desastre! No quiere hablar con nosotros, ha arrasado el apartamento, ha lanzado el estéreo a la otra punta de la habitación... ¡Shep no consigue que entre en razón!

Me froté los ojos con la muñeca y parpadeé.

—No sé.

—¡Y una mierda! Vas a decirme qué demonios está pasando, ¡y vas a hacerlo ahora mismo!

Kara cogió su neceser y se fue. Cerró de un portazo y yo torcí el gesto, temiendo lo que pudiera decir al supervisor de la residencia o, peor, al decano de estudiantes.

—Baja la voz, America, por Dios —susurré.

Apretó los dientes.

—¿Qué has hecho?

Había dado por supuesto que se disgustaría conmigo, pero no que se pondría tan furiosa.

—No..., no sé —dije, tragando saliva.

—Golpeó a Shep cuando se enteró de que te habíamos ayudado a irte. ¡Abby, por favor, dímelo! —me rogó, con los ojos húmedos—. ¡Todo esto me está asustando!

El miedo de sus ojos me sonsacó solo una verdad parcial.

—Simplemente no sabía cómo despedirme. Sabes lo que me cuesta.

—Hay algo más, Abby. ¡Se ha vuelto totalmente loco! Le oí gritar tu nombre y después recorrió todo el apartamento buscándote. Irrumpió en la habitación de Shep preguntando dónde estabas. Entonces intentó llamarte. Una vez, otra y otra... —Tomó aire—. Su cara era..., Dios, Abby. Nunca lo he visto así. Arrancó las sábanas de la cama y las lanzó por los aires, tiró también las almohadas, rompió su espejo de un puñetazo, pateó su puerta..., ¡la sacó del marco! Ha sido lo más terrorífico que he visto en mi vida.

Cerré los ojos con fuerza y las lágrimas que inundaban mis ojos resbalaron por mis mejillas.

America me ofreció su celular.

—Tienes que llamarlo. Al menos tienes que decirle que estás bien.

—Está bien, lo llamaré.

Volvió a ofrecerme el celular.

—No, vas a llamarlo ahora.

Cogí el teléfono y acaricié las teclas, mientras intentaba imaginar qué podía decirle. Me lo arrancó de la mano, marcó y me lo devolvió. Sujeté el teléfono junto a mi oído y respiré hondo.

—¿Mare? —respondió Travis, con la voz llena de preocupación.

—Soy yo.

La línea se quedó en silencio durante un momento, antes de que él, por fin, se decidiera a hablar.

—¿Qué diablos te pasó anoche? Me desperté esta mañana y te habías ido... ¿Te..., te largas sin más y ni te despides? ¿Por qué?

—Lo siento...

—¿Que lo sientes? ¡Casi consigues que me vuelva loco! No respondes al teléfono, te escapas y por... ¿por qué? Pensaba que, por fin, habíamos aclarado lo nuestro.

—Solo necesitaba algo de tiempo para pensar.

—¿En qué? —Hizo una pausa—. ¿Es que... te hice daño?

—¡No! ¡No tiene nada que ver con eso! De verdad, lo siento mucho, muchísimo. Seguro que America ya te lo ha dicho. No se me dan bien las despedidas.

—Necesito verte —dijo con voz desesperada.

Suspiré.

—Hoy tengo muchas cosas que hacer, Trav. Todavía debo deshacer todas las maletas y lavar montones de ropa sucia.

—Te arrepientes —dijo con voz quebrada.

—No..., ese no es el problema. Somos amigos. Eso no va a cambiar.

—¿Amigos? Entonces, ¿qué diablos fue lo de anoche? —dijo, sin poder ocultar la ira de su voz.

Cerré con fuerza los ojos.

—Sé lo que quieres. Solo que no puedo dártelo... ahora mismo.

—Entonces, ¿simplemente necesitas algo de tiempo? —me preguntó con voz más tranquila—. Podrías habérmelo dicho. No tenías por qué huir de mí.

—Me pareció la forma más sencilla.

—Más sencilla, ¿para quién?

—No conseguía dormir y no dejaba de pensar en qué pasaría por la mañana, cuando tuviéramos que cargar el coche de Mare y... no pude soportarlo, Trav —dije.

—Ya es suficientemente malo que no sigas viviendo aquí, pero no puedes desaparecer sin más de mi vida.

Me obligué a sonreír.

—Nos vemos mañana. No quiero que nada sea raro, ¿vale? Simplemente tengo que resolver algunas cosas. Nada más.

—Está bien —dijo él—. Eso puedo hacerlo.

Colgué el teléfono y America me fulminó con la mirada.

—¿Dormiste con él? ¡Serás zorra! ¿Y ni siquiera pensabas decírmelo?

Puse los ojos en blanco y me dejé caer sobre la almohada.

—Eso no va contigo, Mare. Todo esto se está complicando muchísimo.

—¿Dónde ves el problema? ¡Tendríais que estar en el séptimo cielo y no rompiendo puertas o escondiéndote en tu habitación!

—No puedo estar con él —susurré, sin apartar la mirada del techo.

Puso la mano encima de la mía y me habló suavemente.

—Travis necesita algo de trabajo. Créeme, comprendo todas las reservas que puedas tener sobre él, pero mira lo mucho que ha cambiado ya por ti. Piensa en las dos últimas semanas, Abby. Él no es Mick.

—¡No, yo soy Mick! Me involucro sentimentalmente con Travis y todo aquello por lo que nos hemos esforzado... ¡puf! —Chasqueé los dedos—. ¡Así, sin más!

—Travis no dejaría que eso pasara.

—No depende de él, ¿a que no?

—Vas a romperle el corazón, Abby. ¡Vas a romperle el corazón! Eres la única chica en la que confía lo suficiente como para enamorarse ¡y tú piensas colgarlo del palo mayor!

Me aparté de ella, incapaz de ver la expresión que acompañaba al tono de súplica de su voz.

—Necesito el final feliz. Por eso vine aquí.

—No tienes que hacerlo. Podría funcionar.

—Hasta que la suerte me dé la espalda.

America levantó las manos al cielo y después las dejó caer en su regazo.

—Por Dios, Abby, no empieces con esa mierda otra vez. Ya lo hemos hablado.

Mi teléfono sonó y miré la pantalla.

—Es Parker.

Ella sacudió la cabeza.

—No hemos terminado de hablar.

—¿Diga? —respondí, evitando la mirada de America.

—¡Abs! ¡Tu primer día de libertad! ¿Qué tal te sientes? —dijo él.

—Pues... me siento libre —dije, incapaz de fingir entusiasmo alguno.

—¿Cenamos mañana por la noche? Te he echado de menos.

—Sí. —Me sequé la nariz con la manga—. Mañana está bien.

Después colgué el teléfono, America frunció el entrecejo.

—Cuando vuelva me preguntará —dijo ella—. Querrá saber de qué hemos hablado. ¿Qué se supone que tengo que decirle?

—Dile que mantendré mi promesa. Mañana, a estas horas, ya no me echará de menos.

Capítulo 10

POKERFACE

Me situé dos mesas más allá y una mesa más atrás. Apenas veía a America y a Shepley desde mi asiento, y me agaché sobre la mesa, mientras observaba a Travis mirar fijamente la silla vacía que solía ocupar yo antes de sentarme al final del comedor. Me sentía ridícula por esconderme así, pero no estaba preparada para sentarme delante de él durante una hora entera. Cuando acabé de comer, respiré hondo y salí fuera, donde Travis estaba acabando de fumar un cigarrillo.

Me había pasado la mayor parte de la noche intentando trazar un plan que nos devolviera a donde estábamos antes. Si trataba nuestro encuentro tal y como él solía considerar el sexo en general, mis posibilidades mejoraban. El plan conllevaba el riesgo de perderlo definitivamente, pero esperaba que su enorme ego masculino lo obligara a comportarse del mismo modo que yo.

—Hola —dije.

Él puso cara de contrariedad.

—Hola. Pensaba que estarías comiendo.

—Tuve que entrar y salir a toda prisa, tengo que estudiar —le respondí, encogiéndome de hombros y fingiendo despreocupación lo mejor que pude.

—¿Necesitas algo de ayuda?

—Es Cálculo. Creo que lo tengo controlado.

—Puedo pasar para darte apoyo moral.

Sonrió y se metió la mano en el bolsillo. Los sólidos músculos del brazo se le tensaron con el movimiento, y el recuerdo de sus brazos flexionándose mientras me penetraba volvió con vívido detalle a mi cabeza.

—Eh... ¿Cómo? —pregunté, desorientada por el repentino pensamiento erótico que había cruzado mi mente.

—¿Se supone que tenemos que fingir que lo de la otra noche nunca pasó?

—No, ¿por qué? —dije fingiendo confusión, a lo que él respondió con un suspiro, frustrado por mi comportamiento.

—No sé..., ¿porque te quité la virginidad quizás? —Se inclinó hacia mí y pronunció esas últimas palabras en voz baja.

—Estoy segura de que no es la primera vez que desfloras a una virgen, Trav.

Justo como me temía, mi intento de quitarle hierro al asunto lo enfadó.

—Pues, de hecho, sí lo fue.

—Vamos... Te dije que no quería que esto volviera las cosas raras entre nosotros.

Travis dio un último golpe a su cigarrillo y lo tiró al suelo.

—Bueno, si algo he aprendido en los últimos días es que no siempre consigues lo que quieres.

—Hola, Abs —dijo Parker, besándome en la mejilla.

Travis fulminó a Parker con una mirada asesina.

—¿Paso por ti a las seis? —dijo Parker.

Asentí.

—A las seis.

—Nos vemos dentro de un rato —dijo, siguiendo su camino a clase.

Observé cómo se alejaba, asustada de las consecuencias de esos últimos diez segundos.

—¿Vas a salir con él esta noche? —preguntó furioso Travis.

Tenía las mandíbulas apretadas y podía verlas moverse bajo la piel.

—Ya te había dicho que me pediría una cita cuando volviera a Morgan. Me llamó ayer.

—Las cosas han cambiado un poco desde esa conversación, ¿no crees?

—¿Por qué?

Se alejó de mí y yo tragué saliva, intentando no romper a llorar. Travis se detuvo y volvió, hasta que se paró muy cerca de mi cara.

—¡Por eso dijiste que no te echaría de menos después de hoy! Sabías que me enteraría de lo tuyo con Parker y pensaste... ¿qué? ¿Que me alejaría de ti? ¿No confías en mí o es que, simplemente, no soy lo suficientemente bueno? Responde, maldita sea. Dime qué diablos te he hecho como para que me trates así.

Permanecí impasible y, mirándolo directamente a los ojos, le dije:

—No me has hecho nada. ¿Desde cuándo el sexo es cuestión de vida o muerte para ti?

—¡Desde que lo hice contigo!

Miré a mi alrededor, consciente de que estábamos montando una escena. La gente pasaba a nuestro lado lentamente, mirándonos y hablándose entre susurros. Sentí que me ardían las orejas y esa sensación se extendió por toda mi cara, hasta que se me humedecieron los ojos.

Cerró los ojos para intentar recuperar la compostura antes de hablar de nuevo.

—¿Es eso? ¿Crees que no significó nada para mí?

—Eres Travis Maddox.

Sacudió la cabeza, asqueado.

—Si no te conociera mejor, pensaría que me estás echando en cara mi pasado.

—No me parece que lo ocurrido hace cuatro semanas sea el pasado. —Su gesto se torció y yo me reí—. ¡Solo bromeo! Travis, no pasa nada. Yo estoy bien, tú estás bien. No hay por qué hacer una tormenta de un vaso de agua.

Desapareció toda emoción de su cara y exhaló profundamente por la nariz.

—Sé lo que intentas hacer. —Apartó la mirada un momento, perdido en sus pensamientos—. No me queda más remedio que demostrártelo, entonces. —Frunció los ojos y me miró con la misma resolución que exhibía en sus peleas—. Si crees que simplemente voy a volver a tirarme a cualquiera, te equivocas. No quiero a nadie más. ¿Quieres que seamos amigos? Bien, somos amigos. Pero los dos sabemos que lo que ocurrió no fue solo sexo.

Pasó furioso junto a mí y cerré los ojos, soltando la respiración que había estado aguantando sin darme cuenta. Travis se volvió para mirarme y continuó el camino hacia su siguiente clase. Una lágrima huidiza me cayó por la mejilla, y me la sequé de inmediato. Las miradas curiosas de mis compañeros de clase se clavaron en mi espalda cuando me fui caminando apesadumbrada a clase.

Parker estaba en segunda fila, y me senté en la mesa que había junto a la suya.

Una sonrisa se extendió en su cara.

—Tengo muchas ganas de que llegue esta noche.

Respiré hondo y sonreí, intentando dejar atrás mi conversación con Travis.

—¿Cuál es el plan?

—Bueno, ya estoy instalado del todo en mi apartamento. He pensado que podríamos cenar allí.

—Yo también tengo muchas ganas de que llegue esta noche —dije, intentando convencerme.

Dado que America se negó a colaborar, Kara se convirtió en la única persona disponible, aunque reticente, para ayudarme a elegir un vestido para mi cita con Parker. En cuanto me lo puse, volví a quitármelo a toda prisa y me deslicé dentro de un par de tejanos. Después de pasarme toda la tarde reflexionando melancólica sobre mi fallido plan, no tenía ánimos para arreglarme mucho. Pensando en el frío que haría, me puse un jersey de cachemira color marfil, sobre un top marrón, y esperé junto a la puerta. Cuando el reluciente Porsche de Parker se detuvo delante de Morgan, me apresuré a salir por la puerta antes de que él pudiera subir.

—Pensaba pasar a recogerte —dijo decepcionado mientras sujetaba la puerta.

—Pues te he ahorrado el viaje —dije, mientras me abrochaba el cinturón.

Se sentó a mi lado y, tocándome ambos lados de la cara, me besó con sus suaves labios de peluche.

—Vaya —dijo con un suspiro—, he añorado tu boca.

Su aliento era mentolado, su colonia olía increíblemente bien, sus manos eran cálidas y suaves, y tenía un aspecto fantástico con unos tejanos y una camisa verde de vestir, pero no pude obviar la sensación de que faltaba algo. Era obvio que la emoción del principio había desaparecido, y en silencio maldije a Travis por quitarme eso.

Me obligué a sonreír.

—Me tomaré eso como un cumplido.

Su apartamento era exactamente como había imaginado: inmaculado, con caros aparatos electrónicos en cada rincón, y con toda probabilidad decorado por su madre.

—¿Y bien? ¿Qué te parece? —dijo él, sonriendo como un niño que enseña su juguete nuevo.

—Está genial.

Su expresión cambió de juguetona a íntima; me atrajo hacia sus brazos y me besó en el cuello. Todos los músculos de mi cuerpo se tensaron. Habría preferido estar en cualquier parte menos en ese apartamento.

Mi celular sonó y, antes de responder, le ofrecí una sonrisa de disculpa.

—¿Cómo va la cita, Paloma?

Me volví de espaldas a Parker y susurré al teléfono.

—¿Qué necesitas, Travis?

Intenté que mi voz sonara dura, pero se ablandó por mi alivio de oír su voz.

—Quiero ir a jugar a los bolos mañana. Necesito a mi compañera.

—¿Bolos? ¿No podrías haberme llamado después?

Me sentí una hipócrita al decirle aquello puesto que había esperado una excusa para alejar los labios de Parker de mí.

—¿Cómo iba a saber cuándo habrías acabado? Oh, eso no ha sonado bien... —dijo las últimas palabras en voz más baja, parecía que le habían hecho gracia.

—Te llamo mañana y lo hablamos, ¿vale?

—No, no vale. Me has dicho que querías que fuéramos amigos, ¿y no podemos salir? —Puse los ojos en blanco y Travis resopló—. No me pongas los ojos en blanco. ¿Vienes o no?

—¿Cómo has sabido que he puesto los ojos en blanco? ¿Me estás acosando? —pregunté, dándome cuenta de que las cortinas estaban corridas.

—Siempre estás poniendo los ojos en blanco. ¿Sí? ¿No? Estás malgastando un tiempo precioso de tu cita.

Qué bien me conocía. Luché contra mis deseos de pedirle que pasara a recogerme inmediatamente. No pude evitar sonreír al pensarlo.

—¡Sí! —dije en voz baja, intentando no sonreír—. Iré.

—Te recogeré a las siete.

Me volví a Parker, sonriendo como el gato de Cheshire.

—¿Travis? —me preguntó con un gesto de complicidad.

—Sí —fruncí el ceño al ver que me había cachado.

—¿Siguen siendo solo amigos?

—Solo amigos —aclaré de inmediato.

Estábamos sentados a la mesa, compartiendo comida china para llevar. Fui sintiéndome más cómoda con él después de un rato, y me recordó lo encantador que era. Me sentía más ligera, casi presa de la risa tonta, lo que suponía un marcado cambio respecto a unas horas antes. Por mucho que intentara apartar la idea de mi mente, no podía negarme que la mejoría en mi humor se debía a mis planes con Travis.

Después de cenar, nos sentamos en el sofá para ver una película, pero, antes de que los créditos iniciales hubieran acabado, Parker ya me había tumbado. Me alegré de haber elegido llevar tejanos; No habría sido capaz de esquivarlo tan fácilmente si me hubiera puesto un vestido. Sus labios bajaron por mi clavícula y su mano se detuvo en mi cinturón. Se esforzó torpemente por abrirlo y, una vez que lo consiguió, me escabullí debajo de él y me levanté.

—¡Muy bien! Me parece que eso es todo lo lejos que tu lanzamiento va a llegar está noche —dije, abrochándome el cinturón.

—¿Qué?

—¿Primera base..., segunda base? No importa. Es tarde, será mejor que me vaya.

Se enderezó y me agarró por las piernas.

—No te vayas, Abs. No quiero que pienses que esa es la razón por la que te he traído aquí.

—Ah, ¿no lo es?

—Por supuesto que no —dijo él, sentándome en su regazo—. Me he pasado las últimas dos semanas pensando en ti. Discúlpame por la impaciencia.

Me besó en la mejilla y me incliné hacia él, sonriendo cuando su aliento me hizo cosquillas en el cuello. Me volví hacia él y apreté mis labios contra los suyos, intentando con todas mis fuerzas sentir algo, pero no fue así. Me aparté de él y suspiré.

Parker frunció el entrecejo.

—Ya te he dicho que me disculparas.

—Y yo te he dicho que era tarde.

Volvimos a Morgan, y Parker me estrechó la mano después de darme un beso de buenas noches.

—Intentémoslo de nuevo. ¿Vamos mañana a Biasetti?

Apreté los labios.

—Mañana voy con Travis a jugar a los bolos.

—¿El miércoles entonces?

—Sí, el miércoles, genial —dije, con una sonrisa forzada.

Parker se agitó en su asiento. Algo lo inquietaba.

—Abby, hay una fiesta dentro de un par de fines de semana en la fraternidad...

Me encogí incómoda, temiendo la discusión que tendríamos inevitablemente.

—¿Qué pasa? —preguntó él, riendo nervioso.

—No puedo ir contigo —dije, mientras salía del coche.

Él me siguió y se reunió conmigo en la entrada de Morgan.

—¿Tienes planes?

Hice una mueca.

—He quedado... Travis ya me ha pedido que vaya con él.

—¿Que Travis te ha pedido qué?

—Que vaya con él a la fiesta de citas —le expliqué, un poco frustrada.

La cara de Parker se puso colorada y pasaba el peso del cuerpo de un pie a otro.

—¿Vas a la fiesta de citas con Travis? Él nunca asiste a esas cosas. Y solo son amigos, así que no tiene sentido que vayas con él.

—America no quería ir con Shep si yo no iba.

Se relajó.

—Entonces puedes ir conmigo —dijo, sonriendo y entrelazando sus dedos con los míos.

Respondí a su solución con una mueca.

—No puedo cancelar los planes con Travis y después ir contigo.

—No veo dónde está el problema —dijo encogiéndose de hombros—. Podrás estar allí para contentar a America y Travis se librará de tener que ir. Siempre está defendiendo que dejen de celebrarse esas fiestas. Cree que son una plataforma para que nuestras novias nos obliguen a hacer pública una relación.

—Era yo la que no quería ir. Él tuvo que convencerme.

—Bueno, pues ahora tienes una excusa —argumentó él.

Su confianza en que iba a cambiar de opinión resultaba exasperante.

—Lo cierto es que no quiero ir con nadie.

A Parker se le había agotado la paciencia.

—Solo para dejar las cosas claras. Tú no quieres ir a la fiesta de citas. Travis quiere ir, te invita... ¿y no quieres cancelar los planes con él para ser mi acompañante, aunque al principio ni siquiera querías ir?

Me costó mucho mirarle o los ojos.

—No puedo hacerle eso, Parker, lo siento.

—¿Entiendes qué es una fiesta de citas? Es algo a lo que vas con tu novio.

Su tono condescendiente hizo que desapareciera cualquier empatía que pudiera sentir hacia él.

—Bueno, como yo no tengo novio, no debería ir en absoluto.

—Pensaba que íbamos a intentarlo otra vez. Pensaba que teníamos algo.

—Y lo intento.

—¿Qué esperas que haga? ¿Que me quede en casa solo mientras tú estás en la fiesta de citas de mi fraternidad con otro? ¿Debería invitar a otra chica?

—Puedes hacer lo que quieras —dije, irritada por su amenaza.

Alzó la mirada y negó con la cabeza.

—No quiero pedírselo a otra chica.

—No espero que no vayas a tu propia fiesta. Nos veremos allí.

—¿Quieres que se lo pida a otra persona? Y tú vas con Travis. ¿Acaso no ves lo absurda que resulta esta situación?

Me crucé de brazos, preparándome para una pelea.

—Le dije que iría antes de empezar a salir contigo. No puedo cancelar mi compromiso con él.

—¿No puedes o no quieres?

—No hay diferencia. Siento que no lo comprendas. —Abrí la puerta de Morgan, y Parker apoyó su mano sobre la mía.

—De acuerdo —dijo con un suspiro de resignación—. Obviamente, esta es una cuestión en la que tendré que trabajar. Travis es uno de tus mejores amigos, eso lo entiendo. No quiero que afecte a nuestra relación. ¿Vale?

—Vale —dije, asintiendo.

Abrió la puerta y me hizo un gesto para que pasara; justo antes de entrar, me dio un beso en la mejilla.

—¿Miércoles a las seis?

—A la seis —dije, despidiéndolo con la mano mientras subía las escaleras.

America salía del cuarto de duchas cuando doblé la esquina, y sus ojos brillaron al reconocerme.

—¡Hola, guapa! ¿Qué tal ha ido?

—Ha ido —dije, desalentada.

—Oh, oh.

—No se lo digas a Travis, ¿vale?

Ella resopló.

—No lo haré. ¿Qué ha pasado?

—Parker me ha pedido que vaya con él a la fiesta de citas.

America apretó su toalla.

—No pensarás dejar plantado a Trav, ¿no?

—No, y a Parker no le entusiasma la idea.

—Comprensible —dijo ella, asintiendo—. Es una situación condenadamente difícil.

America se echó los mechones de su larga y húmeda cabellera sobre un hombro, y unas gotas de agua le cayeron sobre la piel desnuda. Era una contradicción andante. Había pedido plaza en Eastern para que pudiéramos mudarnos juntas. Se autoproclamaba mi conciencia, dispuesta a intervenir si yo daba rienda suelta a alguna de mis tendencias intrínsecas que conllevaran perder el control. Iniciar una relación con Travis iba en contra de todo lo que habíamos hablado, y mi amiga se había convertido en su sobreexcitada animadora.

Me apoyé contra la pared.

—¿Te enfadarías mucho si me limitara a no ir?

—No, me enojaría increíble e irrevocablemente. Iniciarías una pelea de gatas, Abby.

—Entonces supongo que tendré que ir —dije, metiendo la llave en la cerradura.

Mi celular sonó y apareció en la pantalla una foto de Travis poniendo una cara graciosa.

—¿Diga?

—¿Ya estás en casa?

—Sí, me ha dejado hace unos cinco minutos.

—Bien, estaré allí dentro de otros cinco.

—¡Espera! ¿Travis? —dije después de que colgara.

America se rio.

—Acabas de tener una cita decepcionante con Parker, y has sonreído al ver la llamada de Travis. ¿De verdad eres tan cabeza dura?

—No he sonreído —protesté—. Viene en camino. ¿Puedes reunirte con él fuera y decirle que ya estoy en la cama?

—Sí, sí que has sonreído, y no, sal y díselo tú misma.

—Sí, claro, Mare, salir ahí y decirle que ya estoy en la cama es un plan perfecto.

Se dio media vuelta y se dirigió a su habitación. Levanté las manos y volví a dejarlas caer sobre los muslos.

—¡Mare! Por favor.

—Que te diviertas, Abby.

Sonrió y desapareció en su habitación.

Bajé las escaleras y me encontré a Travis sobre su moto, que estaba parada delante de los escalones delanteros. Llevaba una camiseta blanca con dibujos negros, que destacaba los tatuajes de sus brazos.

—¿No tienes frío? —pregunté, apretándome más la chaqueta.

—Estás guapa. ¿La has pasado bien?

—Eh..., sí, gracias —dije, distraída—. ¿Qué haces aquí?

Pisó el acelerador y el motor rugió.

—Iba a dar un paseo para aclararme las ideas. Quiero que me acompañes.

—Hace frío, Trav.

—¿Quieres que vaya por el coche de Shep?

—Mañana vamos a jugar a los bolos. ¿No puedes esperar hasta entonces?

—He pasado de estar contigo cada segundo del día a verte diez minutos si tengo suerte.

Sonreí y sacudí la cabeza.

—Solo han pasado dos días, Trav.

—Te echo de menos. Sube el culo al asiento y vámonos.

No pude discutir. Yo también lo echaba de menos. Más de lo que podría admitir jamás. Me subí la cremallera de la chaqueta, me senté detrás de él y deslicé los dedos en las presillas de sus tejanos. Me acercó las muñecas a su pecho y después las puso una encima de otra. Cuando creyó que lo abrazaba lo suficientemente fuerte, arrancó y salió despedido a toda velocidad calle abajo.

Apoyé la mejilla en su espalda y cerré los ojos, mientras respiraba su olor. Me recordó a su apartamento, a sus sábanas y a cómo olía cuando iba por su casa con una toalla anudada en la cintura. La ciudad se volvía borrosa a nuestro paso, y no me importaba lo rápido que conducía o el frío que me azotaba la piel; ni siquiera me fijaba en dónde estábamos. Solo podía pensar en su cuerpo contra el mío. No teníamos destino ni horario, y cruzábamos las calles mucho después de que todo el mundo, excepto nosotros, las hubiera abandonado.

Travis se detuvo en una gasolinera y se estacionó.

—¿Quieres algo? —me preguntó.

Dije que no con la cabeza, mientras me bajaba de la moto para estirar las piernas. Me vio desenredarme el pelo con los dedos y sonrió.

—Déjalo. Estás increíblemente guapa.

—Sí, parezco sacada de un vídeo de rock de los ochenta —respondí.

Él se rio y después bostezó, mientras espantaba los moscos que zumbaban a su alrededor. La boquilla de la manguera tintineó y resonó con más fuerza de lo que debería en la calma de la noche. Parecía que éramos las únicas dos personas sobre la faz de la Tierra.

Saqué el celular y comprobé la hora.

—Oh, Dios mío, Trav. Son las tres de la mañana.

—¿Quieres volver? —preguntó con gesto de decepción.

Apreté los labios.

—Será mejor que sí.

—¿Sigue en pie lo de los bolos de esta noche?

—Ya te he dicho que sí.

—Y vendrás conmigo a la fiesta de Sig Tau dentro de un par de semanas, ¿verdad?

—¿Insinúas que no cumplo mi palabra? Me parece un poco insultante.

Sacó la manguera del depósito y la colgó en su base.

—Es que ya no sabría predecir qué vas a hacer.

Se sentó en la moto y me ayudó a subirme detrás de él. Pasé los dedos por las presillas de su cinturón, pero después lo pensé mejor y lo rodeé con mis brazos.

Suspiró y enderezó la moto; parecía resistirse a encender el motor. Se le pusieron los nudillos blancos de la fuerza con la que agarraba el manillar. Cogió aliento, como si fuera a empezar a hablar y después sacudió la cabeza.

—Me importas mucho, ya lo sabes —dije, mientras lo abrazaba con fuerza.

—No te entiendo, Paloma. Pensaba que conocía a las mujeres, pero tú eres tan confusa que no sé a qué atenerme.

—Yo tampoco te entiendo. Se supone que eres el rompecorazones de Eastern. No estoy disfrutando de la experiencia de estudiante de primer año que prometían en el folleto —respondí bromeando.

—Bueno, eso es un hito. Nunca me había acostado con ninguna chica que luego quisiera librarse de mí —dijo él, sin dejar de darme la espalda.

—No se trata de eso, Travis —mentí, avergonzada de que hubiera adivinado mis intenciones sin darse cuenta de la razón que tenía.

Meneó la cabeza y encendió el motor, en dirección a la calle. Conducía con una lentitud extraña para ser él, deteniéndose en todos los semáforos en ámbar y cogiendo el camino largo al campus.

Cuando nos detuvimos delante de la entrada de Morgan Hall, me invadió la misma tristeza que sentí la noche que me fui del departamento. Tanta emotividad era ridícula, pero, cada vez que hacía algo para alejarlo, me aterrorizaba que pudiera funcionar.

Me acompañó hasta la puerta y saqué mi llave, evitando sus ojos. Mientras maniobraba torpemente con el metal, noté de repente su mano en la barbilla y su pulgar acariciándome suavemente los labios.

—¿Te ha besado? —me preguntó.

Me aparté, sorprendida al ver que sus dedos parecían producirme una sensación abrasadora que me quemaba todos los nervios desde la cabeza a los dedos de los pies.

—Realmente se te da bien fastidiar una noche perfecta, ¿verdad?

—Así que te ha parecido perfecta, ¿eh? ¿La has pasado bien entonces?

—Siempre me la paso bien cuando estoy contigo.

Bajó la mirada al suelo y arqueó ambas cejas a la vez.

—¿Te ha besado?

—Sí —suspiré, irritada. Cerró los ojos con fuerza.

—¿Eso fue todo?

—Eso no es asunto tuyo —dije, abriendo la puerta de par en par. Travis la cerró y se interpuso en mi camino con una expresión de disculpa.

—Necesito saberlo.

—¡No, en absoluto! ¡Apártate, Travis!

—Paloma...

—¿Crees que, como ya no soy virgen, me voy a tirar a cualquiera? ¡Gracias! —dije, empujándolo.

—No he dicho eso, carajo. ¿Es mucho pedir un poco de tranquilidad mental?

—¿Y por qué te dejaría más tranquilo saber si me estoy acostando con Parker?

—¿Cómo puedes no saberlo? ¡Es obvio para cualquiera menos para ti! —dijo, exasperado.

—Supongo que lo que pasa simplemente es que soy idiota. Estás arruinando esta noche, Trav —dije, alargando el brazo para coger el pomo de la puerta.

Me tomó por los hombros.

—Lo que siento por ti... es una locura.

—En lo de la locura no te equivocas —le espeté, apartándome de él.

—He venido todo el camino hasta aquí en la moto practicando mentalmente lo que iba a decirte, así que escúchame —dijo él.

—Travis...

—Sé que lo nuestro está jodido, ¿vale? Yo soy impulsivo, tengo mal carácter y tú me calas más hondo que cualquiera. Actúas como si me odiaras y al minuto siguiente me necesitaras. Nunca hago nada bien, y no te merezco..., pero estoy jodidamente enamorado de ti, Abby. Te quiero más de lo que he querido a nadie o a nada jamás. Cuando estoy contigo no necesito beber, ni dinero, ni pelear, ni los líos de una noche..., solo te necesito a ti. No pienso en nada más. No sueño con nada más. Eres todo lo que quiero.

Mi plan de fingir desinterés era un fracaso épico. No podía seguir aparentando que no me importaba nada después de que pusiera todas sus cartas sobre la mesa. Cuando nos conocimos, algo en el interior de ambos cambió y, fuera lo que fuera, hacía que nos necesitáramos el uno al otro. Por razones que desconocía, yo era su excepción, y, por mucho que hubiera intentado luchar contra mis sentimientos, él era la mía.

Meneó la cabeza, me cogió la cara por ambos lados y me miró a los ojos.

—¿Te has acostado con él?

Se me inundaron los ojos de lágrimas calientes y sacudí la cabeza para decir que no. Pegó sus labios contra los míos y su lengua entró en mi boca sin vacilación. Incapaz de controlarme, lo agarré por la camiseta y lo atraje hacia mí. Hizo un ruido con su voz alucinante y profunda, y me agarró con tanta fuerza que me costaba respirar.

Se apartó, sin aliento.

—Llama a Parker. Dile que no quieres verlo más. Dile que estás conmigo.

Cerré los ojos.

—No puedo estar contigo, Travis.

—¿Por qué demonios no? —dijo, soltándome.

Sacudí la cabeza, temerosa de su reacción a la verdad.

Soltó una carcajada.

—Increíble. La única chica de la que me enamoro no quiere estar conmigo.

Tragué saliva, consciente de que tendría que acercarme a la verdad más de lo que lo había hecho en meses.

—Cuando America y yo nos mudamos aquí, teníamos el propósito de hacer ciertos cambios en mi vida. O más bien de no seguir con ciertos hábitos. Las peleas, las apuestas, la bebida son las cosas que dejé atrás. Cuando estoy contigo, todo se me viene encima en un irresistible conjunto cubierto de tatuajes. No me mudé a cientos de kilómetros para volver a caer en lo mismo.

Me levantó la barbilla para que lo mirara.

—Sé que mereces a alguien mejor que yo. ¿Te crees que no lo sé? Pero si hay una mujer hecha para mí, eres tú... Haré lo que sea necesario, Paloma. ¿Me oyes? Estoy dispuesto a todo.

Me solté, avergonzada por no poder decirle la verdad. Era yo la que no estaba a la altura. Sería yo la que acabaría arruinándolo todo; incluido a él. Acabaría odiándome algún día y no podría soportar ver su mirada cuando llegara ese momento.

Con la mano, mantenía la puerta cerrada.

—Dejaré de pelear en cuanto me gradúe. No volveré a beber ni una sola gota. Te daré el final feliz, Paloma. Solo necesito que creas en mí. Puedo hacerlo.

—No quiero que cambies.

—Entonces dime qué tengo que hacer. Dímelo y lo haré —me rogó.

Cualquier idea de estar con Parker se había esfumado hacía tiempo, y sabía que se debía a mis sentimientos hacia Travis. Pensé en los diferentes giros que mi vida podía dar a partir de ese momento: confiar en Travis dando un salto de fe y arriesgarme a caminar por arenas movedizas, o apartarlo de mi vida y saber exactamente dónde acabaría, lo que incluía una vida sin él. Ambas decisiones me aterraban.

—¿Me dejas tu celular? —le pregunté.

Travis frunció el entrecejo, confuso.

—Claro —dijo, antes de sacárselo del bolsillo y dármelo.

Marqué y cerré los ojos mientras oía los tonos de llamada.

—¿Travis? ¿Qué demonios haces? ¿Tienes idea de qué hora es? —respondió Parker. Su voz sonaba profunda y áspera, e inmediatamente sentí el corazón desbocado en mi pecho. No se me había ocurrido que supiera que le había llamado desde el celular de Travis.

No sé cómo conseguí que mis palabras salieran de entre mis labios temblorosos.

—Siento llamarte tan tarde, pero esto no podía esperar... No puedo cenar contigo el miércoles.

—Son casi las cuatro de la mañana, Abby. ¿Qué pasa?

—En realidad, no puedo salir más contigo.

—Abs...

—Estoy... bastante segura de estar enamorada de Travis —dije, preparándome para su reacción.

Después de un momento de silencio, me colgó.

Seguía con la mirada clavada en el suelo, le pasé el teléfono a Travis y, entonces, con dificultad levanté la mirada para comprobar la expresión de su cara: era una combinación de confusión, sorpresa y adoración.

—Me ha colgado —dije torciendo el gesto.

Escrutó mi cara con una mirada de esperanza y cautela.

—¿Estás enamorada de mí?

—Son los tatuajes —dije encogiéndome de hombros.

Sonrió de oreja a oreja y se le marcaron los hoyuelos de las mejillas.

—Ven a casa conmigo —dijo él, envolviéndome en sus brazos.

Enarqué las cejas.

—¿Has dicho todo eso para llevarme a la cama? Debí de dejarte muy impresionado.

—Ahora solo puedo pensar en estrecharte entre mis brazos durante toda la noche.

—Vámonos —dije.

A pesar de la velocidad excesiva y los atajos, el camino hasta el apartamento parecía no acabarse nunca. Cuando por fin llegamos, Travis me subió en brazos por las escaleras. Mientras él luchaba por abrir la puerta, me reí contra sus labios. Cuando me dejó en el suelo y cerró la puerta detrás de nosotros, soltó un largo suspiro de alivio.

—No sentía que este sitio fuera mi casa desde que te fuiste —dijo, antes de besarme en los labios.

Toto vino corriendo por el pasillo y movió la colita, mientras saltaba sobre mis piernas. Lo acaricié y lo levanté del suelo.

La cama de Shepley crujió, y sus pies retumbaron en el suelo. La puerta se abrió de golpe, y entrecerró los ojos por la luz.

—¡Joder, Travis, no voy a consentirte esta mierda! Estás enamorado de Ab... —Cuando pudo enfocar la mirada, se dio cuenta de su error— ... by. Hola, Abby.

—Hola, Shep —dije, mientras dejaba a *Toto* en el suelo.

Travis tiró de mí, dejando atrás a su primo, que seguía estupefacto, y cerró la puerta detrás de nosotros de una patada, atrayéndome a sus brazos y besándome sin pensárselo dos veces, como si lo hubiéramos hecho un millón de veces antes. Le quité la camiseta por encima de la cabeza, y él me bajó la chaqueta por los hombros. Dejé de besarlo el tiempo suficiente para quitarme el jersey y el top, y después me lancé de nuevo a sus brazos. Nos desvestimos el uno al otro, y a los pocos segundos me tumbó sobre el colchón. Alargué el brazo por encima de la cabeza para abrir el cajón y metí la mano dentro, buscando cualquier cosa que crujiera.

—Mierda —dijo él, jadeando y frustrado—. Me deshice de ellos.

—¿Qué? ¿De todos?

—Pensaba que no ibas a..., si no iba a estar contigo, no los necesitaba.

—¡Estás bromeando! —dije, dejando caer la cabeza hacia atrás contra la cabecera.

Apoyó la frente en mi pecho.

—Considérate lo contrario a una conclusión previsible.

Sonreí y lo besé.

—¿Nunca has estado con nadie sin uno?

Negó con la cabeza.

—Nunca.

Miré a mi alrededor un momento, perdida en mis pensamientos. Mi expresión le hizo reír.

—¿Qué haces?

—Sssh, estoy contando.

Travis me miró un momento y entonces se inclinó para besarme el cuello.

—No puedo concentrarme si haces eso... —dije con un suspiro—. Veinticinco y dos días... —concluí respirando.

Travis se rio.

—¿De qué demonios estás hablando?

—Estamos seguros —dije, deslizándome para estar directamente debajo de él.

Apretó mi pecho contra el suyo y me besó con ternura.

—¿Estás segura?

Deslicé las manos desde sus hombros hasta su culo y lo empujé contra mí. Él cerró los ojos y soltó un largo y profundo gemido.

—Oh, Dios mío, Abby —suspiró él. Volvió a penetrarme y otro jadeo salió de su garganta—. Joder, es una sensación alucinante.

—¿Tan diferente es?

Me miró a los ojos.

—Es diferente contigo en todo caso, pero... —Respiró hondo durante un momento y volvió a tensarse, cerrando los ojos durante un momento—. Nunca volveré a ser el mismo después de esto.

Sus labios buscaron cada centímetro de mi cuello y, cuando encontró su camino a mi boca, hundí las yemas de los dedos en los músculos de sus hombros, perdiéndome en la intensidad del beso.

Travis me llevó las manos sobre la cabeza y entrelazó sus dedos con los míos, apretándome las manos cada vez que empujaba. Sus movimientos se hicieron un poco más bruscos, y clavé las uñas en sus manos cuando mis entrañas se tensaron con una fuerza increíble.

Grité, mordiéndome el labio y cerrando con fuerza los ojos.

—Abby —susurró él. En su voz se notaba el conflicto—. Tengo... Tengo que...

—No pares —supliqué.

Me penetró de nuevo, y gimió tan fuerte que le tapé la boca. Después de unas cuantas respiraciones agitadas, me miró a los ojos y me besó una y otra vez. Me cogió la cara con ambas manos y me besó otra vez, más lentamente, con más ternura. Acarició mis labios con los suyos, y después las mejillas, la frente, la nariz y, entonces, finalmente, volvió a mis labios.

Sonreí y suspiré. El cansancio podía conmigo. Travis me acercó a él y tiró de las sábanas para taparnos. Apoyé la mejilla en su pecho y él me besó en la frente una vez más, entrelazando los dedos detrás de mí.

—No te vayas esta vez, ¿vale? Quiero despertarme exactamente así por la mañana.

Lo besé en el pecho, presa de la culpa porque tuviera que pedírmelo.

—No me iré a ninguna parte.

Capítulo 11

CELOS

Me desperté boca abajo, desnuda y enrollada en las sábanas de Travis Maddox. Mantuve los ojos cerrados mientras sentía que me acariciaba la espalda y el brazo con los dedos.

Soltó un largo y contenido suspiro al exhalar y dijo en voz baja:

—Te quiero, Abby. Te voy a hacer feliz. Lo juro.

La cama se hundió en el centro cuando él cambió de posición; inmediatamente, noté sus labios en la espalda mientras me iba besando lentamente. Me quedé quieta y, justo al llegar debajo de mi oreja, se levantó y cruzó la habitación. Sus pisadas se alejaron lentamente por el pasillo, y las tuberías silbaron por la presión del agua de la ducha.

Abrí los ojos, me erguí y me estiré. Me dolían todos los músculos del cuerpo, incluso aquellos cuya existencia desconocía. Mientras me sujetaba las sábanas a la altura del pecho, miré por la ventana y observé las hojas amarillas y rojas que caían en espiral desde las ramas al suelo.

Su celular vibró en alguna parte del pavimento y, después de rebuscar entre la ropa tirada en el suelo, lo encontré en el bolsillo de sus tejanos. La pantalla se iluminó con un número, sin nombre asignado.

—¿Diga?

—Eh... ¿Está Travis? —preguntó una mujer.

—Está en la ducha, ¿quieres que le dé algún mensaje?

—Sí, claro. Dile que Megan ha llamado, ¿vale?

Travis entró, atándose la toalla alrededor de la cintura, y yo sonreí mientras le entregaba el teléfono:

—Es para ti —dije.

Me besó antes de mirar la pantalla y sacudió la cabeza.

—¿Sí? Era mi novia. ¿Qué necesitas, Megan? —Escuchó durante un momento y, entonces, sonrió—. Bueno, Paloma es especial, qué quieres que te diga. —Después de una larga pausa, puso los ojos en blanco. Podía imaginar qué estaba diciendo—. No seas zorra, Megan. Mira, será mejor que no me llames más... Sí, encantado —dijo, mientras me miraba con ternura—. Sí, con Abby. Lo digo en serio, Meg, no me llames más... Adios.

Lanzó el teléfono a la cama y se sentó a mi lado.

—Parecía bastante enojada. ¿Te ha dicho algo?

—No, solo ha preguntado por ti.

—He borrado los pocos números que tenía en el teléfono, pero imagino que eso no impide que me llamen a mí. Si no se enteran por sí mismas, les pararé los pies.

Me miró expectante, y no pude evitar sonreír. Nunca había visto ese lado suyo.

—Sabes que confío en ti, ¿no?

Apretó sus labios contra los míos.

—No te culparía si esperaras que me ganara tu confianza.

—Tengo que meterme en la ducha. Ya me he perdido una clase.

—¿Ves? Se nota que soy una buena influencia.

Me puse en pie y él tiró de la sábana.

—Megan me ha dicho que hay una fiesta de Halloween este fin de semana en The Red Door. Fui el año pasado y me la pasé bastante bien.

—Claro, estoy segura —dije, arqueando una ceja.

—Me refería a que asistió mucha gente, y tienen un torneo de billar y bebidas baratas... ¿Te apetece ir?

—La verdad es que no... No me late el rollo de disfrazarme. Nunca me ha latido.

—A mí tampoco, simplemente voy —dijo, encogiéndose de hombros.

—¿Sigue en pie lo de ir a los bolos esta noche? —dije, preguntándome si la invitación era solo para conseguir un tiempo a solas conmigo, que ya no necesitaba.

—¡Joder, pues claro que sí! ¡Te voy a dar una paliza!

Lo miré con los ojos entrecerrados.

—Esta vez no. Tengo un nuevo superpoder.

Se rio.

—¿Ah sí? ¿Cuál? ¿Ser malhablada?

Me agaché para darle un beso en el cuello una vez, y después subí la lengua hasta su oreja y le besé el lóbulo. Se quedó de piedra.

—La distracción —le susurré al oído.

Me cogió de los brazos y me tumbó boca arriba.

—Creo que vas a perder otra clase.

Después de conseguir convencerlo de salir del apartamento con el tiempo suficiente para ir a clase de Historia, corrimos al campus y ocupamos nuestros asientos justo antes de que el profesor Cheney empezara. Travis se puso su gorra de béisbol al revés y me plantó un beso en los labios de manera que todos los alumnos de la clase pudieran verlo.

De camino a la cafetería, me agarró por la mano y entrelazamos los dedos. Parecía muy orgulloso de que fuéramos así cogidos y anunciáramos al mundo que finalmente estábamos juntos. Finch se fijó en que íbamos de la mano y se quedó mirándonos con una sonrisita ridícula. No fue el único: nuestra sencilla demostración de afecto generó miradas y murmullos por parte de todo aquel que pasaba a nuestro lado.

En la puerta de la cafetería, Travis exhaló el humo del último golpe de cigarrillo y me miró cuando se dio cuenta de mi actitud vacilante. America y Shepley ya estaban dentro, mientras que Finch había encendido otro cigarro para dejarme entrar a solas con Travis. Tenía la certeza de que el nivel de chisme había alcanzado nuevas cotas desde que Travis me había besado delante de toda nuestra clase de Historia y temía el momento de entrar en la cafetería. Sentía que era como salir a un escenario.

—¿Qué pasa, Paloma? —dijo él, apretándome la mano.

—Todo el mundo nos mira.

Se llevó mi mano a la boca y me besó los dedos.

—Ya se acostumbrarán. Esto es solo el revuelo inicial. ¿Te acuerdas de cuando empezamos a salir juntos? La curiosidad disminuyó después de un tiempo, cuando se acostumbraron a vernos. Ven, vamos —dijo él, tirando de mí para cruzar la puerta.

Una de las razones que me habían llevado a elegir la Universidad de Eastern era su modesto tamaño, pero el exagerado interés por los escándalos que le era intrínseco a veces resultaba agotador. Era una broma habitual: todo el mundo era consciente de lo ridículo que llegaba a ser ese círculo vicioso de rumores, y aun así todo el mundo participaba en él sin vergüenza alguna.

Nos sentamos en nuestros sitios habituales para comer. America me lanzó una sonrisa cómplice. Charlaba conmigo como si todo fuera normal, pero los jugadores de fútbol americano, que estaban sentados en el otro extremo de la mesa, me miraban tan sorprendidos como si estuviera en llamas.

Travis golpeó ligeramente la manzana que tenía en el plato con su tenedor.

—¿Te la vas a comer, Paloma?

—No, toda tuya, cariño. —Las orejas me ardieron cuando America levantó bruscamente la cabeza para mirarme—. Simplemente me ha salido así —dije, sacudiendo la cabeza.

Me volví a mirar a Travis, cuya expresión era una mezcla de diversión y adoración.

Habíamos intercambiado el término unas cuantas veces esa mañana, y no se me había ocurrido que era nuevo para los demás hasta que salió de mi boca.

—Bueno, ya se puede decir que han llegado a ser repelentemente lindos —dijo America, burlona.

Shepley me dio unas palmaditas en el hombro.

—¿Te quedas a dormir esta noche? —me preguntó, mientras acababa de masticar el pan—. Te prometo que no saldré despotricando de mi habitación.

—Estabas defendiendo mi honor, Shep. Te perdono —dije.

Travis dio un mordisco a la manzana. Nunca lo había visto tan feliz. La paz de su mirada había vuelto y, aunque docenas de personas observaban cada uno de nuestros movimientos, tenía la sensación de que todo iba... bien.

Pensé en todas las veces que había insistido en que estar con Travis era un error y en la cantidad de tiempo que había desperdiciado luchando contra lo que sentía por él. Cuando lo veía sentado delante de mí y me fijaba en sus tiernos ojos castaños y en el trozo de fruta que bailaba en su mejilla mientras lo masticaba, no conseguía recordar qué era lo que tanto me preocupaba.

—Parece asquerosamente feliz. ¿Quiere eso decir que por fin has cedido, Abby? —dijo Chris, al tiempo que daba codazos a sus compañeros de equipo.

—No eres muy listo, ¿verdad, Jenks? —dijo Shepley, con el ceño fruncido.

De inmediato, el rubor se adueñó de mis mejillas, y miré a Travis, en cuyos ojos se leía una rabia asesina.

Mi incomodidad se volvió secundaria ante el enfado de Travis, y sacudí la cabeza con desdén.

—Ignóralo, no vale la pena.

Después de otro momento de tensión, relajó un poco los hombros y asintió una vez, al tiempo que respiraba hondo. Después de unos segundos, me guiñó un ojo. Le tendí la mano por encima de la mesa y deslicé mis dedos entre los suyos.

—Decías en serio lo de anoche, ¿no?

Empezó a hablar, pero las risas de Chris inundaron toda la cafetería.

—¡Cielo santo! No puedo creer que hayan puesto una correa a Travis Maddox.

—¿Decías en serio lo de que no querías que cambiara? —me preguntó, apretándome la mano.

Miré a Chris, que seguía riéndose con sus compañeros y, después, me volví hacia Travis.

—Absolutamente. A ver si consigues enseñarle a ese imbécil un poco de buena educación.

Con una sonrisa malévola, se dirigió hacia el extremo de la mesa, donde estaba sentado Chris. El silencio se extendió por el local, y Chris tuvo que tragarse su propia risa.

—Oye, Travis, solo estaba intentando picarte un poco —dijo, mirándolo.

—Discúlpate con Paloma —dijo Travis, fulminándolo desde arriba.

Chris me miró con una sonrisa nerviosa.

Solo..., solo bromeaba, Abby. Lo siento.

Lo observé enfurecida, mientras levantaba la mirada en busca de la aprobación de Travis. Cuando Travis se alejó, Chris se rio por lo bajo y después le susurró algo a Brazil. Se me desbocó el corazón cuando vi a Travis detenerse en seco y cerrar los puños.

Brazil meneó la cabeza y soltó un suspiro de exasperación.

—Chris, cuando despiertes, simplemente procura recordar una cosa..., esto te lo has buscado tú solito.

Travis levantó la bandeja de Finch de la mesa, golpeó a Chris en la cara con ella, y lo tiró de la silla. Chris intentó gatear hasta debajo de la mesa, pero Travis lo sacó cogiéndolo por las piernas y empezó a atizarle. Chris se hizo concha y Travis le pateó la espalda.

Chris se arqueó y se volvió, apartando las manos, lo que permitió a Travis asestarle varios puñetazos en la cara. La sangre empezó a manar, y Travis se levantó sin resuello.

—Si alguna vez te atreves siquiera a mirar, pedazo de mierda, te romperé la puta boca, ¿lo entiendes? —gritó Travis.

Cuando dio una última patada a Chris en la pierna, pegué un respingo.

Las trabajadoras de la cafetería se fueron a toda prisa, asustadas por las manchas de sangre en el suelo.

—Lo siento —dijo Travis, limpiándose la sangre de Chris de la mejilla.

Algunos estudiantes se habían levantado para ver mejor; otros seguían sentados, observando la escena ligeramente divertidos. Los miembros del equipo de fútbol americano se limitaban a mirar el cuerpo inerte de Chris en el suelo, mientras negaban con la cabeza.

Travis se dio media vuelta y Shepley se quedó de pie, cogiendo al mismo tiempo mi brazo y la mano de America para hacernos cruzar la puerta detrás de su primo. Recorrimos la corta distancia que nos separaba de Morgan Hall, y America y yo nos sentamos en los escalones de la entrada, desde donde observamos a Travis caminar de un lado a otro.

—¿Estás bien, Trav? —preguntó Shepley.

—Dame... solo un minuto —dijo él, poniéndose las manos justo debajo de las caderas.

Shepley hundió las manos en los bolsillos.

—Me sorprende que hayas parado.

—Paloma me ha dicho que le enseñara un poco de buena educación, Shep, no que lo matara. He necesitado toda mi voluntad para detenerme cuando lo he hecho.

America se puso las grandes gafas de sol cuadradas para levantar la mirada hacia Travis.

—De todos modos, ¿qué ha dicho Chris que te hiciera saltar así?

—Algo que nunca más volverá a decir —dijo Travis entre dientes.

America miró a Shepley, que se encogió de hombros.

—Yo no lo he oído.

Travis volvió a cerrar los puños.

—Tengo que volver a entrar.

Travis me miró y se esforzó por calmarse.

—Ha dicho que... todo el mundo piensa que Paloma tiene..., joder, ni siquiera puedo decirlo.

—Dilo de una vez —murmuró America, mientras se mordía las uñas.

Finch caminaba detrás de Travis, claramente encantado con tantas emociones.

—Todos los chicos heteros de Eastern quieren tirársela porque ha conseguido domar al inalcanzable Travis Maddox —soltó sin más—. Eso es lo que están diciendo ahora mismo al menos.

Travis golpeó a Finch con el hombro cuando pasó a su lado de camino a la cafetería. Shepley salió disparado tras él y lo cogió del brazo. Me llevé las manos a la boca cuando Travis amagó con darle un puñetazo y Shepley se agachó. Clavé los ojos en America, que no parecía afectada, acostumbrada como estaba a su rutina.

Solo se me ocurría una cosa para detenerlo. Bajé a toda prisa los peldaños y corrí hacia él. Entonces, salté sobre Travis y cerré las piernas alrededor de su cintura; él me agarró por los muslos, mientras yo lo cogía por ambos lados de la cara y le daba un largo y profundo beso en la boca. Pude notar cómo su ira se fundía mientras me besaba y, cuando me aparté, supe que había ganado.

—Nos da igual lo que piensen, ¿recuerdas? No puede empezar a importarnos ahora —dije, sonriendo confiada.

Tenía más influencia en él de la que jamás había creído posible.

—No puedo dejar que hablen así de ti, Paloma —insistió él con el ceño fruncido, mientras me volvía a dejar en el suelo.

Deslicé los brazos bajo los suyos y entrelazamos los dedos a su espalda.

—¿Así? ¿Cómo? Piensan que soy especial porque nunca antes habías sentado la cabeza. ¿Acaso no estás de acuerdo con eso?

—Pues claro que sí, pero no puedo aguantar la idea de que todos los chicos de la universidad quieran acostarse contigo sin más. —Apoyó su frente contra la mía—. Esto me va a volver loco. Seguro.

—No dejes que te afecten sus comentarios, Travis —dijo Shepley—. No puedes pelearte con todo el mundo.

Travis suspiró.

—Todo el mundo... ¿Cómo te sentirías si todo el mundo pensara eso de America?

—¿Y quién dice que no es así? —dijo America, ofendida. Todos nos reímos, pero America torció el gesto—. No estaba bromeando.

Shepley la consoló y la besó en la mejilla.

—Lo sé, nena. Pero renuncié a los celos hace mucho; si no lo hubiera hecho, no tendría tiempo para hacer nada más.

America sonrió como muestra de gratitud y entonces lo abrazó. Shepley tenía una capacidad inigualable para hacer que todos los que estaban a su alrededor se sintieran bien, sin duda, una consecuencia de crecer con Travis y sus hermanos. Probablemente era más un mecanismo de defensa que otra cosa.

Travis me acarició la oreja con la nariz, y me reí hasta que vi a Parker acercarse. Me inundó el mismo sentimiento de urgencia que había tenido cuando Travis quería volver a la cafetería, e inmediatamente me solté de Travis para recorrer rápidamente los tres metros aproximadamente que nos separaban e interceptar a Parker.

—Necesito hablar contigo —dijo él.

Me volví a mirar detrás de mí y, entonces, dije que no con la cabeza como aviso.

—Este no es un buen momento, Parker. De hecho, es muy poco oportuno. Travis y Chris tuvieron una riña en la comida, y él sigue muy sensible. Será mejor que lo dejes en paz.

Parker miró fijamente a Travis y después volvió a centrarse en mí, decidido.

—Acabo de oír lo que ha pasado en la cafetería. Me parece que no eres consciente del berenjenal en el que te estás metiendo. Travis es un mal bicho, Abby. Todo el mundo lo sabe. Nadie comenta lo genial que es que lo hayas cambiado..., todo el mundo espera que haga lo que mejor se le da. No sé qué te habrá dicho, pero ni te imaginas qué tipo de persona es.

Noté las manos de Travis sobre los hombros.

—Bueno, ¿y qué esperas para decírselo?

Parker se movió nervioso.

—¿Sabes a cuántas chicas humilladas he llevado a casa después de que pasaran unas cuantas horas a solas en una habitación con él en alguna fiesta? Te hará daño.

Travis tensó los dedos como reacción, y yo le cogí la mano hasta que se relajó.

—Deberías irte, Parker.

—Y tú deberías escucharme, Abs.

—No la llames así —gruñó Travis.

Parker no apartó los ojos de mí.

—Estoy preocupado por ti.

—Te lo agradezco, pero no es necesario.

Parker sacudió la cabeza.

—Te veía como un reto, Abby. Ha conseguido hacerte pensar que eres diferente de las otras chicas para poder echarte mano. Pero acabará cansándose de ti. Tiene una capacidad de atención propia de un niño pequeño.

Travis se puso delante de mí, tan cerca de Parker que sus narices casi se tocaban.

—Te he dejado hablar, pero se me ha agotado la paciencia.

Parker intentó mirarme, pero Travis se inclinó en su dirección.

—Que no la mires, joder. Mírame a mí, pedazo de mierda. —Parker miró fijamente a Travis a los ojos y esperó—. Como se te ocurra tan solo respirar en su dirección, me aseguraré de que llegues cojeando a la Facultad de Medicina.

Parker retrocedió unos pasos hasta que pude verlo.

—Pensaba que eras más lista —dijo él, meneando la cabeza antes de girarse en redondo e irse.

Travis observó cómo se marchaba, y entonces sus ojos buscaron los míos.

—Sabes que no ha dicho más que idioteces, ¿no? Nada de eso es verdad.

—Estoy segura de que es lo que piensa todo el mundo —dije, dándome cuenta del interés que despertábamos en quienes pasaban a nuestro lado.

—Entonces les demostraré que se equivocan.

Durante la semana siguiente, Travis se tomó su promesa muy en serio. Ya no seguía la corriente a las chicas que lo paraban entre una y otra clase y, a veces, incluso era grosero. Cuando llegamos a la fiesta de Halloween del Red, estaba un poco preocupada por cómo mantener alejados a los compañeros ebrios.

America, Finch y yo estábamos sentados en una mesa cercana, observando a Shepley y a Travis jugar al billar contra dos de sus hermanos Sig Tau.

—¡Vamos, cariño! —gritó America, levantándose sobre los peldaños de su taburete.

Shepley le guiñó el ojo, y entonces tiró y metió la bola en el agujero más alejado de la derecha.

—¡Bieeeen! —gritó ella.

Un trío de mujeres vestidas como los Ángeles de Charlie se acercaron a Travis, que estaba esperando su turno, y yo sonreí, mientras él hacía todo lo posible por ignorarlas. Cuando una de ellas le acarició el brazo siguiendo la línea de uno de sus tatuajes, Travis se apartó. Cuando le tocó lanzar, la echó y ella se fue haciendo pucheros con sus amigas.

—¿Te das cuenta de lo ridículas que son? Esas chicas no tienen vergüenza ni la conocen —dijo America.

Finch sacudió la cabeza con asombro.

—Es Travis. Supongo que es el rollo del chico malo. O bien quieren salvarlo o creen que son inmunes a sus modos. No estoy seguro de por qué opción decantarme.

—Probablemente por ambas —dije riéndome y burlándome de las chicas que esperaban que Travis les prestara algo de atención.

—¿Te imaginas tener que esperar a ser la elegida? ¿Saber que te van a usar para el sexo?

—Problemas con papá —dijo America, dando un trago a su bebida.

Finch apagó el cigarrillo y nos tiró de los vestidos.

—¡Vamos, chicas! ¡El Finch quiere bailar!

—Te acompaño solo si me prometes no volver a llamarte a ti mismo así —dijo America.

Finch se mordió el labio inferior, y America sonrió.

—Venga, Abby. No querrás hacerme llorar, ¿verdad?

Nos unimos a los policías y vampiros que estaban en la pista de baile, y Finch empezó a mostrar su repertorio de pasos a lo Justin Timberlake. Lancé una mirada a Travis por encima del hombro y lo pillé mirándome desde la esquina por el rabillo del ojo, mientras fingía observar a Shepley meter la bola número ocho que le daba la partida. Shepley recogió sus ganancias, y Travis se dirigió a la larga mesa, grande y baja, que estaba junto a la pista de baile, cogiendo una bebida de camino. Finch se meneaba sin sentido en la pista de baile y, finalmente, se colocó entre America y yo. Travis puso los ojos en blanco, riéndose mientras volvía a nuestra mesa con Shepley.

—Voy por otra copa, ¿quieres algo? —gritó America por encima de la música.

—Iré contigo —dije, mientras miraba a Finch y señalaba hacia la barra.

Finch sacudió la cabeza y siguió bailando. America y yo nos abrimos paso entre la multitud. Los camareros estaban desbordados, así que nos preparamos para una larga espera.

—Los chicos están haciendo una masacre esta noche —dijo America.

Me acerqué a su oído.

—Nunca entenderé por qué alguien apuesta contra Shep.

—Por la misma razón que lo hacen contra Travis. Son idiotas —sonrió ella.

Un hombre vestido con toga se apoyó en la barra al lado de America y sonrió.

—Señoritas, ¿qué van a beber esta noche?

—Nos pagamos nuestras propias copas, gracias —dijo America, mirando hacia delante.

—Soy Mike —dijo él, y después señaló a su amigo—: Este es Logan.

Sonreí educadamente y miré a America, que puso su mejor cara de «lárguense de aquí». La camarera nos preguntó qué queríamos y después asintió a los hombres que estaban detrás de nosotras, que se peleaban por hacerse cargo del pedido de America. Trajo un vaso cuadrado lleno de un líquido rosa y espumoso, y tres cervezas. Mike le entregó el dinero y ella asintió.

—Esto es alucinante —dijo Mike, mirando a la multitud.

—Sí —respondió America molesta.

—Te he visto bailando antes —me dijo Logan, señalando la pista de baile—. Estabas genial.

—Eh..., gracias —dije, intentando ser educada, pero consciente de que Travis estaba a unos pocos metros.

—¿Quieres bailar? —me preguntó él.

—No, gracias. Estoy aquí con mi...

—Novio —dijo Travis, apareciendo de la nada.

Lanzó una mirada asesina a los hombres que estaban delante de nosotros, y estos se alejaron un poco, claramente intimidados.

America no pudo contener su sonrisa petulante cuando Shepley la rodeó con el brazo. Travis señaló el otro lado del local.

—Lárguense, ¿qué esperan?

Los hombres nos miraron a America y a mí, y después dieron unos cuantos pasos hacia atrás antes de refugiarse en la seguridad de la multitud.

Shepley besó a America.

—¡No puedo llevarte a ningún sitio!

Ella soltó una risita tonta y yo sonreí a Travis, que me miraba furibundo.

—¿Qué pasa?

—¿Por qué dejaron que les pagaran las bebidas?

America se soltó de Shepley, reparando en el mal humor de Travis.

—No les hemos dejado, Travis. Yo misma les dije que no lo hicieran.

Travis me quitó la botella que sujetaba en la mano.

—Entonces, ¿qué es esto?

—¿Lo dices en serio? —pregunté.

—Sí, lo digo muy en serio —dijo mientras tiraba la cerveza a la papelera que había junto a la barra—. Te lo he dicho cien veces...: no puedes aceptar bebidas de cualquier tío. ¿Y si te han echado algo?

America levantó su bebida.

—No hemos perdido de vista las bebidas en ningún momento. Te estás pasando.

—No estoy hablando contigo —dijo Travis, mirándome fijamente a los ojos.

—¡Oye! —dije, enfadada—. No le hables así.

—Travis —le avisó Shepley—, déjalo ya.

—No me gusta que aceptes que otros tipos te inviten copas —dijo Travis.

Levanté una ceja

—¿Intentas iniciar una pelea?

—¿Te gustaría llegar a la barra y verme compartir alguna copa con una chica?

Asentí una vez.

—Está bien. Ahora ignoras a todas las mujeres. Lo compredo. Debería hacer el mismo esfuerzo.

—Eso estaría bien —dijo, intentando claramente controlar su carácter.

Resultaba un poco desconcertante estar en el lado malo de su ira. Los ojos le brillaban todavía de rabia, y un ansia innata de contraatacar se apoderó de mí.

—Vas a tener que controlar ese rollo del novio celoso, Travis, no he hecho nada malo.

Travis me lanzó una mirada de incredulidad.

—¡Pero si he llegado aquí y me he encontrado con que un tipo te estaba invitando una copa!

—¡No le grites! —dijo America.

Shepley apoyó la mano en el hombro de Travis.

—Todos hemos bebido mucho. Salgamos de aquí.

En esta ocasión, la habitual influencia calmante de Shepley había perdido su efecto en Travis, y me agobió que su rabieta hubiera acabado con nuestra noche.

—Tengo que avisar a Finch de que nos vamos —gruñí, dejando atrás a Travis de camino a la pista de baile.

Una mano cálida me rodeó la muñeca. Giré y vi a Travis agarrándome sin ningún tipo de arrepentimiento.

—Iré contigo.

Retorcí el brazo para librarme de su sujeción.

—Soy totalmente capaz de caminar unos pocos metros yo sola, Travis. ¿Qué problema tienes?

Vislumbré a Finch en el centro y me abrí paso a empujones hasta él.

—¡Nos vamos!

—¿Qué? —gritó Finch por encima de la música.

—¡Travis está de un humor de perros! ¡Nos vamos!

Finch puso los ojos en blanco y sacudió la cabeza, a la vez que me decía adiós con la mano mientras me alejaba de la pista de baile. Justo cuando había localizado a America y a Shepley, un hombre disfrazado de pirata tiró de mí hacia atrás.

—¿Adónde crees que vas? —sonrió él, mientras chocaba contra mí.

Me reí y sacudí la cabeza por la mueca que estaba poniendo. Cuando ya me iba, me cogió el brazo. No tardé mucho en darme cuenta de que no me estaba cogiendo sin más, sino para buscar protección.

—¡Eh! —gritó él, mirando más allá de mí con los ojos como platos.

Travis le impedía llegar a la pista de baile y lanzó un puñetazo directamente a la cara del pirata. La fuerza del impacto nos envió a ambos al suelo. Con las palmas de la mano sobre el pavimento de madera, parpadeé asombrada y sin creer lo que pasaba. Cuando sentí algo cálido y húmedo en la mano, me volví y retrocedí. Estaba cubierta de la sangre de la nariz del hombre. Se tapaba la mano con la cara, pero el brillante líquido rojo le caía por el antebrazo mientras se retorcía de dolor en el suelo.

Travis se apresuró a recogerme, parecía tan conmocionado como yo:

—¡Oh, mierda! ¿Estás bien, Paloma?

Cuando me puse de pie, me solté el brazo que me estaba cogiendo.

—¿Te has vuelto loco?

America me tomó de la muñeca y tiró de mí entre la multitud hasta llegar al estacionamiento. Shepley abrió las puertas y, cuando me acomodé en el asiento, Travis se volvió hacia mí.

—Lo siento, Paloma. No sabía que te estaba agarrando.

—¡Tu puño ha pasado a escasos centímetros de mi cara! —dije, cogiendo la toalla manchada de grasa que Shepley me había lanzado. Asqueada, me sequé la sangre de la mano.

La seriedad de la situación me ensombreció el gesto, mientras él ponía expresión de sufrimiento.

—No le habría dado un puñetazo si hubiera sabido que podía darte. Lo sabes, ¿no?

—Cállate, Travis. De verdad, será mejor que te calles —dije, con la mirada fija en la parte posterior de la cabeza de Shepley.

—Paloma... —empezó a decir Travis.

Shepley golpeó el volante con la parte inferior de la palma de la mano.

—¡Cierra el pico, Travis! Ya has dicho que lo sientes, ¡ahora cierra la puta boca!

Llegamos a casa en el más absoluto silencio. Shepley echó hacia delante su asiento para dejarme salir del coche y miré a America, que asintió comprendiendo lo que le pedía.

Dio un beso de buenas noches a su novio.

—Nos vemos mañana, cariño.

Shep asintió resignado y la besó.

—Te quiero.

Pasé por delante de Travis para llegar al Honda de America, y él corrió hasta mi lado.

—Oye, no te vayas enfadada.

—No te preocupes, no me voy enfadada, sino furiosa.

—Necesita algo de tiempo para que la cosa se enfríe, Travis —le avisó America, cerrando la puerta.

Cuando la puerta del acompañante se abrió de golpe, Travis la sujetó y se apoyó contra ella.

—No te vayas, Paloma. Sé que me he pasado.

Levanté la mano y mostré los restos de sangre seca en la palma.

—Avísame cuando madures.

Se apoyó en la puerta con la cadera.

—No puedes irte.

Levanté una ceja, y Shepley corrió rodeando el coche tras nosotras.

—Travis, estás borracho. Estás a punto de cometer un enorme error. Deja que se vaya a casa, relájate... Pueden hablar mañana cuando estés sobrio.

La expresión de Travis se volvió desesperada.

—No puede irse —dijo él, mirándome fijamente a los ojos.

—Esto no va a funcionar, Travis —dije tirando de la puerta—. ¡Quítate!

—¿Qué quieres decir con que no va a funcionar? —preguntó Travis, cogiéndome del brazo.

—Me refiero a tu cara de tristeza. No voy a caer —dije soltándome.

Shepley observó a Travis durante un momento y, entonces, se volvió hacia mí.

—Abby..., este es el momento del que hablaba. Quizá deberías...

—No te metas, Shep —le espetó America, mientras ponía el coche en marcha.

—Voy a hacer una estupidez. Voy a hacer muchas estupideces, Paloma, pero tienes que perdonarme.

—¡Mañana tendré un enorme moretón en el culo! Le pegaste a ese chico porque estabas enojado conmigo. ¿Qué quieres que piense? ¡Porque ahora mismo veo banderas rojas por todas partes!

—Nunca le he pegado a una chica en mi vida —dijo él, sorprendido por mis palabras.

—¡Y no estoy dispuesta a ser la primera! —añadí, tirando de la puerta—. ¡Apártate, carajo!

Travis asintió y después dio un paso atrás. Me senté al lado de America y cerré de un golpe la puerta. Echó marcha atrás, y Travis se inclinó a mirarme a por la ventanilla.

—¿Me llamarás mañana, verdad? —suplicó, con la mano en el parabrisas.

—Vámonos ya, Mare —dije, negándome a mirarlo a los ojos.

La noche fue larga. No dejé de mirar el reloj, y me sentía mal cada vez que veía que había pasado otra hora. No podía dejar de pensar en Travis y en si lo llamaría o no, preguntándome si él también estaría despierto. Finalmente, como último recurso, me puse los auriculares del iPod en los oídos y escuché todas las canciones repugnantes de mi lista de reproducción a todo volumen.

Cuando miré el reloj por última vez, eran más de las cuatro. Los pájaros cantaban ya junto a mi ventana, y sonreí cuando empecé a notar los ojos pesados. Parecía que habían pasado solo unos minutos cuando oí que llamaban a la puerta, y America irrumpió en la habitación.

Me quitó los auriculares de los oídos y se dejó caer en mi silla de escritorio.

—Buenos días, encanto. Tienes un aspecto horrible —dijo ella. De su boca, salió una burbuja rosa, que hizo estallar ruidosamente.

—¡Cierra la boca, America! —dijo Kara desde debajo de las sábanas.

—Te das cuenta de que es inevitable que dos personas de carácter, como Trav y tú, se peleen, ¿no? —dijo America, mientras se limaba las uñas, sin dejar de mascar una enorme bola de chicle.

Me giré en la cama.

—Estás oficialmente despedida. Eres una conciencia terrible.

Se rio.

—Es que te conozco; si te diera mis llaves ahora mismo, irías conduciendo hasta allí.

—Desde luego que no.

—Lo que tú digas —contestó en tono burlón.

—Son las ocho de la mañana, Mare. Probablemente sigan fundidos.

En ese preciso momento, oí una tenue llamada a la puerta. El brazo de Kara salió despedido de debajo de la colcha y giró la manija.

La puerta se abrió lentamente y vi a Travis en el umbral.

—¿Puedo entrar? —preguntó en voz baja y áspera. Los círculos púrpura de debajo de sus ojos daban cuenta de su falta de sueño, si es que había llegado a pegar el ojo en algún momento.

Me senté en la cama, sorprendida por su aspecto exhausto.

—¿Estás bien?

Entró y cayó de rodillas delante de mí.

—Lo siento mucho, Abby, de verdad, lo siento —dijo él mientras me rodeaba con los brazos por la cintura, con la cabeza enterrada en mi regazo.

Mecí su cabeza en mis brazos y levanté la mirada hacia America.

—Eh... Creo que mejor me voy —dijo incómoda, mientras buscaba la manija de la puerta.

Kara se frotó los ojos y suspiró; después cogió su neceser con las cosas para la ducha.

—Siempre estoy muy limpia cuando estás por aquí, Abby —gruñó ella, cerrando la puerta de un golpe tras de sí.

Travis me miró.

—Sé que siempre me comporto como un loco cuando se trata de ti, pero Dios sabe que lo intento, Paloma. No quiero joder lo nuestro.

—Pues entonces no lo hagas.

—Esto es difícil para mí, ¿sabes? Siento que en cualquier segundo te vas a dar cuenta del pedazo de mierda que soy y me vas a dejar. Ayer, mientras bailabas, observé a una docena de tipos mirándote. Entonces te fuiste a la barra, y te vi dando las gracias a ese chico por la copa. Después, a ese imbécil de la pista de baile no se le ocurrió otra cosa que jalarte.

—Sí, pero yo no voy dando puñetazos a todas las chicas que hablan contigo. Además, no puedo quedarme encerrada en el apartamento todo el tiempo. Vas a tener que controlar ese mal carácter tuyo.

—Lo haré. Nunca antes había querido tener novia, Paloma. No estoy acostumbrado a sentir esto por alguien..., por nadie. Si eres paciente, te juro que encontraré el modo de manejarlo.

—Dejemos algo claro: no eres un pedazo de mierda, eres genial. Da igual que alguien me invite una copa o a bailar, o que intenten flirtear conmigo. Con quien me voy a casa es contigo. Me has pedido que confíe en ti, pero tú no pareces confiar en mí.

Frunció el ceño.

—Eso no es verdad.

—Si crees que te voy a dejar por el primer chico que aparezca, entonces es que no tienes mucha fe en mí.

Me agarró con más fuerza.

—No soy lo bastante bueno para ti, Paloma. Eso no significa que no confíe en ti. Solo me preparo para lo inevitable.

—No digas eso. Cuando estamos a solas, eres perfecto. Somos perfectos. Pero después dejas que cualquiera lo arruine. No espero que cambies completamente de la noche a la mañana, pero tienes que elegir tus batallas. No puedes acabar peleándote cada vez que alguien me mire.

Él asintió.

—Haré todo lo que quieras. Solo... dime que me quieres.

—Sabes que es así.

—Necesito oírtelo decir —pidió, juntando las cejas.

—Te quiero —dije, mientras tocaba sus labios con los míos—. Ahora deja de comportarte como un niño.

Él se rio y se metió en la cama conmigo. Pasamos la hora siguiente sin movernos, bajo las sábanas, entre risas y besos, y apenas nos dimos cuenta de que Kara había regresado de la ducha.

—¿Podrías salir? Tengo que vestirme —dijo Kara a Travis, mientras se anudaba con más fuerza la toalla.

Travis me besó en la mejilla y después salió al pasillo.

—Nos vemos en un segundo.

Me dejé caer sobre la almohada, mientras Kara rebuscaba en su armario.

—¿Por qué estás tan contenta? —rezongó ella.

—Por nada —respondí con un suspiro.

—¿Sabes qué es la codependencia, Abby? Tu novio es un ejemplo de manual, lo que resulta escalofriante teniendo en cuenta que ha pasado de no tener respeto alguno hacia las mujeres a pensar que te necesita para respirar.

—Tal vez sea así —dije, resistiéndome a que me quitara el buen humor.

—¿No te preguntas a qué se debe? A ver..., se ha tirado a la mitad de las chicas del campus. ¿Por qué tú?

—Dice que soy diferente.

—Por supuesto que sí, pero ¿por qué?

—¿Y a ti qué más te da? —le espeté yo.

—Es peligroso necesitar tanto a alguien. Tú intentas salvarlo y él espera que lo hagas. Son un auténtico desastre.

—Me da igual qué es o por qué ha surgido. Cuando todo va bien, Kara..., es maravilloso.

Ella puso los ojos en blanco.

—No tienes remedio.

Travis llamó a la puerta y Kara lo dejó entrar.

—Voy a la sala de estudio común. Buena suerte —dijo con la voz más falsa que podía impostar.

—¿A qué venía eso? —preguntó Travis.

—Me ha dicho que somos un desastre.

—Dime algo que no sepa —dijo sonriendo.

De repente, centró la mirada y me besó la suave piel de detrás de la oreja.

—¿Por qué no vienes a casa conmigo?

Apoyé la mano en su nuca y suspiré al notar sus suaves labios contra la piel.

—Creo que me voy a quedar aquí. Estoy constantemente en tu departamento.

Levantó de golpe la cabeza.

—¿Y qué? ¿No te gusta estar allí?

Le toqué la mejilla y suspiré. Se preocupaba muy rápidamente.

—Claro que sí me gusta, pero no vivo allí.

Me recorrió el cuello con la punta de la nariz.

—Te quiero allí. Te quiero allí todas las noches.

—No pienso mudarme contigo —dije negando con la cabeza.

—No te he pedido que te mudes conmigo. He dicho que quiero que estés allí.

—¡Es lo mismo! —dije riéndome.

Travis frunció el ceño.

—¿De verdad no vas a quedarte conmigo esta noche?

Dije que no con la cabeza y su mirada se perdió por la pared hasta llegar al techo. Casi podía oír los engranajes en el interior de su cabeza.

—¿Qué estás maquinando? —pregunté entrecerrando los ojos.

—Intento pensar en otra apuesta.

Capítulo 12

HECHOS EL UNO PARA EL OTRO

Me metí una pastillita blanca en la boca y me la tragué con un gran vaso de agua. Estaba de pie en medio del dormitorio de Travis, en sostén y bragas, preparándome para ponerme la pijama.

—¿Qué es eso? —preguntó Travis desde la cama.

—Eh..., mi píldora.

Frunció el ceño.

—¿Qué píldora?

—La píldora, Travis. Todavía tienes que volver a rellenar tu cajón y lo último que necesito es preocuparme de si me va a venir la regla o no.

—Ah.

—Uno de nosotros tiene que ser responsable —dije, arqueando una ceja.

—Santo cielo, qué sexy estás —dijo Travis, apoyando la cabeza en la mano—. La mujer más guapa de Eastern es mi novia. Menuda locura.

Puse los ojos en blanco e introduje la cabeza por el camisón de seda púrpura, justo antes de meterme en la cama a su lado. Me senté a horcajadas sobre su regazo y le besé el cuello; solté una risita tonta cuando dejó caer la cabeza contra la cabecera.

—¿Otra vez? Vas a acabar conmigo, Paloma.

—No puedes morirte —dije, mientras le cubría la cara de besos—. Tienes demasiado mal genio.

—¡No, no puedo morirme porque hay demasiados imbéciles peleándose a empujones por ocupar mi lugar! Podría vivir para siempre solo para fastidiarlos.

Solté una risita contra su boca y él me puso boca arriba. Deslizó el dedo bajo el delicado lazo púrpura que tenía sobre el hombro, y me lo bajó por el brazo, mientras me besaba la piel que dejaba libre tras él.

—¿Por qué yo, Trav?

Se inclinó hacia atrás, buscando mi mirada.

—¿A qué te refieres?

—Has estado con muchas mujeres y siempre te has negado a apuntar tan siquiera un número de teléfono..., ¿por qué yo?

—¿A qué viene esa pregunta? —dijo él, mientras me acariciaba la mejilla con el pulgar.

Me encogí de hombros.

—Solo tengo curiosidad.

—¿Y por qué yo? Tienes a la mitad de los hombres de Eastern esperando a que yo la fastidie contigo.

Arrugué la nariz.

—Eso no es verdad. No cambies de tema.

—Claro que es cierto. Si no hubiera estado persiguiéndote desde principios de curso, habrías tenido a más chicos siguiéndote por ahí, además de Parker Hayes. Él simplemente está demasiado pagado de sí mismo como para tenerme miedo.

—¡No haces más que esquivar mi pregunta! ¡Y muy mal, añadiría!

—¡De acuerdo! ¿Que por qué tú? —Una sonrisa se extendió en su cara, mientras se agachaba hasta que sus labios tocaron los míos—. Me sentí atraído hacia ti desde la noche de aquella primera pelea.

—¿Cómo? —dije con una expresión de duda.

—Sí. ¿Allí en medio, con esa chaqueta de punto manchada de sangre? Estabas absolutamente ridícula —dijo riéndose.

—Gracias.

Su sonrisa desapareció.

—Fue cuando levantaste la mirada hacia mí. Ese fue el momento preciso. Me miraste con los ojos abiertos de par en par, con inocencia..., sin fingimientos. No me miraste como si fuera Travis Maddox —dijo él, poniendo los ojos en blanco al oír sus propias palabras—. Me miraste como si fuera..., no sé..., una persona, supongo.

—Última hora, Trav. Eres una persona.

Me apartó el pelo de la cara.

—No, antes de que llegaras, Shepley era el único que me trataba con normalidad. No te acobardaste, ni intentaste flirtear, ni te pasaste el pelo por la cara. Simplemente me viste.

—Fui una completa zorra contigo.

Me besó en el cuello.

—Eso es lo que acabó de sellar el trato.

Deslicé las manos por su espalda hasta el interior de sus calzoncillos.

—Espero que esto vaya bien. No creo que llegue a cansarme de ti jamás.

—¿Me lo prometes? —preguntó, sonriendo.

Su teléfono vibró sobre la mesita de noche y sonrió, mientras se lo llevaba a la oreja.

—¿Diga?... Oh, joder, no. Estoy aquí con Paloma. Nos estábamos preparando para ir a la cama... Cierra la puta boca, Trent, no tiene gracia... ¿De verdad? ¿Qué hace en la ciudad? —Me miró y suspiró—. Está bien. Estaremos allí dentro de media hora... Ya me has oído, idiota. Porque no voy a ninguna parte sin ella, por eso. ¿Quieres que te parta la cara cuando llegue? —Travis colgó y sacudió la cabeza.

Levanté una ceja.

—Esa ha sido la conversación más rara que he oído jamás.

—Era Trent. Thomas está en la ciudad y han organizado una noche de póquer en casa de mi padre.

—¿Noche de póquer? —Tragué saliva.

—Sí, normalmente se quedan con todo mi dinero. Son unos cabrones tramposos.

—¿Voy a conocer a tu familia dentro de media hora?

—Dentro de veintisiete minutos, para ser exactos.

—¡Oh, Dios mío, Travis! —aullé, saltando de la cama.

—¿Qué haces? —dijo con un suspiro.

Busqué en el armario y saqué un par de pantalones vaqueros; me los puse dando saltitos, y después me quité el camisón por la cabeza y se lo tiré a Travis a la cara.

—¡No puedo creer que me avises que voy a conocer a tu familia con veinte minutos de antelación! ¡Podría matarte ahora mismo!

Se quitó el camisón de los ojos y se rio ante mi intento desesperado por estar presentable. Cogí una camiseta negra de cuello en pico y me la puse bien, después corrí al baño, me lavé los dientes y me pasé el cepillo por el pelo. Travis apareció detrás de mí, completamente vestido y preparado, y me rodeó con sus brazos por la cintura.

—¡Estoy hecha un asco! —dije, con el gesto torcido delante del espejo.

—¿No te das cuenta de lo guapa que estás? —me preguntó él, besándome en el cuello.

Resoplé y fui corriendo a su habitación para ponerme un par de zapatos de tacón y después cogí a Travis de la mano, mientras me llevaba hasta la puerta. Me detuve, me subí la cremallera de la chaqueta negra de cuero y me recogí el pelo en un chongo apretado, preparándome para el agitado trayecto hasta la casa de su padre.

—Cálmate, Paloma. Solo seremos un grupo de tipos sentados alrededor de una mesa.

—Es la primera vez que voy a ver a tu padre y a tus hermanos..., y todo a la vez... ¿Y quieres que me calme? —dije, subiéndome a la moto tras él.

Giró el cuello, me tocó la mejilla y me besó.

—Los vas a enamorar, igual que a mí.

Cuando llegamos, me solté el pelo y lo peiné con los dedos unas cuantas veces antes de que Travis me hiciera cruzar la puerta.

—¡Vaya, vaya! ¡Pero si es el caraculo! —gritó uno de los chicos.

Travis asintió una vez. Intentó poner cara de enfado, pero podía notar que estaba emocionado de ver a sus hermanos. La casa era vieja, tapizada de un color amarillo y marrón desvaído, y había una alfombra de pelo largo de diferentes tonos de marrón. Cruzamos un pasillo que daba directamente a una habitación con la puerta abierta de par en par. El humo salía hasta el vestíbulo, y sus hermanos y su padre estaban sentados en una mesa de madera, redonda, con sillas diferentes.

—Oye..., vigila lo que dices delante de la señora —pidió su padre, con un puro en la boca, que se movía de arriba abajo mientras hablaba.

—Paloma, este es mi padre, Jim Maddox. Papá, esta es Paloma.

—¿Paloma? —preguntó Jim, con una expresión de extrañeza.

—Abby —dije, mientras le estrechaba la mano.

Travis señaló a sus hermanos.

—Trenton, Taylor, Tyler y Thomas.

Todos asintieron y, excepto Thomas, todos parecían versiones mayores de Travis; pelo rapado, ojos marrones, camisetas estrechas que resaltaban sus músculos abultados y cubiertos de tatuajes. Thomas llevaba una camisa de vestir y una corbata desanudada, tenía los ojos verde avellana y el pelo rubio oscuro, un poco más largo.

—¿Y Abby tiene apellido? —preguntó Jim.

—Abernathy —respondí asintiendo.

—Es un placer conocerte, Abby —dijo Thomas, con una sonrisa.

—Un auténtico placer —siguió Trent, pegándome un repaso descarado.

Jim le dio un sape y él soltó un quejido.

—¿Qué he dicho? —preguntó él, frotándose la nuca.

—Siéntate, Abby. Mira cómo desplumamos a Trav —dijo uno de los gemelos. Era incapaz de decir cuál, porque eran unas copias exactas el uno del otro, incluso sus tatuajes encajaban.

La habitación estaba salpicada de fotos antiguas de partidas de póquer, de leyendas del juego posando con Jim y con quien supuse que sería el abuelo de Travis, y en los estantes había barajas de cartas antiguas.

—¿Conoció a Stu Unger? —pregunté, señalando una foto polvorienta.

A Jim se le iluminó la mirada.

—¿Sabes quién es Stu Unger?

Asentí.

—Mi padre también es admirador suyo.

Se levantó y señaló la foto de al lado.

—Y ese es Doyle Brunson. —Sonreí—. Mi padre lo vio jugar una vez. Es increíble.

—El abuelo de Trav era un profesional. Aquí nos tomamos el póquer muy en serio —dijo Jim sonriendo.

Me senté entre Travis y uno de los gemelos, mientras Trenton barajaba las cartas con cierta habilidad. Los chicos entregaron su efectivo y Jim se lo cambió por fichas.

Trenton levantó una ceja.

—¿Quieres jugar, Abby? —Sonreí educadamente y dije que no con la cabeza.

—No creo que deba.

—¿Es que no sabes? —preguntó Jim.

No pude reprimir una sonrisa. Jim parecía muy serio, casi paternal. Sabía qué respuesta esperaba y odiaba tener que decepcionarlo. Travis me dio un beso en la frente.

—Venga, juega... Te enseñaré.

—Será mejor que te despidas ya de tu dinero, Abby —dijo Thomas con una carcajada.

Apreté los labios y saqué dos billetes de cincuenta de la cartera. Se los entregué a Jim y esperé pacientemente a que me entregara las fichas. Trenton sonrió con desdén, pero lo ignoré.

—Tengo fe en la capacidad de Travis para enseñarme —dije.

Uno de los gemelos se puso a aplaudir.

—¡Genial! ¡Esta noche me voy a hacer rico!

—Empecemos poco a poco esta vez —dijo Jim, lanzando una ficha de cinco dólares.

Trenton los vio, y Travis me extendió las cartas en abanico.

—¿Has jugado a las cartas alguna vez?

—Hace bastante —asentí.

—El Uno no cuenta, Pollyanna —dijo Trenton, mientras miraba sus cartas.

—Cierra la boca, Trent —dijo Travis, alzando la mirada hacia su hermano, antes de volver a bajarla a mi mano.

—Tienes que buscar las cartas más altas, números consecutivos y mejor si son del mismo palo.

En la primera mano, Travis me miró las cartas y yo miré las suyas. Básicamente, asentí y sonreí, jugando cuando se me decía. Tanto Travis como yo perdimos, y mis fichas habían menguado al final de la primera ronda.

Después de que Thomas repartiera para empezar la segunda ronda, no dejé que Travis viera mis cartas.

—Creo que puedo sola —dije.

—¿Estás segura? —me preguntó.

—Sí, cariño.

Tres manos después, había recuperado mis fichas y había masacrado los montones de fichas de los demás con una pareja de ases, una escalera y con la carta más alta.

—¡Mierda! —se quejó Trenton—. ¡Maldita suerte de principiante!

—Esta chica aprende rápido, Trav —dijo Jim, moviendo la boca sin soltar el puro.

Travis dio un trago a su cerveza.

—¡Me estás haciendo sentir orgulloso, Paloma!

Le brillaban los ojos de emoción; su sonrisa era diferente a todas las que había visto antes.

—Gracias.

—Los que no sirven para actuar, enseñan —dijo Thomas, burlón.

—Muy gracioso, idiotas —murmuró Travis.

Cuatro manos después, apuré lo que me quedaba de cerveza y fruncí los ojos ante el único hombre de la mesa que no se había retirado.

—Tú decides, Taylor. ¿Vas a ser un bebé o verás mi apuesta como un hombre?

—A la mierda —dijo él, lanzando la última de sus fichas.

Travis me miró muy animado. Su expresión me recordaba la del público de sus peleas.

—¿Qué tienes, Paloma?

—¿Taylor? —le apremié.

Una amplia sonrisa se dibujó en su rostro.

—¡Escalera! —dijo sonriendo, mientras dejaba las cartas boca arriba sobre la mesa.

Cinco pares de ojos se volvieron a mí. Eché un vistazo a la mesa y entonces enseñé mis cartas de un golpe.

—¡Miren y lloren, chicos! ¡Ases y ochos! —dije, riéndome.

—¿Un full? ¿Cómo coño es posible? —gritó Trent.

—Lo siento. Siempre había querido decir eso —añadí, mientras recogía mis fichas.

Thomas aguzó la mirada.

—Esto no es solo la suerte del principiante. Esta chica sabe jugar.

Travis miró a Thomas durante un momento y luego se volvió a mí.

—¿Habías jugado antes, Paloma?

Apreté los labios y me encogí de hombros, mostrando mi sonrisa más inocente. Travis echó la cabeza hacia atrás, estallando en carcajadas. Intentaba hablar, pero no podía, y entonces golpeó la mesa con el puño.

—¡Tu novia nos ha desplumado! —dijo Taylor, señalándome.

—¡Carajo, no puede ser! —aulló Trenton, mientras se levantaba.

—Buen plan, Travis. Traer a una jugadora consumada a la noche de póquer —dijo Jim, guiñándome el ojo.

—¡No lo sabía! —exclamó él, negando con la cabeza.

—¡Mientes! —dijo Thomas, sin quitarme los ojos de encima.

—¡Que no, de verdad! —insistió entre carcajadas.

—Odio decirlo, hermano, pero creo que acabo de enamorarme de tu chica —confesó Tyler.

—¡Oye, ándate con cuidadito! —amenazó Travis, cuya sonrisa se convirtió rápidamente en una mueca de disgusto.

—Se acabó. Estaba siendo bueno contigo, Abby, pero pienso recuperar mi dinero, ahora mismo —avisó Trenton.

Travis se retiró en las últimas manos, limitándose a observar cómo sus hermanos ponían todo su empeño en recuperar su dinero. Mano tras mano, me fui quedando con todas sus fichas y, mano tras mano, Thomas me observaba con más atención. Cada vez que dejaba mis cartas sobre la mesa, Travis y Jim se reían, Taylor lanzaba un juramento, Tyler proclamaba su amor inmortal por mí y a Trent le daba una tremenda rabieta.

Cambié mis fichas y les di a cada uno sus cien dólares una vez que nos acomodamos en el salón. Jim se negó, pero los hermanos los aceptaron con gratitud. Travis me cogió de la mano y caminamos hacia la puerta.

Me di cuenta de que estaba disgustado, así que le estreché la mano.

—¿Qué pasa?

—¡Acabas de soltar cuatrocientos dólares, Paloma! —dijo Travis con el ceño fruncido.

—Si fuera la noche del póquer en Sig Tau, me los habría quedado, pero no puedo robar a tus hermanos la primera vez que los veo.

—¡Ellos se habrían quedado con tu dinero! —dijo él.

—Y no me habría quitado el sueño ni por un segundo tampoco —añadió Taylor.

Thomas me miraba fijamente en silencio desde la esquina de la habitación.

—¿Por qué no le quitas los ojos de encima a mi chica, Tommy?

—¿Cómo has dicho que te apellidabas? —preguntó Thomas.

Me moví con nerviosismo. Pensé frenéticamente en alguna manera ingeniosa o sarcástica de salirme por la tangente, pero en lugar de eso me mordí las uñas nerviosa, maldiciéndome en silencio. Debería haber sido más lista y no haber ganado todas esas manos. Thomas lo sabía. Lo veía en sus ojos.

Al reparar en mi inquietud, Travis se volvió hacia su hermano y me pasó el brazo por la cintura. No estaba segura de si lo hacía para protegerme o porque se estaba preparando para lo que pudiera decir su hermano.

Travis se volvió, visiblemente incómodo ante la pregunta de su hermano.

—Es Abernathy, pero ¿qué importa eso?

—Entiendo por qué no has atado cabos antes de esta noche, Trav, pero ahora ya no tienes excusa —dijo Thomas, con petulancia.

—¿De qué cojones estás hablando? —preguntó Travis.

—¿No tendrás algún tipo de relación con Mick Abernathy por casualidad? —continuó Thomas.

Todos se volvieron para mirarme y, nerviosa, me eché el pelo hacia atrás con los dedos.

—¿De dónde conoces a Mick?

Travis giró la cabeza para mirarme a la cara.

—Es uno de los mejores jugadores de póquer de la historia. ¿Lo conoces?

Cerré los ojos, consciente de que finalmente me habían arrinconado sin otra opción que decir la verdad.

—Es mi padre.

La habitación estalló en gritos.

—¡No me jodas!

—¡Lo sabía!

—¡Acabamos de jugar con la hija de Mick Abernathy!

—¿Mick Abernathy? ¡Joder!

Thomas, Jim y Travis eran los únicos que no gritaban.

—Chicos, les advertí de que era mejor que no jugara —dije.

—Si hubieras mencionado que eras la hija de Mick Abernathy, te habríamos tomado más en serio —apuntó Thomas.

Me volví a mirar a Travis, que no salía de su asombro.

—¿Eres el Trece de la Suerte? —preguntó, con mirada algo confusa.

Trenton se levantó y me señaló, boquiabierto.

—¡El Trece de la Suerte está en nuestra casa! No puede ser. ¡Joder, no puedo creérmelo!

—Ese fue el apodo que me pusieron los periódicos. Y la historia no era demasiado precisa —dije inquieta.

—Tengo que llevar a Abby a casa, chicos —dijo Travis, observándome todavía asombrado. Jim me miró por encima de las gafas.

—¿Por qué no era precisa?

—No le robé la suerte a mi padre. A ver, es ridículo —me reí, retorciéndome el pelo con un dedo.

Thomas sacudió la cabeza.

—No, Mick dio esa entrevista. Dijo que a las doce de la noche de tu decimotercer cumpleaños se le agotó la suerte.

—Y empezó la tuya—añadió Travis.

—¡Te criaron unos mafiosos! —dijo Trent, sonriendo de emoción.

—Eh..., no —solté una carcajada—. No me criaron, solo... venían mucho a casa.

—Eso fue una maldita vergüenza, no fue justo que Mick arrastrara tu nombre por el barro en todos los periódicos. Eras solo una niña —dijo Jim, sacudiendo la cabeza.

—Como mucho, era la suerte del principiante —dije, intentando desesperadamente ocultar mi humillación.

—Mick Abernathy te enseñó a jugar —dijo Jim, sacudiendo la cabeza asombrado—. Jugabas contra profesionales y ganabas a los trece años, por Dios santo. —Miró a Travis y sonrió—. No apuestes contra ella, hijo. Nunca pierde.

Travis me miró; por su expresión era evidente que seguía conmocionado y desorientado.

—Bueno... Tenemos que irnos, papá. Adiós, chicos.

La charla profunda y exaltada de la familia de Travis se fue desvaneciendo conforme cruzamos la puerta y llegamos a su moto. Me recogí el pelo en un moño y me subí la cremallera de la chaqueta, esperando a que él hablara. Se subió a la moto sin decir una palabra y me senté a horcajadas en el asiento tras él.

Estaba segura de que pensaba que no había sido honesta con él, y probablemente le avergonzaba haberse enterado de una parte tan importante de mi vida al mismo tiempo que su familia. Creía que me esperaba una pelea enorme cuando volviéramos a su apartamento, así que preparé una docena de disculpas distintas mentalmente antes de llegar a la puerta principal. Me llevó de la mano por el pasillo y después me ayudó a quitarme la chaqueta.

Tiré del chongo que llevaba en lo alto de la cabeza, y el pelo me cayó en gruesas ondas sobre los hombros.

—Sé que estás enfadado —dije, incapaz de mirarlo a los ojos—. Siento no habértelo dicho, pero es algo de lo que no me gusta hablar.

—¿Enfadado contigo? —dijo él—. Estoy tan excitado que no puedo pensar con claridad. Acabas de robar a los idiotas de mis hermanos su dinero sin pestañear, has alcanzado la categoría de leyenda con mi padre y sé a ciencia cierta que perdiste a propósito la apuesta que hicimos antes de mi pelea.

—Yo no diría eso...

Levantó el mentón.

—¿Creías que ganarías?

—Bueno..., no, la verdad es que no —dije, mientras me quitaba los tacones.

Travis sonrió.

—Así que querías estar aquí conmigo. Creo que acabo de enamorarme de ti otra vez.

—¿Cómo es posible que no estés enfadado? —le pregunté, mientras guardaba los zapatos en el armario.

Suspiró y asintió.

—Es un asunto bastante importante, Paloma. Deberías habérmelo contado. Pero comprendo por qué no lo hiciste. Viniste aquí escapando de todo eso. Pero ahora es como si el cielo se hubiera despejado..., todo cobra sentido.

—Es un alivio.

—El Trece de la Suerte —dijo él, sacudiendo la cabeza y quitándome la camiseta por la cabeza.

—No me llames así, Travis. No es algo positivo.

—¡Joder! ¡Eres famosa, Paloma! —dijo él, sorprendido por mis palabras.

Me desabrochó los pantalones y me los bajó hasta los tobillos, ayudándome a salir de ellos.

—Mi padre me odió después de eso. Todavía me culpa de sus problemas.

Travis se libró de su camiseta y me abrazó contra él.

—Todavía no me creo que la hija de Mick Abernathy esté de pie delante de mí. Llevo contigo todo este tiempo y no tenía ni idea.

Me aparté de él.

—¡No soy la hija de Mick Abernathy, Travis! Eso es lo que dejé atrás. Soy Abby. ¡Solo Abby! —dije, caminando hacia el armario.

Saqué una camiseta de una percha y me la puse.

Él suspiró.

—Lo siento. Soy un poco mitómano.

—¡Sigo siendo solo yo! —Me llevé la palma de la mano al pecho, desesperada por que me comprendiera.

—Sí, pero...

—Pero nada. La forma en la que me miras ahora es precisamente el motivo por el que no te había contado nada. —Cerré los ojos—. No quiero vivir así nunca más, Trav. Ni siquiera contigo.

—¡Eh! Cálmate, Paloma. No saquemos las cosas de quicio. —Su mirada se centró y se acercó a abrazarme—. No me importa qué eres o qué no eres. Te quiero sin más.

—Entonces tenemos eso en común.

Me llevó hasta la cama sonriéndome.

—Somos tú y yo contra el mundo, Paloma.

Me acurruqué a su lado. Nunca había planeado que alguien aparte de mí y de America se enterara de lo de Mick, y nunca había esperado que mi novio perteneciera a una familia de chiflados por el póquer. Solté un profundo suspiro y apreté la mejilla contra su pecho.

—¿Qué ocurre? —me preguntó.

—No quiero que nadie más lo sepa, Trav. Ni siquiera quería que tú lo supieras.

—Te quiero, Abby. No volveré a mencionarlo, ¿está bien? Tu secreto está a salvo conmigo —dijo, antes de darme un beso en la frente.

—Señor Maddox, ¿cree que podría reprimirse un poco hasta después de la clase? —dijo el profesor Chaney como reacción a las risitas que me provocaban los besos de Travis en el cuello.

Me aclaré la garganta, mientras notaba que se me ruborizaban las mejillas de la vergüenza.

—No estoy seguro, doctor Chaney. ¿Ha visto usted bien a mi chica? —dijo Travis, señálandome.

Las risas resonaron por toda la sala y noté que me ardía la cara. El profesor Chaney me miró con una expresión entre divertida e incómoda, y después sacudió la cabeza en dirección a Travis.

—Haga lo que pueda —dijo Chaney.

La clase volvió a reírse, y yo me hundí en el asiento. Travis apoyó el brazo en el respaldo de mi silla y la clase continuó. Una vez hubo acabado, Travis me acompañó a mi siguiente clase.

—Lo siento si te he hecho sentir incómoda. No puedo evitarlo.

—Pues inténtalo.

Parker se acercó y, cuando le devolví el saludo con una sonrisa educada, se le iluminaron los ojos.

—Hola, Abby. Te veo dentro.

Entró en el aula y Travis le lanzó una mirada asesina durante unos pocos tensos minutos.

—Oye —le tiré de la mano hasta que me miró—, ignóralo.

—Ha estado contando a los chicos de la Casa que sigues llamándolo.

—Eso no es verdad —le dije, sin alterarme.

—Lo sé, pero ellos no. Va diciendo que está esperando que llegue su oportunidad. Que tú solo estás aguardando el momento más adecuado para dejarme y que lo llamas para contarle lo desgraciada que eres. Está empezando a molestarme.

—Sí que tiene imaginación. —Miré a Parker y, cuando él se volvió hacia mí, lo fulminé con la mirada.

—¿Te enfadarías si te avergonzara una vez más?

Me encogí de hombros y Travis se apresuró a acompañarme dentro del aula. Se detuvo junto a mi mesa y dejó mi bolso en el suelo. Echó una mirada a Parker y después me atrajo hacia él. Me puso una mano en la nuca y la otra en el trasero; entonces me dio un beso profundo y decidido. Movió sus labios contra los míos del modo que solía reservar para su dormitorio, y no pude evitar cogerlo por la camiseta con ambos puños.

Los murmullos y risitas se hicieron más fuertes cuando quedó claro que Travis no iba a soltarme inmediatamente.

—¡Creo que acaba de dejarla embarazada! —gritó alguien del fondo, riéndose.

Me aparté con los ojos cerrados, intentando recuperar la compostura. Cuando miré a Travis, él me estaba mirando con la misma contención forzada.

—Solo intentaba dejar claras las cosas —susurró él.

—Pues creo que lo has conseguido —asentí.

Travis sonrió, me besó en la mejilla y después miró a Parker, que echaba humo en su asiento.

—Nos vemos en la comida —me dijo con un guiño.

Me dejé caer en mi asiento y suspiré, mientras intentaba controlar el cosquilleo que sentía en los muslos. Me concentré en el cálculo y, cuando la clase acabó, vi a Parker de pie, apoyado contra la pared, junto a la puerta.

—Parker —dije, decidida a no reaccionar como él esperaba que lo hiciera.

—Sé que estás con él. No tiene que violarte delante de la clase entera por mí.

Me paré en seco y me preparé para atacar.

—Entonces quizá deberías parar de contar a tus hermanos de la fraternidad que te sigo llamando. Estás forzando las cosas demasiado, y no me darás ninguna lástima cuando te patee el culo.

Arrugó la nariz.

—¿Te estás oyendo? Has pasado demasiado tiempo con Travis.

—No, esta soy yo. Es solo un lado de mí del que no sabes nada.

—No se puede decir que me dieras exactamente una oportunidad, ¿no? —suspiró.

—No quiero pelearme contigo, Parker. Simplemente no funcionó, ¿está bien?

—No, no está bien. ¿Crees que me gusta ser el hazmerreír de Eastern? Apreciamos a Travis Maddox porque nos hace quedar bien. Usa a las chicas y las deja tiradas, de manera que hasta el mayor idiota de Eastern parece un príncipe azul a su lado.

—¿Cuándo vas a abrir los ojos y te vas a dar cuenta de que ahora ha cambiado?

—No te quiere, Abby. Eres un juguete nuevo y reluciente. Aunque, después del numerito que ha montado en clase, supongo que ya no eres tan reluciente.

Le pegué una sonora bofetada antes de darme cuenta de lo que había hecho.

—Si hubieras esperado dos segundos, podría haberte ahorrado el esfuerzo, Paloma —dijo Travis, interponiéndose.

Lo tomé por el brazo.

—Travis, no.

Parker pareció perder la calma, mientras una silueta roja perfecta de mi mano se dibujaba en su mejilla.

—Te había avisado —dijo Travis empujando a Parker violentamente contra la pared.

Las mandíbulas de Parker se tensaron y me fulminó con la mirada.

—Considera esto el final, Travis. Ahora veo que están hechos el uno para el otro.

—Gracias —dijo Travis, pasándome el brazo por encima de los hombros.

Parker se apartó de la pared y rápidamente dobló la esquina para bajar las escaleras, asegurándose con una rápida mirada de que Travis no lo seguía.

—¿Estás bien? —preguntó Travis.

—Me pica la mano.

Sonrió.

—Menudo mal genio, Paloma. Estoy impresionado.

—Probablemente me demandará y acabaré pagándole la matrícula de Harvard. ¿Qué haces aquí? Pensaba que nos veríamos en la cafetería.

Levantó uno de los lados de la boca en una sonrisa traviesa.

—No podía concentrarme en clase. Todavía siento ese beso.

Miré hacia el pasillo y después lo miré a él.

—Ven conmigo.

Juntó las cejas y sonrió.

—¿Para qué?

Caminé hacia atrás y tiré de él hasta que sentí el manillar de la puerta del laboratorio de Física. La puerta se abrió y miré detrás de mí para comprobar que estaba vacío y a oscuras. Tiré de su mano, riéndome por su expresión confusa, y después cerré la puerta, empujándolo contra ella.

Lo besé y se rio.

—¿Qué haces?

—No quiero que por mi culpa no puedas concentrarte en clase —dije, antes de besarlo de nuevo.

Me levantó y lo envolví con las piernas.

—No estoy seguro de qué haría sin ti —dijo, sujetándome con una mano, mientras se desabrochaba el cinturón con la otra—, pero no quiero averiguarlo jamás. Eres todo lo que siempre he querido, Paloma.

—Acuérdate de eso cuando me quede con todo tu dinero en la siguiente partida de póquer —dije, mientras me quitaba la camiseta.

Capítulo 14

FULL

Me di la vuelta y escruté mi reflejo con escepticismo. El vestido era blanco, con la espalda al aire y peligrosamente corto; la parte superior se sujetaba con un tirante corto de piedras de bisutería alrededor del cuello.

—¡Vaya! Travis se va a mear encima cuando te vea así —dijo America.

Puse los ojos en blanco.

—¡Qué romántico!

—Ya está, te quedas con ese. No te pruebes ninguno más, ese es el mejor —dijo ella, aplaudiendo emocionada.

—¿No te parece demasiado corto? Mariah Carey enseña menos carne.

America sacudió la cabeza.

—Insisto.

Di otra vuelta, mientras America se probaba un modelo tras otro; le costaba más decidirse cuando el vestido era para ella. Acabó eligiendo uno extremadamente corto, ajustado y color maquillaje que dejaba un hombro al aire.

Fuimos en su Honda hasta el apartamento, donde descubrimos que se habían llevado el Charger y que *Toto* estaba solo. America sacó su teléfono y marcó. Cuando Shepley descolgó, sonrió.

—¿Dónde están, cariño? —Asintió con la cabeza y entonces me miró—. ¿Por qué iba a enfadarme? ¿Qué tipo de sorpresa? —dijo con cautela.

Volvió a mirarme, se metió en el dormitorio de Shepley y cerró la puerta.

Rasqué las pequeñas orejas puntiagudas de *Toto*, mientras America murmuraba en el dormitorio. Cuando volvió a salir, intentó reprimir una sonrisa.

—¿Qué están tramando? —pregunté.

—Vienen en camino. Dejaré que sea Travis quien te lo cuente —dijo ella con una sonrisa de oreja a oreja.

—Oh, Dios mío..., ¿qué? —pregunté.

—Acabo de prometer que no te lo diré. Es una sorpresa.

Me puse a juguetear con el pelo y a morderme las uñas, incapaz de quedarme quieta mientras esperaba a que Travis me desvelara su última sorpresa. Una fiesta de cumpleaños, un cachorro... No conseguía imaginarme qué podía venir después.

El poderoso motor del Charger de Shepley anunció su llegada. Los chicos se reían mientras subían las escaleras.

—Están de buen humor —dije—. Es buena señal.

Shepley entró primero.

—Es que quería que pensaras que había una razón para que él se hiciera uno, y yo no.

America se levantó para recibir a su novio y lo rodeó con sus brazos.

—Qué tonto eres, Shep. Si quisiera un novio loco, saldría con Travis.

—No tiene nada que ver con lo que siento por ti —añadió Shepley.

Travis entró por la puerta con una gasa cuadrada en la muñeca. Me sonrió y después se dejó caer en el sofá, apoyando la cabeza en mi regazo.

No podía apartar la mirada del vendaje.

—A ver..., ¿qué has hecho?

Travis sonrió y me hizo agacharme para besarlo. Notaba su nerviosismo. En apariencia sonreía, pero tenía el claro convencimiento de que no estaba seguro de cómo iba a reaccionar yo a lo que había hecho.

—He hecho unas cuantas cosas hoy.

—¿Como qué? —pregunté suspicaz.

Travis se rio.

—Tranquila, Paloma. Nada malo.

—¿Qué te ha pasado en la muñeca? —dije, mientras le levantaba la mano por los dedos. Un estruendoso motor diésel se detuvo fuera y Travis se levantó de un salto del sofá para abrir la puerta.

—¡Ya iba siendo hora! ¡Llevo en casa al menos cinco minutos! —dijo con una sonrisa.

Un hombre entró de espaldas y cargando un sofá gris cubierto de plástico, seguido por otro hombre que sujetaba la parte trasera. Shepley y Travis movieron el antiguo sofá (conmigo y *Toto* todavía encima) hacia delante y los hombres dejaron el nuevo en su lugar. Travis quitó el plástico y después me levantó en brazos, dejándome después sobre los blandos cojines.

—¿Has comprado uno nuevo? —pregunté con una sonrisa de oreja a oreja.

—Sí, y he hecho un par de cosas más. Gracias, chicos —dijo, mientras los transportistas levantaban el viejo sofá y se iban por donde habían venido.

—Ahí se van un montón de recuerdos —ironicé.

—Ninguno que quiera recordar. —Se sentó a mi lado y suspiró, observándome durante un momento antes de quitarse el microporo que sujetaba la gasa de su brazo—. Por favor, te pido que no alucines.

En mi mente se agolparon la conjeturas sobre lo que podía ocultar ese vendaje. Me imaginé una quemadura, o puntos, o alguna otra cosa igual de truculenta.

Apartó el vendaje y yo ahogué un grito al ver el simple tatuaje negro sobre la parte interior de su muñeca; la piel de alrededor todavía estaba roja y brillante por el antibiótico que se había untado. Sacudí la cabeza sin poder creer la palabra que estaba leyendo.

Paloma

—¿Te gusta? —me preguntó.

—¿Te has tatuado mi nombre en la muñeca? —dije esas palabras, pero no reconocía mi propia voz. Mi mente se dispersó en múltiples ideas, y aun así conseguí hablar con un tono de voz tranquilo y homogéneo.

—Sí.

Me besó en la muñeca mientras yo no dejaba de mirar la tinta permanente en su piel, sin creer lo que veían mis ojos.

—Intenté disuadirlo, Abby. Lleva bastante tiempo sin cometer ninguna locura. Creo que tenía ganas —dijo Shepley, sacudiendo la cabeza.

—¿Qué te parece? —me apremió Travis.

—No sé qué pensar —dije.

—Deberías habérselo preguntado primero, Trav —dijo America, meneando la cabeza y tapándose la boca con los dedos.

—¿Preguntarle qué? ¿Si podía hacerme un tatuaje? —Se volvió hacia mí con el ceño fruncido—. Te amo y quiero que todo el mundo sepa que soy tuyo.

Me moví inquieta.

—Eso es permanente, Travis.

—Y también lo nuestro —dijo él, acariciándome la mejilla.

—Enséñale el resto —dijo Shepley.

—¿El resto? —dije, mirándole la otra muñeca.

Travis se levantó y se subió la camiseta, dejando al descubierto sus impresionantes abdominales, que se estiraban y tensaban con el movimiento. Travis se dio la vuelta y en el costado tenía otro tatuaje reciente que se extendía por las costillas.

—¿Qué es eso? —pregunté, entrecerrando los ojos para mirar los símbolos verticales.

—Es hebreo —dijo Travis con una sonrisa nerviosa.

—¿Qué significa?

—Dice: «Pertenezco a mi amada, y mi amada a mí».

Mis ojos se clavaron en los suyos.

—¿No te bastaba con un tatuaje, sino que has tenido que hacerte dos?

—Es algo que siempre dije que haría cuando conociera a la chica adecuada. Te he conocido..., así que fui a hacerme los tatuajes.

Su sonrisa desapareció cuando vio la expresión de mi cara.

—Estás enojada, ¿no? —dijo él, mientras se bajaba la camiseta.

—No estoy enfadada. Es que... es un poco abrumador.

Shepley acercó a America y la estrechó con un brazo.

—Será mejor que te acostumbres ya, Abby. Travis es impulsivo y va hasta el final con todo. Esto le ayudará a sobrevivir hasta que pueda ponerte un anillo en el dedo.

America levantó las cejas, me miró a mí y luego a Shepley.

—Pero ¿qué dices? ¡Si acaban de empezar a salir!

—Me..., me parece que necesito una copa —dije, de camino a la cocina.

Travis se rio, mientras me observaba buscar en los armarios.

—Está bromeando, Paloma.

—¿Ah, sí? —preguntó Shepley.

—No hablaba de ningún momento próximo —dijo Travis, intentando quitar tensión a la situación. Se volvió hacia Shepley y farfulló—: Muchas gracias, idiota.

—Quizá ahora dejes de hablar de eso —dijo burlón Shepley.

Me serví un trago de whisky en un vaso, eché la cabeza hacia atrás y me lo bebí de un solo trago. Torcí el gesto cuando el líquido me quemó al bajar por la garganta.

Travis me envolvió dulcemente con sus brazos por la cintura desde atrás.

—No te estoy pidiendo que nos casemos, Paloma. Solo son tatuajes.

—Lo sé —dije, asintiendo mientras me servía otra copa.

Travis me quitó la botella de la mano y enroscó el tapón antes de volver a guardarla en el armarito. Cuando no me volví, me movió por las caderas para que lo mirara de frente.

—Está bien. Debería habértelo dicho antes, pero decidí comprar el sofá, y una cosa me llevó a la otra. Me ganó la emoción.

—Esto va muy rápido para mí, Travis. Has hablado de que vivamos juntos, acabas de tatuarte mi nombre, me estás diciendo que me amas..., todo esto va muy... rápido.

Travis torció el gesto.

—Estás alucinando. Te he pedido que no lo hicieras.

—Es complicado no hacerlo. ¡Has descubierto lo de mi padre, y todo lo que sentías antes ha crecido de golpe!

—¿Quién es tu padre? —preguntó Shepley, claramente disgustado por no seguir la conversación. Cuando ignoré su pregunta, suspiró—. ¿Quién es su padre? —preguntó a America, que dijo que no con la cabeza, displicente.

La expresión de la cara de Travis se retorció con disgusto.

—Lo que siento por ti no tiene nada que ver con tu padre.

—Mañana vamos a ir a esa superfiesta de citas. Se supone que será el gran momento en el que anunciaremos nuestra relación, o algo así, y ahora vas y te tatúas mi nombre en el brazo y ese proverbio sobre cómo nos pertenecemos el uno al otro. Es para alucinar, ¿de acuerdo? ¡Así que estoy alucinando!

Travis me cogió la cara y me besó en la boca; después me levantó del suelo y me dejó sobre la barra. Su lengua pidió entrar en mi boca y, cuando la dejé entrar, gimió.

Clavó los dedos en mis caderas y me acercó más a él.

—Estás tan increíblemente sexy cuando te enfadas —susurró contra mis labios.

—Bueno —dije suspirando—, ya me he calmado.

Sonrió complacido porque su plan de distracción había funcionado.

—Todo sigue igual, Paloma. Solo tú y yo.

—Están como locos —dijo Shepley, sacudiendo la cabeza.

America le dio una palmadita juguetona a Shepley en el hombro.

—Abby también ha comprado algo para Travis hoy.

—¡America! —la regañé.

—¿Has encontrado un vestido? —preguntó él sonriendo.

—Sí —lo rodeé con las piernas y los brazos—. Mañana será tu turno de alucinar.

—Lo espero con impaciencia —dijo él, mientras me bajaba de la barra.

Me despedí de America con la mano mientras Travis me llevaba por el pasillo.

El viernes después de clase, America y yo pasamos la tarde en el centro, arreglándonos y mimándonos. Nos hicieron la manicura y la pedicura, nos depilaron con cera el vello que sobraba, nos bronceamos y nos hicimos mechas. Cuando volvimos al apartamento, todas las superficies estaban cubiertas de ramos de rosas. Rojas, rosas, amarillas y blancas: parecía una florería.

—¡Oh, Dios mío! —gritó America cuando entró por la puerta.

Shepley miró a su alrededor, orgulloso.

—Fuimos a comprarles flores, pero los dos pensamos que un solo ramo no era suficiente.

Abracé a Travis.

—Chicos son..., son increíbles. Gracias.

Me dio una palmadita en la trasero.

—Treinta minutos para irnos a la fiesta, Paloma.

Los chicos se vistieron en la habitación de Travis, mientras nosotras nos metíamos en nuestros vestidos en la de Shepley. Justo cuando me ponía mis zapatos de tacón plateados, llamaron a la puerta.

—Hora de irse, señoritas —dijo Shepley.

America salió, y Shepley silbó.

—¿Dónde está? —preguntó Travis.

—Abby está teniendo algunos problemillas con su zapato. Saldrá en un segundo —explicó America.

—¡El suspenso me está matando, Paloma! —gritó Travis.

Salí de la habitación, colocándome bien el vestido, mientras Travis estaba de pie delante de mí, con la cara pálida.

America le dio un codazo y él parpadeó.

—¡Guau!

—¿Estás listo para alucinar? —preguntó America.

—No estoy alucinando. Está genial —dijo Travis.

Sonreí y lentamente me di media vuelta para enseñarle el pronunciado escote de la espalda del vestido.

—De acuerdo, ahora sí estoy alucinando —dijo acercándome y haciéndome girar.

—¿No te gusta? —pregunté.

—Necesitas una chaqueta.

Corrió al perchero y a toda prisa me echó el abrigo por encima de los hombros.

—No puede llevar eso toda la noche, Trav —dijo America riéndose.

—Estás preciosa, Abby —dijo Shepley como disculpa por el comportamiento de Travis. La expresión de Travis al hablar era de aflicción.

—Desde luego. Estás increíble..., pero no puedes ir así vestida. La falda es... guau... y tus piernas... La falda es demasiado corta y falta la mitad del vestido. ¡Ni siquiera tiene espalda!

No pude contener una sonrisa.

—Está hecho así, Travis.

—Ustedes dos viven para torturarnse el uno al otro, ¿no? —dijo Shepley con el ceño fruncido.

—¿No tienes otro vestido? —preguntó Travis.

Bajé la mirada.

—Lo cierto es que es bastante normal por delante. Solo por detrás deja más piel a la vista.

—Paloma —pronunció las siguientes palabras con un gesto de dolor—, no quiero que te enfades, pero no puedo llevarte a la casa de mi hermandad vestida así. Me meteré en una pelea a los cinco minutos.

Me puse de puntitas y lo besé en los labios.

—Tengo fe en ti.

—Esta noche va a ser un desastre —gruñó él.

—No, va a ser genial —dijo America, ofendida.

—Piensa en lo fácil que será quitarlo después —dije, besándolo en el cuello.

—Ese es el problema. Eso mismo pensarán todos los demás chicos.

Pero tú eres el único que conseguirá comprobarlo. —No respondió y me eché hacia atrás para evaluar la expresión de su cara—. ¿De verdad quieres que me cambie?

Travis escudriñó mi cara, mi vestido, mis piernas y después soltó una exhalación.

—Da igual lo que te pongas. Estás preciosa. Creo que debería empezar a acostumbrarme ya, ¿no? —Me encogí de hombros y él sacudió la cabeza—. Bueno, ya se nos ha hecho tarde. Vámonos.

Me acurruqué junto a Travis para entrar en calor mientras íbamos del coche a la casa de Sigma Tau. El ambiente estaba cargado de humo, y hacía calor. La música sonaba en el sótano, y Travis movió la cabeza siguiendo el ritmo. Todo el mundo pareció darse la vuelta a la vez. No estaba segura de si nos miraban porque Travis estaba en una fiesta de citas, porque llevaba pantalones de vestir o por mi vestido, pero todos nos miraban.

America se acercó y me susurró al oído:

—Estoy tan contenta de que estés aquí, Abby... Me siento como si acabara de entrar en una película de Molly Ringwald.

—Me alegra ser de ayuda —mascullé.

Travis y Shepley se llevaron nuestros abrigos y después nos condujeron hasta la cocina. Shepley cogió cuatro cervezas del frigorífico, le dio una a America y otra a mí. Nos quedamos en la cocina, escuchando a los compañeros de hermandad de Travis discutir sobre su última pelea. Las chicas que los acompañaban resultaron ser las mismas rubias tetonas que siguieron a Travis a la cafetería la primera vez que hablamos.

Lexie era fácil de reconocer. No podía olvidar la mirada que puso cuando Travis la echó de su regazo por insultar a America. Me observaba con curiosidad y parecía estudiar cada palabra que decía. Sé que estaba intrigada por saber qué me hacía aparentemente irresistible para Travis, y me descubrí a mí misma esforzándome por demostrárselo. No solté a Travis ni un momento, añadía ocurrencias inteligentes en los momentos precisos de la conversación y bromeaba con él sobre sus nuevos tatuajes.

—¿Llevas el nombre de tu chica en la muñeca? ¿Qué demonios te pasó por la cabeza para hacer eso? —dijo Brad.

Travis giró la mano con orgullo para enseñarle mi nombre.

—Estoy loco por ella —dijo él, mirándome con ternura.

—Pero si apenas la conoces —soltó Lexie.

No apartó sus ojos de los míos.

—La conozco. —Frunció el entrecejo—. Pensaba que el tatuaje te había asustado. ¿Ahora te jactas de él?

Me acerqué para besarle en la mejilla y me encogí de hombros.

—Conforme pasa el tiempo, me gusta más.

Shepley y America se abrieron paso hacia las escaleras que llevaban al sótano y los seguimos, cogidos de la mano. Habían pegado los muebles a las paredes para hacer sitio a una improvisada pista de baile. Justo cuando bajábamos las escaleras, empezó a sonar una canción lenta.

Travis no dudó en llevarme hasta el centro; se pegó a mí y me llevó la mano a su pecho.

—Estoy contento de no haber venido a una de estas cosas antes. Es genial haberte traído solo a ti.

Sonreí y apreté la mejilla contra su pecho. Puso la mano sobre la parte inferior de mi espalda, cálida y suave contra mi piel desnuda.

—Este vestido hace que todo el mundo te mire —dijo él. Levanté la mirada, esperando ver una expresión tensa, pero estaba sonriendo—. Supongo que es bastante padre... estar con la chica a la que todo el mundo desea.

Puse los ojos en blanco.

—No me desean. Sienten curiosidad por saber por qué me deseas tú. Y, en cualquier caso, me da pena quien piense que tiene una oportunidad. Estoy irremediable y completamente enamorada de ti.

Una mirada de angustia oscureció su rostro.

—¿Sabes por qué te quiero? No sabía que estaba perdido hasta que me encontraste. No sabía lo solo que me encontraba hasta la primera noche que pasé sin ti en mi casa. Eres lo único que he hecho bien. Eres todo lo que he estado esperando, Paloma.

Alargué los brazos para tomar su cara entre mis manos y él me rodeó con sus brazos, levantándome del suelo. Apreté los labios contra los suyos, y él me besó con la emoción de todo lo que acababa de decir. En ese preciso momento me di cuenta de por qué se había hecho ese tatuaje, por qué me había elegido y por qué yo era diferente. No era solo yo, no era solo él: la excepción era lo que formábamos juntos.

Un ritmo más rápido hizo vibrar los altavoces, y Travis me dejó en el suelo.

—¿Todavía quieres bailar?

America y Shepley aparecieron a nuestro lado y levanté una ceja.

—Si crees que puedes seguirme el ritmo.

Travis sonrió burlón.

—Ponme a prueba.

Moví mis caderas contra las suyas y subí la mano por su camisa, hasta desabrocharle dos botones, Travis se rio y sacudió la cabeza, y yo me di media vuelta, moviéndome contra él siguiendo el ritmo. Me cogió por las caderas, mientras yo echaba la mano hacia atrás y lo agarraba por el trasero. Me incliné hacia delante y él me clavó los dedos en la piel. Cuando me enderecé, me tocó la oreja con los labios.

—Sigue así y nos iremos pronto.

Me di media vuelta y sonreí, echándole los brazos alrededor del cuello. Se apretó contra mí y yo le saqué la camisa y deslicé mis manos por su espalda, apretando los dedos contra sus músculos sin grasa, y después sonreí ante el ruido que hizo cuando probé su cuello.

—Cielo santo, Paloma, me estás matando —dijo él, agarrándome el dobladillo de la falda, subiéndola lo justo para rozarme los muslos con las yemas de los dedos.

—Me parece que ya sabemos en qué consiste su atractivo —dijo Lexie en tono despectivo desde detrás de nosotros.

America se giró y se abalanzó furiosa hacia Lexie con ganas de pelea. Shepley la cogió justo a tiempo.

—¡Repite eso! —dijo America—. ¡Atrévete a decírmelo a la cara, zorra!

Lexie se protegió detrás de su novio, conmocionada por la amenaza de America.

—¡Será mejor que le pongas un bozal a tu cita, Brad —le avisó Travis.

Dos canciones después, noté el pelo en la nuca pesado y húmedo. Travis me besó justo debajo de la oreja.

—Vamos, Paloma. Necesito un cigarrillo.

Me condujo escaleras arriba y cogió mi abrigo antes de guiarme hasta el segundo piso. Salió a la terraza y nos encontramos con Parker y su cita. Era más alta que yo, y tenía el pelo corto y oscuro, recogido con una sola horquilla. Me fijé inmediatamente en sus tacones de aguja, porque rodeaba la cadera de Parker con la pierna. Ella estaba de pie con la espalda pegada contra la pared de ladrillos; cuando Parker se dio cuenta de que nos íbamos, sacó la mano de debajo de la falda de su acompañante.

—Abby —dijo él, sorprendido y sin aliento.

—¿Qué hay, Parker? —dije, ahogando la risa.

—¿Qué tal te van las cosas?

Sonreí educadamente.

—Muy bien, ¿y a ti?

—Eh... —Miró a su cita—. Abby, esta es Amber. Amber..., Abby.

—¿Abby, Abby? —preguntó ella.

Parker asintió rápidamente y algo incómodo.

Amber me estrechó la mano con cara de asco, y entonces miró a Travis como si acabara de toparse con su enemigo.

—Encantada de conocerte..., supongo.

—Amber —la avisó Parker.

Travis soltó una carcajada y entonces les sujetó las puertas para que pasaran. Parker cogió a Amber de la mano y se retiró al interior de la casa.

—Ha sido... raro —dije, sacudiendo la cabeza mientras doblaba los brazos y me apoyaba contra la verja.

Hacía frío, y solo había un par de parejas fuera. Travis era todo sonrisas. Ni siquiera Parker podía arruinarle su buen humor.

—Al menos ha seguido adelante y ha dejado de hacer todo lo posible por recuperarte.

—No creo que intentara tanto recuperarme como alejarme de ti.

Travis arrugó la nariz.

—Llevó a una chica a su casa por mí una vez. Ahora actúa como si siempre tuviera que entrar en escena para salvar a todas las estudiantes novatas que me he ligado.

Le lancé una mirada irónica por el rabillo del ojo.

—¿Te he dicho alguna vez lo mucho que odio esa palabra?

—Lo siento —dijo, acercándome a él.

Prendió un cigarro y dio una profunda calada. El humo que soltó era más espeso de lo habitual al mezclarse con el aire del invierno. Volvió la mano y observó durante un buen rato su muñeca.

—¿Te parece muy raro que este tatuaje no solo se haya convertido en mi favorito, sino que además me haga sentir cómodo saber que está ahí?

—Pues sí, es bastante raro.

Travis levantó una ceja y me reí.

—Solo bromeo. No acabo de entenderlo, pero es dulce... ,muy al estilo Travis Maddox.

—Si es tan genial llevar esto en el brazo, ni me imagino cómo será ponerte un anillo en el dedo.

—Travis...

—Dentro de cuatro o cinco años —continuó.

—Uf... Tenemos que ir más despacio.

—No empieces con eso, Paloma.

—Si seguimos a este ritmo, acabaré de ama de casa y embarazada antes de graduarme. No estoy lista para mudarme contigo, no estoy lista para un anillo y, desde luego, no estoy lista para formar una familia.

Travis me agarró por los hombros y me dio la vuelta para que lo mirara de frente.

—Este no será el discursito de «quiero que veamos a otra gente», ¿no? Porque no estoy dispuesto a compartirte. ¡Joder! De ninguna manera.

—No quiero a nadie más —dije, exasperada.

Se relajó y me soltó los hombros, apoyándose en la verja.

—Entonces, ¿qué quieres decir? —me preguntó él, mirando al horizonte.

—Solo digo que necesito ir más despacio. Nada más.

Él asintió, claramente disgustado. Le toqué el brazo.

—No te enfades.

—Parece que damos un paso hacia delante y dos hacia atrás, Paloma. Cada vez que creo que estamos en la misma sintonía, levantas un muro entre nosotros. No lo entiendo..., la mayoría de las chicas acosan a sus novios para que vayan en serio, para que hablen de sus sentimientos, para que den el siguiente paso...

—Pensaba que ya habíamos dejado claro que no soy como la mayoría de las chicas.

Dejó caer la cabeza, frustrado.

—Estoy cansado de conjeturas. ¿Adónde crees que va esto, Abby?

Apreté los labios contra su camisa.

—Cuando pienso en mi futuro, te veo a ti en él.

Travis se relajó y me acercó a él. Nos quedamos observando las nubes nocturnas moverse por el cielo. Las luces de la universidad salpicaban el bloque oscuro, y los asistentes a la fiesta se sujetaban los gruesos abrigos y se apresuraban a refugiarse en la calidez del edificio de la hermandad.

En los ojos de Travis descubrí la misma paz que solo había visto un puñado de veces, y me impresionó pensar que, igual que las otras noches, su expresión de satisfacción era resultado directo de mi consuelo.

Sabía por experiencia propia qué era la inseguridad, la de aquellos que soportaban un golpe de mala suerte tras otro, de hombres que se asustaban de su propia sombra. Era fácil temer el lado oscuro de Las Vegas, el lado que las luces de neón y los brillos no parecían tocar jamás. Sin embargo, a Travis Maddox no le asustaba pelear, defender a alguien que le importara o mirar a los ojos humillados y enfadados de una mujer despechada. Podía entrar en una habitación y sostener la mirada de alguien el doble de grande que él, puesto que creía que nadie lo tocaría, que era capaz de vencer cualquier cosa que intentara hacerlo caer.

No le asustaba nada. Hasta que me conoció a mí.

Yo era la única parte misteriosa de su vida, era su comodín, la variable que no podía controlar. Aparte de los instantes de paz que le había proporcionado, cualquier otro momento de cualquier otro día, la agitación que sentía sin mí era diez veces peor en mi presencia. Cada vez le costaba más controlar la ira que se apoderaba de él. Ser la excepción ya no era algo misterioso o especial. Me había convertido en su debilidad. Igual que había pasado con mi padre.

—¡Abby! ¡Aquí estás! ¡Te he estado buscando por todas partes! —dijo America, cruzando a toda prisa la puerta. Llevaba el teléfono en la mano.

—Acabo de hablar por teléfono con mi padre. Mick los llamó ayer por la noche.

—¿Mick? —El gesto de mi cara se torció por el disgusto—. ¿Y por qué diablos los ha llamado? —America levantó las cejas como si debiera conocer la respuesta.

—Tu madre no dejaba de colgarle el teléfono.

—¿Qué quería? —dije, sintiéndome mareada.

Apretó los labios.

—Saber dónde estabas.

—No se les habrá ocurrido decírselo, ¿no?

La cara de America fue todo un poema.

—Es tu padre, Abby. Papá pensó que tenía derecho a saberlo.

—Se presentará aquí —dije, sintiendo que me ardían los ojos—. ¡Va a presentarse aquí, Mare!

—¡Lo sé! ¡Lo siento! —dijo ella, intentando abrazarme.

Me aparté de ella y me tapé la cara con las manos.

Un par de familiares manos fuertes y protectoras descansaban sobre mis hombros.

—No te hará daño, Paloma —dijo Travis—. No le dejaré.

—Encontrará una manera de hacerlo —dijo America, mirándome apesadumbrada—. Siempre lo hace.

—Tengo que largarme de aquí.

Me eché el abrigo por encima y tiré de los picaportes de las puertas de la terraza. Estaba demasiado disgustada como para detenerme y bajar los picaportes mientras empujaba las puertas al mismo tiempo. Cuando unas lágrimas de frustración resbalaron por mis mejillas congeladas, la mano de Travis cubrió la mía. Hizo fuerza hacia abajo y me ayudó a empujar los picaportes, y después, con la otra mano, abrió las puertas. Lo miré, consciente de la ridícula escenita que estaba montando, esperando ver una mirada de confusión o desaprobación en su cara, pero solo me miró con comprensión.

Travis me abrazó y juntos atravesamos la casa, bajamos las escaleras y nos abrimos paso entre la multitud hasta la puerta principal. Los tres luchaban por seguirme el paso mientras yo iba directamente hacia el Charger.

America extendió la mano y me agarró del abrigo, forzándome a pararme en seco.

—¡Abby! —susurró, mientras señalaba a un pequeño grupo de personas.

Se arremolinaban alrededor de un hombre mayor y despeinado que señalaba frenéticamente hacia la casa, con una foto en la mano. Las parejas asentían y hablaban sobre la foto entre ellas.

Me precipité furiosa hacia el hombre y le quité la foto de las manos.

—¿Qué demonios estás haciendo aquí?

La multitud se dispersó y entró en la casa; Shepley y America me flanqueaban y Travis me agarró por los hombros desde atrás.

Mick dio un vistazo a mi vestido y chasqueó la lengua en señal de desaprobación.

—Vaya, vaya, Cookie. Veo que no consigues dejar atrás el espíritu de Las Vegas...

—Cállate, cállate, Mick. Date media vuelta. —Señalé detrás de él—. Y vuelve al agujero del que hayas salido. No te quiero aquí.

—No puedo, Cookie. Necesito tu ayuda.

—Menuda novedad —dijo America, mordaz.

Mick miró mal a America y después se volvió hacia mí.

—Estás tremendamente guapa. Has crecido mucho. No te habría reconocido por la calle.

Lancé un suspiro, hastiada de la charla trivial.

—¿Qué quieres?

Levantó las manos y se encogió de hombros.

—Me parece que me he metido en un berenjenal, niña. Papi necesita algo de dinero.

Cerré los ojos.

—¿Cuánto?

—De verdad que me iba bien, en serio. Pero tuve que pedir prestado algo para seguir adelante y... ya sabes.

—Sí, ya, ya —le solté—. ¿Cuánto necesitas?

—Veinticinco billetes.

—Joder, Mick, ¿Veinticinco billetes de cien? Si te largas de aquí, te los daré ahora mismo —dijo Travis, mientras sacaba su cartera.

—Habla de billetes de mil —dije fulminando a mi padre con la mirada. Mick escudriñó a Travis.

—¿Quién es este payaso?

Travis levantó la mirada de su cartera y sentí su peso sobre la espalda.

—Ya veo por qué un tipo listo como tú se ha visto reducido a pedir dinero a su hija adolescente.

Antes de que Mick pudiera hablar, saqué mi celular.

—¿A quién debes dinero esta vez, Mick?

Mick se rascó su pelo grasiento y gris.

—Verás, es una historia graciosa, Cookie...

—¿A quién? —grité.

—A Benny.

Se me desencajó la mandíbula y di un paso atrás, para acercarme a Travis.

—¿A Benny? ¿Le debes dinero a Benny? En qué demonios estabas pensan... —Respiré hondo; aquello no tenía sentido—. No tengo tanto dinero, Mick.

Sonrió.

—Algo me dice que sí.

—¡Que no! ¡Te aseguro que no lo tengo! Esta vez sí que la has cagado, ¿no te das cuenta? ¡Sabía que no pararías hasta que consiguieras que te mataran!

Se movió nervioso; el desdén había desaparecido de su cara.

¿Cuánto tienes?

Apreté los dientes.

—Once mil. Estaba ahorrando para un coche.

America me lanzó una mirada de sorpresa.

—¿De dónde has sacado once mil dólares, Abby?

—De las peleas de Travis —dije, taladrando a Mick con la mirada.

Travis me hizo dar media vuelta para mirarme a los ojos.

—¿Has ganado once de los grandes con mis peleas? ¿Cuándo apostabas?

—Adam y yo teníamos un acuerdo —dije, ignorando la sorpresa de Travis.

La mirada de Mick se animó de repente.

—Puedes doblar esa cantidad en un fin de semana, Cookie. Podrías conseguirme los veinticinco para el domingo, y así Benny no enviará a sus matones a buscarme.

Sentí que la garganta se me quedaba seca.

—Me dejarás sin un centavo, Mick. Tengo que pagar la universidad.

—Oh, puedes recuperarlo en cualquier momento —dijo él, haciendo un gesto con la mano para quitarle importancia.

—¿Cuándo es la fecha límite? —pregunté.

—El lunes, por la mañana. A medianoche, más bien —dijo, sin remordimiento alguno.

—No tienes por qué darle ni un puto centavo, Paloma —dijo Travis, apretándome el brazo.

Mick me cogió de la muñeca.

—¡Es lo menos que puedes hacer! ¡No estaría en este lío si no fuera por tu culpa!

America le apartó la mano y lo empujó.

—¡No te atrevas a empezar con esa mierda otra vez, Mick! ¡Ella no ha sido quien le ha pedido dinero prestado a Benny!

Mick me miró con odio en los ojos.

—Si no fuera por ella, tendría mi propio dinero. Me lo quitaste todo, Abby. ¡Y ahora no tengo nada!

Pensé que pasar tiempo alejada de Mick disminuiría el dolor que conllevaba ser su hija, pero las lágrimas que fluían de mis ojos decían lo contrario.

—Te conseguiré el dinero de Benny para el domingo. Pero, cuando lo haga, quiero que me dejes en paz para siempre. No volveré a hacer esto por ti, Mick. De ahora en adelante, estarás solo, ¿me oyes? Aléjate de mí.

Apretó los labios y asintió.

—Como tú quieras, Cookie.

Me di media vuelta y me dirigí hacia el coche, mientras oía que America decía detrás de mí.

—Hagan las maletas, chicos. Nos vamos a Las Vegas.

Capítulo 15

CIUDAD DEL PECADO

Travis dejó en el suelo nuestras maletas y miró a su alrededor.

—Está bien, ¿no? —Lo fulminé con la mirada y levantó una ceja—. ¿Qué?

La cremallera de mi maleta chirrió mientras tiraba de ella y sacudía la cabeza. Las diferentes estrategias y la falta de tiempo ocupaban mi mente por completo.

—Esto no son unas vacaciones. No deberías estar aquí, Travis.

Al momento siguiente, estaba detrás de mí, abrazándome por la cintura.

—Yo voy a donde tú vayas.

Apoyé la cabeza contra su pecho y suspiré.

—Tengo que bajar al casino. Puedes quedarte aquí o ir a dar una vuelta por el Strip. Nos vemos después, ¿vale?

—Voy contigo.

—No quiero que vengas, Trav. —En su cara vi que había herido sus sentimientos y le toqué el brazo—. Para ganar catorce mil dólares en un fin de semana, tengo que concentrarme; además, no me gusta quién soy en esas mesas, y no quiero que lo veas, ¿lo entiendes?

Me apartó el pelo de los ojos y me besó en la mejilla.

—Está bien, Paloma.

Travis se despidió de America al salir de la habitación, y ella se acercó a mí con el mismo vestido que llevaba en la fiesta de citas. Yo me cambié y me puse un modelito corto dorado y unos zapatos de tacón. Cuando me miré en el espejo no pude evitar torcer el gesto. America me recogió el pelo y después me entregó un tubo negro.

—Necesitas unas cinco capas más de máscara, y te tirarán el carné a la cara si no te pones colorete en abundancia. ¿Te has olvidado de cómo se juega a esto?

Le quité la máscara de pestañas de la mano y dediqué otros diez minutos más a mi maquillaje. Cuando acabé, mis ojos empezaron a desteñirse.

—Maldita sea, Abby, no llores —dije, levantando la mirada y secándome la parte inferior de los ojos con un papel.

—No tienes que hacer esto. No le debes nada.

America me puso las manos sobre los hombros mientras me miraba en el espejo una última vez.

—Debe dinero a Benny, Mare. Si no lo hago, lo matarán.

Su expresión era de piedad. La había visto mirándome así muchas veces antes, pero en esa ocasión estaba desesperada. Le había visto arruinarme la vida más veces de las que ninguna de las dos podíamos contar.

—¿Y qué pasará la próxima vez? ¿Y la vez siguiente a esa? No puedes seguir haciendo esto.

—Aceptó mantenerse lejos de mí. Mick Abernathy puede ser muchas cosas, pero no falta a su palabra.

Salimos al pasillo y entramos en el ascensor vacío.

—¿Tienes todo lo que necesitas? —pregunté, sin olvidarme de las cámaras.

America golpeó su carné de conducir falso con las uñas y sonrió.

—Me llamo Candy. Candy Crawford —dijo ella en su impecable acento sureño.

Le tendí la mano.

—Jessica James. Encantada de conocerte, Candy.

Después de ponernos las gafas de sol, adoptamos una actitud fría cuando el ascensor se abrió, revelando las luces de neón y el bullicio del casino. Había gente por todas partes, moviéndose en todas las direcciones. Las Vegas era un infierno celestial, el único sitio en el que se pueden encontrar bailarinas con llamativas plumas y elaborado maquillaje, prostitutas con insuficiente aunque aceptable atractivo, hombres de negocios con trajes lujosos y familias enteras en el mismo edificio.

Recorrimos pavoneándonos un pasillo delimitado por cuerdas rojas y le entregamos nuestras identificaciones a un hombre con una chaqueta roja. Se quedó mirándome un momento y me bajé las gafas.

—Sería genial poder entrar en algún momento a lo largo de hoy —dije, hastiada.

Nos devolvió nuestras identificaciones y se apartó a un lado para dejarnos entrar. Pasamos junto a varias filas de tragamonedas, las mesas de black jack, y entonces nos detuvimos junto a la ruleta. Escruté el local examinando las diferentes mesas de póquer, hasta que me fijé en la que jugaban los hombres de más edad.

—Esa —dije, señalándola con la cabeza.

—Empieza agresiva, Abby. Ni se darán cuenta de qué ha pasado.

—No. Son perros viejos de Las Vegas. Tengo que jugar con cautela esta vez.

Caminé hasta la mesa, con mi sonrisa más encantadora.

Los locales podían oler a un estafador a kilómetros, pero tenía dos cosas a favor que tapaban el aroma a cualquier engaño: juventud... y un par de tetas.

—Buenas tardes, caballeros. ¿Les importa si me uno a ustedes?

No levantaron la mirada.

—Claro, muñequita. Coge un asiento y ponte guapa. Pero no hables.

—Quiero jugar —dije, dándole a America mis gafas de sol—. No hay suficiente acción en las mesas de black jack.

Uno de los hombres con un puro en la boca dijo:

—Esta es una mesa de póquer, princesa. Tradicional. Prueba suerte en las tragamonedas.

Me senté en el único sitio vacío y crucé las piernas con gran ostentación.

—Siempre he querido jugar al póquer en Las Vegas. Y tengo todas estas fichas... —dije, al tiempo que dejaba mi pila de fichas en la mesa—, y soy muy buena por Internet.

Los cinco hombres miraron mis fichas y luego a mí.

—Hay una apuesta mínima, encanto —dijo el crupier.

—¿De cuánto?

—Quinientos, tesoro. Mira..., no quiero hacerte llorar. Hazte un favor y elige una reluciente tragamonedas.

Empujé mis fichas hacia delante, encogiéndome de hombros tal y como haría una chica inocente y confiada antes de darse cuenta de que acaba de perder todo su dinero para la universidad. Los hombres se miraron entre sí. El crupier se encogió de hombros y barajó.

—Soy Jimmy —dijo uno de los hombres, tendiéndome la mano. Cuando se la estreché, señaló a los demás—. Mel, Pauli, Joe y ese es Winks.

Levanté la mirada hacia el hombre enjuto que mascaba un palillo y, como me imaginaba, me guiñó un ojo.

Asentí y esperé con fingida excitación a que repartieran la primera mano. Perdí las dos primeras a propósito, pero en la cuarta, ya iba ganando. Aquellos veteranos de Las Vegas no tardaron mucho en sospechar de mí, tal y como había hecho Thomas.

—¿Has dicho que jugabas por Internet? —preguntó Pauli.

—Y con mi padre.

—¿Eres de aquí? —preguntó Jimmy.

—De Wichita —dije.

—Esta no es ninguna jugadora online. Eso se lo aseguro —masculló Mel.

Una hora después me había quedado con doscientos setenta dólares de mis oponentes, y empezaban a sudar.

—No voy —dijo Jimmy, tirando sus cartas con el ceño fruncido.

—Si no lo veo, no lo creo —oí detrás de mí.

America y yo nos volvimos a la vez y mis labios se extendieron en una amplia sonrisa.

—Jesse. —Sacudí la cabeza—. ¿Qué estás haciendo aquí?

—Estás esquilmando mi local, Cookie. ¿Qué haces tú aquí?

Puse los ojos en blanco y me volví hacia mis suspicaces nuevos amigos.

—Sabes que odio ese apodo, Jess.

—Discúlpennos —dijo Jesse, tirándome del brazo para ponerme en pie.

America me miró con recelo mientras me alejaba unos metros.

El padre de Jesse dirigía el casino, y era más que sorprendente que hubiera decidido unirse al negocio familiar. Solíamos perseguirnos por los pasillos del hotel escaleras arriba, y siempre le ganaba cuando hacíamos carreras de ascensores. Había crecido desde la última vez que lo había visto. Lo recordaba como un adolescente desgarbado; el hombre que tenía delante de mí era un supervisor de mesas de casino impecablemente vestido, en absoluto desgarbado y ciertamente hecho todo un hombre. Seguía teniendo la piel sedosa y morena y los ojos verdes que recordaba, pero el resto era una agradable sorpresa.

Los iris esmeralda de sus ojos relucían con las luces brillantes.

—Esto es surrealista. Me pareció que eras tú cuando pasé por aquí, aunque no podía convencerme de que hubieras vuelto, pero, cuando vi a una preciosa jovencita limpiando una mesa de veteranos, supe que eras tú.

—Sí, soy yo —dije—. Estás diferente.

—Tú también. ¿Cómo está tu padre?

—Retirado.

Sonrió.

—¿Hasta cuándo te quedas?

—Solo hasta el domingo. Tengo que volver a la universidad.

—Hola, Jess —dijo America, cogiéndome del brazo.

—America —respondió riéndose—. Debería habérmelo imaginado. Son inseparables. —Si sus padres se hubieran enterado alguna vez de que la traía aquí, habríamos dejado de serlo hace mucho.

—Me alegro de verte, Abby. ¿Por qué no me dejas invitarte a cenar? —dijo él, dando un repaso a mi vestido.

—Me encantaría ponerme al día, pero no estoy aquí por diversión, Jess.

Me tendió la mano y sonrió.

—Tampoco yo. Dame tu identificación.

Me puse seria al darme cuenta de que tendría que pelear. Jesse no cedería a mis zalamerías tan fácilmente. Supe que tenía que decirle la verdad.

—Estoy aquí por Mick. Se ha metido en problemas.

Jesse se movió nervioso.

—¿Qué tipo de problemas?

—Los de siempre.

—Me gustaría poder ayudar. Nos conocemos desde hace mucho, y sabes que respeto a tu padre, pero también sabes que no puedo dejar que te quedes.

Lo agarré por el brazo y se lo apreté.

—Debe dinero a Benny.

Jesse cerró los ojos y meneó la cabeza.

—Cielo santo.

—Tengo hasta mañana. Te estoy pidiendo un favor enorme, Jesse. Dame tiempo hasta entonces.

Me tocó la mejilla con la palma de su mano.

—Podemos hacer una cosa..., si cenas conmigo mañana, te daré hasta medianoche.

Miré a America y después a Jesse.

—He venido con alguien.

Él se encogió de hombros.

—Lo tomas o lo dejas, Abby. Sabes cómo funcionan las cosas aquí. Nadie da nada por nada.

Suspiré, derrotada.

—Está bien. Nos vemos mañana por la noche en Ferraro's si me dejas quedarme hasta medianoche.

Se agachó y me besó en la mejilla.

—Me alegro de volver a verte. Hasta mañana... a las cinco en punto, ¿sale? Entro en el casino a las ocho.

Sonreí mientras se alejaba, pero rápidamente mi gesto cambió cuando vi a Travis mirándome desde la mesa de la ruleta.

—Mierda —dijo America, cogiéndome del brazo.

Travis fulminó a Jesse con la mirada mientras pasaba a su lado, y entonces vino hacia mí. Con las manos en los bolsillo, echó una ojeada a Jesse, que nos miraba de soslayo.

—¿Quién era ese?

Asentí hacia donde estaba Jesse.

—Es Jesse Viveros. Lo conozco desde hace mucho.

—¿Cuánto?

Me volví para mirar hacia la mesa de veteranos.

—Travis, no tengo tiempo para esto.

—Supongo que descartó la idea de ser joven ministro —dijo America, mirando con una sonrisa coqueta a Jesse.

—¿Ese es tu exnovio? —preguntó Travis, inmediatamente enfadado—. ¿No me habías dicho que era de Kansas?

Lancé a America una mirada de impaciencia y, luego, cogí a Travis por el mentón, insistiendo en que me dedicara toda su atención.

—Sabe que no tengo la edad suficiente para estar aquí, Trav. Me ha dado hasta medianoche. Te lo explicaré todo después, pero ahora mismo tengo que volver a jugar, ¿de acuerdo?

A Travis se le movieron las mandíbulas bajo la piel, pero cerró los ojos y respiró hondo.

—Está bien, nos vemos a medianoche. —Se inclinó para besarme, pero sus labios estaban fríos y distantes—. Buena suerte.

Sonreí mientras se mezclaba entre la multitud y, entonces, dirigí toda mi atención a los jugadores.

—¿Caballeros?

—Siéntate, Shirley Temple —dijo Jimmy—. Vamos a recuperar nuestro dinero. No nos gusta que nos estafen.

—Les deseo lo peor —sonreí.

—Tienes diez minutos —susurró America.

—Lo sé —dije.

Intenté olvidarme del tiempo y de los golpecitos nerviosos que daba America con la rodillas por debajo de la mesa. El bote estaba en dieciséis mil dólares, el más alto de la noche, y me lo jugaba a todo o nada.

—Nunca he visto a nadie como tú, chica. Has hecho prácticamente una partida perfecta. Y no tiene ningún tic, Winks. ¿Te has dado cuenta? —dijo Pauli.

Winks asintió, su alegre despreocupación se había evaporado poco a poco con cada mano.

—Me he fijado. Ni se rasca, ni sonríe, ni siquiera hay cambio alguno en su mirada. No es natural. Todo el mundo tiene algo que lo delata.

—No, todo el mundo no —dijo America, petulante.

Sentí unas manos familiares sobre los hombros. Sabía que era Travis, pero no me atreví a volverme, no con tres mil dólares sobre la mesa.

—Voy —dijo Jimmy.

La muchedumbre que se había reunido a nuestro alrededor aplaudió cuando enseñé mis cartas. Jimmy era el único que podía acercarse a mí con una tercia. Nada que mi escalera de color no pudiera batir.

—¡Increíble! —dijo Pauli, lanzando sus dobles parejas sobre la mesa.

—Me retiro —gruñó Joe, antes de levantarse y largarse furioso de la mesa.

Jimmy estaba un poco más alegre.

—Después de esta noche, me puedo morir tranquilo. Me he enfrentado a un contrincante de verdadera altura. Ha sido un placer, Abby.

Me quedé helada.

—¿Lo sabía?

Jimmy sonrió. Los años de fumar puros y beber café habían manchado sus enormes dientes.

—Ya había jugado contigo antes. Hace seis años. He deseado la revancha durante mucho tiempo.

Jimmy me tendió la mano.

—Cuídate, niña. Dile a tu padre que Jimmy Pescelli le envía saludos.

America me ayudó a recoger mis ganancias, y me volví hacia Travis, mientras miraba mi reloj.

—Necesito más tiempo.

—¿Quieres probar en las mesas de black jack?

—No puedo perder dinero, Trav.

Sonrió.

—No puedes perder, Paloma.

America negó con la cabeza.

—El black jack no es su juego.

Travis asintió.

—He ganado un poco de dinero. Seiscientos. Puedes quedártelos.

Shepley me entregó sus fichas.

—Yo solo he conseguido trescientos.

Suspiré.

—Gracias chicos, pero todavía me faltan cinco de los grandes.

Miré de nuevo mi reloj y, cuando levanté la mirada, vi que Jesse se acercaba.

—¿Qué tal te ha ido? —preguntó con una sonrisa.

—Me faltan cinco mil, Jess. Necesito más tiempo.

—He hecho todo lo que he podido, Abby.

Asentí. Sabía que ya le había pedido demasiado.

—Gracias por dejar que me quedara.

—Quizá podría conseguir que mi padre hablara con Benny en tu nombre.

—Es el lío de Mick. Le voy a pedir una prórroga.

Jesse negó con la cabeza.

—Sabes que eso no va a pasar, Cookie, da igual cuánto le lleves. Si no cubre la deuda, Benny enviará a alguien. Quédate tan lejos de él como puedas.

Sentí que me ardían los ojos.

—Tengo que intentarlo.

Jesse dio un paso hacia delante y se agachó para hablar en voz baja.

—Súbete a un avión, Abby. ¿Me oyes?

—Sí, te oigo. —Le solté.

Jesse suspiró, y sus ojos se llenaron de compasión. Me rodeó con los brazos y me besó en el pelo.

—Lo siento. Si no me jugara el trabajo, sabes que intentaría pensar en algo.

Asentí, al tiempo que me apartaba de él.

—Lo sé. Has hecho lo que has podido.

Me levantó la barbilla con el dedo.

—Nos vemos mañana a las cinco.

Se agachó para besarme en la comisura del labio y se alejó sin decir otra palabra. Miré a America, que observaba a Travis. No me atreví a mirarlo a los ojos; no podía ni imaginarme la expresión de enfado de su rostro.

—¿Qué pasa a las cinco? —dijo Travis, con la voz quebrada por la ira contenida.

—Ha aceptado cenar con Jesse si él la dejaba quedarse. No tenía más opción, Trav —dijo America.

Por el tono cauto de la voz de America, sabía que el enfado de Travis era monumental.

Alcé los ojos hacia él, y me fulminó con la misma mirada de quien se siente traicionado, la que Mick tenía la noche en que se dio cuenta de que yo le había robado su suerte.

—Sí, la tenías.

—¿Alguna vez has tratado con la mafia, Travis? Lo siento si he herido tus sentimientos, pero una comida gratis con un viejo amigo no es un precio alto por salvar la vida de Mick.

Veía que Travis quería contraatacar, pero no había nada que pudiera decir.

—Vamos, chicos, tenemos que encontrar a Benny —dijo America, tirándome del brazo.

Travis y Shepley nos siguieron en silencio mientras bajábamos por el Strip hasta el edificio de Benny. El tráfico en la calle (tanto de coches como de personas) solo empezaba a concentrarse. A cada paso que daba, me embargaba una sensación de angustia y vacío en el estómago, mientras mi mente se apresuraba para encontrar un argumento convincente que hiciera que Benny entrara en razón. Para cuando llegamos ante la gran puerta verde que tantas veces había visto y llamamos, no se me había ocurrido nada que pudiera utilizar.

No fue ninguna sorpresa ver al enorme portero (negro, de aspecto temible y tan ancho como alto), pero me sorprendió encontrar a Benny de pie a su lado.

—Benny —dije con un suspiro.

—Vaya, vaya..., veo que has dejado de ser el Trece de la Suerte, ¿verdad? Mick no me ha dicho que te habías convertido en una chica tan guapa. Te esperaba, Cookie. Creo que tienes un dinero que me pertenece.

Asentí y Benny señaló a mis amigos.

Levanté el mentón para fingir confianza.

—Vienen conmigo.

—Me temo que tus acompañantes tendrán que esperar fuera —dijo el portero en un tono anormalmente profundo y bajo.

Travis inmediatamente me cogió por el brazo.

—No va a ninguna parte sola. Voy con ella.

Benny miró a Travis y tragué saliva. Cuando Benny levantó la mirada hacia su portero y sonrió, me relajé un poco.

—Me parece bien —dijo Benny—. Mick estará encantado de saber que traes a un amigo tan leal contigo.

Antes de seguirlo dentro, me volví y vi la mirada de preocupación en la cara de America. Travis me sujetaba con fuerza por el brazo y se puso, a propósito, entre el portero y yo. Seguimos a Benny hasta el interior de un ascensor, subimos cuatro pisos en silencio y, entonces, las puertas se abrieron.

Había un gran escritorio de caoba en el centro de una amplia habitación. Benny fue cojeando hasta su lujoso sillón y se sentó, mientras nos hacía un gesto para que ocupáramos los dos asientos vacíos que había delante de su mesa. Cuando me acomodé, sentí el frío cuero debajo de mí y me pregunté cuántas personas se habrían sentado en esa misma silla momentos antes de su muerte. Alargué el brazo para coger a Travis de la mano y él me la estrechó para tranquilizarme.

—Mick me debe veinticinco mil. Confío en que tengas todo el dinero —dijo Benny, garabateando algo en un bloc.

—De hecho... —Hice una pausa para aclararme la garganta—. Me faltan cinco mil, Benny. Pero tengo todo el día de mañana para conseguirlos. Y cinco mil no son un problema, ¿verdad? Sabes que soy lo bastante buena para conseguirlos.

—Abigail —dijo Benny frunciendo el ceño—, me decepcionas. Sabes muy bien cuáles son mis reglas.

—Por... por favor, Benny. Te pido que aceptes los diecinueve mil. Tendré el resto mañana.

Los ojos redondos y brillantes de Benny se clavaron primero en mí y luego en Travis, antes de volver de nuevo a mí. Entonces me di cuenta de que dos hombres habían aparecido desde las oscuras esquinas de la habitación. Travis me cogió con más fuerza la mano y yo aguanté la respiración.

—Sabes que solo acepto la cantidad completa. ¿Sabes qué me dice el hecho de que intentes darme algo menos del total? Que no estás segura de poder conseguir toda la cantidad.

Los hombres de las esquinas dieron un paso hacia delante.

—Puedo conseguirte el dinero, Benny —dije, sonriendo nerviosa—. He ganado ochocientos noventa dólares en seis horas.

—Así que me estás diciendo que me entregarás otros ochocientos noventa dentro de seis horas. —Benny sonrió malévolo.

—La fecha límite es mañana a medianoche —dijo Travis, mirando detrás de nosotros y después observando cómo se acercaban los hombres que habían salido de entre las sombras.

—¿Qué..., qué haces, Benny? —pregunté, poniéndome rígida.

—Mick me ha llamado esta noche. Me ha dicho que tú te haces cargo de su deuda.

—Estoy haciéndole un favor. No te debo ningún dinero —dije duramente, movida por mi instinto de supervivencia.

Benny apoyó sus dos gruesos codos en el escritorio.

—Estoy considerando darle una lección a Mick, y tengo curiosidad por averiguar si de verdad tienes tanta suerte, chica.

Travis se levantó de la silla de un bote y me arrastró con él. Se puso delante de mí mientras retrocedía hacia la puerta.

—Josiah está fuera, joven. ¿Cómo crees exactamente que puedes escapar?

Me había equivocado. Cuando pensaba en intentar hacer entrar en razón a Benny, debería haber anticipado la voluntad de Mick de sobrevivir y la decisión de Benny de darle un escarmiento.

—Travis —le avisé, al ver que los matones de Benny se acercaban a nosotros.

Travis me empujó un poco detrás de él y se puso derecho.

—Espero que entiendas, Benny, que no pretendo faltarte al respeto cuando deje inconscientes a tus hombres, pero estoy enamorado de esta chica y no puedo permitirte que le hagas daño.

Benny estalló en una sonora carcajada.

—Chico, tengo que concederte que tienes más huevos que nadie que haya cruzado esas puertas. Voy a prepararte para lo que te espera. El tipo bastante grande que tienes a tu derecha es David y, si no puede acabar contigo con los puños, lo hará con la navaja que guarda en su funda. El hombre de tu izquierda es Dane, y es mi mejor luchador. De hecho, mañana tiene una pelea y nunca ha perdido. Espero que no te hagas daño en las manos, Dane. Hay mucho dinero que depende de ti.

Dane sonrió a Travis con una mirada salvaje y divertida.

—Sí, señor.

—¡Benny, no! ¡Puedo conseguirte tu dinero! —grité.

—Oh, no... Esto se pone interesante por momentos —dijo Benny riéndose, mientras se acomodaba en su sillón.

David se abalanzó sobre Travis y me llevé las manos a la boca. Era un hombre fuerte, pero también torpe y lento. Antes de que David pudiera apartarse o coger su navaja, Travis lo dejó fuera de combate de un rodillazo en la cara. Cuando Travis le lanzó un puñetazo, no malgastó el tiempo y le pegó con todas sus fuerzas. Dos puñetazos y un codazo después, David yacía sangrando en el suelo.

Benny echó la cabeza hacia atrás, riéndose histéricamente y golpeando su escritorio como un niño que se deleita viendo los dibujos un sábado por la mañana.

—Bueno, adelante, Dane. No te habrá asustado, ¿no?

Dane se acercó a Travis con más cuidado, con la atención y la precisión de un luchador profesional. Su puño voló hacia la cara de Travis a una velocidad increíble, pero Travis lo esquivó, al tiempo que embestía con el hombro a Dane con todas sus fuerzas. Se cayeron sobre el escritorio de Benny, y entonces Dane cogió a Travis con ambos brazos y lo lanzó al suelo. Se debatieron en el suelo durante un momento; Dane ganó ventaja y consiguió asestar unos cuantos puñetazos a Travis mientras lo tenía atrapado en el suelo. Me tapé la cara, incapaz de mirar.

Oí un grito de dolor y, cuando volví a mirar, vi a Travis a horcajadas encima de Dane, agarrándolo por el pelo desgreñado, asestándole puñetazo tras puñetazo en un lado de la cabeza. La cara de Dane golpeaba la parte delantera del escritorio de Benny cada vez, hasta que cayó al suelo, desorientado y sangrando.

Travis lo observó durante un momento y volvió al ataque, gruñendo con cada embestida y usando toda su fuerza. Dane lo esquivó una vez y estrelló los nudillos en la mandíbula de Travis.

Travis sonrió y levantó un dedo.

—Ese es el último que vas a dar.

No podía creer lo que oía. Travis había dejado que el matón de Benny le diera. Estaba disfrutando. Nunca había visto a Travis luchar sin restricciones; daba un poco de miedo verle dar rienda suelta a toda su capacidad sobre aquellos asesinos entrenados y comprender que llevaba las de ganar. Hasta ese momento, simplemente no me había dado cuenta de qué era capaz de hacer.

Con la perturbadora risa de Benny de fondo, Travis remató la faena clavándole el codo en plena cara y dejándolo inconsciente antes de que cayera al suelo. Observé cómo su cuerpo rebotaba una vez sobre la alfombra de importación de Benny.

—¡Sorprendente, muchacho! ¡Simplemente increíble! —dijo Benny, mientras aplaudía encantado.

Travis me empujó detrás de él, mientras Josiah ocupaba el umbral con su enorme cuerpo.

—¿Quiere que me ocupe de esto, señor?

—¡No! No, no... —dijo Benny, todavía aturdido por la actuación improvisada—. ¿Cómo te llamas?

Travis todavía respiraba agitadamente.

—Travis Maddox —dijo él, limpiándose la sangre de Dane y David en los tejanos.

—Travis Maddox, me parece que puedes ayudar a tu novia a salir de esta.

—¿Cómo? —resopló Travis.

—Se suponía que Dane iba a pelear mañana por la noche. Tenía un montón de dinero que dependía de él, y me parece que Dane no estará en forma para ganar ninguna pelea durante algún tiempo. Te ofrezco la posibilidad de ocupar su lugar, hazme ganar dinero y perdonaré los cinco mil que faltan de la deuda de Mick.

Travis se volvió hacia mí.

—¿Paloma?

—¿Estás bien? —pregunté, mientras le limpiaba la sangre de la cara.

Me mordí el labio, torciendo el gesto con una mezcla de miedo y alivio.

Travis sonrió.

—No es mi sangre, nena. No llores.

Benny se puso de pie.

—Soy un hombre ocupado. ¿Pasas o juegas?

—Lo haré —dijo Travis—. Dime cuándo y dónde, y allí estaré.

—Tendrás que pelear contra Brock McMann. No es ningún principiante. Lo vetaron en la UFC el año pasado.

Travis no se inmutó.

—Dime solo dónde tengo que estar.

La sonrisa de tiburón propia de Benny se extendió en su cara.

—Me gustas, Travis. Creo que seremos buenos amigos.

—Lo dudo mucho —dijo Travis.

Me abrió la puerta y mantuvo una postura protectora hasta que llegamos a la puerta delantera.

—¡Cielo santo! —gritó America al ver las salpicaduras de sangre que cubrían la ropa de Travis.

—¿Están bien, chicos?

Ella me cogió de los hombros y me escrutó la cara.

—Estoy bien. Solo otro día duro en la oficina. Para los dos —dije, secándome los ojos.

Travis me cogió de la mano y corrimos al hotel con Shepley y America siguiéndonos de cerca. No mucha gente se fijó en la apariencia de Travis. Estaba cubierto de sangre, pero solo algunos visitantes parecían darse cuenta.

—¿Qué demonios ha pasado ahí dentro? —preguntó finalmente Shepley.

Travis se quedó en ropa interior y desapareció en el baño. Abrió la ducha y America me llevó una caja de pañuelos.

—Estoy bien, Mare.

Suspiró y volvió a ofrecerme la caja de pañuelos.

—No, no lo estás.

—Este no es mi primer rodeo con Benny —dije.

Notaba los músculos doloridos por veinticuatro horas de tensión inducida por el estrés.

—Es la primera vez que ves a Travis darle una paliza de muerte a alguien —dijo Shepley—. Yo lo vi una vez, y no es agradable.

—¿Qué ha pasado? —insistió America.

—Mick llamó a Benny. Me pasó su deuda a mí.

—¡Voy a matarlo! ¡Voy a matar a ese pedazo de hijo de puta! —gritó America.

—No pensaba hacerme responsable, pero quería dar una lección a Mick por enviar a su hija a pagar su deuda. Lanzó a dos de sus malditos perros contra nosotros y Travis se deshizo de ellos. De los dos. En menos de cinco minutos.

—¿Y Benny dejó que se fueran? —preguntó America.

Travis salió del baño con una toalla alrededor de la cintura; la única prueba de su pelea era una pequeña marca roja en la mejilla, debajo del ojo derecho.

—Uno de los tipos a los que dejé inconscientes tenía una pelea mañana por la noche. Lo sustituiré y, a cambio, Benny perdonará a Mick los cinco mil que le debe todavía.

America se puso de pie.

—¡Esto es ridículo! ¿Por qué estamos ayudando a Mick, Abby? Te ha echado a los leones. ¡Voy a matarlo!

—No, si yo lo mato primero —soltó Travis entre dientes.

—Fórmate en la cola —dije.

—Entonces, ¿vas a pelear mañana? —preguntó Shepley.

—En un sitio llamado Zero's. A las seis en punto. Contra Brock McMann, Shep.

Shepley sacudió la cabeza.

—Ni en broma. Carajo, ni en broma, Travis. ¡Ese tipo está loco!

—Sí —dijo Travis—, pero él no va a pelear por su chica, ¿verdad? —Travis me meció entre sus brazos y me besó en la cabeza—. ¿Estás bien, Paloma?

—Esto está mal. Está mal por muchísimos motivos. No sé por cuál empezar.

—¿No me has visto esta noche? Estaré bien. Ya he visto luchar a Brock antes. Es duro, pero no invencible.

—No quiero que hagas esto, Trav.

—Bueno, yo tampoco quiero que vayas a cenar con tu exnovio mañana por la noche. Supongo que los dos tendremos que pasar por el aro para salvar al inútil de tu padre.

Lo había visto antes. Las Vegas cambiaba a la gente: creaba monstruos y destrozaba a los hombres. Era fácil dejar que las luces y los sueños robados se mezclaran con tu sangre. Había visto la mirada llena de energía e invencible de Travis muchas veces mientras crecía, y la única cura era un avión de vuelta a casa.

Jesse frunció el entrecejo cuando volví a mirar el reloj.

—¿Tienes que estar en algún otro sitio, Cookie? —preguntó Jesse.

—Por favor, deja de llamarme así, Jesse. Lo detesto.

—Yo también detesté que te fueras. Pero eso no te lo impidió.

—Esta conversación está más que agotada. Cenemos y ya está, ¿sale?

—Sale, hablemos de tu nuevo novio. ¿Cómo se llama? ¿Travis? —Asentí—. ¿Qué haces con ese psicópata tatuado? Parece que lo han echado de la familia Manson.

—Sé bueno, Jesse, o me largo de aquí.

—No me hago a la idea de lo mucho que has cambiado. No puedo creerme que estés aquí sentada delante de mí.

Puse los ojos en blanco.

—Pues ya va siendo hora.

—Ahí está —dijo Jesse—, la chica que recuerdo.

Consulté la hora en mi reloj.

—La pelea de Travis es dentro de veinticinco minutos. Será mejor que me vaya.

—Todavía tienen que traernos el postre.

—No puedo, Jess. No quiero que se preocupe por si voy a aparecer. Es importante.

Dejó caer los hombros.

—Lo sé. Añoro los días en los que yo era importante.

Apoyé mi mano sobre la suya.

—Éramos solo unos niños. Ha pasado toda una vida.

—¿Cuándo crecimos? Tu presencia aquí es una señal, Abby. Pensaba que no volvería a verte y ahora te tengo sentada aquí delante. Quédate conmigo.

Lentamente, dije que no con la cabeza, vacilante, porque sabía que iba a herir a mi amigo más antiguo.

—Lo amo, Jess.

Su decepción oscureció la ligera sonrisa de su cara.

—Entonces será mejor que te vayas.

Lo besé en la mejilla y salí volando del restaurante a coger un taxi.

—¿Adónde vamos? —preguntó el conductor.

—A Zero's.

El conductor se volvió para mirarme y me echó un buen vistazo.

—¿Está segura?

—Desde luego. ¡Vamos! —dije, lanzando dinero sobre el asiento.

Capítulo 16

CASA

Travis finalmente se abrió paso entre la multitud junto a Benny, que lo cogía por el hombro y le susurraba algo al oído. Travis asintió y le respondió. Se me heló la sangre al verlo tratar tan amigablemente al hombre que nos había amenazado hacía menos de veinticuatro horas. Travis se deleitaba con los aplausos y las felicitaciones por su triunfo, mientras la multitud rugía. Caminaba muy recto, su sonrisa era más amplia, y, cuando llegó hasta mí, me dio un fugaz beso en la boca.

Noté el sabor salado del sudor mezclado con el metálico de la sangre en los labios. Había ganado la pelea, pero no sin recibir unas cuantas heridas de batalla.

—¿Qué pasó? —pregunté, mientras observaba a Benny reírse con su séquito.

—Te lo contaré más tarde. Tenemos mucho de que hablar —dijo con una gran sonrisa.

Un hombre dio unas palmaditas a Travis en la espalda.

—Gracias —dijo Travis, volviéndose hacia él y estrechándole la mano que le alargaba.

—Espero impaciente volver a verte pelear, hijo —dijo el hombre, mientras le entregaba una botella de cerveza—. Eso ha sido increíble.

—Vamos, Paloma.

Dio un trago a su cerveza, hizo unas gárgaras y entonces la escupió: el líquido ámbar del suelo estaba mezclado con sangre. Se abrió paso zigzagueando entre la muchedumbre y respiró hondo cuando conseguimos llegar al exterior. Me dio un beso y me llevó por el Strip con paso rápido y decidido.

En el ascensor de nuestro hotel, me empujó contra la pared de espejo, me cogió la pierna y me la levantó en un movimiento rápido contra su cadera. Aplastó la boca contra la mía, y sentí que la mano que tenía debajo de mi rodilla se deslizaba por el muslo y me subía la falda.

—Travis, allí hay una cámara —dije contra sus labios.

—Me importa una mierda. —Se rio—. Estoy de celebración.

Lo aparté de un empujón.

—Podemos celebrarlo en la habitación —dije, mientras me secaba la boca y me miraba la mano, donde descubrí vetas de color carmesí.

—¿Qué problema tienes, Paloma? Tú has ganado, yo he ganado, hemos pagado la deuda de Mick y acaban de hacerme la oferta de mi vida.

El ascensor se abrió y yo me quedé en el sitio mientras Travis salía al pasillo.

—¿Qué tipo de oferta? —pregunté.

Travis me tendió la mano, pero yo la ignoré. Fruncí los ojos, sabiendo de antemano lo que me iba a decir.

Suspiró.

—Ya te lo he dicho, lo discutiremos después.

—Hablémoslo ahora.

Se inclinó hacia delante, me cogió por la muñeca para sacarme al pasillo y me levantó del suelo en sus brazos.

—Voy a conseguir dinero suficiente para d
Mick te quitó, para pagar el resto de tu educació
comprarte un coche nuevo —dijo él, metiend
jeta en la ranura de la puerta.

Abrió la puerta y me dejó en el suelo.

—¡Y eso es solo el principio!

—¿Y cómo piensas hacerlo exactamente?

Sentía una opresión en el pecho y empezaron a temblarme las manos.

Me cogió la cara entre las manos, fuera de sí.

—Benny va a dejar que pelee aquí, en Las Vegas. Un millón por cada pelea, Paloma. ¡Un millón por cada pelea!

Cerré los ojos y sacudí la cabeza, tratando de abstraerme de la emoción de su mirada.

—¿Qué le has dicho a Benny? —Travis me levantó la barbilla y abrí los ojos, temiendo que ya hubiera firmado un contrato.

Se rio.

—Le he dicho que lo pensaría.

Pude volver a respirar.

—Oh, gracias a Dios. No vuelvas a darme un susto así, Trav. Pensaba que lo decías en serio.

Travis torció el gesto y se puso firme antes de hablar.

—Y lo digo en serio, Paloma. Le he dicho que tenía que hablarlo contigo primero, pero pensaba que te alegrarías. Está planeando organizar una pelea al mes. ¿Tienes idea de cuánto dinero es eso? ¡Dinero contante y sonante!

—Sé sumar, Travis. También sé mantener la mente fría cuando estoy en Las Vegas, cosa que, obviamente, tú no sabes hacer. Tengo que sacarte de aquí antes de que hagas algo estúpido.

Me dirigí al armario y arranqué nuestra ropa de las perchas para meterlas furiosa en las maletas.

Travis me cogió los brazos suavemente y me hizo dar media vuelta.

—Puedo hacerlo. Puedo pelear para Benny durante un año y, entonces, tendremos dinero para mucho, mucho tiempo.

—¿Qué vas a hacer? ¿Dejar la universidad y mudarte aquí?

—Benny se encargará de los vuelos y se adaptará a mi horario.

Solté una carcajada, incrédula.

—¡Cómo puedes ser tan crédulo, Travis! Cuando Benny te tiene en nómina, no te limitas a pelear una vez al mes. ¿Te has olvidado de Dane? ¡Acabarás siendo uno de sus matones!

Negó con la cabeza.

—Ya hemos discutido eso, Paloma. Solo quiere que pelee.

—¿Y tú te lo crees? ¿Sabes que por aquí lo llaman Benny Lengualarga?

—Quería comprarte un coche, Paloma. Uno bonito. Y pagaremos nuestras carreras por completo.

—¿Ah sí? ¿Ahora la mafia da becas de estudios?

Travis apretó las mandíbulas. Le irritaba tener que convencerme.

—Esto es bueno para nosotros. Puedo guardarlo hasta que tengamos que comprarnos una casa. No puedo conseguir tanto dinero en ninguna otra parte.

—¿Y qué hay de tu licenciatura en Derecho Penal? Te aseguro que verás bastante a tus antiguos compañeros de clase si trabajas para Benny.

—Nena, comprendo tus reservas, de verdad que sí. Pero voy a ser listo. Lo haré durante un año y después lo dejaré y haremos lo que queramos.

—No puedes dejar a Benny sin más, Trav. Él es el único que te dice cuándo se ha acabado. No tienes ni idea de cómo es tratar con él. ¡No puedo creerme que tan siquiera lo estés considerando! ¿De verdad que vas a sopesar trabajar para un hombre que nos habría pegado una tremenda paliza a los dos ayer por la noche si no se lo hubieras impedido?

—Exactamente, se lo impedí.

—Trataste con dos de sus pesos ligeros, Travis. ¿Qué vas a hacer si aparece con una docena? ¿Qué harás si viene por mí, después de alguna de tus peleas?

—No tendría ningún sentido que hiciera eso. Le haré ganar montones de dinero.

—En el momento en que decidas que no vas a hacerlo nunca más, serás prescindible. Así trabaja esta gente.

Travis se alejó de mí para mirar por la ventana; las luces que parpadeaban daban color a sus rasgos en conflicto. Había tomado su decisión incluso antes de ir a contármela.

—Todo irá bien, Paloma. Me aseguraré de que así sea. Y, entonces, podremos asentarnos.

Sacudí la cabeza y me di la vuelta para seguir metiendo nuestra ropa en las maletas. Cuando aterrizáramos en la pista, en casa, volvería a ser él mismo de nuevo. Las Vegas hacía que la gente se comportara de forma extraña, y no podía razonar con él mientras estuviera embriagado por el flujo de dinero y whisky.

Me negué a seguir discutiéndolo hasta que llegamos al avión, temerosa de que Travis me dejara irme sin él. Me abroché el cinturón del asiento y apreté los dientes al ver cómo miraba melancólico por la ventana mientras ascendíamos por el cielo nocturno. Ya añoraba la perversión y las tentaciones sin límites que una ciudad como Las Vegas ofrecía.

—Es mucho dinero, Paloma.

—No.

Sacudió la cabeza hacia mí.

—Es mi decisión. Me parece que no estás considerando todos los aspectos.

—Pues a mí me parece que tú has perdido la cabeza.

—¿Ni siquiera piensas considerarlo?

—No, y tampoco tú. No vas a trabajar para un criminal asesino en Las Vegas, Travis. Es completamente ridículo que pensaras que podría considerarlo.

Travis suspiró y miró por la ventana.

—Mi primera pelea es dentro de tres semanas.

Me quedé boquiabierta.

—¿Ya has aceptado?

Parpadeó.

—Todavía no.

—¿Pero piensas hacerlo?

Sonrió.

—Se te pasará el enfado cuando te compre un Lexus.

—No quiero un Lexus —dije entre dientes.

—Podrás elegir el que quieras, nena. Imagínate cómo será entrar en el concesionario que decidas y, simplemente, escoger tu color favorito.

—No haces esto por mí. Deja de fingir que sí.

Se inclinó hacia mí y me besó el pelo.

—No, lo hago por nosotros. Pero ahora no ves lo genial que va a ser.

Sentí un escalofrío en el pecho que me recorrió la columna vertebral hasta llegar a las piernas. No entraría en razón hasta que llegáramos al apartamento, y me aterraba que Benny le hubiera hecho una oferta que no pudiera rechazar. Procuré librarme de mis miedos; tenía que creer que Travis me amaba lo suficiente para olvidarse del dinero y de las falsas promesas de Benny.

—¿Paloma? ¿Sabes cocinar un pavo?

—¿Un pavo?

El repentino cambio de conversación me había agarrado desprevenida. Él me estrechó la mano.

—Bueno, se acerca Acción de Gracias, y ya sabes que mi padre te adora. Quiere que vengas a casa ese día, pero siempre acabamos pidiendo pizza y viendo el partido. Así que había pensado que tú y yo podríamos intentar cocinar un pavo juntos. Ya sabes, para disfrutar del menú típico por una vez en casa de los Maddox.

Apreté los labios para intentar no reírme.

—Solo tienes que descongelar el pavo, ponerlo en una fuente y asarlo en el horno durante todo un día. No tiene mucha ciencia.

—¿Entonces vendrás? ¿Me ayudarás?

Me encogí de hombros.

—Claro.

Travis había dejado de pensar en las embriagadoras luces que sobrevolábamos, así que me permití albergar la esperanza de que llegara a ver lo mucho que se equivocaba con Benny después de todo.

Travis soltó nuestras maletas sobre la cama y yo me dejé caer junto a ellas. No había sacado el tema de Benny, y esperaba que su sangre empezara a limpiarse de Las Vegas. Tuve que bañar a *Toto*, porque apestaba a humo y calcetines sucios después de pasarse todo el fin de semana en el apartamento de Brazil, y lo sequé con la toalla en el dormitorio.

—¡Vaya! ¡Ahora hueles mucho mejor! —dije entre risas mientras él se sacudía, rociándome con gotitas de agua.

Se levantó sobre las patas traseras y me cubrió la cara de besitos de cachorro.

—Yo también te he echado de menos, pequeñín.

—¿Paloma? —preguntó Travis, entrelazando los dedos nervioso.

—¿Sí? —dije, mientras seguía frotando a *Toto* con la suave toalla amarilla.

—Quiero hacerlo. Quiero pelear en Las Vegas.

—No —dije, sonriendo ante la cara feliz de *Toto*.

Él suspiró.

—No me estás escuchando. Voy a hacerlo. Dentro de unos meses verás que era la decisión correcta.

Levanté la mirada hacia él.

—Vas a trabajar para Benny.

Asintió nervioso y, entonces, sonrió.

—Solo quiero cuidarte, Paloma.

Mis ojos se inundaron de lágrimas al saber que estaba decidido.

—No quiero nada que hayas comprado con ese dinero, Travis. Ni quiero tener nada que ver ni con Benny ni con Las Vegas, ni con ninguna otra cosa relacionada con ellos.

—Pues la idea de comprar un coche con el dinero ganado con mis peleas aquí no te planteaba ningún problema.

—Eso es diferente y lo sabes.

Frunció el ceño.

—Todo irá bien, Paloma. Ya lo verás.

Por un momento, me quedé esperando reconocer algún destello de burla en sus ojos, esperando que me dijera que bromeaba. Sin embargo, lo único que veía era inseguridad y codicia.

—¿Por qué te has molestado en preguntármelo, Travis? Ibas a trabajar para Benny dijera yo lo que dijera.

—Quiero tu apoyo en esto, pero es demasiado dinero para rechazarlo. Sería una locura decir que no.

Tuve que sentarme un momento, estupefacta. Cuando conseguí asimilarlo, asentí.

—Está bien. Has tomado tu decisión.

La cara de Travis se iluminó.

—Ya verás, Paloma. Será genial. —Saltó de la cama, vino hasta mí y me besó en los dedos—. Me muero de hambre, ¿y tú?

Dije que no con la cabeza y me besó en la frente antes de dirigirse a la cocina. Una vez que sus pasos se alejaron del pasillo, cogí mi ropa de las perchas, dando gracias por tener sitio en mi maleta para la mayoría de mis pertenencias. Lágrimas de rabia me resbalaban por las mejillas. Nunca debería haber llevado a Travis a ese lugar. Había luchado con uñas y dientes por mantenerlo alejado de los aspectos oscuros de mi vida y, en cuanto la oportunidad se había presentado, lo había arrastrado hasta el centro mismo de todo lo que odiaba sin pensármelo dos veces.

Travis iba a ser parte de aquello y, si no me dejaba salvarlo, tendría que salvarme a mí misma.

Llené la maleta hasta el límite y cerré la cremallera metiendo las cosas que sobresalían. La bajé de la cama y la arrastré por el pasillo, sin mirarlo cuando pasé por la cocina. Me apresuré a bajar las escaleras, aliviada al comprobar que America y Shepley seguían besándose y riéndose en el estacionamiento, mientras pasaban el equipaje de ella del Charger al Honda.

—¿Paloma? —me llamó Travis desde el umbral del apartamento.

Toqué a America en la muñeca.

—Necesito que me lleves a Morgan, Mare.

—¿Qué ocurre? —dijo ella, al darse cuenta de la gravedad de la situación por mi expresión.

Miré detrás de mí y vi a Travis bajando corriendo las escaleras y cruzando el césped hasta donde estábamos nosotras.

—¿Qué estás haciendo? —dijo él, señalando mi maleta.

Si se lo hubiera dicho en ese momento, habría perdido toda mi esperanza de separarme de Mick, de Las Vegas, de Benny y de todo lo que no quería en mi vida. Travis no me dejaría ir y por la mañana me habría convencido de aceptar su decisión.

Me rasqué la cabeza y sonreí, intentando conseguir algo de tiempo para pensar en una excusa.

—¿Paloma?

—Me llevo mis cosas a Morgan. Allí hay muchas lavadoras y secadoras, y tengo una cantidad escandalosa de ropa para lavar.

Frunció el ceño.

—¿Te ibas sin decírmelo?

Miré a America y después a Travis, mientras buscaba la mentira más creíble.

—Iba a volver, Trav. Estás hecho un maldito paranoico —dijo America con la sonrisa desdeñosa que había usado para engañar a sus padres muchas veces.

—Oh —dijo él, todavía inseguro—. ¿Te quedas aquí esta noche? —me preguntó, pellizcándome la tela del abrigo.

—No lo sé. Supongo que depende de cuándo acabe de lavar.

Travis sonrió y me acercó a él.

—Dentro de tres semanas, pagaré a alguien para que te lave. O puedes tirar la ropa sucia y comprarte nueva.

—¿Vas a volver a luchar para Benny otra vez? —preguntó America, sin salir de su asombro.

—Me ha hecho una oferta que no podía rechazar.

—Travis —empezó a decir Shepley.

—Chicos, no me jodan. Si Paloma no me ha hecho cambiar de opinión, ustedes no lo conseguirán.

America me miró a los ojos y comprendió lo que pasaba.

—Bueno, será mejor que te llevemos, Abby. Vas a tardar un montón en lavar esa pila de ropa.

Asentí y Travis se inclinó para besarme. Lo acerqué más, sabiendo que esa sería la última vez que sentiría sus labios contra los míos.

—Nos vemos después —dijo él—. Te quiero.

Shepley metió mi maleta en el Honda, y America se sentó al volante, a mi lado. Travis cruzó los brazos sobre el pecho, charlando con Shepley mientras America encendía el motor.

—No puedes quedarte en tu habitación esta noche, Abby. Irá a buscarte allí directamente en cuanto averigüe lo que ocurre —dijo America mientras salía marcha atrás lentamente del estacionamiento.

Los ojos se me llenaron de lágrimas que rodaron por mis mejillas.

—Lo sé.

La expresión alegre de Travis cambió al ver la mirada de mi cara. No tardó un momento en correr hacia mi ventanilla.

—¿Qué te pasa, Paloma? —dijo él, golpeando el cristal.

—Vamos, Mare —dije, secándome los ojos.

Centré la vista en la carretera que teníamos delante, mientras Travis corría junto al coche.

—¿Paloma? ¡America! ¡Para el jodido coche! —gritó, golpeando el cristal una y otra vez con la palma de la mano—. ¡Abby, no lo hagas! —dijo, con la expresión de su cara deformada por la conciencia de los hechos y el miedo.

America cogió la carretera principal y pisó fuerte el acelerador.

—Este asunto no me va a dejar tranquila, solo para que lo sepas.

Echó un vistazo por el espejo retrovisor y pateó el suelo del coche.

—Cielos, es Travis —murmuró sin aliento.

Me volví y lo vi correr a toda velocidad detrás de nosotras, desapareciendo y reapareciendo entre las luces y las sombras de las farolas de la calle. Cuando llegó al final del bloque, se dio media vuelta y corrió hacia el apartamento.

—Va por su moto. Nos seguirá a Morgan y montará una escena.

Cerré los ojos.

—Tú solo... corre. Dormiré en tu habitación esta noche. ¿Crees que a Vanessa le importará?

—Nunca está. ¿De verdad piensa trabajar para Benny?

Se me había atragantado la respuesta en la garganta, así que simplemente asentí. America me cogió la mano y me la apretó.

—Has tomado la decisión correcta, Abby. No puedes pasar por todo eso otra vez. Si no te escucha a ti, no escuchará a nadie.

Mi celular sonó. Lo miré y vi a Travis haciendo una mueca. Le di a ignorar. Menos de cinco segundos después, volvió a sonar. Lo apagué y lo guardé en el bolso.

—Montar una escena horrible —dije, mientras sacudía la cabeza y me secaba los ojos.

—No envidio los próximos días que te esperan. No me puedo imaginar romper con alguien que se niegue a mantenerse a distancia. Porque sabes que será así, ¿no?

Nos detuvimos en el estacionamiento de Morgan. America sujetó la puerta mientras yo metía mi maleta, corrimos a su habitación y resoplé, esperando a que abriera la puerta. La mantuvo abierta y me lanzó la llave.

—Acabará haciendo que lo arresten o algo así —dijo ella.

Se marchó por el pasillo y la observé corriendo por el estacionamiento desde la ventana. Se metió en el coche, justo cuando Travis detuvo su moto a su lado. Corrió hasta el asiento del copiloto y abrió la puerta de un tirón. Cuando vio que no estaba en el coche, se volvió a mirar las puertas de Morgan. America dio marcha atrás mientras Travis corría hacia el edificio, y yo me volví a mirar la puerta.

En el pasillo, Travis golpeaba la puerta de mi habitación, llamándome sin parar. No tenía ni idea de si Kara estaba allí, pero me sentí fatal por lo que tendría que soportar durante los siguientes minutos hasta que Travis aceptara que no me encontraba en mi habitación.

—¿Paloma? ¡Abre la jodida puerta, maldita sea! ¡No pienso irme sin hablar contigo! ¡Paloma! —gritó él, golpeando la puerta tan fuerte que todo el edificio podría oírlo.

Me estremecí cuando oí la voz de Kara.

—¿Qué? —gruñó ella.

Pegué la oreja a la puerta y me esforcé por comprender lo que Travis murmuraba en voz baja. No tuve que hacerlo durante mucho tiempo.

—Sé que está aquí —gritó él—. ¿Paloma?

—Te digo que no está... ¡Eh! —gritó Kara.

La puerta crujió contra la pared de cemento de nuestra habitación y supe que Travis había entrado a la fuerza. Después de un minuto de completo silencio, oí a Travis gritar en el pasillo.

—¡Paloma! ¿Dónde está?

—¡No la he visto! —gritó Kara, más enfadada de lo que la había oído nunca. Cerró la puerta de un golpe y unas náuseas repentinas me sobrevinieron mientras esperaba el siguiente movimiento de Travis.

Después de varios minutos de silencio, abrí una rendija de la puerta y eché un vistazo al pasillo. Travis estaba sentado con la espalda contra la pared y tapándose la cara con las manos. Cerré la puerta tan silenciosamente como pude, preocupada por que hubieran llamado a la policía del campus. Después de una hora, volví a echar un vistazo al pasillo. Travis no se había movido.

Lo comprobé dos veces más durante la noche y finalmente me quedé dormida alrededor de las cuatro. Dormí más de la cuenta a propósito, pues había planeado saltarme las clases ese día. Encendí mi teléfono para revisar mis mensajes y vi que Travis me había inundado la bandeja de entrada. Los inacabables mensajes de texto que me había enviado durante la noche variaban desde las disculpas a los ataques de ira.

Llamé a America por la tarde, con la esperanza de que Travis no le hubiera confiscado el celular. Cuando respondió, suspiré de alivio.

—Hola.

America hablaba en voz baja.

—No le he dicho a Shepley dónde estás. No quiero involucrarlo en todo esto. Ahora mismo, Travis está muy enojado conmigo. Probablemente me quedaré en Morgan esta noche.

—Si Travis no se ha calmado..., necesitarás mucha suerte para pegar ojo aquí. Ayer por la noche, en el pasillo, montó una escena digna de un Oscar. Me sorprende que no llamara nadie a la policía.

—Hoy lo han echado de clase de Historia. Cuando no apareciste, tiró de una patada sus mesas. Shep ha oído que te esperó al final de todas tus clases. Está perdiendo la cabeza, Abby. Le dije que lo suyo se había acabado en el mismo momento en que tomó la decisión de trabajar para Benny. No entiendo cómo pudo pensar ni por un momento que te parecería bien.

—Supongo que nos veremos cuando llegues aquí. No creo que pueda volver a mi habitación todavía.

America y yo fuimos compañeras de habitación durante toda la semana siguiente, y se aseguró de mantener a Shepley alejado para que no tuviera la tentación de avisar a Travis de mis movimientos. Evitar encontrarme con él era un trabajo a tiempo completo. Evité la cafetería a toda costa, la clase de Historia y tomé la precaución de salir de clase antes. Sabía que tendría que hablar con Travis en algún momento, pero no podía hacerlo hasta que se hubiera calmado lo suficiente para aceptar mi decisión.

El viernes por la noche, me quedé a solas, tumbada en la cama y con el teléfono pegado a la oreja. Puse los ojos en blanco cuando me gruñó el estómago.

—Puedo recogerte y llevarte a algún sitio para cenar —dijo America.

Pasé las páginas de mi libro de historia, saltándome aquellas en cuyos márgenes Travis había garabateado notas de amor.

—No, es tu primera noche con Shep en casi una semana, Mare. Simplemente, pasaré un momento por la cafetería.

—¿Estás segura?

—Sí, saluda a Shep de mi parte.

Caminé lentamente hacia la cafetería, sin prisa por sufrir las miradas de quienes ocupaban las mesas. Todo el campus hervía con la ruptura, y el comportamiento volátil de Travis no ayudaba.

Justo cuando aparecieron ante mí las luces de la cafetería, vi que se acercaba una figura oscura.

—¿Paloma?

Me sobresalté y me detuve en seco. Travis salió a la luz, sin afeitar y pálido.

—¡Cielo santo, Travis! ¡Me has dado un susto de muerte!

—Si contestaras al teléfono cuando te llamo, no tendría que acechar en la oscuridad.

—Tienes un aspecto infernal —dije.

—He bajado por allí una o dos veces esta semana.

Apreté los brazos a mi alrededor.

—Lo cierto es que iba a buscar algo de comer. Te llamo luego, ¿sale?

—No. Tenemos que hablar.

—Trav...

—He rechazado la oferta de Benny. Lo llamé el miércoles y le dije que no.

Había un destello de esperanza en sus ojos, pero desapareció al ver mi expresión.

—No sé qué quieres que diga, Travis.

—Dime que me perdonas. Dime que volverás a salir conmigo.

Apreté los dientes y me prohibí llorar.

—No puedo.

La cara de Travis se arrugó en una mueca. Aproveché la oportunidad para rodearlo, pero él dio un paso a un lado para interponerse en mi camino.

—No he dormido, ni comido..., no puedo concentrarme. Sé que me quieres. Todo será como solía ser..., solo tienes que perdonarme.

Cerré los ojos.

—Somos una pareja disfuncional, Travis. Creo que estás obsesionado con la idea de poseerme más que con cualquier otra cosa.

—Eso no es cierto. Te quiero más que a mi vida, Paloma —dijo él, herido.

—A eso me refiero exactamente. Es una locura.

—No es ninguna locura. Es la pura verdad.

—Bien..., entonces, ¿en qué orden te importan las cosas exactamente? ¿El dinero, yo, tu vida...? ¿O hay algo que te importa más que el dinero?

—Me doy cuenta de lo que he hecho, ¿vale? Entiendo por qué piensas eso, pero, si hubiera sabido que te ibas a marchar, nunca habría... Solo quería cuidar de ti.

—Eso ya lo dijiste.

—Por favor, no hagas esto. No puedo soportar sentirme así... Me..., me está matando —dijo él, exhalando como si lo hubieran obligado a soltar el aire.

—Se acabó, Travis.

Él parpadeó.

—No digas eso.

—Se acabó. Vete a casa.

—Enarcó las cejas.

—Tú eres mi casa.

Sus palabras se clavaron en mí como cuchillos, y noté una opresión tan fuerte en el pecho que me costaba respirar.

—Tú tomaste tu decisión, Trav. Y yo, ahora, he tomado la mía —dije, maldiciendo para mis adentros el temblor de mi voz.

—No me voy a acercar ni a Las Vegas, ni a Benny... Acabaré la universidad. Pero te necesito. Eres mi mejor amiga.

Su voz sonaba desesperada y rota, lo que encajaba con su expresión.

En la penumbra, podía ver que una lágrima le caía del ojo, y al momento siguiente se acercó a mí, y estaba entre sus brazos, con sus labios sobre los míos. Me apretó contra su pecho con fuerza mientras me besaba, y después me cogió la cara entre sus manos, apretando sus labios contra mi boca, desesperado por conseguir una reacción.

—Bésame —susurró él, con su boca contra la mía.

Mantuve los ojos y la boca cerrados, relajada en sus brazos. Necesité hacer acopio de todas mis fuerzas para no mover la boca con la suya, después de haber anhelado sus labios durante toda la semana.

—¡Bésame! —me suplicó—. ¡Por favor, Paloma! ¡Le dije que no!

Cuando sentí el calor de las lágrimas surcándome la cara fría, lo aparté de un empujón.

—¡Déjame en paz, Travis!

Solo me había alejado unos metros cuando me cogió por la muñeca. Dejé el brazo recto y muy estirado detrás de mí. No me volví.

—Te lo estoy suplicando.

Se puso de rodillas bajándome el brazo y tirando de él.

—Te lo ruego, Abby. No hagas esto.

Me volví y vi su expresión agónica, y después mis ojos bajaron desde mis brazo hasta el suyo, en cuya muñeca doblada estaba escrito mi nombre en gruesas letras negras. Desvié la mirada hacia la cafetería. Me había demostrado lo que había temido desde el principio. Por mucho que me quisiera, cuando hubiera dinero de por medio, siempre sería la segunda. Igual que con Mick.

Si cedía, o bien cambiaría su opinión sobre Benny, o bien alimentaría un rencor hacia mí que crecería cada vez que el dinero pudiera haberle facilitado la vida. Lo imaginé con un trabajo de oficina, volviendo a casa con la misma mirada en sus ojos que tenía Mick cuando regresaba después de una noche de mala suerte. Sería culpa mía que su vida no fuera lo que él deseaba, así que no podía permitir que mi futuro estuviera lleno de la amargura y el rencor que había dejado atrás.

—Suéltame, Travis.

Después de varios momentos, finalmente me soltó el brazo. Corrí a la puerta de cristal y la abrí de un tirón sin volverme a mirar atrás. Todos los que estaban allí dentro se quedaron observándome mientras yo caminaba hacia el bufé, y justo cuando llegué a mi destino la gente inclinó la cabeza para mirar por las ventanas al exterior, donde Travis estaba de rodillas, con las palmas planas sobre el suelo.

Verlo tirado así en el pavimento hizo que las lágrimas que había estado reprimiendo empezaran a brotar y a caerme por la cara. Pasé junto a los montones de platos y bandejas, y corrí por el pasillo hasta llegar a los baños. Ya era suficientemente malo que todo el mundo hubiera visto la escena entre Travis y yo. No podía permitir que me vieran llorar.

Me quedé encogida en uno de los lavabos, sollozando de modo incontrolable hasta que oí unos ligeros golpes en la puerta.

—¿Abby?

Me sorbí las lágrimas.

—¿Qué haces aquí, Finch? Estás en el baño de chicas.

—Kara te vio entrar y vino a buscarme a mi habitación. Déjame entrar —dijo con voz suave.

Sacudí la cabeza. Sabía que no podía verme así, pero no podía decir otra palabra. Le oí suspirar y, después, el golpeteo de sus manos sobre el suelo, mientras se arrastraba por debajo de la puerta.

—No puedo creer que me obligues a hacer esto —dijo él, impulsándose con las manos—. Te arrepentirás de no haber abierto la puerta porque acabo de reptar por un suelo cubierto de pis y te voy a dar un abrazo.

Solté una carcajada y entonces mi cara se comprimió en una sonrisa, mientras Finch me estrechaba entre sus brazos. Saqué las rodillas de debajo de mí. Finch, con cuidado, me bajó al suelo e hizo que me apoyara en su regazo.

—Ssshh —dijo él, meciéndome en sus brazos. Suspiró y sacudió la cabeza—. Maldita sea, chica. ¿Qué vamos a hacer contigo?

Capítulo 17

NADA QUE AGRADECER

Me entretenía dibujando en mi cuaderno cuadrados dentro de cuadrados y uniéndolos entre sí para formar rudimentarios cubos en tres dimensiones. Diez minutos antes de que la clase empezara, el aula todavía estaba vacía. La vida empezaba a volver a ser normal, pero todavía necesitaba unos minutos para mentalizarme antes de estar con alguien que no fuera Finch o America.

—Aunque ya no salgamos, puedes seguir llevando la pulsera que te compré —dijo Parker mientras se sentaba en la mesa al lado de la mía.

—Pensaba preguntarte si querías que te la devolviera.

Sonrió y se acercó para añadir un lazo encima de una de las cajas dibujadas en el papel.

—Fue un regalo, Abs. No hago regalos con condiciones.

La doctora Ballard encendió el retroproyector mientras ocupaba el asiento en la cabecera de la clase y se puso a buscar entre los papeles de su mesa abarrotada de cosas. De repente, el aula se inundó del bullicio de los alumnos, que resonaba contra las grandes ventanas, salpicadas por la lluvia.

—He oído que Travis y tú rompieron hace un par de semanas. —Parker levantó una mano al ver mi expresión de impaciencia—. Sé que no es asunto mío, pero parecías tan triste que quería decirte que lo siento.

—Gracias —murmuré, mientras abría mi cuaderno por una página en blanco.

—Y también quería disculparme por mi comportamiento anterior. Lo que dije fue... maleducado. Pero estaba enfadado y lo pagué contigo. No fue justo, y lo siento.

—No estoy interesada en salir contigo, Parker —le avisé.

Él se rio.

—No intento aprovecharme de la situación. Seguimos siendo amigos y quiero asegurarme de que estás bien.

—Estoy bien.

—¿Te vas a casa para las vacaciones de Acción de Gracias?

—Me voy a casa de America. Normalmente celebro allí estas fiestas.

Parker empezó a hablar, pero justo entonces la doctora Ballard inició la clase. El tema de Acción de Gracias me hizo pensar en mis anteriores planes de ayudar a Travis a preparar un pavo. Intenté imaginarme cómo habría sido, y me descubrí a mí misma preocupada por que volvieran a pedir una pizza. Me embargó un sentimiento de tristeza, que instantáneamente aparté de mi cabeza. Hice todo lo que pude para concentrarme en cada palabra de la doctora Ballard.

Después de clase, me puse colorada al ver que Travis venía corriendo hacia mí desde el estacionamiento. Se había afeitado, llevaba una sudadera con capucha y su gorra de béisbol favorita; mantenía la cabeza agachada para protegerse de la lluvia.

—Nos vemos después de las vacaciones, Abs —dijo Parker, tocándome la espalda.

Esperaba que Travis me lanzara una mirada de enfado, pero no pareció fijarse en Parker.

—Hola, Paloma.

Le respondí con una sonrisa incómoda, y él metió las manos en el bolsillo delantero de su sudadera.

—Shepley me ha dicho que te vas con él y con Mare a Wichita mañana.

—Sí.

—¿Vas a pasar todas las vacaciones en casa de America?

Me encogí de hombros intentando parecer relajada.

—Tengo muy buena relación con sus padres.

—¿Y qué hay de tu madre?

—Es una borracha, Travis. Ni siquiera se enterará de que es Acción de Gracias.

De repente se puso nervioso, y sentí una punzada en el estómago ante la posibilidad de una segunda ruptura pública. Un trueno resonó sobre nosotros y Travis levantó la mirada, entrecerrando los ojos por las grandes gotas que le caían en la cara.

—Necesito pedirte un favor —dijo él—. Ven aquí.

Me llevó debajo de la marquesina más cercana y yo accedí para intentar evitar otra escena.

—¿Qué tipo de favor? —pregunté, suspicaz.

—Bueno, verás... —Cambió el peso de su cuerpo de un pie a otro—. Mi padre y los chicos siguen esperándote el jueves.

—¡Travis!

Bajó la mirada a los pies.

—Dijiste que vendrías.

—Lo sé, pero... ahora es un poco inapropiado, ¿no te parece?

Él no pareció inmutarse.

—Pero dijiste que vendrías.

—Aún estábamos juntos cuando acepté ir a tu casa. Sabías muy bien que los planes se habían cancelado.

—No, no lo sabía, y ya es demasiado tarde de todos modos. Thomas va a coger un avión hacia acá y Tyler ha pedido el día libre en el trabajo. Todo el mundo tiene muchas ganas de verte.

Me encogí, mientras retorcía los mechones húmedos de mi pelo alrededor del dedo.

—Iban a venir de todos modos, ¿no?

—No todo el mundo. No hemos pasado el día de Acción de Gracias todos juntos desde hace años. Han hecho un esfuerzo para venir porque les prometí una comida de verdad. Ninguna mujer ha entrado en la cocina desde que mamá murió y...

—Vaya, eso suena bastante machista.

Negó con la cabeza.

—Vamos, Paloma, ya sabes a qué me refiero. Todos queremos que vengas. Es lo único que intento decirte.

—No les has contado lo nuestro, ¿verdad?

Pronuncié esas palabras en el tono más acusador que pude. Él se agitó nervioso un momento y después sacudió la cabeza.

—Papá me preguntaría el motivo y no estoy preparado para explicárselo. No dejará de repetirme lo estúpido que soy. Vamos, Paloma.

—Tengo que meter el pavo en el horno a las seis de la mañana. Tenemos que irnos de aquí a las cinco...

—O podríamos quedarnos allí a dormir.

Levanté ambas cejas.

—¡Ni en sueños! Ya es bastante malo que tenga que mentir a tu familia y fingir que seguimos juntos.

—Actúas como si te estuviera pidiendo que te prendieras fuego.

—¡Deberías habérselo, dicho!

—Lo haré. Después de Acción de Gracias..., se lo contaré todo.

Suspiré mientras miraba a lo lejos.

—Si me prometes que esto no es ninguna artimaña para intentar que volvamos a estar juntos, lo haré.

Asintió.

—Te lo prometo.

Aunque intentó ocultarlo, pude ver un brillo en sus ojos. Apreté los labios para intentar no sonreír.

—Nos vemos a las cinco.

Travis se inclinó para darme un beso en la mejilla, y sus labios rozaron mi piel.

—Gracias, Paloma.

America y Shepley me esperaban en la puerta de la cafetería y entramos juntos. Cogí los cubiertos y la bandeja, y dejé caer sobre ella mi plato.

—¿Qué mosca te ha picado, Abby? —preguntó America.

—No puedo irme mañana con ustedes.

Shepley se quedó boquiabierto.

—¿Te vas a casa de los Maddox?

America me fulminó con la mirada.

—¿Que vas adónde?

Suspiré y metí mi identificación del campus en el cajero.

—Cuando estábamos en el avión de regreso, le prometí a Trav que iría.

—En su defensa —empezó a decir Shepley—, debo decir que no pensaba que acabarais rompiendo de verdad. Pensaba que volverían. Cuando se dio cuenta de que ibas en serio, ya era demasiado tarde.

—Eso son tonterías, Shep, y lo sabes —dijo America entre dientes—. No tienes que ir si no quieres, Abby.

Tenía razón. No podía decirse que no tuviera opción, pero era incapaz de hacerle eso a Travis. Aunque lo odiara, cosa que no ocurría.

—Si no voy, tendrá que explicarles por qué no he aparecido y no quiero arruinarle su día de Acción de Gracias. Todos van a acudir a casa pensando que yo voy a estar.

Shepley sonrió.

—Les has robado el corazón a todos; precisamente, Jim estuvo hablando con mi padre de ti el otro día.

—Genial —murmuré.

—Abby tiene razón —dijo Shepley—. Si no va, Jim se pasará el día criticando a Trav. No tiene sentido arruinarles el día.

America me pasó su brazo por los hombros.

—Todavía puedes venir con nosotros. Ya no estás con él. Ya no tienes por qué sacarlo de apuros.

—Lo sé, Mare, pero es lo correcto.

El sol se ocultó tras los edificios que veía por mi ventana, mientras yo me peinaba de pie ante el espejo e intentaba decidir cómo fingir que seguía con Travis.

—Solo es un día, Abby. Puedes arreglártelas un día —dije al espejo.

Fingir nunca había sido un problema para mí; lo que me preocupaba era qué pasaría mientras duraba nuestra actuación. Cuando Travis me dejara en casa después de la cena, tendría que tomar una decisión. Una decisión distorsionada por la falsa felicidad que íbamos a representar para su familia.

Toc, toc.

Me giré y miré hacia la puerta. Kara no había vuelto a nuestra habitación en toda la noche y sabía que America y Shepley ya se habían marchado. No tenía ni idea de quién podía ser. Dejé el cepillo en la mesa y abrí la puerta.

—Travis —dije con un suspiro.

—¿Estás lista?

Levanté una ceja.

—¿Lista para qué?

—Dijiste que te recogiera a las cinco.

Crucé los brazos delante del pecho.

—¡Me refería a las cinco de la mañana!

—Ah —dijo Travis, evidentemente decepcionado.

—Supongo que debería llamar a mi padre para decirle que al final no nos quedamos.

—¡Travis! —me lamenté.

—He traído el coche de Shep para no tener que llevar las cosas en la moto. Hay un dormitorio libre en el que podrías instalarte. Podemos ver una peli o...

—¡No voy a quedarme en casa de tu padre!

La tristeza se hizo evidente en su rostro.

—Vale..., supongo que..., que nos veremos por la mañana.

Dio un paso atrás y cerré la puerta, apoyándome en ella. Todas las emociones contenidas hervían en mi interior, y solté un suspiro de exasperación. Con la cara de decepción de Travis todavía fresca, abrí la puerta, salí y descubrí que iba andando lentamente por el pasillo mientras marcaba un número en su teléfono.

—Travis, espera. —Se dio media vuelta y la mirada de esperanza de sus ojos me hizo sentir un pinchazo de dolor en el pecho—. Dame un minuto para recoger unas cuantas cosas.

Una sonrisa de alivio y agradecimiento se extendió en su cara y me siguió hasta mi habitación; desde el umbral me observó guardar unas cuantas cosas en una bolsa.

—Te sigo queriendo, Paloma.

No levanté la mirada.

—No sigas. No hago esto por ti.

Contuvo un suspiro.

—Lo sé.

El viaje hasta casa de su padre transcurrió en silencio. Sentía el coche cargado de nervios, y me resultaba difícil sentarme sin moverme sobre los fríos asientos de cuero. Cuando llegamos, Trenton y Jim salieron al porche con una gran sonrisa. Travis sacó nuestro equipaje del coche y Jim le dio unas palmaditas en la espalda.

—Me alegro de verte, hijo.

Su sonrisa se ensanchó cuando me miró.

—Abby Abernathy, esperamos impacientes la cena de mañana. Ha pasado mucho tiempo desde que..., bueno, ha pasado mucho tiempo.

Asentí y seguí a Travis al interior de la casa. Jim se puso las manos sobre su prominente barriga y se rio.

—Os he puesto en la habitación de invitados, Trav. Supongo que no te apetecerá demasiado pelearte con los gemelos en tu habitación.

Miré a Travis. Era doloroso ver sus dificultades para expresarse.

—Abby..., bueno..., se..., se quedará en la habitación de invitados, y yo me iré a la mía.

Trenton puso una cara rara.

—¿Por qué? ¿No ha estado quedándose en tu apartamento?

—Últimamente no —precisó, en un intento desesperado por evitar decir la verdad.

Jim y Trenton intercambiaron una mirada.

—Llevamos años usando la habitación de Thomas como trastero, así que iba a dejarlo quedarse con tu habitación, pero supongo que puede dormir en el sofá —dijo Jim, echando un vistazo a los cojines desgastados y descoloridos del salón.

—No te preocupes, Jim. Solo intentábamos ser respetuosos —le dije, acariciándole el brazo.

Sus carcajadas resonaron por toda la casa, y me dio unas palmaditas en la mano.

—Ya has conocido a mis hijos, Abby. Deberías saber que es casi imposible ofenderme.

Travis señaló las escaleras con la cabeza y lo seguí. Abrió una puerta y dejó nuestras bolsas en el suelo, mientras miraba la cama y luego a mí.

La habitación estaba forrada con paneles marrones, y la alfombra marrón estaba más desgastada de lo aconsejable. Las paredes eran de un blanco sucio, y había algunos desconchones. Solo vi un cuadro en la pared: era una foto enmarcada de Jim y la madre de Travis. El fondo era del color azul habitual en los retratos de estudio; los dos llevaban el pelo cortado a capas, eran jóvenes y sonreían a la cámara. Debían de habérsela hecho antes de que nacieran sus hijos, porque ninguno de los dos parecía tener más de veinte años.

—Lo siento, Paloma. Dormiré en el suelo.

—Por supuesto —dije, mientras me recogía el pelo en una cola de caballo—. No puedo creer que me convencieras para hacer esto.

Se sentó en la cama y se frotó la cara frustrado.

—Joder... Esto va a ser un lío. No sé en qué pensaba.

—Sé exactamente en qué estabas pensando. No soy ninguna estúpida, Travis.

Me miró y sonrió.

—Y aun así has venido.

—Tengo que dejarlo todo preparado para mañana —dije, mientras abría la puerta.

Travis se levantó.

—Te ayudo.

Pelamos una montaña de papas, cortamos verduras, sacamos el pavo para que se descongelara y empezamos los pasteles. La primera hora resultó más que incómoda, pero, cuando llegaron los gemelos, todo el mundo se reunió en la cocina. Jim contó historias de cada uno de los chicos y nos reímos de las anécdotas de anteriores días de Acción de Gracias desastrosos en los que intentaron hacer algo que no fuera pedir una pizza.

—Diane era una cocinera excelente —dijo Jim, como si pensara en voz alta—. Trav no se acuerda, pero, después de su muerte, carecía de sentido intentar cualquier cosa.

—No te sientas presionada por ello, Abby —dijo Trenton.

Se rio y cogió una cerveza del refrigerador.

—Saquemos las cartas. Quiero intentar recuperar parte del dinero que se llevó Abby.

Jim dijo que no a su hijo con el dedo.

—Nada de póquer este fin de semana, Trent. He bajado el dominó, ve a prepararlo. Y nada de apuestas, maldita sea. Lo digo en serio.

Trenton sacudió la cabeza.

—Está bien, viejo, está bien.

Los hermanos de Travis salieron de la cocina sin dirección fija, y Trent los siguió, antes de detenerse y mirar hacia atrás.

—Vamos, Trav.

—Estoy ayudando a Paloma.

—No queda mucho por hacer, cariño —dije—. Ve.

Su mirada se enterneció con mis palabras y me tocó la cadera.

—¿Estás segura?

Asentí y él se inclinó para besarme la mejilla, apretándome la cadera con los dedos antes de seguir a Trenton a la sala donde estaban jugando. Jim sacudió la cabeza y sonrió al ver a sus hijos cruzar el umbral.

—Lo que estás haciendo es increíble, Abby. No sé si te das cuenta de lo mucho que lo apreciamos.

—Fue idea de Trav. Estoy encantada de poder ayudar.

Se apoyó con todo su peso sobre la barra y dio un sorbo a su cerveza mientras sopesaba sus siguientes palabras.

—Travis y tú no han hablado mucho. ¿Tienen problemas?

Eché el jabón en el fregadero lleno de agua caliente, mientras intentaba pensar en algo que decir que no fuera una mentira descarada.

—Supongo que las cosas han cambiado un poco.

—Es lo que imaginaba. Tienes que ser paciente con él. Travis no recuerda mucho del asunto, pero estaba muy unido a su madre, y después de perderla no volvió a ser el mismo jamás. Pensaba que lo superaría... Ya sabes, porque pasó cuando era muy pequeño. Fue duro para todos, pero Trav... no volvió a intentar querer a nadie después de eso. Me sorprendió que te trajera aquí. Por la forma en la que actúa cuando tú estás presente, por la forma en que te mira..., supe que eras especial.

Sonreí, pero no aparté la mirada de los platos que estaba frotando.

—Travis va a pasarlo mal. Cometerá muchos errores. Creció rodeado de un montón de niños sin madre y con un viejo gruñón y solitario como padre. Todos estuvimos un poco perdidos después de que Diane murió, y supongo que yo no ayudé a los chicos a asumir la pérdida tal y como debería haber hecho. Sé que es difícil no culparlo, pero tienes que quererlo de todos modos, Abby. Eres la única mujer a la que ha querido, aparte de su madre. No sé cómo se quedará si tú también lo dejas. —Me tragué las lágrimas y asentí, incapaz de replicar. Jim apoyó la mano en mi hombro y me lo estrechó—. Nunca lo he visto sonreír como cuando está contigo. Espero que todos mis chicos consigan a una Abby algún día.

Sus pisadas se apagaron por el pasillo y me agarré al borde del fregadero, mientras intentaba recuperar el aliento. Sabía que pasar las vacaciones con Travis y su familia sería difícil, pero no pensaba que se me volvería a partir el corazón. Los chicos bromeaban y se reían en la habitación de al lado, mientras yo lavaba y secaba los platos, antes de guardarlos. Limpié la cocina, y después me lavé las manos y me dirigí a las escaleras para acostarme.

Travis me cogió la mano.

—Es temprano, Paloma. No te irás ya a la cama, ¿no?

—Ha sido un día largo. Estoy cansada.

—Nos estábamos preparando para ver una peli. ¿Por qué no bajas y te quedas con nosotros?

Alcé la mirada hacia las escaleras y, después, contemplé su sonrisa esperanzada.

—Está bien.

Me llevó de la mano hasta el sofá, y nos sentamos juntos cuando empezaban los créditos.

—¿Puedes apagar esa luz, Taylor? —pidió Jim.

Travis extendió su brazo por detrás de mí, dejándolo sobre el respaldo del sofá. Intentaba mantener la ficción, mientras me tranquilizaba. Había sido muy cuidadoso para no aprovecharse de la situación, pero albergaba un conflicto en mi interior: me sentí agradecida y decepcionada a la vez. Estaba sentada muy cerca de él, y olía la mezcla de tabaco y de su colonia. Me resultaba muy difícil mantener la distancia, tanto física como emocionalmente. Justo como había temido, mi resolución estaba desapareciendo. Me afané por olvidarme de todo lo que había dicho Jim en la cocina.

A mitad de la película, la puerta principal se abrió de par en par y Thomas apareció con las maletas en la mano.

—¡Feliz Acción de Gracias! —dijo él, mientras dejaba su equipaje en el suelo.

Jim se levantó y abrazó a su hijo mayor, y todo el mundo excepto Travis se levantó para saludarlo.

—¿No vas a saludar a Thomas? —susurré yo.

Me respondió sin mirarme, mientras observaba a su familia abrazarse y reír.

—Tengo una noche contigo. No pienso desperdiciar ni un solo segundo.

—Hola, Abby. Me alegro de volver a verte —dijo Thomas sonriendo.

Travis me puso la mano en la rodilla y yo bajé la mirada hacia mi pierna, para después volverme hacia Travis. Cuando se dio cuenta de la expresión de mi cara, Travis retiró la mano de la pierna y cruzó las manos sobre el regazo.

—Vaya, vaya, ¿problemas en el paraíso? —preguntó Thomas.

—Cállate, Tommy —gruñó Travis.

El humor de la habitación cambió y sentí que todas las miradas recaían sobre mí, a la espera de una explicación. Sonreí nerviosa y cogí la mano de Travis entre las mías.

—Solo estamos cansados. Llevamos toda la tarde trabajando en la comida —dije, mientras apoyaba la cabeza en el hombro de Travis.

Bajó la mirada a nuestras manos y me las estrechó mientras levantaba un poco las cejas. Solté un suspiro.

—Me voy directa a la cama, cariño. —Miré a los demás—. Buenas noches, chicos.

—Buenas noches, tesoro —dijo Jim.

Los hermanos de Travis me dieron las buenas noches y subí las escaleras.

—Yo también me voy a acostar —oí decir a Travis.

—Claro, cómo no —dijo burlón Trenton.

—Cabrón con suerte —mascculló Tyler.

—Oye, no voy a permitir que nadie hable así de tu hermana —les avisó Jim.

Se me cayó el alma a los pies. La única familia real que había tenido en años eran los padres de America, y, aunque Mark y Pam siempre habían velado por mí con auténtica bondad, en cierto modo eran prestados. Los seis hombres rebeldes, malhablados y adorables de la planta baja me habían recibido con los brazos abiertos y, al día siguiente, tendría que despedirme de ellos definitivamente.

Travis sujetó la puerta del dormitorio antes de que se cerrara y después se quedó petrificado.

—¿Quieres que espere en el pasillo mientras te vistes para dormir?

—Me voy a dar una ducha. Así que me vestiré en el baño.

Se rascó la nuca.

—Bueno, pues aprovecharé para prepararme la cama.

Asentí de camino al baño. Me froté con fuerza en la ducha destartalada, centrándome en las manchas de agua y jabón para luchar contra el miedo abrumador que me inspiraba tanto esa noche como la mañana siguiente. Cuando regresé al dormitorio, Travis tiró una almohada al suelo sobre su cama improvisada. Me dedicó una tenue sonrisa antes de dejarme para meterse en la ducha.

Me acomodé en la cama y me tapé con las sábanas hasta el pecho, mientras intentaba ignorar las mantas del suelo. Cuando Travis regresó, se quedó mirando su cama en el suelo con la misma tristeza que yo; después, apagó la luz y se acomodó sobre su almohada.

Nos quedamos en silencio durante unos pocos minutos hasta que oí a Travis soltar un suspiro de pena.

—Esta es nuestra última noche juntos, ¿no?

No respondí de inmediato; intenté pensar cuál sería la respuesta más adecuada.

—No quiero pelear, Trav. Intenta dormirte.

Cuando le oí moverse, me puse de lado para mirarlo y apreté la mejilla sobre la almohada. Él apoyó la cabeza en la mano y me miró fijamente a los ojos.

—Te amo.

Lo observé un momento antes de decir:

—Me lo prometiste.

—Te dije que esto no era ninguna artimaña para volver juntos. Y no lo era. —Alargó el brazo para cogerme de la mano—. Pero no te puedo prometer que no aprovecharé todas mis opciones de volver contigo.

—Me importas. No quiero que sufras, pero debería haber seguido mi primer instinto. Lo nuestro nunca podría haber funcionado.

—Pero me querías, ¿verdad?

Apreté los labios.

—Todavía te quiero.

Le brillaron los ojos y me apretó la mano.

—¿Puedo pedirte un favor?

—Todavía estoy con el último que me pediste —dije con una sonrisita burlona.

Sus rasgos no se alteraron, se mostró imperturbable ante mis palabras.

—Si aquí se acaba todo..., si realmente has terminado conmigo..., ¿me dejarías pasar esta noche abrazándote?

—No creo que sea una buena idea, Trav.

Me agarró con fuerza la mano.

—Por favor. No puedo dormir sabiendo que estás a escasos centímetros; nunca volveré a tener esta oportunidad.

Me quedé mirando fijamente su mirada de desesperación y, entonces, fruncí el ceño.

—No voy a hacer el amor contigo.

Sacudió la cabeza.

—No es eso lo que te pido.

Escruté la tenuemente iluminada habitación, mientras sopesaba las posibles consecuencias, preguntándome si tendría voluntad para detener a Travis en el caso de que cambiara de idea e intentara algo. Cerré los ojos con fuerza, me aparté del borde de la cama y eché a un lado la manta. Se metió a mi lado en la cama y me estrechó fuertemente entre sus brazos. Su pecho desnudo subía y bajaba con respiraciones irregulares, y me maldije por sentir tanta paz contra su piel.

—Voy a echar esto de menos —dije.

Me besó en el pelo y me acercó hacia él. Parecía que no me tenía nunca lo suficientemente cerca. Enterró la cara en mi cuello y apoyé la mano en su espalda para consolarlo, aunque yo tenía el corazón tan roto como él. Contuvo un suspiro y apretó su frente contra mi cuello, mientras me clavaba los dedos en la piel de la espalda. Por muy tristes que estuviéramos la última noche de la apuesta, aquello era mucho, mucho peor.

—No..., no creo que pueda con esto, Travis.

Me abrazó más fuerte y noté cómo la primera lágrima se me derramaba desde el ojo por la sien.

—No puedo hacerlo —dije, cerrando con fuerza los ojos.

—Pues no lo hagas —respondió contra mi piel—. Dame otra oportunidad.

Intenté salir de debajo de él, pero me agarraba con demasiada fuerza como para poder escapar. Me cubrí la cara con las dos manos y ambos nos movimos al ritmo de mis sollozos silenciosos. Travis me miró con los ojos entrecerrados y húmedos. Me apartó la mano de los ojos con sus dedos largos y delicados, y me besó en la palma. Se me entrecortó la respiración cuando me miró primero a los labios y luego a los ojos.

—Nunca amaré a nadie como te amo a ti, Paloma.

Me sorbí las lágrimas y le toqué la cara.

—No puedo.

—Lo sé —dijo él, con voz rota—. Jamás conseguí convencerme de ser lo bastante bueno para ti.

Arrugué la cara y sacudí la cabeza.

—No eres solo tú, Trav. No somos buenos el uno para el otro.

Sacudió la cabeza, como si quisiera decir algo, pero se lo hubiera pensado mejor. Después de una respiración larga y profunda, apoyó la cabeza sobre mi pecho. Cuando los números verdes del reloj, que estaba al otro lado de la habitación, marcaron las once en punto, la respiración de Travis finalmente se ralentizó y se volvió regular. Antes de sumirme en un sueño profundo, parpadeé unas cuantas veces.

—¡Ay! —grité, justo antes de apartar la mano del fogón y chuparme la parte quemada automáticamente.

—¿Estás bien, Paloma? —preguntó Travis, mientras apoyaba los pies en el suelo y se ponía una camiseta.

—¡Mierda! ¡El suelo está jodidamente congelado!

Ahogué una risita mientras observaba cómo saltaba sobre un pie y el otro hasta que las plantas se le aclimataron al frío de las baldosas.

Cuando el sol apenas había asomado por el horizonte, todos los Maddox menos uno seguían durmiendo sonoramente en sus camas. Empujé la antigua fuente metálica más adentro en el horno y cerré la puerta, justo antes de volverme para enfriarme los dedos debajo del grifo.

—Puedes volver a la cama. Acabo de meter el pavo.

—¿Vienes conmigo? —me preguntó él, mientras se rodeaba con los brazos para resguardarse del aire frío.

—Sí.

—Tú primero —dijo él, moviendo la mano hacia las escaleras.

Travis se quitó la camiseta mientras ambos metíamos las piernas bajo las sábanas y nos cubríamos con la manta hasta el cuello. Me estrechó fuertemente entre sus brazos mientras temblábamos, a la espera de que el calor de nuestros cuerpos calentara el pequeño espacio que quedaba entre nuestra piel y las sábanas.

Sentí sus labios contra mi pelo, y su garganta se movió al hablar.

—Mira, Paloma, está nevando.

Me volví hacia la ventana. Los copos blancos solo se veían a la luz de la farola.

—Parece Navidad —dije, cuando por fin notaba que mi piel se calentaba junto a la suya. Suspiró y me volví para mirarlo a la cara—. ¿Qué pasa?

—No estarás aquí en Navidad.

—Estoy aquí ahora.

Abrió la boca por un lado y se agachó para besarme los labios. Me aparté y sacudí la cabeza.

—Trav...

Me abrazó con más fuerza y bajó la barbilla, con una mirada de determinación en sus ojos avellana.

—Me quedan menos de veinticuatro horas contigo, Paloma. Te voy a besar, de hecho, hoy te voy a besar mucho. Durante todo el día y cada vez que tenga la oportunidad. Si quieres que pare, dímelo, pero, mientras no lo hagas, voy a aprovechar cada segundo de mi último día contigo.

—Travis...

Lo pensé durante un momento y llegué a la conclusión de que no se engañaba sobre lo que pasaría cuando me llevara de vuelta a casa. Había ido allí para fingir, pero, por muy duro que fuera para ambos después, no quería decirle que parase.

Cuando se dio cuenta de que estaba mirándole fijamente a los labios, volvió a levantar una de las esquinas de la boca, y se inclinó para apretar su suave boca contra la mía. Empezó de forma dulce e inocente, pero, en cuanto separó los labios, acaricié su lengua con la mía. De inmediato, su cuerpo se tensó y empezó a respirar hondo por la nariz, apretando su cuerpo contra mí. Dejé caer la rodilla a un lado y él se puso encima de mí, sin apartar en ningún momento su boca de la mía.

No tardó nada en desvestirme y, cuando ya no había tejido alguno entre nosotros, se agarró a las barras de hierro del cabecero con ambas manos y con un movimiento rápido me penetró. Me mordí fuertemente el labio para ahogar el grito que intentaba escapar de mi garganta. Travis gimió contra mi boca, y yo apreté los pies contra el colchón para apoyarme y levantar las caderas junto con las suyas.

Con una mano en la barra de metal y la otra en mi nuca, me penetró una y otra vez; sentí que me temblaban las piernas con sus movimientos firmes y decididos. Su lengua buscó mi boca y sentí la vibración de sus profundos gemidos contra mi pecho, mientras mantenía su promesa de hacer que nuestro último día fuera memorable. Podría invertir mil años en intentar eliminar ese momento de mi memoria y seguiría grabado a fuego en mi cabeza.

Había pasado una hora cuando abrí los ojos de par en par. Todos mis nervios estaban centrados en las sacudidas de mis entrañas. Travis aguantaba la respiración mientras entraba en mí una última vez. Me derrumbé sobre el colchón, completamente exhausta. Travis respiraba agitadamente, sin poder hablar y empapado en sudor.

Oí voces escaleras abajo y me tapé la boca, riéndome de nuestro mal comportamiento. Travis se puso de lado para escrutar mi cara con sus tiernos ojos castaños.

—Has dicho que solo ibas a besarme —dije riéndome.

Mientras yacía junto a su piel desnuda, al ver el amor incondicional que se desprendía de sus ojos, me olvidé de mi decepción, de mi rabia y de mi terca decisión. Lo amaba y, por muchas razones que pudiera esgrimir para vivir sin él, sabía que eso no era lo que quería. Aunque mis ideas no habían cambiado, nos resultaba imposible estar alejados el uno del otro.

—¿Por qué no nos quedamos en la cama todo el día? —dijo con una sonrisa.

—He venido para cocinar, ¿te acuerdas?

—No, has venido aquí para ayudarme a cocinar, y no pienso cumplir con mi obligación durante las próximas ocho horas.

Le toqué la cara; el ansia por acabar con nuestro sufrimiento se había vuelto insoportable. Cuando le dijera que había cambiado de opinión y que quería que las cosas volvieran a la normalidad, no tendríamos que pasarnos el día fingiendo. En lugar de eso, podríamos pasarlo celebrándolo.

—Travis, creo que...

—No lo digas, ¿vale? No quiero pensar en ello hasta que no tenga más remedio.

Se levantó, se puso los calzoncillos y fue hasta donde estaba mi bolsa. Dejó mi ropa sobre la cama y, después, se puso una camisa.

—Quiero que tengas un buen recuerdo de este día.

Preparé huevos para desayunar y sándwiches para almorzar; cuando el partido dio comienzo, empecé a organizar la cena. Travis aparecía detrás de mí siempre que tenía la oportunidad, y me abrazaba por la cintura mientras me besaba en el cuello. Me descubrí mirando el reloj, ansiosa por encontrar un momento a solas con él para explicarle mi decisión. Anhelaba ver su mirada y volver a donde estábamos.

El día estuvo lleno de risas, de conversación y de una retahíla de quejas por parte de Tyler debido a las constantes muestras de afecto de Travis.

—¡Búscate una habitación, Travis! ¡Por Dios! —gruñó Tyler.

—Vaya..., pero si tu cara está adquiriendo un feo tono verde —se burló Thomas.

—Sí, pero porque me dan náuseas, no porque esté celoso, imbécil —respondió Tyler mordaz.

—Déjalos tranquilos, Ty —le advirtió Jim.

Cuando nos sentamos a cenar, Jim insistió en que Travis trinchara el pavo, y yo sonreí cuando él se levantó orgulloso para cumplir con su obligación. Estaba un poco nerviosa hasta que empezaron a llegarme las felicitaciones. Cuando serví el pastel, no quedaba ni un trozo de comida en la mesa.

—¿He hecho suficiente? —dije riéndome.

Jim sonrió, mientras chupaba el tenedor y se preparaba para el postre.

—Has hecho mucha comida, Abby. Pero creo que queríamos ponernos hasta arriba hasta el año que viene..., a menos que quieras repetir esto en Navidad. Ahora eres una Maddox. Te espero en todas las fiestas, y no para cocinar.

Miré de reojo a Travis, a quien se le había borrado la sonrisa, y se me partió el corazón. Tenía que decírselo pronto.

—Gracias, Jim.

—No le digas eso, papá —dijo Trenton—. Tiene que cocinar. ¡No he probado una comida así desde que tenía cinco años! —Se metió media rebanada de pastel de nueces en la boca, con un murmullo de satisfacción.

Me sentía en mi casa, sentada a una mesa llena de hombres que se inclinaban hacia atrás en sus sillas mientras se rascaban las barrigas llenas. Me embargó la emoción cuando fantaseé sobre Navidad, Pascua y todas las demás fiestas que pasaría en esa mesa. Lo único que quería era formar parte de aquella familia rota y ruidosa a la que ya adoraba.

Cuando acabaron con los pasteles, los hermanos de Travis empezaron a recoger la mesa y los gemelos se encargaron de fregar los trastos.

—Yo me ocupo de eso —dije, mientras me ponía de pie.

Jim negó con la cabeza.

—De eso nada. Los chicos pueden solos. Tú llévate a Travis al sofá y relájate. Han trabajado duro, hermanita.

Los gemelos se salpicaban el uno al otro con el agua de los platos y Trenton soltó una maldición cuando se resbaló en un charco y tiró un plato. Thomas regañó a sus hermanos, mientras cogía la escoba y el recogedor para barrer el cristal. Jim dio unas palmaditas a sus hijos en los hombros y se encogió de hombros antes de irse a su habitación a dormir.

Travis me puso las piernas sobre su regazo y me quitó los zapatos, mientras me masajeaba las plantas de los pies con los pulgares. Eché la cabeza hacia atrás y suspiré.

—Este ha sido el mejor día de Acción de Gracias desde que mamá murió.

Levanté la cara para ver su expresión. Su sonrisa estaba teñida de tristeza.

—Me alegro de haber estado aquí para verlo.

La cara de Travis cambió y me preparé para lo que estaba a punto de decir. Sentía el corazón latiéndome contra el pecho, esperando que me pidiera que volviéramos para poder decirle que aceptaba.

Allí sentada con mi nueva familia, parecía que había pasado toda una vida desde Las Vegas.

—Soy diferente. No sé qué me pasó en Las Vegas. Aquel no era yo. Pensaba en todo lo que podríamos comprar con ese dinero, y en nada más... No veía el daño que te hacía queriendo llevarte de vuelta allí, aunque creo que, en el fondo, lo sabía. Me merecía que me dejaras. Me merecía todo el sueño que perdí y el dolor que sentí. Tuve que pasar por todo eso para darme cuenta de lo mucho que te necesitaba, y lo que estoy dispuesto a hacer para que sigas en mi vida.

Me mordí el labio, impaciente por llegar a la parte en la que le decía que sí. Quería que me llevara a su apartamento y pasar el resto de la noche celebrándolo. No podía esperar a relajarme en el sofá nuevo con *Toto*, mientras veíamos una película y nos reíamos como solíamos hacer.

—Has dicho que lo nuestro se ha acabado, y lo acepto. Soy una persona diferente desde que te conocí. He cambiado... para mejor. Sin embargo, por mucho que lo intente, parece que no hago las cosas bien contigo. Primero fuimos amigos, y no puedo perderte, Paloma. Siempre te querré, pero veo que no tiene mucho sentido que intente recuperarte. No puedo imaginarme estar con otra persona, pero seré feliz mientras sigamos siendo amigos.

—¿Quieres que seamos amigos? —pregunté, notando que las palabras me ardían en la boca.

—Quiero que seas feliz. No me importa lo que sea necesario para ello.

Sentí un nudo en las entrañas al oír sus palabras, y me sorprendió el dolor abrumador que me embargó. Me estaba dando una salida, y lo hacía justamente cuando yo no la quería. Podría haberle dicho que había cambiado de opinión y él retiraría todo lo que acababa de decir, pero sabía que no era justo para ninguno de los dos aferrarme a aquella relación cuando él había aceptado su final.

Sonreí para mantener a raya las lágrimas.

—Cincuenta dólares a que me lo agradecerás cuando conozcas a tu futura mujer.

Travis juntó las cejas y puso cara de tristeza.

—Esa apuesta es fácil. La única mujer con la que querría casarme alguna vez acaba de romperme el corazón.

No podía fingir una sonrisa después de eso. Me sequé los ojos y me levanté.

—Creo que es hora de que me lleves a casa.

—Vamos, Paloma, lo siento, no ha tenido gracia.

—No es eso, Trav. Simplemente estoy cansada y lista para irme a casa.

Contuvo un suspiro y asintió mientras se levantaba. Me despedí de sus hermanos con un abrazo y pedí a Trenton que dijera adiós a Jim de mi parte. Travis se quedó en la puerta con nuestras maletas; mientras todos se ponían de acuerdo en volver a casa para Navidad, conseguí aguantar la sonrisa hasta salir por la puerta.

Cuando Travis me llevó a Morgan, su cara seguía siendo de tristeza, pero la angustia había desaparecido. Después de todo, el fin de semana no era una artimaña para recuperarme. Era una despedida.

Se inclinó para besarme la mejilla y me sujetó la puerta, mientras me observaba entrar.

—Gracias por el día de hoy. No sabes lo feliz que has hecho a mi familia.

Me detuve al principio de las escaleras.

—Mañana se los contarás, ¿verdad?

Miró hacia el estacionamiento y luego a mí.

—Estoy bastante seguro de que ya lo saben. No eres la única que sabe poner cara de póquer, Paloma.

Me quedé mirándolo perpleja y, por primera vez desde que nos habíamos conocido, se alejó de mí sin volverse a mirar atrás.

Capítulo 18

LA CAJA

Los exámenes finales eran una maldición para todo el mundo excepto para mí. Me mantuve ocupada estudiando con Kara y America en mi habitación y en la biblioteca. Solo vi a Travis de pasada cuando los horarios cambiaron para los exámenes. Me fui a casa de America a pasar las vacaciones de invierno, agradeciendo que Shepley se quedara con Travis para no tener que sufrir sus constantes muestras de afecto.

Los últimos cuatro días de vacaciones cogí un resfriado, lo que me dio una buena razón para quedarme en la cama. Travis había dicho que quería que fuéramos amigos, pero no me había llamado. Fue un alivio tener unos cuantos días para entregarme a la autocompasión. Quería librarme de ella antes de volver a clase.

El viaje de regreso a Eastern pareció durar años. Estaba ansiosa por empezar el semestre de primavera, pero mi deseo de ver a Travis era aún mayor.

El primer día de clase, una energía renovada había cubierto el campus junto con un manto de nieve. Nuevas clases conllevaban nuevos amigos y un nuevo principio. No tenía ni una sola clase con Travis, Parker, Shepley o America, pero Finch estaba en todas ellas, excepto en una.

Anhelaba ver a Travis en el almuerzo, pero cuando llegó simplemente me guiñó un ojo y se sentó al final de la mesa junto con el resto de sus hermanos de fraternidad. Intenté concentrarme en la conversación de America y Finch sobre el último partido de fútbol de la temporada, pero la voz de Travis seguía captando mi atención. Estaba contando las aventuras y los roces con la ley que había tenido durante las vacaciones, y las novedades sobre la nueva novia de Trenton, a la que habían conocido una noche en The Red Door. Me preparé para que apareciera mi nombre o el de cualquier otra chica a la que hubiera llevado a casa o hubiera conocido, si es que lo había hecho, pero no estaba dispuesto a compartir eso con sus amigos.

Todavía colgaban esferas metálicas rojas y doradas del techo de la cafetería, y se movían con la corriente de la calefacción. Me cubrí con la chaqueta de punto y, cuando Finch se dio cuenta, me abrazó y me frotó el brazo. Sabía que estaba mirando demasiado hacia Travis, pero tenía la esperanza de que alzara los ojos hacia mí; sin embargo, él parecía haberse olvidado de que yo estaba sentada en aquella mesa.

Parecía insensible a las hordas de chicas que se le acercaban después de que se extendiera la noticia de nuestra ruptura, pero también estaba contento con que nuestra relación hubiera vuelto a su estado platónico, aunque todavía fuera forzada. Habíamos pasado casi un mes separados, y ahora me sentía nerviosa e insegura cuando tenía que relacionarme con él.

Una vez que hubo acabado su almuerzo, el corazón me dio un vuelco cuando vi que se acercaba a mí por detrás y apoyaba las manos sobre mis hombros.

—¿Qué tal tus clases, Shep? —preguntó él.

Shepley puso cara de disgusto.

—El primer día da asco. Solo horarios y reglas. Ni siquiera sé por qué aparezco la primera semana. ¿Y tú qué tal?

—Eh..., bueno, todo forma parte del juego. ¿Qué hay de ti, Paloma? —me preguntó.

—Igual —dije, procurando que mi voz sonara relajada.

—¿Has pasado unas buenas vacaciones? —me preguntó, balanceándome juguetón de un lado a otro.

—Bastante, sí. —Hice lo posible por parecer convincente.

—Genial, ahora tengo otra clase. Nos vemos luego.

Observé cómo se marchaba directamente hacia las puertas. Las abrió de un empujón y prendió un cigarro mientras caminaba.

—Vaya —dijo America con voz aguda.

Observó a Travis atajar por el césped nevado, y después sacudió la cabeza.

—¿Qué ocurre? —preguntó Shepley.

America apoyó el mentón sobre la palma de la mano, con aspecto algo desconcertado.

—Eso ha sido bastante raro, ¿no?

—¿Por qué? —preguntó Shepley, apartando la trenza rubia de America para rozarle el cuello con los labios.

America sonrió y se inclinó para besarlo.

—Está casi normal..., tan normal como puede estar Trav. ¿Qué le pasa?

Shepley sacudió la cabeza y se encogió de hombros.

—No lo sé. Lleva así ya un tiempo.

—¿No te parece injusto, Abby? Él está bien y tú, hecha un asco —dijo America sin preocuparse de quienes nos escuchaban.

—¿Estás hecha un asco? —me preguntó Shepley sorprendido.

Me quedé boquiabierta y me ruboricé por la vergüenza que sentí al instante.

—Pues claro que no.

America removió la ensalada de su tazón.

—Bueno, pero él está casi exultante.

—Déjalo, Mare —la avisé.

Ella se encogió de hombros y siguió comiendo.

—Me parece que está fingiendo.

Shepley le dio un codazo.

—¿America? ¿Vendrás a la fiesta de citas de San Valentín conmigo o no?

—¿No me lo puedes pedir como un novio normal, es decir, con educación?

—Te lo he pedido... varias veces. Y siempre me respondes que te lo pregunte después.

Se desplomó en su asiento, haciendo pucheros.

—Es que no quiero ir sin Abby.

Shepley puso cara de frustración.

—La última vez estuvo todo el tiempo con Trav. Apenas la viste.

—Deja de comportarte como un bebé, Mare —dije, lanzándole una ramita de apio. Finch me dio un codazo.

—Te llevaría, tesoro, pero no me van los chicos de la fraternidad, lo siento.

—De hecho, es una buena idea —dijo Shepley, con ojos brillantes.

Finch hizo una mueca de disgusto ante la idea.

—No soy de los Sig Tau, Shep. No soy nada. Las hermandades van en contra de mi religión.

—Finch, por favor —se lo pidió America.

—Esto es un *déjà-vu* —mascullé.

Finch me miró por el rabillo del ojo y luego suspiró.

—No es nada personal, Abby. Tampoco puedo decir que nunca haya tenido una cita... con una chica.

—Lo sé. —Sacudí la cabeza con despreocupación, procurando ocultar la profunda vergüenza que sentía—. No pasa nada. De verdad.

—Necesito que vayas —dijo America—. Hicimos un pacto, ¿te acuerdas? Nada de ir a fiestas solas.

—No estarás sola, Mare. Deja de ser tan dramática —respondí, aburrida ya de la conversación.

—¿Quieres dramatismo? ¡Te llevé una papelera al lado de la cama, te aguanté una caja de pañuelos de papel durante toda la noche y me levanté a por tu medicina para la tos dos veces durante las vacaciones! ¡Me lo debes!

Arrugué la nariz.

—¡Cuántas veces te he recogido el pelo para que no se te manchara de vómito, America Mason!

—¡Me estornudaste en plena cara! —dijo ella, señalándose la nariz.

Me aparté el flequillo de los ojos de un soplido. Nunca podía discutir con America cuando estaba decidida a salirse con la suya.

—Bueno —dije entre dientes.

—¿Finch? —le pregunté con mi mejor sonrisa falsa—. ¿Querrías acompañarme a la estúpida fiesta de San Valentín de Sig Tau?

Finch me abrazó.

—Sí, pero solo porque has dicho que era estúpida.

De camino a clase con Finch después del almuerzo, seguimos hablando sobre la fiesta de citas y lo mucho que ambos la temíamos. Elegimos un par de mesas en nuestra clase de Fisiología, y sacudí la cabeza cuando el profesor empezó a detallar el cuarto plan de estudios del día. La nieve empezó a caer de nuevo, golpeando contra las ventanas, rogando entrar educadamente para acabar cayendo decepcionada al suelo.

Cuando la clase acabó, un chico al que solo había visto una vez en la casa de Sig Tau dio un golpe en mi mesa al pasar y me guiñó un ojo. Le respondí con una sonrisa educada y después me volví hacia Finch. Él me lanzó una sonrisa irónica, mientras yo recogía mi libro y mi computadora, y los guardaba en mi mochila sin esfuerzo.

Me colgué la bolsa del hombro y caminamos con dificultad hasta Morgan por la acera cubierta de sal. Un pequeño grupo de estudiantes había empezado una pelea de bolas de nieve en el césped, y Finch se estremeció al verlos cubiertos de polvo incoloro. Mientras hacía compañía a Finch hasta que se acabara el cigarrillo, noté que me temblaba la rodilla. America vino disparada hacia nosotros, frotándose sus guantes verde brillante.

—¿Dónde está Shep? —pregunté.

—Se ha ido a casa. Travis necesitaba ayuda con algo, creo.

—¿Y no has ido con él?

—No vivo allí, Abby.

—Eso, en teoría —le dijo Finch guiñándole un ojo.

America puso los ojos en blanco.

—Disfruto pasando tiempo con mi novio.

Finch tiró su cigarrillo a la nieve.

—Me voy, señoritas. ¿Nos vemos en la cena?

America y yo asentimos, sonriendo cuando Finch me besó primero a mí en la mejilla y luego a America. Se quedó en la acera húmeda, procurando no salirse del centro para no dar un mal paso y caerse en la nieve.

America meneó la cabeza al ver sus esfuerzos.

—Es ridículo.

—Es de Florida, Mare. No está acostumbrado a la nieve.

Se rio y me empujó hacia la puerta.

—¡Abby!

Me volví y vi a Parker que pasaba corriendo junto a Finch. Se paró y tuvo que esperar a recuperar algo de aliento antes de hablar. Su voluminoso abrigo gris se hinchaba con cada respiración, y me reí ante la mirada curiosa con la que America lo observaba.

—¡Iba a... uf! Iba a preguntarte si querías ir a comer algo esta noche.

—Oh. Pues..., pues la verdad es que ya le he dicho a Finch que cenaría con él.

—Muy bien, no pasa nada. Solo quería probar ese sitio nuevo de hamburguesas del centro. Todo el mundo dice que es muy bueno.

—Tal vez otro día —dije, cayendo en la cuenta de mi error.

Deseé que no interpretara mi respuesta frívola como un aplazamiento. Parker asintió, se metió las manos en los bolsillos y rápidamente volvió por donde había venido.

Kara estaba leyendo las próximas lecciones de sus nuevos libros y, cuando America y yo entramos, nos recibió con una mueca de disgusto. Su mal carácter no había mejorado después de las vacaciones.

Antes, solía pasar tanto tiempo en casa de Travis que podía aguantar los insufribles comentarios y actitudes de Kara. Sin embargo, después de pasar cada tarde y noche con ella durante las dos semanas anteriores a que el semestre acabara, me di cuenta de que mi decisión de no compartir habitación con America era más que lamentable.

—Oh, Kara, no sabes cómo te he echado de menos —dijo America.

—El sentimiento es mutuo —gruñó Kara, sin apartar la mirada de su libro.

America me contó lo que hacía y los planes que tenía con Shepley para el fin de semana. Buscamos vídeos divertidos en Internet, y nos reímos tanto que se nos saltaban las lágrimas. Kara resopló unas cuantas veces por el jaleo que teníamos, pero la ignoramos.

Agradecí la visita de America. Las horas pasaban tan rápidamente que no me pregunté ni un momento si Travis habría llamado hasta que ella decidió dar por terminada la noche.

America bostezó y miró su reloj.

—Me voy a la cama. Ab..., ah, ¡mierda! —dijo ella, chasqueando los dedos—. He dejado la bolsa del maquillaje en casa de Shep.

—Eso no es ninguna tragedia, Mare —dije, todavía riéndome del último vídeo que habíamos visto.

—No lo sería si no tuviera allí mis pastillas anticonceptivas. Vamos. Tengo que ir a buscarlo.

—¿No puedes pedirle a Shepley que te las traiga?

—Travis tiene su coche. Está en el Red con Trent.

Me sentí mareada.

—¿Otra vez? ¿A qué viene eso de salir tanto con Trent, por cierto?

America se encogió de hombros.

—¿Qué más da? ¡Vamos!

—No quiero ir a casa de Travis. Se me haría raro.

—¿Pero alguna vez me escuchas? No está allí, está en el Red. ¡Vamos! —gritó ella, cogiéndome del brazo.

Me levanté oponiendo una ligera resistencia a que me sacara de la habitación.

—Por fin —dijo Kara.

Llegamos al apartamento de Travis y me fijé en que la Harley estaba estacionada debajo de las escaleras, mientras que faltaba el Charger de Shepley. Lancé un suspiro de alivio y seguí a America por los peldaños helados.

—Con cuidado —me previno.

Si hubiera sabido lo perturbador que sería poner de nuevo un pie en el apartamento, no habría permitido que America me convenciera para ir allí. *Toto* salió corriendo de una esquina a toda velocidad y se chocó con mis piernas porque sus patitas traseras no pudieron frenar el impulso en las baldosas de la entrada. Lo levanté y dejé que me saludara con sus besitos de cachorro. Al menos, él no me había olvidado. Lo llevé en brazos por el apartamento, mientras America buscaba su bolsa.

—¡Sé que las dejé aquí! —dijo Mare desde el baño, antes de salir a toda prisa al pasillo hacia la habitación de Shepley.

—¿Has mirado en el armarito que está debajo del lavabo? —preguntó Shep.

Miré mi reloj.

—Date prisa, Mare. Tenemos que irnos.

America suspiró de frustración en el dormitorio. Volví a mirar mi reloj y di un brinco cuando la puerta principal se abrió violentamente detrás de mí. Travis entró torpemente, envolviendo con sus brazos a Megan, que se reía junto a su boca. Llevaba una caja en la mano que me llamó la atención; al darme cuenta de lo que era, me sentí asqueada: condones. Tenía la otra mano en la parte trasera del cuello de él, y era incapaz de decir quién abrazaba a quién.

Travis tuvo que mirar dos veces cuando me vio de pie sola en medio del salón; se quedó congelado, así que Megan levantó la mirada con el esbozo de una sonrisa todavía en la cara.

—Paloma —dijo Travis, estupefacto.

—¡La encontré! —dijo America, antes de salir corriendo de la habitación de Shepley.

—¿Qué haces aquí? —preguntó él.

El olor a whisky que despedía su aliento se mezcló con las ráfagas de copos de nieve, y mi ira incontrolable pudo más que cualquier necesidad de fingir indiferencia.

—Me alegra ver que vuelves a ser el de siempre, Trav —dije.

El calor que irradiaba mi cara me quemaba los ojos y nublaba mi visión.

—Ya nos íbamos —le gruñó America.

Me tomó de la mano al pasar junto a Travis. Bajamos corriendo las escaleras hacia el coche; agradecí que estuviera a solo unos pasos de distancia, pues sentía que las lágrimas me inundaban los ojos. Casi me caí hacia atrás cuando mi abrigo se quedó enganchado en algo. Me solté de la mano de America, que se dio media vuelta al mismo tiempo que yo.

Travis estaba allí, agarrando el abrigo, y sentí que las orejas me ardían a pesar del frío nocturno. Los labios y el cuello de Travis estaban manchados de un ridículo rojo intenso.

—¿Adónde vas? —dijo él, con una mirada entre ebria y confusa.

—A casa —le solté, recolocándome el abrigo cuando me soltó.

—¿Qué hacías aquí?

Oí la nieve que crujía bajo los pies de America, que se había colocado detrás de mí; Shepley bajó a toda prisa las escaleras y se detuvo detrás de Travis, mirando con recelo a su novia.

—Lo siento. Si hubiera sabido que ibas a estar aquí, no habría venido.

Se metió las manos en los bolsillos del abrigo.

—Puedes venir siempre que quieras, Paloma. Nunca he querido que te alejaras.

No podía controlar la acidez de mi voz.

—No quiero interrumpir. —Miré a lo alto de las escaleras, donde estaba Megan con aire petulante—. Disfruta de tu velada —dije, dándome media vuelta.

Me jaló del brazo.

—Espera. ¿Te has enfadado? —Solté mi abrigo de su mano—. Sabes..., ni siquiera sé por qué me sorprendo. —Levantó las cejas—. Contigo no puedo ganar. ¡No puedo ganar! Dices que hemos acabado... ¡Y yo me quedo aquí hecho una mierda! Tuve que romper mi teléfono en un millón de añicos para evitar llamarte cada minuto de cada maldito día... Tuve que fingir que todo iba bien en la universidad para que tú fueras feliz... ¿Y ahora tienes los huevos de enojarte conmigo? ¡Me rompiste el corazón!

Sus últimas palabras resonaron en la noche.

—Travis, estás borracho. Deja que Abby se vaya a casa —dijo Shepley.

Travis me agarró de los hombros y me empujó hacia él.

—¿Me quieres o no? ¡No puedes seguir haciéndome esto, Paloma!

—No he venido aquí para verte —dije, con una mirada asesina.

—No la quiero —dijo él, mirándome los labios—. Pero, carajo, me siento como un cabrón desgraciado, Paloma.

Le brillaron los ojos y se inclinó hacia mí, acercando la cabeza para besarme.

Lo agarré por la barbilla y lo aparté.

—Tienes la boca manchada de su pintalabios, Travis —dije, asqueada.

Dio un paso atrás y se levantó la camiseta para limpiarse la boca. Se quedó mirando las rayas rojas en la tela blanca y sacudió la cabeza.

—Solo quería olvidarme de todo por una maldita noche.

Me sequé una lágrima que se me había escapado.

—Pues no dejes que yo te la estropee.

Intenté llegar al Honda, pero Travis volvió a tomarme por el brazo. Inmediatamente, America, fuera de sí, se lanzó a darle puñetazos en el brazo. Él la miró, abrió y cerró los ojos, asombrado y sin poder creer lo que veía. Ella siguió levantando los puños y dejándolos caer contra su pecho hasta que me soltó.

—¡Déjala en paz, cabrón!

Shepley la cogió, pero America lo empujó y se volvió para abofetear a Travis. El sonido del golpe de su mano contra su mejilla fue rápido y fuerte, y me estremecí con el ruido. Todos nos quedamos petrificados durante un momento, conmocionados por la rabia repentina de America.

Travis frunció el ceño, pero no se defendió. Shepley volvió a detenerla, esta vez por las muñecas, y la empujó hasta el Honda mientras ella lo insultaba.

America se debatía violentamente, y su pelo se movía de un lado a otro mientras intentaba soltarse. Me sorprendió su determinación por atacar a Travis. Odio puro brillaba en sus ojos normalmente dulces y libres de preocupaciones.

—¿Cómo pudiste? ¡Merecía algo mejor de ti, Travis!

—¡America, PARA! —gritó Shepley en voz más alta de lo que le había oído jamás.

Ella dejó caer los brazos a los lados, mientras miraba a Shepley con incredulidad.

—¿Lo estás defendiendo?

Aunque parecía nervioso, se mantuvo firme.

—Abby rompió con él. Ahora Travis solo intenta seguir adelante.

America frunció los ojos y obligó a Shepley a que le soltara el brazo.

—Bueno, y ¿por qué no vas a buscar a una PUTA cualquiera... —Se volvió a mirar a Megan— ... del Red y la traes a casa para coger? Luego me cuentas si te ha ayudado a olvidarte de mí.

—Mare... —Shepley la cogió pero ella se libró de él, cerrando la puerta de un golpe una vez sentada tras el volante. Me senté a su lado, procurando no mirar a Travis.

—Cariño, no te vayas —le suplicó Shepley, inclinándose para mirar por la ventana.

Ella arrancó el coche.

—En este asunto, hay un lado bueno y uno malo, Shep. Y tú estás en el malo.

—Yo estoy contigo —dijo, con mirada desesperada.

—No, ya no —añadió mientras daba marcha atrás.

—¿America? ¡America! —le gritó Shepley mientras ella se dirigía a toda velocidad hacia la carretera, dejándolo atrás. Suspiré.

—Mare, no puedes romper con él por esto. Tiene razón.

America puso la mano sobre la mía y me la apretó.

—No, en absoluto. Nada de lo que acaba de pasar ha estado bien.

Cuando llegamos al estacionamiento de Morgan, el teléfono de America sonó. Puso los ojos en blanco y respondió.

—No quiero que vuelvas a llamarme nunca más. Lo digo en serio, Shep —dijo ella—. No, no puedes..., porque no quiero, simplemente. No puedes defender lo que ha hecho: no puedes defender que haya herido así a Abby y estar conmigo... ¡Eso es exactamente lo que quiero decir, Shepley! ¡Da igual! ¿Acaso has visto a Abby intentando tirarse al primer chico con el que se cruza! No es Travis, Shepley, ese es el problema. ¡No te ha pedido que lo defiendas! Uf... No pienso hablar más de esto. No vuelvas a llamarme. Adiós.

Salió a toda prisa del coche, cruzó la calle y subió furiosa las escaleras. Intenté seguirle el ritmo para poder oír su parte de la conversación.

Cuando su teléfono volvió a sonar, lo apagó.

—Travis ha pedido a Shep que lleve a Megan a casa. Quería pasar por aquí cuando regresara.

—Deberías dejar que viniera, Mare.

—No, tú eres mi mejor amiga. No puedo tragar con lo que he visto esta noche, y no puedo estar con alguien que lo defienda. Fin de la conversación, Abby, lo digo en serio.

Asentí y America me abrazó por los hombros, acercándome a ella mientras subíamos las escaleras a nuestras habitaciones. Kara ya estaba dormida y yo me salté la ducha y me metí en la cama vestida de la cabeza a los pies, con el abrigo y todo. No podía dejar de pensar en Travis entrando por la puerta con Megan, ni en las manchas de pintalabios rojo por toda su cara. Intenté alejar de mi mente las imágenes asquerosas de lo que habría pasado si no hubiera estado allí y pasé por varias emociones hasta quedarme en la desesperación.

Shepley tenía razón. No tenía ningún derecho a estar enfadada, pero ignorar el dolor no me ayudaba.

Finch sacudió la cabeza cuando me senté en la silla al lado de la suya. Sabía que mi aspecto era horrible; apenas tenía energía para cambiarme de ropa y cepillarme los dientes. Solo había dormido una hora la noche anterior, incapaz de olvidarme del pintalabios rojo en la boca de Travis o de la culpa por la ruptura de Shepley y America.

America decidió quedarse en la cama, consciente de que una vez que se le calmara el enfado llegaría el turno de la depresión. Quería a Shepley y, por muy determinada que estuviera en acabar las cosas porque él se había posicionado en el bando equivocado, tenía que preparase para sufrir las consecuencias de su decisión.

Después de clase, Finch me acompañó a la cafetería. Como temía, Shepley esperaba a America en la puerta. Cuando me vio, no dudó.

—¿Dónde está Mare?

—No ha ido a clase esta mañana.

—¿Está en su habitación? —dijo él, volviéndose hacia Morgan.

—Lo siento, Shepley —le grité.

Él se detuvo y se dio media vuelta, con la cara de un hombre que había llegado a su límite.

—¡Me gustaría que Travis y tú pudieran arreglar toda su mierda! ¡Son un maldito tornado! Cuando están felices, todo es amor, paz y mariposas. Pero, cuando están cabreados, ¡les da igual si arrasan con todo el jodido mundo!

Se alejó hecho una furia y yo solté el aliento que estaba conteniendo.

—Pues sí que ha ido bien.

Finch me empujó dentro de la cafetería.

—Con todo el mundo. Guau. ¿Crees que podrías hacer tu magia negra antes del examen del viernes?

—Veré qué puedo hacer.

Finch eligió una mesa diferente, y me alegró seguirlo hasta allí. Travis se sentó con sus hermanos de la fraternidad, pero no tomó una bandeja y no se quedó mucho. Me vio cuando se iba, pero no se detuvo.

—Entonces, America y Shepley han roto también, ¿eh? —preguntó Finch mientras masticaba.

—Estábamos en casa de Shep ayer por la noche y Travis llegó a casa con Megan y... la cosa se complicó. Cada uno se posicionó en un bando.

—¡Ay!

—Exactamente. Me siento fatal.

Finch me dio unas palmaditas en la espalda.

—No puedes controlar las decisiones que toman, Abby. ¿Supongo que eso significa que nos saltamos aquello de San Valentín en Sig Tau?

—Eso parece.

Finch sonrió.

—Aun así te invitaré a salir. Las invitaré a Mare y a ti. Será divertido.

Me apoyé en su hombro.

—Eres el mejor, Finch.

No había pensado en San Valentín, pero me encantaba tener planes. No podía imaginarme lo mal que me sentiría si la pasaba a solas con America, oyéndola despotricar contra Shepley y Travis durante toda la noche. Estaba segura de que eso es lo que haría (no sería America si no lo fuera), pero al menos, si estábamos en público, sería una invectiva limitada.

Las semanas de enero pasaron y, después de un encomiable pero fallido intento de Shepley por recuperar a America, vi cada vez menos a ambos primos. En febrero, de repente, dejaron de ir a la cafetería, y solo vi a Travis un puñado de veces de camino a clase.

La semana del día de San Valentín, America y Finch me invitaron a ir al Red, y, durante todo el trayecto hasta el club, temí encontrarme a Travis allí. Entramos y suspiré con alivio al no ver ni rastro de él allí.

—Yo pago las primeras rondas —dijo Finch, mientras señalaba una mesa y se abría paso entre la multitud del bar.

Nos sentamos y observamos cómo la pista de baile pasó de estar vacía a rebosar de estudiantes universitarios borrachos. Después de la quinta ronda, Finch nos llevó a la pista de baile, y finalmente me sentí lo suficientemente relajada como para pasar un buen rato. Bromeamos y nos chocamos unos contra otros, riéndonos histéricos cuando un hombre dio una vuelta a su compañera de baile, esta se soltó y acabó en el suelo.

America levantó las manos y movió los rizos al ritmo de la música. Me reí de su característica cara de baile y, entonces, me detuve abruptamente cuando Shepley apareció detrás de ella. Le susurró algo al oído y ella se dio media vuelta. Cruzaron unas palabras y, entonces, America me cogió de la mano y me llevó a nuestra mesa.

—Por supuesto, la única noche que salimos y él aparece —gruñó ella.

Finch nos trajo dos copas más, con un trago para cada una.

—Pensé que los necesitarían.

—Y tenías razón.

America se lo bebió echando la cabeza hacia atrás antes de que pudiéramos brindar, y yo sacudí la cabeza antes de chocar mi vaso con el de Finch. Intenté no apartar la mirada de las caras de mis amigos, temiendo que, si Shepley estaba allí, Travis no anduviera muy lejos.

Otra canción empezó a sonar por los altavoces y America se levantó.

—A la mierda, no me voy a quedar sentada en esta mesa el resto de la noche.

—¡Esa es mi chica! —dijo Finch, siguiéndola a la pista de baile con una sonrisa.

Los seguí, mirando a mi alrededor en busca de Shepley. Había desaparecido. Volví a relajarme e intenté librarme de la sensación de que Travis aparecería en la pista de baile con Megan. Un chico que había visto por el campus bailaba detrás de America, y ella sonrió, agradecida por la distracción. Tenía la sospecha de que estaba exagerando lo mucho que se estaba divirtiendo, con la esperanza de que Shepley la viera. Aparté la mirada un segundo y, cuando volví a mirar a America, su compañero de baile había desaparecido. Ella se encogió de hombros y siguió sacudiendo las caderas al ritmo de la música.

La siguiente canción empezó a sonar y un chico diferente apareció detrás de America, mientras su amigo se ponía a bailar a mi lado. Un momento después, mi nuevo compañero de baile se puso detrás de mí, y me sentí un poco insegura cuando noté sus manos en mis caderas. Como si me hubiera leído la mente, quitó las manos de mi cintura. Miré detrás de mí y vi que se había ido. Miré a America, y el hombre que estaba detrás de ella tampoco estaba.

Finch parecía un poco nervioso, pero, cuando America levantó una ceja al ver su expresión, él sacudió la cabeza y siguió bailando.

A la tercera canción, estaba sudando y cansada. Me retiré a nuestra mesa, apoyé la cabeza en la mano y me reí al ver que otro aspirante sacaba a America a bailar. Ella me guiñó un ojo desde la pista de baile, y, de repente, me tensé cuando vi que tiraban de él hacia atrás y que desaparecía entre la multitud.

Me levanté y rodeé la pista de baile, sin perder de vista el agujero por el que habían tirado de él; cuando vi a Shepley cogiendo por el cuello de la camisa al sorprendido chico, sentí que la adrenalina me hervía entre el alcohol de mis venas. Travis estaba a su lado, riéndose histérico hasta que levantó la vista y me descubrió observándolos. Dio un golpe a Shepley en el brazo y, cuando este miró hacia mí, volvió a empujar a su víctima a la pista.

No tardé mucho en deducir qué había estado pasando: habían ido sacando de la pista a los chicos que se acercaban a bailar con nosotras y los habían amenazado para que permanecieran alejados de nosotras.

Los miré a ambos con el ceño fruncido y me abrí paso hacia America. La muchedumbre apenas dejaba huecos y tuve que empujar a unas cuantas personas para que se apartaran. Shepley me cogió la mano antes de que pudiera llegar a la pista de baile.

—¡No se lo digas! —dijo él, intentando ocultar su sonrisa.

—¿Qué demonios te crees que estás haciendo, Shep?

Él se encogió de hombros, aún orgulloso de sí mismo.

—La amo. No puedo permitir que otros chicos bailen con ella.

—¿Y esa es tu excusa para espantar al chico que estaba bailando conmigo? —dije, cruzándome de brazos.

—No he sido yo —replicó Shepley, echando una rápida mirada a Travis.

—Lo siento, Abby. Solo nos estábamos divirtiendo.

—Pues no tiene ninguna gracia.

—¿Qué es lo que no tiene ninguna gracia? —dijo America, fulminando a Shepley con la mirada.

Él tragó saliva y me lanzó una mirada de súplica. Le debía una, así que mantuve la boca cerrada.

Shep lanzó un suspiro de alivio cuando se dio cuenta de que no iba a delatarlo, y miró a America con dulce adoración.

—¿Quieres bailar?

—No, no quiero bailar —dijo ella, volviendo hacia la mesa.

La siguió y nos dejó a Travis y a mí solos, de pie.

Travis se encogió de hombros.

—¿Quieres bailar?

—¿Y eso? ¿Megan no está aquí? —Él sacudió la cabeza.

—Solías ser muy dulce cuando estabas borracha.

—Pues me alegra decepcionarte —dije, volviéndome hacia el bar.

Me siguió y echó a dos tipos de sus asientos. Lo fulminé con la mirada, pero él me ignoró, se sentó y se quedó observándome expectante.

—¿No te sientas? Te invito a una cerveza.

—Pensaba que no pagabas las copas a ninguna chica en los bares.

Me hizo un gesto con la cabeza, impaciente.

—Estás diferente.

—Sí, no dejas de decirlo.

—Vamos, Paloma. ¿Dónde quedó eso de que fuéramos amigos?

—No podemos ser amigos, Travis. Está claro.

—¿Por qué no?

—Porque no quiero ver cómo te tiras a una chica diferente cada noche, y, mientras, tú no dejas que nadie baile conmigo.

Él sonrió.

—Te amo. No puedo permitir que otros chicos bailen contigo.

—¿Ah, sí? ¿Y cuánto me querías cuando compraste esa caja de condones?

Travis hizo un gesto de disgusto y yo me levanté para volver a la mesa.

Shepley y America estaban fundidos uno en brazos del otro, montando una escena mientras se besaban apasionadamente.

—Me parece que lo de ir a la fiesta de citas de San Valentín de Sig Tau vuelve a estar en pie —dijo Finch frunciendo el ceño.

Suspiré.

—Mierda.

Capítulo 19

HELLERTON

America no había vuelto a Morgan desde su reencuentro con Shepley. Solía faltar al almuerzo, y sus llamadas cada vez eran más escasas. No les echaba en cara el tiempo que estaban recuperando por todo aquel que habían pasado separados. Honestamente, me alegraba de que America estuviera demasiado ocupada para llamarme desde el apartamento de Shepley y Travis. Resultaba incómodo oír a Travis de fondo, y me daba un poco de celos que ella pasara tiempo con él y yo no.

Finch y yo nos veíamos más, y egoístamente agradecía que estuviera tan solo como yo. Íbamos a clase, comíamos juntos, estudiábamos juntos e incluso Kara se acostumbró a tenerlo cerca.

Se me empezaban a adormecer los dedos por el aire helado al quedarme fuera de Morgan haciendo compañía a Finch mientras fumaba.

—¿Podrías considerar dejar de fumar antes de que me dé un ataque de hipotermia por quedarme aquí fuera dándote apoyo moral? —pregunté.

Finch se rio.

—Te quiero, Abby. De verdad que sí, pero no, no voy a dejar de fumar.

—¿Abby?

Me di media vuelta y vi a Parker caminando por la acera con las manos metidas en los bolsillos. Tenía secos sus gruesos labios bajo la nariz enrojecida, y me reí cuando se llevó un cigarrillo imaginario a la boca y soltó una bocanada de vaho.

—Si lo hicieras así, te ahorrarías mucho dinero, Finch —dijo con una sonrisa.

—¿Qué le ha dado a todo el mundo hoy para que deje de fumar? —preguntó él, molesto.

—¿Qué hay, Parker? —pregunté.

Sacó dos entradas del bolsillo.

—Han estrenado esa nueva película vietnamita. El otro día oí que querías verla, así que se me ocurrió comprar un par de entradas para esta noche.

—No te preocupes por mí —dijo Finch.

—Puedo ir con Brad si tienes planes —dijo Parker encogiéndose de hombros.

—Entonces, ¿no es una cita? —pregunté.

—No, solo en plan de amigos.

—Y ya sabemos lo bien que te funciona eso —se burló Finch.

—Oh, ¡cállate! —dije riéndome—. Suena divertido, Parker, gracias.

Se le iluminaron los ojos.

—¿Quieres que vayamos a comer una pizza o algo antes? La verdad es que no me gusta mucho la comida de los cines.

—Una pizza estará genial —asentí.

—Bueno, pues la película es a la nueve, así que... ¿te recojo a las seis y media más o menos? —Asentí de nuevo y me despedí de Parker.

—Oh, Dios —dijo Finch—. Eres masoquista, Abby. Sabes que a Travis no le va a hacer ninguna gracia cuando se entere.

—Ya lo has oído. No es una cita. Y no puedo hacer planes basándome en lo que le parezca bien a Travis. Él no me consultó nada antes de llevar a Megan a su casa.

—Nunca vas a olvidarte de eso, ¿verdad?

—Probablemente, no.

Nos sentamos en una mesa con banco en el rincón y me froté las manos para intentar entrar en calor. No pude evitar darme cuenta de que estábamos en el mismo sitio en el que nos sentamos Travis y yo cuando quedamos por primera vez, y sonreí al acordarme de ese día.

—¿Qué te hace tanta gracia? —preguntó Parker.

—Nada, me gusta este sitio. He pasado buenos momentos.

—Me he dado cuenta de que llevas la pulsera —dijo él, mirando los diamantes resplandecientes de mi muñeca.

—Ya te dije que me gustaba.

La camarera nos entregó la carta y tomó nota de las bebidas.

Parker me puso al día sobre su horario y me habló de los avances que había hecho en sus estudios para el examen de admisión en la Facultad de Medicina. Cuando la camarera nos sirvió las cervezas, Parker apenas se había dado un respiro. Parecía nervioso, y me pregunté si tenía la impresión de que estábamos en una cita, al margen de lo que me hubiera dicho.

Se aclaró la garganta.

—Lo siento. Creo que he monopolizado bastante la conversación. —Dio unos golpecitos a su botella y sacudió la cabeza—. Es que no había hablado contigo en tanto tiempo que suponía que tenía mucho que contar.

—Está bien. Ha pasado mucho tiempo.

Justo entonces, sonó la campanilla de la puerta. Me volví y vi a Travis y a Shepley entrar en el local. Travis tardó menos de un segundo en verme, pero no pareció sorprendido.

—Oh, cielos —murmuré.

—¿Qué pasa? —preguntó Parker antes de darse la vuelta y ver que se sentaban a una mesa al otro lado del local.

—Hay un sitio de hamburguesas calle abajo al que podemos ir —dijo Parker en voz baja.

Antes estaba nervioso, pero en ese momento su inquietud había alcanzado un nivel totalmente nuevo.

—Creo que en este momento sería más raro que nos fuéramos —mascullé.

Puso cara de disgusto, derrotado.

—Probablemente tengas razón.

Intentamos seguir con nuestra conversación, pero resultaba evidente que era forzada e incómoda. La camarera estuvo un buen rato en la mesa de Travis, pasándose los dedos por el pelo y cambiando el peso de su cuerpo de un pie a otro. Finalmente, se acordó de tomarnos nota de lo que queríamos comer cuando Travis respondió a su celular.

—Tomaré los tortellini —dijo Parker, mirándome.

—Y yo... —Alargué la última palabra, distraída porque Travis y Shepley se habían levantado.

Travis siguió a Shepley a la puerta, pero vaciló, se detuvo y se dio media vuelta. Cuando vio que lo miraba, vino directamente hacia nuestra mesa. La camarera esbozó una sonrisa de esperanza, como si creyera que iba a despedirse. Sus ilusiones se frustraron rápidamente cuando Travis se puso a mi lado sin apenas parpadear en su dirección.

—Tengo una pelea dentro de cuarenta y cinco minutos, Paloma. Quiero que vengas.

—Trav...

Su gesto era contenido, pero podía ver la tensión de alrededor de sus ojos. No estaba segura de si no quería dejar mi cena con Parker al destino, o si realmente deseaba que fuera con él. En cualquier caso, había tomado mi decisión un segundo después de que me lo pidiera.

—Necesito que estés allí. Es la revancha con Brady Hoffman, el chico de State. Habrá mucha gente y montones de dinero en juego... y Adam dice que Brady ha estado entrenándose.

—Ya has peleado antes con él, Travis, sabes que es una victoria fácil.

—Abby —dijo Parker con calma.

—Te necesito allí —insistió Travis; su confianza parecía tambalearse.

Miré a Parker con una sonrisa de disculpa.

—Lo siento.

—¿Lo dices en serio? —dijo él, arqueando las cejas—. ¿Te vas en medio de la cena?

—Todavía puedes llamar a Brad, ¿verdad? —pregunté mientras me levantaba.

Las comisuras de la boca de Travis se elevaron mínimamente mientras dejaba un billete de veinte en la mesa.

—Con esto debería bastar.

—No me importa el dinero... Abby...

Me encogí de hombros.

—Es mi mejor amigo, Parker. Si me necesita allí, tengo que ir.

Sentí la mano de Travis cerrarse en torno a la mía mientras me guiaba fuera del restaurante. Parker me observaba con una mirada de estupefacción. Shepley ya estaba al teléfono en su Charger, avisando a todo el mundo. Travis se sentó en la parte de atrás conmigo, sujetándome la mano con firmeza.

—Acabo de hablar con Adam, Trav. Me ha dicho que los chicos de State se han presentado borrachos y con los bolsillos llenos de dinero. Ya están furiosos, así que tal vez sea buena idea mantener a Abby lejos de la pelea.

Travis asintió.

—Sí, no la pierdas de vista.

—¿Dónde está America? —pregunté.

—Estudiando para su examen de Física.

—Es un buen laboratorio —dijo Travis.

Solté una carcajada y eché una mirada a Travis, que sonreía abiertamente.

—¿Cuándo has visto el laboratorio? No has hecho Física —dijo Shepley.

Travis se rio y yo le di un pequeño codazo. Apretó los labios hasta que la necesidad de reír pasó y me guiñó un ojo, apretándome la mano una vez más, entrelazando los dedos con los míos, y oí que un pequeño suspiro se le escapaba de los labios. Sabía en qué pensaba, porque yo me sentía igual. Durante ese rato, fue como si nada hubiera cambiado.

Nos detuvimos en una zona oscura del aparcamiento, y Travis se negó a soltarme la mano hasta que nos colamos por la ventana del sótano del Hellerton Science Building. Lo habían construido el año anterior, así que no tenía un ambiente enrarecido ni tanto polvo como los otros sótanos en los que nos habíamos colado.

En cuanto entramos en el vestíbulo, el rugido de la multitud llegó a nuestros oídos. Asomé la cabeza y vi un océano de caras, muchas de las cuales no reconocí. Todo el mundo sujetaba una botella de cerveza en la mano, pero los estudiantes de State College eran fáciles de distinguir entre la muchedumbre. Eran los que se tambaleaban con los ojos medio cerrados.

—Quédate cerca de Shepley, Paloma. Ahí fuera se va a montar una gorda —dijo él desde detrás de mí.

Observó a la muchedumbre y sacudió la cabeza por la enorme cantidad de asistentes. El sótano de Hellerton era el más espacioso del campus, así que a Adam le gustaba programar peleas allí cuando esperaban una gran afluencia de público. Incluso con ese espacio de más, había personas aplastadas contra las paredes y empujones por conseguir un buen sitio.

Adam salió de una esquina y no intentó ocultar el descontento por mi presencia.

—Pensé que te había dicho que no trajeras a tu chica a las peleas nunca más, Travis.

Travis se encogió de hombros.

—Ya no es mi chica.

Aunque procuré que la expresión de mi rostro no cambiara, había pronunciado esas palabras con tanta naturalidad que sentí un pinchazo en el pecho.

Adam bajó la mirada a nuestros dedos entrelazados y luego volvió a mirar a Travis a la cara.

—Nunca voy a entender su relación. —Sacudió la cabeza y después echó un vistazo a la multitud. Seguía llegando gente por las escaleras, aunque ya no cabía un alfiler entre los que ya estaban en la pista—. Tenemos un lleno de locura esta noche, así que nada de cagadas hoy, ¿de acuerdo?

—Me aseguraré de que haya espectáculo, Adam.

—Eso no es lo que me preocupa. Brady ha estado entrenando.

—También yo.

—Mentiras —se rio Shepley.

Travis se encogió de hombros.

—Tuve una pelea con Trent el pasado fin de semana. Ese mierdecilla es rápido.

Me reí y Adam me miró.

—Será mejor que te tomes esto en serio, Travis —dijo él, mirándome a los ojos—. Hay mucho dinero en juego en esta pelea.

—Ah, ¿y yo no? —dijo Travis, irritado por el sermón de Adam.

Adam se volvió, sujetando el megáfono delante de los labios, y se subió a una silla por encima de la muchedumbre de espectadores borrachos. Travis me sujetó a su lado mientras Adam daba la bienvenida a los asistentes y después repasó las reglas.

—Buena suerte —le dije, tocándole el pecho.

Solo había estado nerviosa en otro combate, en el que se había enfrentado a Brock McMann en Las Vegas, pero no podía librarme del sentimiento siniestro que me había embargado desde que había puesto un pie en Hellerton. Algo fallaba, y Travis también lo sentía.

Travis me cogió por los hombros y me dio un beso en los labios. Se apartó rápidamente, asintiendo una vez.

—Esa es toda la suerte que necesito.

Todavía estaba conmocionada por la calidez de los labios de Travis cuando Shepley me empujó junto a la pared al lado de Adam. Recibí empujones y codazos, lo que me recordó a la primera noche que vi a Travis pelear, pero la multitud estaba menos centrada, y algunos de los estudiantes de State empezaban a ponerse hostiles. Los de Eastern vitorearon y silbaron a Travis cuando irrumpió en el Círculo, mientras que los de State se dividían entre abuchear a Travis y animar a Brady.

Estaba en una posición privilegiada desde la que podía ver cómo Brady destacaba sobre Travis, moviéndose impaciente por que el megáfono sonara. Como siempre, Travis sonreía ligeramente, sin dejar que la locura de su alrededor lo afectara. Cuando Adam dio inició a la pelea, Travis intencionadamente dejó que Brady asestara el primer puñetazo. Me sorprendió que el golpe lanzara su cara con fuerza hacia un lado. Brady había estado entrenando.

Travis sonrió y vi que sus dientes se habían teñido de un rojo brillante; entonces se centró en devolver cada golpe que lanzaba Brady.

—¿Por qué está dejando que le pegue tanto? —pregunté a Shepley.

—Me parece que ya no le está dejando —dijo Shepley, sacudiendo la cabeza—. No te preocupes, Abby. Se está preparando para apuntarse un tanto.

Después de diez minutos, Brady estaba a punto de quedarse sin aliento, pero todavía conseguía asestar sólidos golpes a Travis en los costados y en la mandíbula. Travis cogió el zapato de Brady cuando intentó pegarle una patada, y le sujetó la pierna con una mano, mientras le daba en la nariz antes de levantar más la pierna de Brady, haciendo que perdiera el equilibrio. El público estalló cuando Brady cayó al suelo, aunque no se quedó mucho tiempo allí. Se levantó, pero con dos líneas rojo oscuro que le salían de la nariz. De inmediato, pegó dos puñetazos más a la cara de Travis y le provocó un corte en la ceja; empezó a salirle sangre, que le goteó por la mejilla.

Cerré los ojos y me di media vuelta, con la esperanza de que Travis rematara la pelea pronto. El ligero movimiento de mi cuerpo me dejó atrapada en la corriente de espectadores y, antes de poder enderezarme, estaba a varios metros de un preocupado Shepley. Mis esfuerzos por luchar contra la multitud resultaron ineficaces y, en muy poco tiempo, me estaban aplastando contra la pared de atrás.

La salida más cercana estaba al otro lado de la habitación, a la misma distancia que la puerta por la que había entrado. Me di en la espalda contra la pared de hormigón, lo que me dejó sin aliento.

—¡Shep! —grité, moviendo la mano por encima de mí para llamar su atención.

La lucha estaba en su clímax. Nadie podía oírme.

Un hombre perdió el pie y agarró mi camisa para enderezarse, tirándome la cerveza por toda mi parte delantera. Me quedé empapada desde el cuello hasta la cintura, y apestaba al olor amargo de la cerveza barata. El hombre seguía sujetándome la camisa con su puño mientras intentaba levantarse del suelo, así que tuve que arrancarle los dedos de dos en dos hasta que me soltó. No se molestó en mirarme dos veces y se abrió camino hacia delante entre la muchedumbre.

—¡Oye! ¡Te conozco! —me gritó otro hombre al oído.

Me eché hacia atrás y lo reconocí de inmediato. Era Ethan, el hombre al que Travis había amenazado en el bar, el mismo que de algún modo se había librado de unos cargos de agresión sexual.

—Sí —dije, mientras buscaba un hueco entre el público y me colocaba bien la camisa.

—Bonita pulsera —dijo él, al tiempo que bajaba su mano por mi brazo y me cogía la muñeca.

—¡Oye! —lo avisé, apartando la mano.

Me frotó el brazo, balanceándose y sonriendo.

—La última vez que intenté hablar contigo nos interrumpieron de forma muy grosera.

Me puse de puntillas y vi a Travis asestando dos golpes a Brady en la cara. Barrió el público que nos separaba con la mirada. Me estaba buscando en lugar de centrarse en la pelea. Tenía que volver a mi sitio antes de que se distrajera demasiado.

Apenas me había abierto paso entre el público cuando los dedos de Ethan se clavaron en la parte trasera de mis vaqueros. Volví a darme contra la pared una vez más.

—No he acabado de hablar contigo —dijo Ethan, pegando un repaso a mi camisa mojada con una actitud evidentemente lasciva.

Le quité la mano de la parte trasera de mis vaqueros, clavándole las uñas.

—¡Suéltame! —grité cuando se resistió.

Ethan se rio y me empujó contra él.

—No quiero soltarte.

Busqué una cara familiar entre la multitud, intentando alejar a Ethan al mismo tiempo. Sus brazos pesaban mucho y me agarraba con fuerza. Presa del pánico, ya no podía distinguir a los estudiantes de State de los de Eastern. Nadie pareció darse cuenta de mi riña con Ethan, y había tanto ruido que nadie podía oírme protestar tampoco. Se inclinó hacia delante, alargando la mano para tocarme el trasero.

—Siempre pensé que tenías un culo de escándalo —dijo él, echándome a la cara el aliento que apestaba a cerveza.

—¡Apártate! —grité, dándole un empujón.

Miré a Shepley, y vi que Travis por fin me había encontrado entre el público. Instantáneamente me empujó contra los cuerpos amontonados que lo rodeaban.

—¡Travis! —dije, pero los aplausos ahogaban mis gritos. Empujé a Ethan con una mano y alargué la otra hacia Travis. Este apenas consiguió avanzar antes de que volvieran a empujarlo dentro del Círculo. Brady aprovechó la distracción de Travis y le clavó un codo en un lateral de la cabeza. La muchedumbre se acalló un poco cuando Travis golpeó a alguien de entre el público en un nuevo intento de llegar hasta mí.

—¡Quítale las putas manos de encima! —gritó Travis.

Las personas que se encontraban entre donde estaba yo y el lugar desde el que Travis intentaba abrirse paso volvieron la cabeza en mi dirección. Ethan hacía caso omiso e intentaba manterme el tiempo suficiente para besarme. Me acarició con la nariz el pómulo y luego bajó por mi cuello.

—Hueles realmente bien —masculló él.

Le aparté la cara, pero me cogió por la muñeca, sin inmutarse. Abriendo los ojos de par en par, busqué de nuevo a Travis, que, a la desesperada, indicó a Shepley dónde estaba yo.

—¡Ayúdala! ¡Shep! ¡Ayuda a Abby! —dijo él, todavía intentando abrirse camino entre el público.

Brady volvió a meterlo dentro del Círculo y le golpeó de nuevo.

—Estás jodidamente buena, ¿lo sabes? —dijo Ethan.

Cerré los ojos cuando sentí su boca en mi cuello. La ira se apoderó de mí y volví a empujarlo.

—¡He dicho que me dejes! —grité, clavándole la rodilla en la entrepierna.

Se dobló hacia delante, llevándose inmediatamente una mano a la fuente del dolor, mientras seguía agarrándome por la camisa con la otra, negándose a soltarme.

—¡Zorra! —gritó él.

Al minuto siguiente, me liberé.

Shepley miraba a Ethan con ojos salvajes, mientras lo agarraba por el cuello de la camisa. Sujetó a Ethan contra la pared, mientras le golpeaba con el puño una y otra vez en la cara. Solo se detuvo cuando Ethan se puso a sangrar por la boca y la nariz.

Shepley tiró de mí hasta las escaleras, empujando a todo aquel que se interpusiera en su camino. Me ayudó a salir por una ventana abierta y por una salida de incendios, hasta que por fin me cogió cuando salté los pocos metros que me separaban del suelo.

—¿Estás bien, Abby? ¿Te ha hecho daño? —me preguntó Shepley.

Una manga de la camisa me colgaba solo de unos cuantos hilos. Aparte de eso, había escapado sin un rasguño. Sacudí la cabeza, todavía conmocionada.

Shepley me puso las manos a ambos lados de la cara y me miró a los ojos.

—Abby, respóndeme. ¿Estás bien?

Asentí. Cuando la sangre absorbió la adrenalina, las lágrimas empezaron a fluir.

—Estoy bien.

Me abrazó, apretando la mejilla contra mi frente, y después se enderezó.

—¡Estamos aquí, Trav!

Travis corrió hacia nosotros a toda velocidad, y solo bajó el ritmo cuando me tuvo en sus brazos. Estaba cubierto de sangre, le chorreaba por el ojo y también tenía la boca salpicada de rojo.

—¡Santo cielo! ¿Está herida? —preguntó él.

Shepley seguía con su mano en mi espalda.

—Me ha dicho que está bien.

Travis me apartó extendiendo el brazo y frunció el ceño.

—¿Estás herida, Paloma?

Justo cuando decía que no con la cabeza, vi a la primera persona del sótano que bajaba por la salida de incendios. Travis me estrechó con fuerza entre sus brazos, revisando las caras de quienes salían en silencio. Un hombre bajito y rechoncho saltó de la escalera y se quedó helado cuando nos vio de pie en la acera.

—Tú —gruñó Travis.

Me soltó y corrió por el césped hasta que tiró al hombre al suelo.

Miré a Shepley, confusa y horrorizada.

—Ese es el tipo que no dejaba de empujar a Travis dentro del Círculo —dijo Shepley.

Una pequeña multitud se reunió alrededor de ellos mientras luchaban en el suelo. Travis asestó un puñetazo tras otro en la cara de aquel hombre, mientras Shepley volvía a apretarme contra su pecho, aún jadeando. El hombre dejó de devolver los golpes, y Travis lo dejó sangrando en el suelo.

Quienes se habían congregado a su alrededor, se dispersaron para dar más espacio a Travis, al ver la rabia en sus ojos.

—¡Travis! —gritó Shepley, señalando al otro lado del edificio.

Ethan cojeaba en la sombra, usando el muro de ladrillos de Hellerton para sujetarse. Cuando oyó a Shepley gritar el nombre de Travis, se volvió justo a tiempo para ver a su asaltante abalanzarse sobre él. Tras lanzar la botella de cerveza que llevaba en las manos, Ethan cruzó cojeando el césped en dirección a la calle tan rápido como sus piernas se lo permitían. Precisamente cuando llegó a su coche, Travis lo alcanzó y lo golpeó contra el vehículo.

Ethan no dejaba de suplicar a Travis, pero este lo agarró por el cuello de la camisa y estampó su cabeza en la puerta del coche. Las súplicas se acabaron con el sonoro golpe de su cráneo contra el parabrisas; inmediatamente, Travis lo empujó delante del coche y rompió un faro con la cara de Ethan. Travis lo lanzó sobre el capó y aplastó su cara contra el metal mientras gritaba obscenidades.

—Mierda —dijo Shepley. Me volví y vi el resplandor azul y rojo de las luces de un coche de policía que se acercaba rápidamente. Montones de personas saltaron desde la plataforma, creando una cascada humana desde la salida de incendios, y ráfagas de estudiantes salieron corriendo en todas las direcciones.

—¡Travis! —grité.

Travis dejó el cuerpo inerte de Ethan sobre el capó del coche y corrió hacia nosotros. Shepley me llevó hasta el estacionamiento y abrió a toda velocidad la puerta de su coche. Salté al asiento trasero y esperé angustiada a que ambos entraran. Muchos coches salieron rápidamente de donde estaban estacionados en dirección a la carretera, pero se detuvieron chirriando cuando un segundo coche de policía bloqueó el camino.

Travis y Shepley saltaron a sus asientos, y Shepley lanzó una maldición cuando vio que los coches atrapados volvían marcha atrás desde la única salida. Arrancó el coche, y el Charger botó cuando saltó por encima de la cuneta. Pasó sobre el césped y salió volando entre dos edificios, hasta que volvió a rebotar cuando tomamos la calle que estaba detrás de la universidad.

Los neumáticos chirriaron y el motor rugió cuando Shepley pisó el acelerador. Me deslicé por el asiento hasta darme contra el interior de la carrocería del vehículo cuando giramos y me golpeé el codo que ya tenía magullado. Las luces de la calle entraban por la ventanilla mientras corríamos hacia el apartamento, pero parecía que había pasado cerca de una hora cuando finalmente nos detuvimos en el estacionamiento.

Shepley aparcó el Charger y apagó el motor. Los chicos abrieron sus puertas en silencio, y Travis pasó al asiento de atrás para cargarme en sus brazos.

—¿Qué ha ocurrido? Joder, Trav, ¿qué te ha pasado en la cara? —dijo America corriendo escaleras abajo.

—Te lo contaré dentro —dijo Shepley, guiándola hacia la puerta.

Conmigo en brazos, Travis subió las escaleras, cruzó el salón y el pasillo sin decir una palabra, hasta que me dejó en su cama. *Toto* me daba pataditas en las piernas y saltaba sobre la cama para lamerme la cara.

—Ahora no, pequeño —dijo Travis en voz baja, mientras se llevaba al cachorro al pasillo y cerraba la puerta.

Se arrodilló delante de mí y tocó los bordes deshilachados de mi manga. Su ojo estaba en la fase inicial de un hematoma, rojo e hinchado. La piel irritada de encima estaba rasgada y bañada en sangre. Tenía los labios manchados de escarlata y desgarros en la piel de algunos nudillos. La camiseta que antes había sido blanca estaba ahora manchada de una combinación de sangre, hierba y barro.

Le toqué el ojo y él hizo un gesto de dolor, apartándose de mi mano.

—Lo siento mucho, Paloma. Intenté llegar hasta ti. De verdad... —Se aclaró la garganta, asfixiado por la ira y la preocupación—. Pero no podía.

—¿Puedes pedirle a America que me lleve de vuelta a Morgan? —dije.

—No puedes volver allí esta noche. El sitio está a rebosar de policías. Tú quédate aquí, yo domiré en el sofá.

Ahogué una exhalación entrecortada, intentando no derramar más lágrimas. Ya se sentía bastante mal.

Travis se levantó y abrió la puerta.

—¿Adónde vas? —le pregunté.

—Tengo que darme una ducha. Vuelvo enseguida.

America se cruzó con él cuando salió y se sentó a mi lado en la cama, acercándome a su pecho.

—¡Siento muchísimo no haber estado allí! —gritó ella.

—Estoy bien —dije mientras me secaba la cara manchada por las lágrimas.

Shepley llamó a la puerta y entró con un vaso lleno hasta la mitad de whisky.

—Toma —dijo, dándoselo a America.

Ella me lo puso en las manos y me dio un ligero golpe con el codo.

Eché hacia atrás la cabeza y dejé que el líquido cayera por mi garganta. Arrugué la cara conforme el whisky pasaba ardiendo hasta mi estómago.

—Gracias —dije, devolviéndole el vaso a Shepley.

—Tendría que haber llegado antes. Ni siquiera me di cuenta de que no estabas. Lo siento, Abby, debería...

—No es culpa tuya, Shep. No es culpa de nadie.

—Es culpa de Ethan —dijo entre dientes—. Ese cabrón estaba metiéndole mano por todas partes contra la pared.

—¡Cariño! —dijo America, conmocionada y acercándome a ella.

—Necesito otra copa —dije, empujando el vaso vacío hacia Shepley.

—Yo también —dijo este antes de volver a la cocina.

Travis entró con una toalla anudada a la cintura y sujetando una lata fría de cerveza contra el ojo. America salió de la habitación sin una palabra mientras Travis se ponía los calzoncillos. Después cogió su almohada. Shepley trajo cuatro vasos esta vez, todos llenos hasta el borde de licor ámbar. Todos bebimos el whisky sin dudarlo.

—Nos vemos por la manana —dijo America, dándome un beso en la mejilla.

Travis tomó mi vaso y lo dejó en la mesita de noche. Se quedó mirándome un momento y después fue hasta su armario, descolgó una camisa y la lanzó sobre la cama.

—Siento cagarla tanto —dijo él, sujetándose la cerveza contra el ojo.

—Tienes un aspecto terrible. Mañana estarás hecho una mierda.

Él sacudió la cabeza, disgustado.

—Abby, has sufrido un ataque esta noche. No te preocupes por mí.

—Es difícil mientras veo cómo se te hincha el ojo —dije, mientras me ponía la camisa en el regazo.

Apretó las mandíbulas.

—No habría pasado si hubiera dejado que te quedaras con Parker. Pero sabía que, si te lo pedía, vendrías. Quería demostrarle que sigues siendo mía. Y has acabado herida.

Sus palabras me agarraron desprevenida y pensé que no había oído bien.

—¿Por eso me pediste que fuera esta noche? ¿Para demostrarle algo a Parker?

—En parte, sí —dijo, avergonzado.

Se me heló la sangre en las venas. Por primera vez desde que nos conocíamos, Travis me había engañado. Había ido a Hellerton con él pensando que me necesitaba, pensando que, a pesar de todo, habíamos vuelto a donde estábamos al principio. Y no era más que un farol; él había marcado su territorio y yo se lo había permitido.

Se me llenaron los ojos de lágrimas.

—¡Vete!

—Paloma —dijo él, dando un paso hacia mí.

—¡Vete! —dije cogiendo el vaso de la mesita de noche y lanzándolo contra él.

Travis se agachó y el vaso estalló contra la pared en cientos de pequeños y relucientes añicos.

—¡Te odio!

Travis suspiró como si le hubieran sacado todo el aire de un golpe y, con una expresión de dolor, me dejó a solas.

Me quité la ropa y me puse la camiseta. El ruido que salió de mi garganta me sorprendió. Llevaba mucho tiempo sin sollozar incontrolablemente. Al cabo de un momento, America entró corriendo en la habitación.

Se metió en la cama y me rodeó con los brazos. No me hizo ninguna pregunta ni intentó consolarme, simplemente me abrazó mientras la funda de la almohada se empapaba con mis lágrimas.

Capítulo 20

EL ÚLTIMO BAILE

Justo antes de que el sol asomara por el horizonte, America y yo dejamos silenciosamente el apartamento. No hablamos durante el camino a Morgan. Agradecía el silencio. No quería hablar, no quería pensar, solo deseaba borrar las últimas doce horas. Sentía el cuerpo pesado y dolorido, como si hubiera tenido un accidente de coche. Cuando entramos en mi habitación, vi que la cama de Kara estaba hecha.

—¿Puedo quedarme un rato? Necesitaría que me dejaras tu plancha —me dijo America.

—Mare, estoy bien. Vete a clase.

—No estás bien en absoluto. No quiero dejarte sola.

—Precisamente es lo único que quiero en este momento.

Abrió la boca para protestar, pero solo suspiró. No iba a cambiar de opinión.

—Volveré a ver cómo estás después de clase.

Asentí y cerré con llave la puerta tras ella. La cama crujió cuando me dejé caer encima resoplando. Durante todo ese tiempo, creía que era importante para Travis, que me necesitaba. Sin embargo, en ese momento, me sentía como el resplandeciente juguete nuevo que Parker decía que era. Travis había querido demostrarle a Parker que seguía siendo suya. Suya.

—No soy de nadie —dije a la habitación vacía.

Al oír esas palabras, me sentí abrumada por la pena que sentía por la noche anterior. No pertenecía a nadie.

Nunca me había sentido tan sola en mi vida.

Finch me puso delante una botella marrón. A ninguno de nosotros le apetecía celebrar nada, pero al menos me reconfortaba el hecho de que, según America, Travis pensara evitar la fiesta de citas a toda costa. Del techo colgaban latas de cerveza vacías envueltas en papel rojo y rosa, y no paraban de pasar chicas con vestidos rojos de todos los estilos. Además, las mesas estaban cubiertas de pequeños corazones de papel de aluminio. Finch puso los ojos en blanco ante las ridículas decoraciones.

—El día de San Valentín en una hermandad. Qué romántico —dijo, sin quitar ojo a las parejas que pasaban junto a nosotros.

Shepley y America habían estado bailando en el piso de abajo desde el momento en que llegamos, y Finch y yo hicimos notar nuestro descontento por estar allí poniendo mala cara en la cocina. Me bebí rápidamente el contenido de la botella, decidida a olvidar los recuerdos de la última fiesta a la que había asistido.

Finch abrió otra botella y me pasó una más a mí, consciente de lo desesperada que estaba por olvidar.

—Iré a buscar más —me dijo, volviéndose hacia el refrigerador.

—El barril es para los invitados, las botellas para los Sig Tau —comentó desdeñosa una chica a mi lado.

Bajé la mirada al vaso rojo que sujetaba en la mano.

—O tal vez eso es lo que te ha dicho tu novio porque contaba con que la cita le saliera barata.

Frunció los párpados y se alejó de la barra, llevándose su vaso a otro sitio.

—¿Quién era esa? —preguntó Finch, dejando delante de nosotros cuatro botellas más.

—La típica zorra de hermandad —dije, sin dejar de mirarla mientras se iba.

Cuando Shepley y America se reunieron con nosotros, había seis botellas vacías en la mesa a mi lado. Tenía los dientes adormilados y noté que me costaba mucho menos sonreír. Apoyada sobre la barra, me sentía más a gusto. Al parecer, Travis no iba a presentarse, así que podría soportar el resto de la fiesta en paz.

—¿Es que no van a bailar o qué? —preguntó America.

Miré a Finch.

—¿Quieres bailar conmigo, Finch?

—¿Tú crees que vas a poder? —preguntó alzando una ceja.

—Solo hay una manera de averiguarlo —dije, mientras lo empujaba escaleras abajo.

Saltamos y bailamos hasta que una fina capa de sudor empezó a formarse bajo mi vestido. Justo cuando pensaba que me iban a estallar los pulmones, una canción lenta empezó a sonar por los altavoces. Finch observó incómodo a nuestro alrededor cómo la gente se emparejaba y se acercaba.

—Vas a hacerme bailar esto, ¿no? —preguntó él.

—Es San Valentín, Finch. Finge que soy un chico.

Él se rio y me cogió entre sus brazos.

—Me va a resultar difícil con ese vestido rosa corto que llevas.

—Ya, claro, como si nunca hubieras visto a un chico con un vestido.

Finch se encogió de hombros.

—Cierto.

Se rio mientras acercaba mi cabeza a su hombro. Sentí el cuerpo pesado y torpe cuando intenté moverme siguiendo aquel ritmo lento.

—¿Puedo interrumpir, Finch?

Travis estaba de pie a nuestro lado. Parecía divertido por la situación, pero también alerta a mi reacción. Inmediatamente se me encendieron las mejillas.

Finch me miró a mí y luego a Travis.

—Claro.

—Finch —dije entre dientes, mientras él se alejaba.

Travis me empujó contra él, pero yo intenté mantener tanto espacio entre nosotros como me fue posible.

—Pensé que no ibas a venir.

—Y no iba a hacerlo, pero me he enterado de que estabas aquí, así que tenía que venir.

Miré a mi alrededor, evitando sus ojos. Me fijaba cuidadosamente en cada uno de sus movimientos: los cambios de presión de sus dedos en los puntos donde me tocaba, cómo arrastraba los pies junto a los míos o cómo deslizaba los brazos sobre mi vestido. Me sentía ridícula fingiendo que no me daba cuenta. Se le estaba curando el ojo, el hematoma casi había desaparecido y ya no tenía manchas rojas en la cara, o bien habían sido solo fruto de mi imaginación. Todas las pruebas de esa horrible noche se habían borrado y solo quedaban los recuerdos dolorosos.

Seguía de cerca cada una de mis respiraciones y, cuando la canción estaba a punto de acabar, suspiró.

—Estás preciosa, Paloma.

—No hagas eso.

—¿Qué? ¿Decirte que estás preciosa?

—Simplemente..., no lo hagas.

—No lo decía en serio.

Resoplé por la frustración.

—Gracias.

—No..., desde luego que estás preciosa. Eso sí lo decía en serio. Me refería a lo que dije en mi habitación. No te voy a mentir. Disfruté interrumpiendo tu cita con Parker...

—No era una cita, Travis. Solo estábamos cenando algo. Ahora no me habla, y todo gracias a ti.

—Lo he oído, y lo siento.

—No, no lo sientes.

—Sí..., bueno, tienes razón —dijo él tartamudeando cuando vio mi cara de impaciencia—, pero no..., esa no fue la única razón por la que te llevé a la pelea. Quería que estuvieras allí conmigo, Paloma. Eres mi amuleto de la buena suerte.

—No soy nada tuyo —le dije, fulminándolo con la mirada.

Levantó las cejas y dejó de bailar.

—Lo eres todo para mí.

Apreté los labios, intentando dar muestras de mi enfado, pero era imposible que no se me pasara tal como me estaba mirando a mí.

—En realidad, no me odias, ¿verdad?

Me aparté de él en un intento de poner más distancia entre nosotros.

—A veces desearía hacerlo. Haría que todo fuera muchísimo más fácil.

Una sonrisa se extendió en sus labios, que dibujaron una línea delgada y sutil.

—Bueno, ¿y qué es lo que te enoja más? ¿Lo que hice para que me odiaras? ¿O saber que no puedes odiarme?

Volví a estar enfadada. Pasé a su lado empujándolo y subí las escaleras que llevaban a la cocina. Noté que empezaba a tener los ojos húmedos, pero me negaba a parecer una tonta desgraciada en aquella fiesta de citas.

Finch se colocó de pie a mi lado, junto a la mesa, y suspiré con alivio cuando me entregó otra cerveza.

Durante la siguiente hora, observé a Travis mantener a raya a las chicas y engullir dos tragos de whisky en el salón. Cada vez que me pillaba espiándolo, apartaba la mirada, decidida a acabar la noche sin montar una escena.

—Tienen cara de estar muy agobiados —dijo Shepley.

—No podrían parecer más aburridos aunque lo intentaran —gruñó America.

—No te olvides de que no queríamos venir —les recordó Finch.

America puso su famosa cara con la que siempre conseguía hacerme ceder.

—Podrías disimular un poco, Abby. Por mí.

Justo cuando iba a abrir la boca para soltarle un corte, Finch me tocó el brazo.

—Creo que hemos cumplido con nuestra obligación. ¿Lista para irnos, Abby?

Me bebí lo que me quedaba de la cerveza con un movimiento rápido y después cogí la mano de Finch. Aunque estaba ansiosa por irme, me quedé helada cuando la misma canción que Travis y yo bailamos en mi fiesta de cumpleaños empezó a flotar escaleras arriba. Cogí la botella de Finch y le di otro trago, intentando bloquear los recuerdos que volvían junto con la música.

Brad se apoyó junto a mí.

—¿Quieres bailar?

Le sonreí y dije que no con la cabeza. Empezó a decir otra cosa, pero lo interrumpieron.

—Baila conmigo.

Travis estaba a escasa distancia y con la mano tendida hacia mí.

America, Shepley y Finch nos observaban fijamente, esperando mi respuesta a Travis.

—Déjame en paz, Travis —dije, cruzándome de brazos.

—Es nuestra canción, Paloma.

—No tenemos canción.

—Abby...

—No.

Miré a Brad con una sonrisa forzada.

—Me encantaría bailar, Brad.

Las pecas de las mejillas de Brad se estiraron cuando sonrió y me señaló el camino hacia las escaleras.

Travis se quedó estupefacto, con una mirada que traslucía claramente el dolor.

—¡Un brindis! —gritó él.

Retrocedí justo a tiempo de verlo subirse a una silla después de robar una cerveza al sorprendido hermano Sig Tau que estaba más cerca de él. Miré a America, que observaba a Travis con cara de dolor.

—¡Por los idiotas! —dijo él, señalando a Brad—. ¡Y por las chicas que te rompen el corazón! —Me señaló con la cabeza—. ¡Y por la mierda de perder a tu mejor amiga por ser tan estúpido como para enamorarte de ella!

Se llevó la cerveza a la boca y apuró lo que quedaba de ella, después la tiró al suelo. La habitación se quedó en silencio excepto por la música que sonaba en el piso inferior; todo el mundo miraba a Travis sin entender absolutamente nada.

Mortificada, cogí a Brad de la mano y lo llevé escaleras abajo, a la pista de baile. Unas cuantas parejas nos siguieron, observándome de cerca a la espera de ver lágrimas o alguna otra respuesta a la invectiva de Travis. Procuré poner una cara relajada, negándome a darles lo que querían.

Dimos unos cuantos pasos de baile tensos, y Brad suspiró:

—Eso ha sido bastante... raro.

—Bienvenido a mi vida.

Travis se abrió paso entre las parejas de la pista de baile. Se detuvo a mi lado y tardó un momento en recobrar el equilibrio.

—Voy a cortar esto.

—No, desde luego que no, ¡Dios mío! —dije, negándome a mirarlo.

Después de un momento de tensión levanté la mirada y vi a Travis fulminando con la mirada a Brad.

—Si no te apartas ahora mismo de mi chica, te rajaré la puta garganta. Aquí mismo, en la pista de baile.

Brad no sabía qué hacer, y su mirada pasaba de mí a Travis nerviosamente.

—Lo siento, Abby —dijo él, apartando los brazos lentamente de mí. Se retiró a las escaleras y yo me quedé de pie, humillada.

—Lo que siento ahora mismo por ti, Travis..., se acerca mucho al odio.

—Baila conmigo —me rogó, balanceándose para no caerse.

La canción acabó y suspiré aliviada.

—Vete a beber otra botella de whisky, Trav.

Me di media vuelta y me puse a bailar con el único chico sin pareja de la pista de baile.

El ritmo era más rápido, y sonreí a mi nuevo y sorprendido compañero de baile, mientras intentaba ignorar que Travis estaba solo unos metros detrás mí. Otro hermano Sig Tau empezó a bailar detrás de mí, cogiéndome por las caderas. Lo cogí por detrás y lo acerqué más a mí. Me recordó a cómo bailaban Travis y Megan esa noche en el Red, e hice lo posible por recrear la escena que tantas veces había deseado poder olvidar. Tenía dos pares de manos en casi todas las partes de mi cuerpo: la cantidad de alcohol que llevaba en el cuerpo me hacía más fácil ignorar mi timidez.

De repente, me levantaron en el aire. Travis me colocó sobre su hombro, al mismo tiempo que empujaba a uno de sus hermanos de hermandad con tanta fuerza que lo tiró al suelo.

—¡Bájame! —dije, golpeándole con los puños en la espalda.

—No voy a permitirte que te pongas en evidencia a mi costa —gruñó él, subiendo las escaleras de dos en dos.

Todo aquel junto al que pasábamos se quedaba mirando cómo daba patadas y gritaba, mientras Travis me llevaba a cuestas.

—¿Y no te parece —dije mientras me debatía— que esto nos pone en evidencia? ¡Travis!

—¡Shepley! ¿Está Donnie fuera? —preguntó Travis, esquivando los movimientos sin sentido de mis extremidades.

—Eh..., pues sí —respondió.

—¡Bájala! —dijo America, dando un paso hacia nosotros.

—¡America! —dije retorciéndome—. ¡No te quedes ahí sin más! ¡Ayúdame!

Su boca se curvó hacia arriba y se rio.

—¡Qué ridículos!

Arqueé las cejas al oír sus palabras, conmocionada y enfadada porque le pareciera que aquella situación pudiera tener algo de divertida. Travis se dirigió a la puerta, mientras yo la fulminaba con la mirada.

—¡Muchas gracias, amiga!

El aire frío golpeó las zonas de mi cuerpo que llevaba al aire y protesté más fuerte.

—¡Bájame, maldita sea!

Travis abrió la puerta de un coche y me lanzó al asiento trasero, antes de sentarse a mi lado.

—Donnie, ¿eres tú el encargado de conducir esta noche?

—Sí —respondió nervioso, mientras me observaba debatirme por escapar.

—Necesito que nos lleves a mi apartamento.

—Travis..., no creo...

La voz de Travis sonaba controlada, pero amenazadora.

—Hazlo, Donnie, o te clavaré el puño en la parte trasera de la cabeza, lo juro por Dios.

Donnie quitó el freno de mano, mientras yo me lanzaba por la manija de la puerta.

—¡No pienso ir a tu departamento!

Travis me agarró por una de las muñecas y luego por la otra. Me incliné para morderle el brazo. Cerró los ojos y, cuando hundí los dientes en su carne, un gruñido bajo se escapó de sus mandíbulas apretadas.

—Haz lo que quieras, Paloma. Estoy cansado de tu mierda.

Solté su piel y sacudí los brazos, luchando por liberarme.

—¿Mi mierda? ¡Déjame salir de este puto coche!

Se acercó mis muñecas a la cara.

—¡Te amo, maldita sea! ¡No vas a ninguna parte hasta que estés sobria y dejemos las cosas claras!

—¡Tú eres el único que tiene que aclararse, Travis! —dije.

Finalmente, me soltó las muñecas; yo me crucé de brazos y puse mala cara el resto del trayecto.

Cuando el coche aminoró la velocidad en una señal de alto, me incliné hacia delante.

—¿Puedes llevarme a casa, Donnie?

Travis me sacó del coche agarrándome por el brazo y volvió a echarme sobre su hombro para subir las escaleras.

—Buenas noches, Donnie.

—¡Voy a llamar a tu padre! —grité.

Travis se rio a carcajadas.

—¡Y probablemente me dé una palmadita en el hombro y me diga que ya iba siendo hora!

Se peleó con la cerradura de la puerta mientras yo pataleaba y movía los brazos, intentado soltarme.

—¡Déjalo ya, Paloma, o acabaremos cayéndonos los dos por las escaleras!

Después de abrir la puerta, se precipitó furioso hacia la habitación de Shepley.

—¡Suéltame! —grité.

—¡Bueno! —dijo él, tirándome sobre la cama de Shepley—. Duerme la mona. Ya hablaremos por la mañana.

La habitación estaba a oscuras; la única luz era un rayo rectangular que entraba por el umbral de la puerta desde el pasillo. Luché por aclararme las ideas en medio de aquella oscuridad, la cerveza y la rabia, y cuando él se acercó a la luz, vi su sonrisa petulante.

Golpeé el colchón con los puños.

—¡Ya no puedes decirme qué hacer, Travis! ¡No soy tuya!

En el segundo que tardó en volverse hacia mí, su cara se había retorcido en una mueca de ira. Se abalanzó sobre mí, clavando las manos sobre la cama y acercándose a mi cara.

—¡Pues yo sí que soy tuyo! —Se le hincharon las venas del cuello al gritar, pero yo le devolví la mirada, negándome a dejarme amedrentar. Me miró los labios, jadeando—: Soy tuyo —susurró, mientras su ira se desvanecía al darse cuenta de lo cerca que estábamos.

Antes de poder pensar en una razón para no hacerlo, le agarré la cara y pegué mis labios a los suyos. Sin dudar, Travis me abrazó. En unas cuantas zancadas, me llevó hasta su dormitorio, y ambos nos desplomamos sobre la cama.

Le quité la camiseta antes de pelearme en la oscuridad con la hebilla de su cinturón. Él la abrió de un tirón, se lo quitó y lo lanzó al suelo. Me levantó del colchón con una mano mientras me bajaba la cremallera del vestido con la otra. Me lo quité por encima de la cabeza y lo lancé a alguna parte de la oscuridad; entonces, Travis me besó, gimiendo contra mi boca.

Con unos pocos movimientos rápidos, se quitó los calzoncillos y apretó su pecho contra el mío. Le clavé las manos en el trasero, pero él se resistió cuando intenté empujarlo dentro de mí.

—Los dos estamos borrachos —dijo él, respirando con dificultad.

—Por favor.

Apreté las piernas contra sus caderas, desesperada por aliviar la sensación ardiente que notaba entre los muslos. Travis estaba decidido a que volviéramos a estar juntos, y no tenía ninguna intención de luchar contra lo inevitable, así que estaba más que dispuesta a pasar la noche entre sus sábanas.

—Esto no está bien —dijo él.

Estaba justo encima de mí, apretando su frente contra la mía. Esperaba que solo estuviera haciéndose de rogar y que, de algún modo, pudiera convencerlo de que se equivocaba. Era inexplicable, pero parecía que no podíamos estar separados; en cualquier caso, ya no necesitaba ninguna explicación. Ni siquiera una excusa. En ese momento, él era todo lo que necesitaba.

—Te quiero.

—Necesito que lo digas —dijo él.

Mis entrañas lo llamaban a gritos y no podía aguantarlo ni un segundo más.

—Diré lo que quieras.

—Entonces dime que eres mía. Dime que volverás a aceptarme. No quiero hacer esto a menos que estemos juntos.

—En realidad nunca hemos estado separados, ¿no crees? —pregunté esperando que fuera suficiente.

Sacudió la cabeza mientras sus labios se movían sobre los míos.

—Necesito oír cómo lo dices. Necesito saber que eres mía.

—He sido tuya desde el instante en que nos conocimos.

Mi voz adoptó un tono de súplica. En cualquier otro momento, me habría sentido avergonzada, pero había llegado a un punto en el que los remordimientos ya no tenían lugar. Había luchado contra mis sentimientos, los había guardado y los había embotellado. Había experimentado los momentos más felices de mi vida en Eastern, y todos habían sido con Travis. Ya fuera peleándome, amando o llorando, si lo hacía con él, estaba donde quería estar.

Levantó uno de los lados de la boca mientras me tocaba la cara, y después sus labios rozaron los míos en un beso tierno. Cuando lo empujé contra mí, ya no opuso resistencia. Sus músculos se tensaron y aguantó el aliento mientras se deslizaba dentro de mí.

—Dilo otra vez —me pidió.

—Soy tuya —dije jadeando. Todos mis nervios, dentro y fuera, pedían más—. No quiero volver a separarme nunca más de ti.

—Prométemelo —dijo él, gimiendo al volver a penetrarme.

—Te amo. Te amaré para siempre.

Las palabras fueron poco más que un suspiro, pero lo miré a los ojos mientras las decía. Vi cómo la inseguridad desaparecía de su mirada e, incluso en la penumbra, cómo se le iluminaba la cara.

Satisfecho por fin, selló su boca contra la mía.

Travis me despertó con besos. Sentía la cabeza pesada y aturdida por todo el alcohol que había bebido la noche anterior, pero en mi cabeza se repetía la hora anterior a quedarme dormida con vívidos detalles. Sus suaves labios cubrieron cada centímetro de mi mano, mi brazo, mi cuello, y, cuando llegó a mis labios, sonreí.

—Buenos días —dije contra su boca.

No habló, sus labios siguieron actuando sobre los míos. Me tenía envuelta en sus sólidos brazos, y entonces enterró la cara en mi cuello.

—Estás silencioso esta mañana —proseguí, mientras le acariciaba la piel desnuda de la espalda con las manos.

Dejé que siguieran bajando hasta su trasero y le pasé la pierna por encima de la cadera, mientras le daba un beso en la mejilla.

Sacudió la cabeza.

—Solo quiero seguir así —susurró él.

Fruncí el ceño.

—¿Qué me he perdido?

—No pretendía despertarte. ¿Por qué no vuelves a dormirte?

Me incliné hacia atrás contra la almohada y le levanté la barbilla. Tenía los ojos inyectados en sangre y la piel de alrededor enrojecida.

—¿Qué demonios te pasa? —pregunté, alarmada.

Me cogió una mano entre las suyas y la besó, apretando la frente contra mi cuello.

—¿Puedes volver a dormirte, Paloma? Por favor.

—¿Ha pasado algo? ¿Está bien America?

Con la última pregunta, me senté. A pesar de ver el miedo en mis ojos, su expresión no cambió. Simplemente suspiró y se sentó conmigo, mirando la mano que cogía entre las suya.

—Sí... America está bien. Llegaron a casa como a las cuatro de la mañana. Siguen en la cama. Es pronto, volvamos a dormirnos.

Cuando noté cómo me latía el corazón dentro del pecho, supe que no había posibilidad de volver a dormirme. Travis me puso una mano en cada lado de mi cara y me besó. Su boca se movía de forma diferente, como si me estuviera besando por última vez. Me bajó hasta la almohada, me besó una vez más y después apoyó la cabeza sobre mi pecho, envolviéndome fuertemente entre sus brazos. Se me pasaron por la cabeza todas las posibles razones para el comportamiento de Travis como si fueran canales de televisión. Lo abracé, temiendo preguntar.

—¿Has dormido algo?

—No he podido. No quería... —Su voz se apagó.

Lo besé en la frente.

—Sea lo que sea, lo solucionaremos, ¿sí? ¿Por qué no intentas dormir un poco? Ya lo arreglaremos todo cuando nos despertemos.

Levantó de golpe la cabeza y me escudriñó la cara. Vi tanto recelo como esperanza en sus ojos.

—¿Qué quieres decir con que lo solucionaremos?

Levanté las cejas, confundida. No conseguía imaginarme qué había pasado mientras estaba durmiendo que pudiera causarle tanta angustia.

—No sé qué ocurre pero estoy aquí.

—¿Estás aquí? Es decir, ¿te vas a quedar? ¿Conmigo?

Sabía que mi expresión debía de haber sido ridícula, pero me daba vueltas la cabeza tanto por el alcohol como por las extrañas preguntas de Travis.

—Sí, pensaba que lo habíamos hablado anoche.

—Y así fue —asintió más animado.

Escudriñé su habitación con la mirada mientras pensaba. Las paredes ya no se veían desnudas como cuando nos habíamos conocido. Estaban salpicadas de baratijas de sitios en los que habíamos pasado tiempo juntos, y marcos negros con fotos mías, nuestras, de *Toto* y nuestro grupo de amigos interrumpían la pintura blanca. Un marco más grande con los dos en mi fiesta de cumpleaños sustituía al sombrero que colgaba antes de un clavo sobre su cabecera.

Lo miré con los ojos fruncidos.

—Pensabas que me iba a despertar enojada contigo, ¿verdad? ¿Pensabas que iba a marcharme?

Se encogió de hombros, haciendo un torpe intento de fingir la misma indiferencia que solía salirle con tanta facilidad.

—Eres famosa por ese tipo de cosas.

—¿Y eso es lo que te tiene tan disgustado? ¿Te has quedado despierto toda la noche preocupado por lo que pasaría cuando me despertara?

Se movió como si le resultara difícil pronunciar las siguientes palabras.

—No pretendía que la noche pasada acabara así; estaba un poco borracho y te seguí por la fiesta como un jodido acosador; después te arrastré hasta aquí, contra tu voluntad..., y entonces... —sacudió la cabeza, claramente furioso consigo mismo por los recuerdos que le pasaban por la cabeza.

—¿Disfruté del mejor sexo de mi vida? —sonreí, estrechándole la mano.

Travis soltó una carcajada, mientras la tensión de alrededor de sus ojos se desvanecía.

—Entonces, ¿estamos bien?

Lo besé, acariciándole las mejillas con ternura.

—Sí, tonto, te lo prometí, ¿no? Te dije lo que querías oír, volvimos a estar juntos, ¿y todavía no estás feliz? —Su cara se arrugó alrededor de su sonrisa—. Travis, para. Te amo —dije, alisando las arrugas de preocupación de alrededor de sus ojos—. Esta absurda ruptura podría haberse acabado en Acción de Gracias, pero...

—Espera..., ¿qué? —me interrumpió, inclinándose hacia atrás.

—Estaba totalmente dispuesta a ceder en Acción de Gracias, pero dijiste que habías renunciado a intentar hacerme feliz, y yo fui demasiado orgullosa para decirte que quería volver contigo.

—¿Me estás tomando el pelo? ¡Solo intentaba facilitarte las cosas! ¿Tienes idea de lo desgraciado que he sido?

Fruncí el ceño.

—Parecías estar bien después de la ruptura.

—¡Lo hacía por ti! Tenía miedo de perderte si no fingía que me parecía bien que fuéramos solo amigos. ¿Podríamos haber estado juntos todo este tiempo? ¿Qué diablos estás diciendo, Paloma?

—Eh...

No pude discutir; tenía razón. Había hecho que los dos sufriéramos y no tenía excusa.

—Lo siento.

—¿Lo sientes? ¡Maldita sea! Casi me mato bebiendo, apenas podía salir de la cama, rompí mi teléfono en un millón de trozos en Nochevieja para evitar llamarte... ¿Y dices que lo sientes?

Me mordí el labio y asentí, avergonzada. No tenía ni idea de todo por lo que había pasado, y oírle decir esas palabras me provocó un dolor agudo en el pecho.

—Lo siento... Lo siento muchísimo.

—Te perdono —dijo él con una sonrisa—. No vuelvas a hacerlo nunca más.

—No lo haré. Lo prometo.

Se le marcó brevemente el hoyuelo y sacudió la cabeza.

—Maldita sea, te amo.

Capítulo 21

HUMO

Las semanas pasaron, y me sorprendí de lo rápidamente que las vacaciones de primavera se nos vinieron encima. El esperado torrente de chismes y miradas había desaparecido, y la vida había regresado a la normalidad. Los sótanos de Eastern no habían albergado una pelea desde hacía unas semanas. Adam se esforzó por pasar desapercibido después de los arrestos que habían provocado preguntas sobre lo que había ocurrido exactamente esa noche, y Travis cada vez estaba más irritable mientras esperaba su última pelea del año, la pelea que pagaría la mayoría de sus facturas del verano y las de buena parte del otoño.

Todavía había una capa gruesa de nieve en el suelo, y el viernes anterior a las vacaciones una última pelea de bolas de nieve se desencadenó en el césped cristalino. Travis y yo caminábamos en zigzag por el hielo resbaladizo de camino a la cafetería, y me sujetaba con fuerza a su brazo, intentando evitar tanto las bolas de nieve como caerme al suelo.

—No te van a dar, Paloma. Son más listos que eso —dijo Travis, apretando la nariz roja y fría contra mi mejilla.

—Su puntería no es sinónimo del miedo a tu mal genio, Trav.

Me abrazó y frotó la manga de mi abrigo con su mano mientras me guiaba por el caos. Tuvimos que detenernos de golpe cuando un puñado de chicas gritó al convertirse en el objetivo de los lanzamientos sin piedad del equipo de béisbol. Cuando despejaron el camino, Travis me llevó a salvo a la puerta.

—¿Lo ves? Te aseguré que lo lograríamos —dijo con una sonrisa.

Su buen humor se desvaneció cuando una firme bola de nieve estalló contra la puerta, justo entre nuestras caras. La mirada de Travis escrutó el césped, pero los numerosos estudiantes que lanzaban en todas las direcciones sofocaron sus ansias por tomar represalias.

Tiró de la puerta para abrirla y observó la nieve que se fundía mientras caía por el metal pintado hasta el suelo.

—Vamos adentro.

—Buena idea —dije asintiendo.

Me llevó de la mano por el bufé libre y amontonó diferentes platos humeantes en una sola bandeja. La cajera ya no ponía su predecible cara de perplejidad de semanas antes, acostumbrada a nuestra rutina.

—Hola, Abby —me saludó Brazil antes de guiñarle un ojo a Travis—. ¿Tenéis planes para la semana que viene?

—Nos quedamos aquí. Vendrán mis hermanos —dijo Travis distraído, mientras organizaba nuestros almuerzos, repartiendo los pequeños platos de unicel delante de nosotros en la mesa.

—¡Voy a matar a David Lapinski! —anunció America al acercarse, mientras se limpiaba la nieve del pelo.

—¡Un impacto directo! —se rio Shepley. America le lanzó una mirada de advertencia y su risa se volvió nerviosa—. Quiero decir..., ¡qué imbécil!

Nos reímos por la mirada de arrepentimiento que puso cuando la observó correr furiosa hacia el bufé, antes de seguirla rápidamente.

—Sí que lo trae cortito —dijo Brazil con una mirada de disgusto.

—America está un poco tensa —explicó Travis—. Va a conocer a los padres de Shepley esta semana.

Brazil asintió, levantando las cejas.

—Entonces..., van...

—Sí —dije, asintiendo a la vez que él.

—Es permanente.

—¡Vaya! —dijo Brazil.

La estupefacción no desapareció de su cara mientras escogía su comida, y pude comprobar cómo lo embargaba la confusión. Todos éramos muy jóvenes, y Brazil no podía acomodarse al compromiso de Shepley.

—Cuando llegue el momento, Brazil, lo sabrás —dijo Travis, sonriéndome.

El local bullía de emoción, tanto por el espectáculo del exterior como por lo rápido que se acercaban las últimas horas antes de las vacaciones. A medida que se iban ocupando los asientos, la charla constante creció hasta convertirse en un eco estruendoso, cuyo volumen iba en aumento conforme todo el mundo empezaba a hablar por encima del ruido.

Cuando Shepley y America regresaron con sus bandejas, habían hecho las paces. Ella se acomodó risueña en el asiento vacío que había junto a mí, charlando sobre el inminente momento en el que conocería a sus suegros. Se iban esa misma tarde a su casa; la excusa perfecta para que America tuviera una de sus famosas crisis.

La observé picotear de su pan mientras charlaba sobre hacer las maletas y cuánto equipaje podría llevar sin parecer pretenciosa, pero parecía aguantar bien.

—Ya te lo he dicho, cariño. Les vas a encantar. Te querrán tanto como te quiero yo —dijo Shepley, recogiéndole el pelo detrás de la oreja. America respiró hondo y las comisuras de su boca se levantaron como siempre que él conseguía tranquilizarla.

El teléfono de Travis vibró, deslizándose unos centímetros por la mesa. Lo ignoró, pues le estaba contando a Brazil la historia de nuestra primera partida de póquer con sus hermanos. Miré la pantalla y llamé la atención de Travis con unas palmaditas en su hombro cuando leí el nombre.

—¿Trav?

Sin disculparse, le dio la espalda a Brazil y me concedió toda su atención.

—¿Sí, Paloma?

—Creo que quizá te interese contestar esta llamada.

Bajó la mirada a su celular y suspiró.

—O no.

—Podría ser importante.

Frunció la boca antes de llevarse el aparato a la oreja.

—¿Qué hay, Adam? —Buscó con la mirada en la habitación, mientras escuchaba, asintiendo ocasionalmente.

—Esta es mi última pelea, Adam. Todavía no estoy seguro. No pienso ir sin ella y Shep se va de la ciudad. Lo sé... Ya te he oído. Hum..., de hecho, no es mala idea.

Levanté las cejas al ver que se le iluminaban los ojos con la idea que le hubiera propuesto Adam. Cuando Travis colgó el teléfono, lo miré con expectación.

—Bastará para pagar el alquiler de los próximos ocho meses. Adam ha conseguido a John Savage. Está intentando hacerse profesional.

—Nunca lo he visto pelear, ¿y tú? —preguntó Shepley, inclinándose hacia delante.

Travis asintió.

—Solo una vez en Springfield. Es bueno.

—No lo suficiente —dije. Travis se inclinó hacia delante y me besó en la frente con agradecimiento.

—Puedo quedarme en casa, Trav.

—No —dijo él, sacudiendo la cabeza.

—No quiero que te peguen como la última vez porque estés preocupado por mí.

—No, Paloma.

—Te esperaré —dije, intentando parecer más feliz ante la idea de lo que me sentía en realidad.

—Le pediré a Trent que venga. Es el único en el que confiaría para poder concentrarme en la pelea.

—Muchas gracias, idiota —gruñó Shepley.

—Oye, tuviste tu oportunidad —dijo Travis, solo medio en broma.

Shepley ladeó la boca con disgusto. Seguía sintiéndose culpable por la noche de Hellerton. Estuvo disculpándose a diario conmigo durante semanas, pero su culpa por fin se volvió lo suficientemente manejable como para soportarla en silencio. America y yo intentamos convencerlo de que no era culpa suya, pero Travis siempre le hacía sentir responsable.

—Shepley, no fue culpa tuya. Me lo quitaste de encima, ¿recuerdas? —dije, alargando el brazo alrededor de America para darle una palmadita en el brazo.

Me volví hacia Travis.

—¿Cuándo es la pelea?

—En algún momento de la semana que viene —dijo él, encogiéndose de hombros—. Quiero que vayas. Necesito que vayas.

Sonreí y apoyé la barbilla sobre su hombro.

—Entonces, allí estaré.

Travis me acompañó a clase; en varias ocasiones tuvo que agarrarme con más fuerza cuando resbalaron mis pies en el hielo.

—Deberías andar con más cuidado —se burló él.

—Lo estoy haciendo a propósito. Qué bobo eres.

—Si quieres que te abrace, solo tienes que pedírmelo —dijo él, acercándome a su pecho.

Hacíamos caso omiso de los estudiantes que pasaban y de las bolas de nieve que volaban por encima de nosotros, mientras apretaba sus labios contra los míos. Mis pies se separaron del suelo y siguió besándome, llevándome con facilidad por el campus. Cuando finalmente me dejó en el suelo delante de la puerta de mi clase, sacudió la cabeza.

—Cuando preparemos nuestros horarios para el próximo semestre, sería más cómodo que tuviéramos más clases juntos.

—Lo tendré en cuenta —dije, dándole un último beso antes de dirigirme a mi asiento.

Levanté la mirada, y Travis me dedicó una última sonrisa antes de encaminarse a su clase en el edificio de al lado. Los estudiantes que se hallaban a mi alrededor estaban tan habituados a nuestras desvergonzadas demostraciones de afecto como su clase estaba acostumbrada a que él llegara unos minutos tarde.

Me sorprendió que el tiempo pasara tan rápidamente. Hice mi último examen del día y puse rumbo a Morgan Hall. Kara estaba sentada en su sitio habitual en la cama mientras yo rebuscaba entre mis cajones unas cuantas cosas que necesitaba.

—¿Te vas de la ciudad? —preguntó Kara.

—No, solo necesitaba unas cuantas cosas. Voy al edificio de Ciencias a recoger a Trav y después me quedaré en su apartamento toda la semana.

—Me lo imaginaba —dijo ella, sin apartar los ojos del libro.

—Que tengas buenas vacaciones, Kara.

—Mmm.

El campus estaba casi vacío, solo quedaban unos pocos rezagados. Cuando doblé la esquina, vi a Travis ya fuera, acabándose un cigarrillo. Llevaba un gorro de lana para taparse la cabeza afeitada y tenía la mano metida en el bolsillo de su chaqueta de cuero marrón oscuro desgastada. Expulsaba el humo por los orificios nasales, absorto en sus pensamientos y con la mirada clavada en el suelo. Hasta que estuve a unos pocos metros de él, no me di cuenta de lo distraído que estaba.

—¿Qué te preocupa, cariño? —pregunté.

Él no levantó la mirada.

—¿Travis?

Pestañeó cuando oyó mi voz y una sonrisa forzada sustituyó a la cara de preocupación.

—Hola, Paloma.

—¿Todo bien?

—Ahora sí —dijo, acercándome hacia él.

—Está bien. ¿Qué ocurre? —respondí, con una ceja arqueada y el ceño fruncido para mostrar mi escepticismo.

—Es que tengo muchas cosas en la cabeza —suspiró él. Cuando me quedé a la expectativa, continuó—: Esta semana, la pelea, que estés allí.

—Ya te he dicho que me quedaría en casa.

—Necesito que estés allí, Paloma —dijo él, tirando el cigarrillo al suelo. Estuvo observando cómo desaparecía en una profunda pisada en la nieve, y luego me tomó la mano y me llevó hacia el estacionamiento.

—¿Has hablado con Trent? —pregunté.

Dijo que no con la cabeza.

—Estoy esperando a que me devuelva la llamada.

America bajó la ventanilla y asomó la cabeza por el Charger de Shepley.

—¡Dense prisa! ¡Hace muchísimo frío!

Travis sonrió y apretó el paso. Me abrió la puerta para que pudiera entrar. Shepley y America repitieron la misma conversación que tenían desde que ella se había enterado de que iba a conocer a sus padres; mientras tanto, yo observaba a Travis mirar por la ventanilla. Cuando nos detuvimos en el estacionamiento del departamento, el teléfono de Travis sonó.

—¿Qué carajos pasaba contigo, Trent? —respondió—. Te he llamado hace cuatro horas. Tampoco se puede decir precisamente que te estés matándote en el trabajo. En fin, da igual. Escucha, necesito un favor. Tengo una pelea la semana que viene y necesito que vayas. No sé cuándo es, pero necesito que no tardes más de una hora en llegar allí a partir del momento en que te llame. ¿Podrás hacer eso por mí? ¿Puedes o no, idiota? Porque necesito que no pierdas de vista a Paloma. Un cabrón le puso la mano encima la última vez y..., sí. —Su voz se volvió de un tono que daba miedo—. Me encargué de ello. ¿Así que si te llamo...? Gracias, Trent.

Travis apagó el teléfono y apoyó la cabeza en el respaldo del asiento.

—¿Más tranquilo? —preguntó Shepley, mirando a Travis por el espejo retrovisor.

—Sí. No estaba seguro de cómo me las iba a apañar sin que tú estuvieras allí.

—Ya te lo he dicho... —empecé.

—Paloma, ¿cuántas veces tengo que repetirlo? —Me interrumpió con el ceño fruncido.

Sacudí la cabeza por su tono impaciente.

—Bueno, pero sigo sin entenderlo. Antes no me necesitabas.

Me acarició la mejilla ligeramente con los dedos.

—Antes no te conocía. Si no estás allí, no puedo concentrarme. Empiezo a preguntarme dónde estás, qué estás haciendo..., pero, si estás presente y puedo verte, me centro. Sé que es una locura, pero es así.

—Y la locura es exactamente lo que me gusta —dije, levantándome para darle un beso en los labios.

—Está claro —murmuró America por lo bajo.

En las sombras de Keaton Hall, Travis me estrechaba con fuerza junto a él. El vaho de mi aliento se entrelazaba con el suyo en el ambiente frío de la noche, y podía oír las conversaciones en voz baja de quienes se estaban colando por una puerta lateral a pocos metros de distancia, desconocedores de nuestra presencia allí.

Keaton era el edificio más antiguo de Eastern pero, aunque ya había albergado alguno que otro combate del Círculo, me sentía incómoda allí. Adam esperaba un lleno total, y Keaton no era el más espacioso de los sótanos del campus. Había unas vigas formando una rejilla a lo largo de las envejecidas paredes de ladrillo, una señal de las renovaciones que se llevaban a cabo dentro.

—Esta es una de las peores ideas de Adam hasta la fecha —gruñó Travis.

—Ya es tarde para cambiarlo ahora —dije, levantando la mirada hacia los andamios.

El teléfono de Travis se encendió y lo abrió. Su cara se tiñó de azul por el brillo de la pantalla, y por fin pude ver las dos arrugas de preocupación entre las cejas cuya presencia conocía de antemano. Apretó unos botones, cerró de golpe el teléfono y me abrazó con más fuerza.

—Pareces nervioso esta noche —susurré.

—Me sentiré mejor cuando Trent traiga su jodido culo aquí.

—Aquí estoy, llorón —dijo Trent en voz baja. Apenas podía ver su perfil en la oscuridad, pero su sonrisa brillaba a la luz de la luna—. ¿Qué tal estás, hermanita?

Me rodeó con un brazo, mientras empujaba juguetón a Travis con el otro.

—Estoy bien, Trent.

Travis inmediatamente se relajó y me llevó de la mano a la parte trasera del edificio.

—Si aparece la poli y nos separamos, nos vemos en Morgan Hall, ¿de acuerdo? —le dijo Travis a su hermano.

Nos detuvimos junto a una ventana abierta a nivel del suelo, la señal de que Adam estaba dentro y esperando.

—Me estás tomando el pelo —dijo Trent mirando fijamente la ventana—. Abby apenas cabe por ahí.

—Cabrás —lo tranquilizó Travis, antes de sumergirse en la oscuridad del interior.

Como muchas veces antes, me agaché y me eché hacia atrás, con la seguridad de que Travis me cacharía.

Esperamos un momento y, entonces, Trent gruñó al saltar desde la repisa y aterrizar en el suelo, perdiendo casi el equilibrio cuando golpeó el cemento con los pies.

—Abby, para mí eres el Trece de mis Amores. No tragaría esta mierda por nadie que no fueras tú —gruñó Trent, mientras se limpiaba la camiseta.

De un salto, Travis cerró la ventana con un movimiento rápido.

—Por aquí —dijo él, guiándonos por la oscuridad.

Pasillo tras pasillo, no me solté de la mano de Travis, mientras sentía que Trent me cogía de la camiseta. Podía oír pequeños pedazos de grava que arañaban el cemento al arrastrar los pies por el suelo. Sentí que mis ojos se ensanchaban al intentar ajustarse a la oscuridad del sótano, pero no había luz alguna que pudieran enfocar.

Trent suspiró después de que giráramos por tercera vez.

—Nunca vamos a encontrar el camino.

—Sígueme. Todo irá bien —dijo Travis, irritado por las quejas de Trent.

Al hacerse más intensa la luz del pasillo, supe que estábamos cerca. Y, cuando el rugido sordo de la multitud se convirtió en un intercambio febril de números y nombres, supe que habíamos llegado. En la habitación donde Travis esperaba a que lo llamaran normalmente solo había una luz y una silla, pero, debido a las obras, aquella estaba llena de pupitres, sillas y diversos equipos cubiertos de sábanas blancas.

Travis y Trent discutían la estrategia para la pelea mientras yo echaba un vistazo fuera. Había tanto público y caos como en la última pelea, solo que el espacio era menor. Alineados junto a las paredes, podían verse muebles cubiertos de sábanas polvorientas que habían echado a un lado para hacer sitio a los espectadores.

La habitación estaba más oscura de lo normal, así que supuse que Adam quería andarse con cuidado y no llamar la atención sobre nuestras andanzas. Del techo colgaban unos faroles que creaban un resplandor lúgubre sobre el dinero que los asistentes sujetaban en el aire; todavía se aceptaban apuestas.

—Paloma, ¿me has oído? —dijo Travis, tocándome el brazo.

—¿Qué? —dije, parpadeando—. Quiero que te quedes junto a esta puerta, ¿sí? No te sueltes del brazo de Trent en ningún momento.

—No me moveré. Lo prometo.

Travis sonrió, y su perfecto hoyuelo se formó en su mejilla.

—Ahora eres tú la que parece nerviosa.

Miré hacia la puerta y después a él, de nuevo.

—Esto no me da buena espina, Trav. No es por la pelea, pero... hay algo. Este lugar me da escalofríos.

—No estaremos aquí mucho tiempo —me tranquilizó Travis.

La voz de Adam resonó por el megáfono y, de repente, noté a ambos lados de la cara un par de manos familiares.

—Te amo —dijo.

Me rodeó con los brazos y me levantó del suelo, apretándome contra él, mientras me besaba. Me dejó en el suelo y me enganchó el brazo en el de Trent.

—No le quites los ojos de encima —le dijo a su hermano—, ni por un segundo. Este lugar será una locura en cuanto empiece la pelea.

—¡... Así que den la bienvenida al contendiente de esta noche..., John Savage!

—La protegeré con mi vida, hermanito —dijo Trent—. Ahora, ve a partirle la madre a ese tipo y salgamos de aquí.

—¡... Travis Perro Loco Maddox! —gritó Adam por el megáfono.

Cuando Travis se abrió paso entre la multitud, el ruido se volvió ensordecedor. Miré a Trent, que esbozaba una ligerísima sonrisa. Para cualquier otra persona habría pasado desapercibido, pero yo distinguí el orgullo en su mirada.

Cuando Travis llegó al centro del Círculo, tragué saliva. John no era mucho más grande, pero parecía diferente a todos los rivales que Travis había tenido antes, incluido el hombre contra quien había luchado en Las Vegas. No intentaba intimidar a Travis con una mirada severa como los demás, sino que lo estaba estudiando, preparando mentalmente la pelea. Por muy analíticos que fueran sus ojos, también se notaba en ellos una ausencia absoluta de cordura. Supe antes de que la lucha empezara que Travis tenía más que una pelea entre manos: estaba de pie delante de un demonio.

Travis pareció notar la diferencia también. Su habitual sonrisa burlona había desaparecido, y en su lugar se apreciaba una mirada intensa. Cuando el megáfono sonó, John atacó.

—Cielo santo —dije, agarrándome al brazo de Trent.

Trent se movía igual que Travis, como si fueran uno solo. Con cada puñetazo que John lanzaba, me ponía en tensión, y luchaba contra la necesidad de cerrar los ojos. No había ningún movimiento gratuito; John era astuto y preciso. Las demás peleas de Travis parecían descuidadas en comparación con esta. La fuerza bruta detrás de cada golpe era asombrosa por sí sola, y parecía que el conjunto hubiera sido coreografiado y practicado hasta la perfección.

El aire de la habitación estaba viciado y estancado; cada vez que tomaba aire, me tragaba el polvo que cubría las sábanas. Cuanto más duraba la pelea, más aguda era la sensación de que algo malo iba a ocurrir. No podía librarme de él, pero aun así me obligué a quedarme en el sitio para que Travis pudiera concentrarse.

En determinado momento, me quedé hipnotizada por el espectáculo que tenía lugar en el centro del sótano; al siguiente, no obstante, me empujaron desde atrás. El golpe me lanzó la cabeza hacia atrás, pero me agarré con más fuerza, negándome a moverme de la ubicación prometida. Trent se volvió, agarró por las camisas a los dos hombres que estaban detrás de nosotros y los lanzó al suelo como si fueran muñecos de trapo.

—¡Se largan o les parto la puta boca! —gritó a los que estaban mirando a los hombres del suelo. Me agarré con más fuerza a su brazo y él me dio unas palmaditas en la mano—. Te tengo, Abby. Tú concéntrate en ver la pelea.

Travis lo estaba haciendo bien, y suspiré cuando fue el primero en hacer sangrar al otro. La muchedumbre se enardeció, pero la advertencia de Trent mantuvo a los que estaban a nuestro alrededor a una distancia segura. Travis asestó un sólido puñetazo y, después, me miró, antes de volver a centrarse rápidamente en John. Sus movimientos eran ágiles, casi calculados, como si predijera los ataques de John antes de que se produjeran.

Presa de una impaciencia evidente, John envolvió a Travis con sus brazos y lo lanzó al suelo. Como un solo cuerpo, la muchedumbre que rodeaba el improvisado ring se estrechó alrededor de ellos, inclinándose hacia delante cuando la acción se desarrollaba en el suelo.

—¡No lo veo, Trent! —grité, saltando de puntillas.

Trent miró alrededor y encontró la silla de madera de Adam. Con un movimiento que pareció un paso de baile, me pasó de un brazo al otro y me ayudó a subir sobre la turba.

—¿Lo ves?

—¡Sí! —dije, asiéndome al brazo de Trent para guardar el equilibrio.

—¡Está encima, pero John le rodea el cuello con las piernas!

Trent se inclinó hacia delante sobre los pies, poniéndose la mano libre alrededor de la boca.

—¡Patéale el culo, Travis!

Bajé la mirada hacia Trent y me incliné hacia delante para ver mejor a los hombres del suelo. De repente, Travis se puso de pie, mientras John seguía sujetándolo por el cuello con las piernas. Travis cayó de rodillas, golpeando la espalda y la cabeza de John contra el cemento en un impacto devastador. Las piernas de John se quedaron sin fuerza, de manera que liberaron el cuello de Travis, que, a su vez, levantó el codo y golpeó a John una y otra vez con el puño hasta que Adam lo apartó y lanzó el cuadrado rojo sobre el cuerpo inerte de John.

La habitación estalló en vítores cuando Adam levantó la mano de Travis. Trent me abrazó por las piernas, celebrando la victoria de su hermano. Travis me miró con una sonrisa amplia y sangrienta; el ojo derecho había empezado a hinchársele.

Mientras el dinero cambiaba de manos y el público empezaba a pasearse por la sala, preparándose para salir, me fijé en una luz que parpadeaba salvajemente mientras se balanceaba hacia delante y hacia atrás en una esquina de la sala, justo detrás de Travis. Goteaba líquido de su base y empapaba la sábana que tenía debajo. Me quedé sin aire.

—¿Trent?

Tras llamar su atención, señalé hacia la esquina. En ese momento la luz se soltó de su enganche y se estrelló en la sábana que había debajo, prendiéndose el fuego inmediatamente.

—¡Joder! —gritó Trent, agarrándose a mis piernas.

Unos cuantos hombres que estaban alrededor del fuego retrocedieron, observando con asombro cómo las llamas alcanzaban la sábana de al lado. Un humo negro empezó a surgir de la esquina, y todas las personas de la habitación intentaron abrirse paso a empujones hacia las salidas.

Mis ojos se cruzaron con los de Travis. Una mirada de terror absoluto distorsionaba su cara.

—¡Abby! —gritó él, lanzándose a empujones contra el océano de personas que nos separaba.

—¡Vamos! —gritó Trent, bajándome de la silla a su lado. La habitación se oscureció, y una explosión resonó al otro lado de la habitación. Las otras luces se estaban incendiando y se sumaban al fuego en pequeñas explosiones. Trent me tomó del brazo y me empujó detrás de él mientras intentaba abrirse paso entre la muchedumbre.

—¡No podemos ir por ahí! ¡Tendremos que volver por donde hemos venido! —grité, resistiéndome.

Trent miró a su alrededor intentando elaborar un plan de escape en medio de la confusión. Miré de nuevo a Travis y observé cómo procuraba abrirse paso por la habitación. Al avanzar, la muchedumbre empujó más lejos a Travis. Las emocionadas ovaciones de antes eran ahora horribles gritos de miedo y desesperación mientras todo el mundo luchaba por alcanzar las salidas.

Trent me empujó hacia la salida, y yo me volví a mirar atrás.

—¡Travis! —grité, tendiendo el brazo hacia él.

Estaba tosiendo, despejando el humo con la mano.

—¡Por aquí, Trav! —le gritó Trent.

—¡Sácala de aquí, Trent! ¡Saca a Abby! —dijo él, tosiendo.

Trent me miró, angustiado. Podía ver el miedo en sus ojos.

—No sé por dónde se sale.

Me volví a mirar a Travis una vez más: su silueta oscilaba detrás de las llamas que se habían extendido entre nosotros.

—¡Travis!

—¡Váyanse! ¡Nos vemos fuera!

El caos que nos rodeaba ahogó su voz, y me agarré a la manga de Trent.

—¡Por aquí, Trent! —dije, notando que las lágrimas y el humo me quemaban los ojos. Había docenas de personas aterrorizadas entre Travis y la única salida.

Tiré de la mano de Trent, empujando a todos los que se encontraban en mi camino. Llegamos al umbral de la puerta y miramos hacia delante y hacia atrás. Había dos oscuros pasillos tenuemente iluminados por el fuego detrás de nosotros.

—¡Por aquí! —dije, tirando de nuevo de su mano.

—¿Estás segura? —preguntó Trent, con la voz cargada de duda y miedo.

—¡Vamos! —dije, tirando de nuevo de él.

Cuanto más nos alejábamos, más oscuras estaban las habitaciones. Después de unos momentos, respiré con más tranquilidad conforme dejábamos atrás el humo, pero los gritos no cesaban. Eran más altos y frenéticos que antes. Los horrorosos sonidos que oía detrás de nosotros alimentaron mi determinación y me hicieron mantener un paso rápido y decidido. Después de girar por segunda vez, caminamos a ciegas por la oscuridad. Levanté la mano delante de mí. Con mi mano libre mantenía el contacto con la pared y la seguía, mientras que con la otra agarraba a Trent.

—¿Crees que habrá conseguido salir? —preguntó Trent.

Su pregunta me desconcentró e intenté no pensar en la respuesta.

—Sigue moviéndote —dije, sin poder respirar.

Trent se resistió un momento, pero cuando volví a tirar de él, una luz parpadeó. Levantó un encendedor y aguzó la vista en busca de la salida en aquel pequeño espacio. Seguí la luz mientras él la movía por la habitación, y ahogué un grito cuando vimos el umbral de una puerta.

—¡Por aquí! —dije, tirando de él de nuevo.

Cuando me precipité a la siguiente habitación, choqué con un muro de personas, que me tiró al suelo. Eran dos mujeres y dos hombres, todos tenían la cara sucia y me miraron con los ojos abiertos de par en par y asustados.

Uno de los chicos se agachó para ayudarme a levantarme.

—¡Aquí abajo hay unas ventanas por las que podemos salir! —dijo él.

—Venimos precisamente de allí, y no hay nada —dije sacudiendo la cabeza.

—Deben de haberlas pasado, ¡sé que están por aquí!

Trent tiró de mi mano.

—¡Vamos, Abby, saben dónde está la salida!

Dije que no con la cabeza.

—Con Travis, vinimos por aquí.

Me agarró con más fuerza.

—Le dije a Travis que no te perdería de vista. Vamos con ellos.

—Trent, hemos estado allí..., ¡no había ventanas!

—¡Vámonos, Jason! —gritó una chica.

—Nos vamos —dijo Jason, mirando a Trent, que me tiró de la mano de nuevo y se alejó.

—¡Trent, por favor! ¡Es por aquí, te lo prometo!

—Voy con ellos —dijo él—. Por favor, ven conmigo.

Dije que no con la cabeza, mientras las lágrimas me caían por las mejillas.

—¡He estado aquí antes! ¡Esa no es la salida!

—¡Tú te vienes conmigo! —gritó él, tirándome del brazo.

—¡Trent, no! ¡Vas por el camino equivocado! —grité.

Él tiró de mí, haciéndome arrastrar los pies por el cemento, pero, al notar que el olor a humo se hacía más fuerte, me solté y corrí en dirección contraria.

—¡Abby! ¡Abby! —gritó Trent.

Seguí corriendo, con las manos delante de mí, para anticipar la presencia de una pared.

—¡Vámonos! ¡Con ella vas a acabar muerto! —dijo una chica.

Me golpeé el hombro en una esquina y giré sobre mí misma, cayéndome al suelo. Gateé por el suelo, manteniendo levantada la mano delante de mí. Cuando toqué con los dedos una piedra lisa, la seguí hacia arriba y me levanté. El borde del umbral de una puerta se materializó bajo mi mano y lo seguí para entrar en la siguiente habitación.

La oscuridad no tenía fin, pero no me dejé llevar por el pánico y seguí andando cuidadosamente en línea recta, alargando el brazo en busca de la siguiente pared. Pasaron varios minutos, y sentí que el miedo crecía en mi interior cuando los gritos que provenían de la parte de atrás resonaron en mis oídos.

—Por favor —susurré en la oscuridad—, que la salida esté por aquí.

Noté el borde de otra puerta y, cuando me abrí paso, un rayo de luz plateada brilló delante de mí. La luz de la luna se filtraba por el cristal de la ventana, y un sollozo se me escapó de la garganta.

—¡T... trent! ¡Es aquí! —grité detrás de mí—. ¡Trent!

Agucé la vista y conseguí vislumbrar un pequeño movimiento en la distancia.

—¿Trent? —grité, mientras el corazón me latía salvaje contra el pecho.

Al cabo de un momento, unas sombras bailaron en las paredes; abrí los ojos como platos cuando me di cuenta de que lo que creía que eran personas, en realidad, era la luz titilante de las llamas que se acercaban.

—¡Oh, Dios mío! —dije alzando la vista a la ventana.

Travis la había cerrado después de entrar y estaba demasiado alta para alcanzarla.

Busqué a mi alrededor algo a lo que poder subirme. La habitación estaba llena de muebles de madera cubiertos de sábanas blancas, las mismas que alimentarían el fuego hasta que la habitación se convirtiera en un infierno.

Jalé un trozo de tela blanco que cubría un pupitre. Una nube de polvo me rodeó cuando tiré la sábana al suelo, y empujé el voluminoso mueble de madera hasta el espacio que había detrás de la ventana. Lo pegué a la pared y me subí, mientras tosía por el humo que lentamente se colaba en la habitación. La ventana seguía estando unos metros por encima de mí.

Con un gruñido, intenté empujarla, moviendo adelante y atrás el cierre con cada empujón. Sin embargo, no había manera de que cediera.

—¡Vamos, maldita sea! —grité, apoyándome en los brazos.

Me eché hacia atrás e intenté usar el peso de mi cuerpo para hacer más fuerza, pero tampoco así conseguí abrirla. Al ver que nada de eso funcionaba, deslicé las uñas por debajo de los bordes, tirando hasta que creí que me había arrancado las uñas. Por el rabillo del ojo, vi una luz que resplandecía, y grité cuando el fuego empezó a devorar las sábanas blancas que flanqueaban el pasillo por el que había llegado minutos antes.

Miré a la ventana y de nuevo clavé las uñas en los bordes. Los bordes metálicos se me clavaron en la carne y empezaron a sangrarme las yemas de los dedos. El instinto se impuso sobre cualquier otro sentido y golpeé el cristal con los puños. Conseguí abrir una grieta en el vidrio, pero con cada golpe también me hería y sangraba.

Golpeé el cristal una vez más con el puño y, después, me quité el zapato y lo lancé con todas mis fuerzas. A lo lejos, sonaban sirenas y sollocé, golpeando las palmas contra la ventana. El resto de mi vida estaba solo a unos centímetros de distancia, al otro lado del cristal. Arañé los bordes una vez más y después me puse a golpear el cristal con ambas manos.

—¡Que alguien me ayude! —grité, al ver que las llamas se acercaban—. ¡Que alguien me ayude!

Oí una débil tos detrás de mí.

—¿Paloma?

Me volví al oír esa voz familiar. Travis apareció por una puerta que había detrás de mí; tenía la cara y la ropa cubiertas de hollín.

—¡Travis! —grité.

Me bajé del pupitre y corrí hasta donde él estaba, exhausta y sucia.

Choqué con él, y me envolvió con sus brazos, mientras tosía al intentar respirar.

Me cogió las mejillas con las manos.

—¿Dónde está Trent? —dijo él con voz áspera y débil.

—¡Se ha ido con ellos! —gemí, mientras lloraba a lágrima viva—. Intenté que viniera conmigo, ¡pero no quiso!

Travis miró al fuego que se acercaba y levantó las cejas. Respiré y tosí cuando se me llenaron los pulmones de humo. Se volvió a mirarme con los ojos llenos de lágrimas.

—¡Vamos a salir de aquí, Paloma! —Apretó los labios contra los míos en un movimiento rápido y firme, y después se subió a mi escalera improvisada.

Empujó la ventana y giró el cierre. Cuando usó toda su fuerza contra el cristal le temblaron los músculos de los brazos.

—¡Apártate, Abby! ¡Voy a romper el cristal!

Demasiado asustada para moverme, solo conseguí apartarme un paso de nuestra única salida. Travis dobló el codo, echó el puño hacia atrás y, dando un grito, lo clavó con fuerza en la ventana. Me di la vuelta y me protegí la cara con las manos ensangrentadas, cuando el cristal se hizo añicos sobre mí.

—¡Vamos! —gritó él, tendiéndome la mano.

El calor del fuego inundó la habitación; en ese momento, Travis me levantó del suelo, elevándome en el aire, y tiró de mí hacia fuera.

Esperé de rodillas a que Travis trepara y saliera; después lo ayudé a que se pusiera de pie. Las sirenas atronaban desde el otro lado del edificio; luces rojas y azules de los camiones de bomberos y de los coches de policía bailaban sobre las paredes de ladrillo de los edificios aledaños.

Corrimos hacia el grupo de gente que estaba de pie delante del edificio y repasamos las caras sucias en busca de Trent. Travis gritó el nombre de su hermano; cada vez que lo llamaba, su voz se volvía más y más desesperada. Cogió su teléfono, comprobó si tenía alguna llamada perdida y, después, lo cerró de golpe, tapándose la boca con su mano ennegrecida.

—¡Trent! —gritó Travis, alargando el cuello para buscar entre la multitud.

Quienes habían escapado se abrazaban y lloraban detrás de los vehículos de los servicios de emergencia, mientras observaban horrorizados cómo el camión de los bomberos lanzaba agua por las ventanas y los bomberos corrían al interior, arrastrando mangueras tras ellos.

Travis se pasó la mano por la visera de su gorra, mientras sacudía la cabeza.

—No ha conseguido salir —susurró él—. No ha conseguido salir, Paloma.

Se me cortó el aliento cuando vi que las lágrimas surcaban sus mejillas cubiertas de hollín. Cayó de rodillas al suelo y yo me caí con él.

—Trent es listo, Trav. Seguro que ha salido. Tiene que haber encontrado un camino diferente —dije, intentando convencerme también a mí misma.

Travis se derrumbó en mi regazo, jalándome la camiseta con ambos puños. Yo lo abracé. No sabía qué más hacer.

Pasó una hora. Los gritos y llantos de los supervivientes y espectadores del exterior del edificio se habían convertido en un silencio inquietante. Cada vez con menos esperanza, vimos cómo los bomberos sacaban a dos personas, pero después solo salían con las manos vacías. Mientras el personal de emergencias atendía a los heridos y las ambulancias se adentraban en la noche con víctimas quemadas, esperamos. Media hora después, solo sacaban cuerpos por los que no se podía hacer nada. En el suelo, alinearon a los fallecidos, que superaban con creces al número de los que habíamos escapado. Travis no apartaba la mirada de la puerta, esperando a que sacaran a su hermano de entre las cenizas.

—¿Travis?

Nos dimos la vuelta al mismo tiempo y vimos a Adam de pie a nuestro lado. Travis se levantó y tiró de mí al hacerlo.

—Me alegra ver que han conseguido salir, chicos —dijo Adam, que parecía estupefacto y perplejo—. ¿Dónde está Trent?

Travis no respondió.

Nuestros ojos regresaron a los restos calcinados de Keaton Hall, de cuyas ventanas todavía salía un humo negro. Enterré la cara en el pecho de Travis y cerré con fuerza los ojos, esperando despertar de aquella pesadilla en cualquier momento.

—Tengo..., eh... Tengo que llamar a mi padre —dijo Travis, mientras abría el teléfono con el ceño fruncido.

Tomé aire y esperé que mi voz sonara más fuerte de lo que yo me sentía.

—Tal vez deberías esperar. Todavía no sabemos nada.

Apartó los ojos de los números y le tembló el labio.

—Esto es una mierda. Trent nunca debería haber estado ahí.

—Ha sido un accidente, Travis. No podías prever que pasaría algo así —dije, tocándole la mejilla.

Frunció el ceño y cerró con fuerza los ojos. Respiró hondo y empezó a marcar el número de su padre.

Capítulo 22

AVIÓN

El teléfono empezó a sonar y un nombre sustituyó a los números de la pantalla; a Travis se le abrieron los ojos de par en par cuando lo leyó.

—¿Trent?

Una carcajada se escapó de sus labios con la sorpresa, y me miró con una sonrisa de oreja a oreja.

—¡Es Trent! —dije ahogando un grito y apretándole la mano mientras él hablaba.

—¿Dónde estás? ¿Cómo que estás en Morgan? ¡Estaré ahí en un minuto, no des ni un pinche paso!

Salí disparada hacia delante, esforzándome por seguir el ritmo de Travis, que corría a toda velocidad por el campus, arrastrándome detrás de él. Cuando llegamos a Morgan, mis pulmones pedían aire a gritos. Trent bajó corriendo las escaleras y se abalanzó sobre nosotros dos.

—¡Maldita sea, hermano! ¡Pensaba que te habías achicharrado! —dijo Trent, abrazándonos tan fuerte que no me dejaba respirar.

—¡Serás idiota! —gritó Travis, empujando a su hermano—. ¡Pensaba que estabas muerto, joder! ¡He estado esperando a que los bomberos sacaran tu cadáver carbonizado de Keaton!

Travis miró a Trent con el ceño fruncido durante un momento y después volvió a tirar de él para darle un abrazo. Liberó un brazo y empezó a moverlo a su alrededor hasta que notó mi camiseta y tiró de mí para abrazarme también. Tras unos minutos, Travis soltó a Trent, pero me mantuvo a su lado.

Trent me miró con un gesto de disculpa.

—Lo siento mucho, Abby, me entró el pánico.

Sacudí la cabeza.

—Solo me alegro de que estés bien.

—¿Yo? Si Travis llega a verme saliendo de ese edificio sin ti, más me habría valido estar muerto. Intenté dar contigo después de que salieras corriendo, pero entonces me perdí y tuve que buscar otro camino. Me paseé por el edificio en busca de otra ventana hasta que me tropecé con unos policías y me obligaron a irme. ¡He estado deshecho todo este tiempo! —dijo él, mientras se pasaba la mano por su pelo corto.

Travis me secó las mejillas con los pulgares y se levantó la camiseta para limpiarse el hollín de la cara.

—Larguémonos de aquí. Todo este sitio se llenará enseguida de policías.

Después de abrazar a su hermano una vez más, fuimos hasta el Honda de America. Travis me vio abrocharme el cinturón de seguridad y, cuando tosí, frunció el ceño.

—Tal vez debería llevarte al hospital para que te vean.

—Estoy bien —dije entrelazando mis dedos con los suyos. Bajé la mirada y vi que tenía un profundo corte en los nudillos.

—¿Eso te lo has hecho en la pelea o con la ventana?

—Con la ventana —respondió él, mirando con gesto de preocupación mis uñas llenas de sangre.

—Me has salvado la vida, ¿sabes?

Juntó las cejas.

—No podía irme sin ti.

—Sabía que vendrías —dije, apretando sus dedos entre los míos.

Fuimos cogidos de la mano hasta que llegamos al apartamento. No habría sabido decir de quién era la sangre cuando me limpié las manchas rojas y la ceniza en la ducha. Cuando me derrumbé sobre la cama de Travis, aún podía oler el hedor a humo y piel quemada.

—Toma —me dijo, entregándome un vaso lleno de líquido ámbar—. Te ayudará a relajarte.

—No estoy cansada.

Volvió a ofrecerme el vaso. Tenía los ojos cansados, inyectados en sangre y apenas podía mantenerlos abiertos.

—Intenta descansar un poco, Paloma.

—Casi tengo miedo de cerrar los ojos —dije, antes de agarrar el vaso y tragar el líquido.

Le devolví el vaso a Travis; lo dejó en la mesita de noche y se sentó a mi lado. Permanecimos en silencio, dejando pasar las horas. Cerré los ojos con fuerza cuando los recuerdos de los gritos aterrorizados de quienes estaban atrapados en el sótano llenaron mi cabeza. No tenía ni idea de cuánto tardaría en olvidarlo o de si podría hacerlo algún día.

La cálida mano de Travis sobre mi rodilla me sacó de mi pesadilla consciente.

—Ha muerto mucha gente.

—Lo sé.

—Hasta mañana no sabremos exactamente cuántas víctimas ha habido.

—Trent y yo pasamos junto a un grupo de chicos mientras buscábamos la salida. Me pregunto si consiguieron salir. Parecían tan asustados...

Noté que se me llenaban los ojos de lágrimas, pero, antes de que llegaran a mis mejillas, Travis me rodeó con sus fuertes brazos. Inmediatamente me sentí protegida y me pegué a su piel. Sentirme tan a gusto en sus brazos antes me aterraba, pero, en ese momento, daba gracias por poder estar a salvo después de experimentar algo tan horrible. Solo había una razón por la que pudiera sentirme así con alguien.

Era suya.

Entonces lo supe. Sin duda alguna en mi mente, sin que me importara lo que los demás pudieran pensar, y sin miedo a errores o consecuencias, sonreí por las palabras que iba a decir.

—¿Travis? —dije contra su pecho.

—¿Qué pasa, cariño? —me susurró con la boca en mi pelo.

Nuestros teléfonos sonaron al unísono, y yo le entregué el suyo a él, mientras respondía al mío.

—¿Hola? ¿Abby? —dijo America.

—Estoy bien, Mare. Todos lo estamos.

—¡Acabamos de enterarnos! ¡Sale en todas las noticias!

Oí que, a mi lado, Travis se lo estaba explicando todo a Shepley, e intenté tranquilizar a America lo mejor que pude. Mientras respondía a sus numerosas preguntas, procuraba mantener la voz tranquila al repasar los momentos más terribles de mi vida; no obstante, me relajé el mismo segundo en que Travis cubrió mi mano con la suya.

Me pareció que estaba contando la historia de otra persona, sentada cómodamente en el departamento de Travis, a un millón de kilómetros de la pesadilla que podría habernos matado. America se echó a llorar cuando acabé, al darse cuenta de lo cerca que habíamos estado de perder la vida.

—Voy a empezar a hacer el equipaje ahora mismo. Estaremos allí a primera hora de la mañana —dijo America, sorbiéndose las lágrimas.

—Mare, no hace falta que regresen antes. Estamos bien.

—Tengo que verte. Tengo que abrazarte para saber que estás bien —dijo llorando.

—Estamos bien. Puedes abrazarme el viernes.

Volvió a llorar.

—Te quiero.

—Yo también a ti. Diviértete.

Travis me miró y apretó con fuerza el teléfono contra su oreja.

—Será mejor que abraces a tu chica, Shep. Está espantada. Lo sé..., yo también. Nos vemos pronto.

Colgué segundos antes de que lo hiciera Travis, y nos sentamos en silencio durante un momento, asimilando todavía lo que había pasado. Tras unos instantes, Travis volvió a apoyarse en su almohada y, después, me atrajo hacia su pecho.

—¿Está bien America? —preguntó, con la mirada clavada en el techo.

—Está asustada, pero se le pasará.

—Me alegro de que no estuvieran allí.

Apreté los dientes. Ni siquiera se me había ocurrido pensar en qué habría ocurrido si no hubieran estado pasando unos días con los padres de Shepley. A mi mente volvieron las caras de terror de las chicas del sótano, luchando contra los hombres por escapar. Los ojos asustados de America sustituyeron a las chicas sin nombre de aquella habitación. Sentí náuseas al pensar en su precioso pelo rubio quemado y junto al resto de cuerpos que yacían en el césped.

—Yo también —dije con un escalofrío.

—Siento todo lo que has tenido que pasar esta noche. No debería crearte más problemas.

—Tú has pasado por lo mismo, Trav.

Se quedó callado unos minutos y, justo cuando abrí la boca para volver a hablar, respiró hondo.

—No me asusto muy a menudo —dijo finalmente—. Me asusté la primera mañana que desperté y no estabas aquí. Me asusté cuando me dejaste después de Las Vegas. Me asusté cuando creía que tendría que decirle a mi padre que Trent había muerto en ese edificio. Sin embargo, cuando te vi al otro lado de las llamas en ese sótano..., me aterroricé. Llegué hasta la puerta, estaba a pocos metros de la salida y no pude irme.

—¿Qué quieres decir? ¿Estás loco? —dije, levantando la cabeza para mirarlo a los ojos.

—Nunca había tenido algo tan claro en mi vida. Me di la vuelta y me abrí paso hasta la habitación en la que estabas y te vi. No me importaba nada más. Ni siquiera sabía si lo lograríamos o no, solo quería estar donde tú estuvieras, sin importarme las consecuencias. Lo único que temo es una vida sin ti, Paloma.

Me levanté y lo besé con ternura en los labios. Cuando nuestras bocas se separaron, sonreí.

—Entonces no tienes nada que temer. Vamos a estar juntos para siempre.

Él suspiró.

—Volvería a hacerlo todo de nuevo, ¿sabes? No cambiaría ni un segundo si así llegáramos aquí, a este momento.

Sentí que me pesaban los ojos y respiré hondo. Mis pulmones protestaron, todavía irritados por el humo. Tosí un poco y después me relajé cuando noté los labios de Travis contra mi frente. Me pasó la mano por el pelo húmedo y oí los latidos regulares de su corazón en el pecho.

—Es esto —dijo con un suspiro.

—¿Qué?

—El momento. Ya sabes, cuando te observo dormir..., esa paz en tu cara. Es esto. No lo había experimentado desde antes de morir mi madre, pero puedo sentirlo de nuevo. —Volvió a respirar hondo y me acercó más a él—. Supe en cuanto te conocí que había algo en ti que necesitaba. Resulta que no era algo que tuvieras, sino simplemente tú.

Levanté una comisura de la boca, mientras recargaba la cara en su pecho.

—Somos nosotros, Trav. Nada tiene sentido a menos que estemos juntos. ¿Te has dado cuenta?

—¿Que si me he dado cuenta? ¡Llevo diciéndotelo todo el año! —respondió burlón—. Es oficial. Barbies, peleas, rupturas, Parker, Las Vegas..., incluso fuegos: nuestra relación puede superar cualquier cosa.

Levanté la cabeza una vez más y volví a comprobar la satisfacción de sus ojos cuando me miraba. Era similar a la paz que había visto en su cara después de que perdiera la apuesta para quedarme con él en su apartamento, después de que le dijera que lo amaba por primera vez y la mañana siguiente del baile de San Valentín. Era similar, pero diferente. En esta ocasión era absoluta, permanente. La esperanza cautelosa había desaparecido de sus ojos, y una confianza incondicional había ocupado su lugar.

La reconocí solo porque sus ojos reflejaban lo que yo sentía.

—Oye... Estaba pensando en Las Vegas —empecé a decir.

Él frunció el ceño, sin saber adónde quería llegar.

—¿Sí?

—¿Qué te parecería volver?

Levantó las cejas.

—No creo que sea lo que más me convenga.

—¿Y si solo vamos una noche?

Miró la habitación a oscuras que nos rodeaba.

—¿Una noche?

—Cásate conmigo —dije sin vacilación.

Me sorprendió lo rápida y fácilmente que había pronunciado esas palabras.

Sonrió de oreja a oreja.

—¿Cuándo?

Me encogí de hombros.

—Podemos comprar billetes para un vuelo mañana. Estamos de vacaciones. No tengo nada que hacer mañana, ¿y tú?

—Estás jugando—dijo él, yendo por su teléfono.

—American Airlines —dijo él, observando atentamente mi reacción mientras hablaba—. Quiero dos billetes para Las Vegas, por favor. Mañana. Hum... —Me miró, como si esperara que cambiara de opinión—. Dos días, ida y vuelta. Lo que tenga disponible.

Apoyé la barbilla en su pecho, esperando a que comprara los billetes. Cuanto más tiempo lo dejaba hablar por teléfono, más grande se hacía su sonrisa.

—Sí..., eh..., un momento, por favor —dijo, al tiempo que señalaba su cartera—. ¿Puedes traerme la cartera, Paloma?

De nuevo, esperó a que reaccionara. Risueña, me agaché, cogí la tarjeta de crédito de su cartera y se la entregué. Travis dictó los números a la persona que lo atendía, mirándome después de cada número. Cuando dio la fecha de caducidad y vio que no protestaba, apretó los labios.

—Eh..., sí, señora. Los recogeremos en el mostrador. Gracias.

Me entregó su teléfono y lo dejé en la mesilla, esperando a que dijera algo.

—Acabas de pedirme que me case contigo —dijo él, todavía esperando que admitiera que era alguna especie de broma.

—Lo sé.

—Eso ha sido de verdad, ¿sabes? Acabo de reservar dos boletos a Las Vegas para mañana al mediodía, lo que significa que nos casamos mañana por la noche.

—Gracias.

Entrecerró los ojos.

—Serás la señora Maddox cuando empieces las clases el lunes.

—Oh —dije, mirando a mi alrededor.

Travis levantó una ceja.

—¿Lo has pensado mejor?

—Voy a tener que cambiar algunos papeles importantes la semana que viene.

Asintió lentamente, cautelosamente esperanzado.

—¿Te vas a casar conmigo mañana?

—Ajá.

—¿Lo dices en serio?

—Sí.

—¡Carajo! ¡Cómo te quiero! —Me cogió ambos lados de la cara y me plantó un beso en los labios—. Te quiero muchísimo, Paloma —decía, mientras me besaba una y otra vez.

—Espero que te acuerdes de eso dentro de cincuenta años, cuando siga pegándote palizas en el póquer. —Me reí.

Sonrió triunfal.

—Si eso significa pasar sesenta o setenta años contigo, cariño..., tienes mi permiso para emplear tus mejores trucos.

Arqueé una ceja.

—Lamentarás haber dicho eso.

—Apuesto a que no.

Sonreí con tanta malicia como pude.

—¿Te apostarías la reluciente moto de ahí fuera?

Afirmó con la cabeza; la sonrisa burlona desapareció de su cara y adoptó una expresión de total seriedad.

—Apostaría todo lo que tengo. No lamento ni un segundo pasado contigo, Paloma, y nunca lo haré.

Le tendí la mano, él me la estrechó sin titubear y se la llevó a la boca, dándome un tierno beso en los nudillos. La habitación estaba en silencio: sus labios al alejarse de mi piel y el aire que escapó de sus pulmones eran los únicos sonidos que oí.

—Abby Maddox... —dijo él, mientras la luz de la luna iluminaba su sonrisa.

Apreté la mejilla contra su pecho desnudo.

—Travis y Abby Maddox. Suena bien.

—El anillo... —empezó él, frunciendo el ceño.

—Ya nos ocuparemos de los anillos después. Te agarré totalmente por sorpresa.

—Eh... —Se apartó y me observó esperando una reacción.

—¿Qué? —pregunté, poniéndome en tensión.

—Oye, no alucines —dijo él moviéndose nervioso. Me abrazó con más fuerza—. De hecho..., en cierto modo ya me he ocupado de esa parte.

—¿Qué parte? —dije levantando la cabeza para verle la cara. Miró al techo y suspiró.

—Vas a enloquecer.

—Travis...

Fruncí el ceño cuando alargó un brazo y abrió el cajón de su mesita de noche. Palpó los objetos en su interior durante un momento. Me aparté los mechones del flequillo con un soplido.

—¿Qué? ¿Has comprado condones?

Soltó una carcajada.

—No, Paloma.

Juntó las cejas mientras hacía un esfuerzo para llegar más al fondo del cajón. Cuando encontró lo que estaba buscando, centró su atención en mí y me observó mientras sacaba una cajita de su escondite. Bajé la mirada cuando puso una cajita cuadrada de terciopelo en su pecho, mientras se estiraba hacia atrás para apoyar la cabeza en su brazo.

—¿Qué es esto? —pregunté.

—¿A ti qué te parece?

—Bueno. Déjame que replantee la pregunta.

—¿Cuándo has comprado esto?

Travis suspiró hondo y, mientras lo hacía, la caja se elevó con su pecho y cayó cuando soltó el aire de sus pulmones.

—Hace un tiempo.

—Trav...

—Es que lo vi un día por casualidad, y sabía que solo podía estar en un sitio..., en tu perfecto dedito.

—Un día..., ¿cuándo?

—¿Eso que importa? —replicó él.

Se retorció un poco, y no pude evitar reírme.

—¿Puedo verlo? —Sonreí, sintiéndome de repente un poco aturdida.

Él sonrió también y señaló la caja.

—Ábrela.

La toqué con un dedo y sentí el suntuoso terciopelo bajo la yema.

Abrí el cierre dorado con ambas manos y poco a poco levanté la tapa. Un destello llamó mi atención y volví a cerrarla.

—¡Travis! —grité.

—¡Sabía que te encantaría! —dijo él, sentándose y poniendo las manos sobre las mías.

Sentí la caja contra las palmas de las manos; parecía una granada a punto de estallar. Cerré los ojos y sacudí la cabeza.

—¿Estás loco?

—Lo sé. Sé lo que estás pensando, pero tenía que hacerlo. Era el anillo. ¡Y tenía razón! No he visto ninguno desde entonces tan perfecto como este.

Abrí los ojos y, en lugar de la mirada castaña de angustia que esperaba, rebosaba de orgullo. Con delicadeza, me apartó las manos del estuche y abrió la tapa, sacando el anillo de la pequeña rendija que lo mantenía en su sitio. El enorme diamante redondo brillaba incluso en la penumbra, reflejando la luz de la luna en cada una de sus caras.

—Es... Dios mío, es impresionante —susurré mientras me tomaba la mano izquierda.

—¿Puedo ponértelo en el dedo? —preguntó él, levantando la mirada hacia mí.

Cuando asentí, apretó los labios y deslizó el anillo plateado hasta el final de mi dedo, sujetándolo un momento antes de soltarlo.

—Ahora es impresionante.

Los dos nos quedamos mirando mi mano durante un momento, igualmente sorprendidos por el contraste del gran diamante que llevaba engarzado el anillo, sobre mi pequeño y delgado dedo. La joya abarcaba la parte inferior de mi dedo y se dividía en dos partes en cada lado cuando llegaba al solitario. Además, había diamantes más pequeños engarzados en cada brazo de oro blanco.

—Podrías haber pagado un coche con esto —dije en un murmullo, incapaz de infundir fuerza alguna a mi voz.

Seguí mi mano con los ojos mientras Travis se la llevaba a los labios.

—He imaginado cómo quedaría en tu mano un millón de veces. Ahora que lo llevas puesto...

—¿Qué? —Sonreí cuando vi que me miraba la mano con una sonrisa emocionada.

Levantó la mirada hacia mí.

—Pensaba que iba a tener que sudar cinco años antes de poder sentirme así.

—Deseaba que llegara este momento tanto como tú, pero mi cara de póquer es increíble —dije, juntando mis labios con los suyos.

EPÍLOGO

Travis me apretó la mano mientras yo aguantaba la respiración. Intenté mantener una expresión tranquila, pero cuando me encogí me apretó con más fuerza. Algunas partes del techo blanco estaban salpicadas de manchas de humedad. Aparte de eso, la habitación estaba inmaculada. Ni desorden, ni utensilios fuera de su sitio. Todo se encontraba en su lugar, lo que me hizo sentir moderadamente cómoda con la situación. Había tomado la decisión, y la llevaría hasta el final.

—Nena... —dijo Travis, con cara de sufrimiento.

—Puedo hacerlo —dije, mirando las manchas del techo.

Di un salto cuando las puntas de unos dedos me tocaron la piel, pero intenté no ponerme tensa. Cuando el zumbido empezó, la preocupación se hizo evidente en los ojos de Travis.

—Paloma —empezó Travis, pero sacudí la cabeza con displicencia.

—Bueno. Estoy lista.

Sujeté el teléfono lejos de la oreja, poniendo una mueca de disgusto tanto por el dolor como por la inevitable bronca.

—¡Yo te mato, Abby Abernathy! —gritó America—. ¡Te mato!

—Técnicamente, ahora soy Abby Maddox —dije, sonriendo a mi nuevo marido.

—¡No es justo! —se quejó. El enfado era evidente en su voz—. Se suponía que iba a ser tu dama de honor! ¡Tenía que ir a comprar el vestido contigo, organizarte una despedida de soltera y cachar tu ramo!

—Lo sé —dije, viendo que la sonrisa de Travis se desvanecía cuando volví a poner cara de dolor.

—No tienes por qué hacer esto, lo sabes, ¿no? —dijo él, juntando las cejas.

Le apreté los dedos con la mano que tenía libre.

—Lo sé.

—¡Eso ya lo has dicho! —espetó America.

—No hablo contigo.

—Oh, desde luego que sí que vas a hablar conmigo —dijo furiosa—. Vas a hablar conmigo largo y tendido. Nunca voy a dejar de recordártelo, ¿me oyes? ¡Nunca jamás te perdonaré!

—Pues claro que lo harás.

—¡Eres...! ¡Eres...! ¡Eres simplemente malvada, Abby! ¡Eres una amiga íntima horrible!

Me reí, empujando al hombre que estaba sentado a mi lado.

—No se mueva, señora Maddox.

—Lo siento —dije.

—¿Quién era ese? —dijo America.

—Era Griffin.

—¿Quién demonios es Griffin? Deja que lo adivine, ¿has invitado a un completo desconocido a tu boda y no a tu mejor amiga? —Su voz se volvía más aguda con cada pregunta.

—No. No ha estado en la boda —dije, aguantando la respiración.

Travis suspiró y se movió nervioso en la silla, apretándome la mano.

—Se supone que soy yo la que tiene que hacer eso, ¿recuerdas? —dije, sonriéndole a pesar del dolor.

—Lo siento. No creo que pueda aguantarlo —dijo él, con la voz llena de angustia. Relajó la mano y miró a Griffin—. Date prisa, ¿quieres?

Griffin sacudió la cabeza.

—Cubierto de tatuajes y no puede aguantar que su novia se ponga una simple frase. Habré acabado dentro de un minuto, chico.

Travis frunció más el ceño.

—Mujer. Es mi mujer.

America ahogó un grito cuando por fin comprendió la conversación.

—¿Te estás haciendo un tatuaje? ¿Qué te está pasando, Abby? ¿Respiraste vapores tóxicos en ese incendio?

Bajé la mirada al estómago para ver el borrón que me llegaba justo hasta la cadera y sonreí.

—Trav lleva mi nombre en la muñeca. —Contuve de nuevo la respiración cuando el zumbido prosiguió. Griffin secó la tinta de mi piel y volvió a empezar. Solo podía hablar entre dientes—. Estamos casados. Yo también quería algo.

Travis sacudió la cabeza.

—No tenías por qué.

Entrecerré los ojos.

—No vuelvas a empezar. Ya lo hemos hablado.

America soltó una carcajada.

—Te has vuelto loca. Te internaré en el manicomio cuando llegues a casa. —Su voz seguía siendo penetrante y exacerbada.

—No es ninguna locura. Nos queremos y hemos estado viviendo juntos a temporadas todo el año. Así que ¿por qué no?

—¡Porque tienes diecinueve años, idiota! ¡Porque te escapaste de casa y no se lo dijiste a nadie, y porque no estoy allí! —gritó ella.

—Lo siento, Mare. Tengo que dejarte. Nos vemos mañana, ¿vale?

—¡No sé si quiero verte mañana! ¡No sé si quiero volver a ver a Travis! —dijo desdeñosa.

—Nos vemos mañana, Mare. Sabes que quieres ver mi anillo.

—Y tu tatuaje —dijo. En su voz se notaba que estaba sonriendo.

Cerré el teléfono y se lo di a Travis. El zumbido volvió a empezar y me concentré en la sensación ardiente, a la que siguió el dulce segundo de alivio mientras me secaba el exceso de tinta. Travis se guardó mi teléfono en el bolsillo, me agarró la mano con las dos suyas y se agachó para apoyar su frente en la mía.

—¿Alucinaste tanto cuando te hiciste los tatuajes? —le pregunté, sonriendo por la expresión de dolor de su cara.

Se revolvió inquieto; parecía sentir mi dolor mil veces más que yo.

—Eh..., no. Esto es diferente. Es mucho, mucho peor.

—¡Listo! —dijo Griffin con tanto alivio en su voz como transmitía la cara de Travis.

Dejé caer la cabeza hacia atrás sobre la silla.

—¡Gracias a Dios! ¡Gracias a Dios! —suspiró Travis, dándome palmaditas en la mano.

Bajé la mirada hacia las preciosas líneas tatuadas sobre la piel roja e irritada:

Señora Maddox

—Guau —dije, levantándome sobre los codos para verlo mejor.

El ceño fruncido de Travis se convirtió inmediatamente en una sonrisa triunfal.

—Es precioso.

Griffin sacudió la cabeza.

—Si me dieran un dólar por cada hombre tatuado y recién casado que ha traído a su mujer aquí y se lo ha tomado peor que ella..., bueno, no tendría que volver a tatuar a nadie nunca más.

—Dime simplemente cuánto te debo, listillo —masculló Travis.

—Te haré la cuenta en el mostrador —dijo Griffin.

Se notaba que le había hecho gracia la respuesta de Travis.

Miré el cromo reluciente y los pósteres de ejemplos de tatuajes que había a mi alrededor, en las paredes, y luego bajé la vista a mi estómago. Mi nuevo apellido brillaba en letras negras, gruesas y elegantes. Travis me observaba orgulloso y después miró su alianza de titanio.

—Lo hemos hecho, nena —dijo en voz baja—. Todavía no me creo que seas mi mujer.

—Pues créetelo —dije, sonriendo.

Me ayudó a levantarme de la silla y me apoyé sobre el lado derecho, consciente de que, con cada movimiento, los vaqueros me rozaban la piel irritada. Travis sacó su cartera y firmó rápidamente el recibo antes de llevarme de la mano al taxi que esperaba fuera. Mi teléfono volvió a sonar, pero cuando vi que era America no respondí.

—Va a hacer que nos sintamos muy culpables por esto, ¿no? —dijo Travis con mala cara.

—Hará pucheros durante veinticuatro horas después de ver las fotos, y luego lo superará.

Travis me lanzó una sonrisa traviesa.

—¿Estás segura de eso, señora Maddox?

—¿Vas a dejar de llamarme así en algún momento? Lo has dicho cien veces desde que salimos de la capilla.

Él dijo que no con la cabeza mientras mantenía abierta la puerta del taxi.

—Dejaré de llamarte así cuando me acabe de creer que es real.

—Oh, es totalmente real —dije, deslizándome en medio del asiento para hacer sitio—. Tengo recuerdos de la noche de bodas que lo demuestran.

Se inclinó hacia mí y me recorrió el cuello con la nariz, hasta que llegó a mi oreja.

—Desde luego que sí.

—Ay... —grité cuando se apoyó en mi vendaje.

—Oh, mierda, lo siento, Paloma.

—Te perdono —dije con una sonrisa.

Fuimos hasta el aeropuerto cogidos de la mano; cuando veía a Travis mirar su sortija sin reparos, no podía evitar sonreír. Sus ojos tenían la expresión pacífica a la que me estaba acostumbrando.

—Cuando volvamos al departamento, creo que por fin lo asimilaré y dejaré de comportarme como un idiota.

—¿Me lo prometes? —sonreí.

Me besó la mano y después la meció sobre su regazo entre las palmas de las manos.

—No.

Me reí y apoyé la cabeza en su hombro hasta que el taxi se detuvo delante del aeropuerto. Mi celular volvió a sonar, y en la pantalla apareció de nuevo el nombre de America.

—Es implacable. Déjame hablar con ella —dijo Travis, tendiéndome la mano para que le diera el teléfono.

—¿Diga? —dijo él, esperando el chillido agudo al otro lado de la línea. Entonces, esbozó una sonrisa—. Porque soy su marido. Ahora puedo responder sus llamadas. —Me miró de reojo y abrió la puerta del taxi, ofreciéndome la mano—. Estamos en el aeropuerto, America. ¿Por qué no vienes con Shep a recogernos y así podrás gritarnos a los dos de camino a casa? Sí, durante todo el trayecto hasta casa. Deberíamos llegar alrededor de las tres. Muy bien, Mare. Nos vemos entonces. —Torció el gesto por sus palabras cortantes y entonces me entregó el teléfono—. No exagerabas. Está furiosa.

Dio la propina al conductor y después se echó su bolsa sobre el hombro y sacó el asa de mi maleta de ruedas. Sus brazos tatuados se tensaron mientras tiraba de mi equipaje y alargaba el brazo para darme de la mano.

—No me puedo creer que le dieras carta blanca para gritarnos durante una hora entera —dije, siguiéndolo por la puerta giratoria.

—No creerás de verdad que voy a dejar que grite a mi mujer, ¿no?

—Se te ve muy cómodo con ese término.

—Supongo que va siendo hora de que lo admita. Sabía que ibas a ser mi mujer desde el mismo instante en que te conocí. Tampoco te voy a mentir: he estado esperando que llegara el día en que pudiera decirlo..., así que voy a abusar del tratamiento. Deberías ir haciéndote a la idea.

Lo dijo con tanta naturalidad como si fuera un discurso que hubiera practicado. Le respondí con una carcajada y apretándole la mano.

—No me molesta.

Me miró por el rabillo del ojo.

—¿No?

Negué con la cabeza y me acercó a él para besarme la mejilla.

—Bien. Te vas a hartar de oírlo durante los próximos meses, pero dame algo de margen, ¿sí?

Lo seguí por los pasillos, las escaleras mecánicas y las colas de los controles de seguridad. Al cruzar Travis el detector de metales, se disparó una alarma estruendosa. Cuando el guardia del aeropuerto le pidió a Travis que se quitara el anillo, este puso cara seria.

—Yo se lo guardo, señor —dijo el oficial—. Solo será un momento.

—A ella le he prometido que nunca me lo quitaría —dijo Travis entre dientes.

El oficial le tendió la mano con la palma hacia arriba; se mostró paciente e incluso debimos de resultarle graciosos a juzgar por las arruguitas que se le formaron en la piel de alrededor de los ojos.

Travis se quitó el anillo de mala gana y lo dejó en la mano del guardia. Cuando cruzó el arco de seguridad, suspiró. La alarma no se había disparado, pero seguía estando molesto. Yo pasé sin ninguna incidencia, después de entregar también mi anillo. Travis seguía con cara de tensión, pero, cuando nos dejaron pasar, relajó los hombros.

—No pasa nada, cariño. Vuelve a estar en tu dedo —dije, riéndome de su reacción desproporcionada.

Me besó la frente y me acercó a su lado mientras caminábamos por la terminal. Cuando vi la mirada de quienes pasaban a nuestro lado, me pregunté si saltaba a la vista que estábamos recién casados, o si simplemente se habían fijado en la ridícula sonrisa de Travis, que contrastaba con la cabeza afeitada, los brazos tatuados y los músculos protuberantes.

El aeropuerto estaba lleno de turistas emocionados, del tintineo y los pitidos de las máquinas tragamonedas y de gente que caminaba en todas las direcciones. Sonreí al ver a una pareja joven cogida de la mano: parecían tan emocionados como Travis y yo cuando habíamos llegado. No dudaba de que se marcharían sintiendo la misma mezcla de alivio y aturdimiento que me embargaba en ese momento.

En la terminal, repasé una revista y toqué la rodilla de Travis con delicadeza. Detuvo el movimiento de la pierna y sonreí, sin levantar la mirada de las fotos de los famosos. Algo le preocupaba, pero esperaba que me lo dijera, sabiendo que lo estaba resolviendo internamente. Después de unos minutos, volvió a balancear la rodilla, pero en esta ocasión dejó de hacerlo solo, y entonces, lentamente, se dejó caer en la silla.

—¿Paloma?

—¿Sí?

Pasaron unos minutos de silencio y, entonces, suspiró.

—Nada.

El tiempo pasó muy rápido y parecía que acabábamos de sentarnos cuando anunciaron que los pasajeros de nuestro vuelo podían abordar. Se formó rápidamente una cola, nos levantamos y esperamos a que llegara nuestro turno de enseñar los boletos y cruzar el largo pasillo hasta el avión que nos llevaría a casa.

Travis dudó.

—Es que no puedo librarme de una sensación —dijo en voz baja.

—¿Qué quieres decir? ¿Tienes una mala sensación? —pregunté, repentinamente nerviosa.

Se volvió hacia mí con mirada de preocupación.

—Es de locos, pero tengo la sensación de que, cuando lleguemos a casa, despertaré, como si nada de esto fuera real.

Lo abracé por la cintura y le acaricié los músculos de la espalda.

—¿Eso es lo que te preocupa?

Se miró la muñeca y luego la gruesa sortija que llevaba en el dedo izquierdo.

—No puedo evitar tener la impresión de que la burbuja va a estallar y de que me despertaré tumbado solo en la cama, deseando que estés allí conmigo.

—¡Pero qué voy a hacer contigo, Trav! He dejado a alguien por ti dos veces, he decidido ir a Las Vegas contigo dos veces, literalmente he estado en el infierno y he vuelto, me he casado contigo y me he tatuado tu nombre. Se me acaban las ideas para demostrarte que soy tuya por completo.

Una sonrisa se dibujó en sus labios.

—Me encanta oírte decir eso.

—¿Que soy tuya? —pregunté. Me levanté de puntillas y junté mis labios con los suyos—. Soy tuya. Soy la señora de Travis Maddox. Para siempre jamás.

Su ligera sonrisa se desvaneció cuando miró la puerta de abordaje y, después, a mí.

—Voy a fastidiarlo todo, Paloma. Te vas a cansar de mis idioteces.

Me reí.

—Ya estoy harta de tus idioteces. Y aun así me he casado contigo.

—Pensaba que cuando nos casáramos tendría menos miedo de perderte, pero me da la impresión de que si subo a ese avión...

—¿Travis? Te amo. Vámonos a casa.

Levantó las cejas.

—No me dejarás, ¿verdad? Aunque sea un dolor de muelas.

—He jurado delante de Dios, y de Elvis, que estaría a tu lado, ¿no?

Su cara se iluminó un poco.

—Esto es para siempre, ¿verdad?

Levanté un extremo de la boca.

—¿Te sentirías mejor si hiciéramos una apuesta?

Los demás empezaron a rodearnos, lentamente, sin perder detalle de nuestra ridícula conversación. Como antes, era consciente de las miradas curiosas, solo que ahora era diferente. Lo único en lo que pensaba era en que la paz volviera a los ojos de Travis.

—¿Qué tipo de marido sería si apostara en contra de mi propio matrimonio?

Sonreí.

—Un marido estúpido. ¿No te acuerdas de que tu padre te dijo que no apostaras contra mí?

Arqueó una ceja.

—¿Tan segura estás? ¿Estarías dispuesta a jugarte algo?

Lo rodeé por el cuello con los brazos y sonreí junto a sus labios.

—Apostaría a mi primogénito. Mira si estoy segura.

Y entonces la paz regresó.

—No puedes estarlo tanto —dijo él, sin ansiedad alguna en la voz.

Arqueé una ceja y mi boca se levantó por el mismo lado.

—¿Qué apuestas?

Maravilloso desastre, de Jamie McGuire
se terminó de imprimir en marzo de 2015
en los talleres de Litográfica Ingramex, S.A. de C.V.
Centeno 162-1, Col. Granjas Esmeralda,
C.P. 09810, México, D.F.